원작은 아무나
비트나

II

원작은 아무나 비트나

백서하 장편소설

iQ
BOOK

제7장 흑막의 본분을 잊지 마세요 · 7

제7.5장 그녀는 모르는 이야기(3) · 129

제8장 인생은 원래 혼자 사는 것이라고 했다 · 157

제8.5장 그녀는 모르는 이야기(4) · 311

제9장 진실은 신의 얼굴을 하지 않았다 · 333

제9.5장 아무도 몰랐던 이야기 · 405

제10장 원작은 정말 아무나 비틀더라 · 429

에필로그 · 479

외전1 깜짝 선물 · 491

외전2 고생 끝에는 행복이 있다 · 503

외전3 행복은 결국 모두에게 찾아온다 · 515

제7장

흑막의 본분을 잊지 마세요

흑막의 본분을 잊지 마세요

인간의 신뢰는 어떨 때 무너질까?

상대방이 거짓말을 할 때? 아니.

상대방이 진실을 숨겼을 때? 아니.

상대방이 앞에서 웃다가 뒤에서 욕을 할 때? 아니.

인간의 신뢰는 바로 '흑막이라는 설정을 달면서도 보살처럼 행동하길래 착한 줄 알았더니, 그게 다 페이크고 남편이 진짜 흑막이었다는 사실을 알 때' 흔들린다.

빌에게서 자초지종을 전부 전해 들은 뒤 내 머릿속을 잠식하는 첫 번째 감정은 다름 아닌 '속았다.'였다.

분노도, 슬픔도 아니고, 담백하기 그지없는 그 한 가지 사실에 어이가 없었다.

'아무리 원작이 이상해진다고 해도 성격까지 바뀔 리 없는데. 루벨리안은 원래 조용하게 일 처리를 하는 편이었고, 그러니까 원작 마

지막까지 자신의 목적을 숨겼겠지.'

비록 내가 하도 설치고 다녀서 이것저것 일이 틀어지긴 했지만, 어쨌든 루벨리안만 볼 때 그가 나도 모르게 일을 처리하는 것은 이상한 게 아니었다.

하지만 그럼에도 불구하고 퐁퐁 솟아오르는 이 배신감은 대체 뭘까?

'아니, 흑막이면 아내한테도 흑막이어야 돼?'

며칠 전 살수의 실종이 당신 짓이냐는 물음에 루벨리안이 아니라고 했던 것을 상기하며, 나는 다시 한번 울컥하고 말았다.

'아니, 그러니까 왜 거짓말을 하는 건데?!'

사실 그가 왜 나한테 숨겼는지는 알 것 같다. 나라도 내게 말하지 않았을 게 뻔했다.

'그래도…… 언질은 주지.'

결국 나는 루벨리안이 나를 속였다는 배신감과 그럴 법하다는 이성 속에서 한동안 몸부림칠 수밖에 없었다.

그리고 늦은 밤, 옅게 잠든 내 귀로 들려온 마차 소리에 나는 잠에서 깼다. 아니나 다를까, 루벨리안이 천천히 방문을 열고 들어왔다.

"이브?"

나는 침대에 다리를 꼬고 앉아 팔짱을 낀 채 그를 지그시 응시했다. 무슨 일인지 몰라 당황함이 역력한 루벨리안의 얼굴이 보였다.

"루벨리안 플로렌스 공작, 우리 얘기 좀 해요."

내 목소리는 생각 이상으로 차갑게 나왔다. 루벨리안 또한 그 사실을 눈치챘는지 그가 얼굴을 굳히고 물었다.

"무슨, 일이지?"

"황태자는 무사해요?"

"……빌이 얘기해 줬나?"

"빌이 그것만 얘기해 줬겠어요? 다른 것도 해 줬죠."

나는 침대에서 일어나 그를 향해 다가가다가 중간 지점에서 멈췄다.

"설명해요. 왜 내가 물을 때는 당신이 살수를 납치한 게 아니라고 했는지."

그제야 내가 무슨 말을 하는지 깨달은 듯 그가 살짝 놀란 얼굴을 하더니 천천히 얼굴을 굳혔다.

"미안하다."

"사과 말고."

단호한 내 말에 루벨리안이 멈칫했다. 그의 적안이 답지 않게 죄책감을 품는 것이 시야에 안겨 왔다. 순간 저도 모르게 약해지려는 마음을 겨우겨우 달래며 나는 그의 답을 기다렸다.

이윽고 짧은 정적 끝에 루벨리안의 입이 열렸다.

"황실에서 플로렌스 공작가에게 경고를 내리려 살수를 보냈지."

"알고 있어요. 결론적으로 그게 우리가 복수를 결심한 이유였잖아요."

"그래. 그 경고에 대한 답례를 황실에 해 주려고 했어. 그런데 혹여 당신에게 미리 알려 주면……."

루벨리안이 말을 고르자 그 틈을 타 내가 물었다.

"내가 발설이라도 할까 봐? 나를 못 믿었어요?"

"당신을 믿지 못한 게 아니라 황태자를 믿지 못했지. 그자가 어떤 식으로 당신에게 접근할지 몰랐고, 무엇보다도 당신 주변에 사람을 보낼 가능성까지 생각해야 했어."

"……."

"하지만 그렇다고 해도, 어쩌면 내 이기심일지도 모르겠군."

"뭐가요?"

"당신에게 알리고 싶지 않았어. 나는 당신이……."

루벨리안이 말끝을 흐리며 나를 응시했다. 눈동자를 잠식해 가는 죄책감이 지독하게 뼛속을 파고들었다. 그는 현재 진심으로 나한테 미안해하고 있었다.

"……당신이, 모르길 바랐어."

"…….."

"이런 일은 첫 번째가 있으면 두 번째가 있고, 곧이어 세 번째, 네 번째, 끝도 없이 생겨. 나는 당신이 손에 피를 묻히는 것을 원치 않아."

"…….."

"나는…… 최소한 당신에게 평온한 삶은 주지 못해도, 이런 일을 겪게 하고 싶지는 않았어."

루벨리안의 가라앉은 목소리는 진실만을 이야기하고 있었다.

이내 방 안에 침묵이 내려앉았다.

나는 그를 빤히 응시했다. 그의 마음도 이해가 갔다. 그럼에도 속았다는 마음만큼은 어찌할 수가 없었다.

하지만.

"하아……."

나는 결국 한숨을 쉬었다.

"정말이지…… 이렇게 말하니까 내가 삐지지도 못하고, 싸우지도 못하고, 욕하지도 못하고."

"이브?"

"그렇게 재밌는 구경은 자기 혼자서만 하고. 황태자가 오늘 쓰러질 걸 알았으면 내가 황실에 놀러 가죠! 게다가 그 살수가 날 앞에다 두고 얼마나 짜증 나게 굴었는데! 이럴 줄 알았으면 내가 가서 엉덩이라도 두 번 차 주는 건데!"

"이, 이브, 괜찮……."

"안 괜찮아요. 그런데 내가 안 괜찮으면 뭐가 달라져요?"

나는 씩씩거리면서 꿍얼거렸다. 그러다 그를 보며 새침하게 말했다.

"그냥 빨리 씻고 자요. 오늘 힘들었을 텐데."

내 말에 루벨리안이 멍하니 나를 응시했다. 방에 들어올 때부터 잔뜩 분위기를 잡고 있던 것치고는 지나치게 쉽게 넘기는 내 태도에 놀란 듯싶었다.

"……이브, 화나지 않았나?"

"났어요."

그건 사실이었다. 어쨌든 날 속인 건 틀림없으니까.

"하지만 그렇다고 해서 내가 화를 내면, 앞으로 이런 일 꾸밀 때마다 날 끼워 주기라도 할 거예요?"

"그건 안 된다. 이런 일로 당신 손을 더럽히고 싶지 않아."

"그러니까. 여기서 이거 잡고 늘어지면 시간 낭비밖에 더 돼요? 게다가……."

나는 입을 삐죽였다.

"당신이 왜 그랬는지 내가 모르지도 않는데."

루벨리안의 성격에 나한테 저걸 숨기면서 얼마나 마음 졸였을지 내가 모를까.

그래서 나는 굳이 그와 '왜 나한테 숨겼어요?', '나는 당신을 보호하려고 했어!', '나는 당신 소유가 아니에요!', '당신은 내 거야!' 이딴 영양 가치 없는 대화를 나누는 대신에 그냥 이를 받아들이기로 했다.

그리고 나도 그에게 숨기고 싶은 게 있지 않은가.

내가 죽는다는 것.

나는 결국 그에게 말하지 않았다. 그가 알고 고통스러워하는 게 싫어서. 그리고 그가 나로 인해 복수를 포기하는 게 싫어서.

"내가 당신이라도 숨겼을 거예요."

"……."

"그래도 앞으로 물어보면 성실하게는 대답해요. 내가 아무리 연기를 못한다고 해도 황태자를 못 속아 넘길 정도는 아니고, 게다가 오히려-"

그때였다.

한숨을 푹 쉬며 몸을 돌리는 내게 익숙한 체취가 훅 덮쳐 왔다. 얇은 슬립을 입은 등에 그의 단단한 품이 닿았다. 이내 내 목에 그가 얼굴을 묻었다.

"미안해."

"뭘요?"

"그냥. 당신을 속여서 미안하다. 그날 당신에게 진실을 말해 주지 않아서 미안해."

나는 피식 웃음을 흘리다가 아차 싶어서 크흠 헛기침을 했다.

"내가 언제 화 안 낸다고 했어요? 화났는데. 앞으로 일주일 동안 키스 안 할 건데. 아, 미리 초야 치를걸 그랬어. 그럼 지금쯤 각방 쓰겠다고 협박도 할 수 있었을 텐데."

"당신이 원한다면 지금 치러도 된다."

"흥, 누구 좋으라고? 정 미안하면 앞으로 나한테 거짓말하지 마요. 내가 당신한테 거짓말만 해도 당신은 나한테 거짓말 안 하는 걸로 해요. 알았죠?"

"나한테 숨기는 게 있나?"

"어머? 반성이 덜 됐네? 지금 그게 궁금해요?"

아이처럼 내게 달라붙은 루벨리안의 팔을 손으로 살포시 꼬집었다.

"난 속도 좁고, 감성적인 사람인 거 알죠? 그러니까 다음에는 진짜 화낼 거야. 그리고 앞으로 이런 재밌는 구경 있으면 나랑 같이하기. 자, 깍지 걸고 약속."

"알았다."

루벨리안의 깊은 목소리가 귓가를 간질거렸다. 그의 눈빛에 들어 있는 안도의 기색에 내가 웃었다.

"그나저나 황태자는 죽었어요? 장례식 끝나고 오는 거?"

"……희망 사항은 알겠다만, 그건 곤란해."

"쳇."

나는 입을 삐죽였다. 기왕 쏠 거 심장을 한 방에 날려 버리면 일이 쉬이 진행되…… 지 않으려나. 음, 안 되겠구나. 황제가 살아 있으니.

"그럼 어떻게 할 건데요? 설마 그냥 유치하게 내가 아픈 것만큼 돌려줬으니 됐다, 뭐- 이렇게 끝내려는 건 아니죠?"

내 뺨에 자잘하게 입을 맞추는 루벨리안의 머리를 떼어 내며 나는 그와 눈을 마주했다. 그가 이번에는 입에 키스를 해 왔다.

"아, 진짜! 좀 대답해요."

"황태자가 쓰러진 지금- 일을 벌이기에 딱 좋을 때라고 생각하지 않나?"

"무슨 일을 벌이려고요?"

"멜리나를 황태자의 옆에서 떨어뜨리고, 황태자와 콜리카 공작가 사이를 이간질시키는 것 말이야."

"전자는 나도 생각해 봤는데, 후자는 어떻게 하려고요?"

나는 눈을 끔뻑거렸다.

황태자와 콜리카 공작가는 그렇게 단기간에 떨구어 놓을 수 있는 게 아니었다. 이익을 함께한다는 게 얼마나 무서운데.

루벨리안이 이번에는 내 목에 얼굴을 파묻으며 작게 속삭였다.

"그들의 끈끈한 관계는 황태자가 콜리카 공작가를 비호해 주는 데서 나오지. 하지만 만약 황태자가 콜리카 공작가를 경계한다고 하면?"

"그렇지만 증거가 없는데요?"

"증거는 없지만 만들 순 있지. 생각해 봐. 콜리카 공작가가 어떻게 하면 황태자와 멀어지겠는지."

"……설마, 레이첼?"

"기특하군."

"아, 좀!"

이번에 내 목을 떠나 아래로 내려가는 루벨리안의 얼굴을 두 손으로 꽉 잡으며 강제로 눈을 맞추었다.

내 앞에 있는 게 지금 개인지, 남편인지…… 아니, 이렇게 말하니까 되게 욕 같네. 하여튼 오늘따라 왜 이렇게 입술을 들이밀지?

"내 말에 집중 좀 해요. 그래서, 레이첼을 이용해 황태자와 콜리카 공작가를 떨구어 놓겠다고요?"

"그래. 그간 황태자가 성녀에게 보낸 관심만 이용한다면 못할 것도 없지. 게다가 소문이라는 건 꽤 쉽게 퍼지니까."

나는 루벨리안의 말을 곱씹다가 순간 머릿속을 스쳐 지나가는 생각에 얼굴을 폈다.

"루벨리안, 그런 거라면 좋은 방법이 있어요."

"뭐지?"

루벨리안이 기대 섞인 얼굴로 나를 응시했다. 나는 활짝 웃으며 그의 입술에 입을 쪽 맞췄다.

"레이첼이 아세디움에 당한 이튿날 아침에 황태자가 찾아왔어요. 그것도 성수를 들고요."

"저런."

"만약 레이첼이 아세디움에 당한 게, 진짜 황태자가 콜리카 공작가를 이용해서 성녀의 호감을 사려고 수를 쓴 거라면…… 콜리카 공작가에서 이를 알게 되는 순간-"

"분노하겠군."

아마 순서는 이러할 것이다.

멜리나가 레이첼을 음해할 방법을 찾는다는 걸 알게 된 황태자는 레이첼의 호감을 얻을 수 있는 좋은 기회라고 생각해, 콜리카 공작가를 통해 넌지시 아세디움을 멜리나에게 넘긴다.

명목은 당연히 성녀의 힘이 강대하여 황실에 위협이 된다는 것.

콜리카 공작가로서는 권력을 신전에게 빼앗기기 싫으니 당연히 협조할 터.

"당신은 이제 콜리카 공작가에게 '황태자가 너희를 이용해 성녀의 호감을 얻으려고 했다. 애초에 황태자는 성녀를 내칠 생각도 없었다.' 정도만 말하면 될 것 같네요."

"그러면 결국 황태자와 콜리카 공작가의 관계가 파탄 나겠군. 그다음으로는 멜리나와 황태자를 갈라놓을 방법도-"

"아, 그건 내가 알아서 할게요. 당신은 콜리카 공작가와 황태자 사이만 신경 써요."

"뭘 어떻게 하려고?"

"방법이 다 있죠."

나는 음산하게 웃었다. 루벨리안의 짙은 눈동자가 지그시 나를 응시하다가 미소를 머금었다. 그는 팔로 내 허리를 감싼 채 다시 내 뺨에 키스했다.

"그래. 당신은 언제나 옳으니까."

"그렇죠. 나는 언제나 옳죠."

귓가에 옅은 웃음소리가 들려왔다. 이내 그의 체취가 나를 덮쳐 들었다.

그 순간만큼은 그가 주는 애정이 무척 좋아서 나는 머릿속을 비워 낸 채 그에게만 집중했다.

이튿날 아침, 황태자가 살수에게 당했다는 소식은 제국 전역에 퍼졌다. 당연히 귀족들은 그 소식에 불안함을 느꼈다.

"황태자 전하께서 빨리 침상에서 일어나셔야 할 텐데."

마침 알케 부인의 다과회에 참석한 나는 다이낸스 부인의 중얼거림에 상념에서 벗어났다.

오만상을 찌푸린 채 황태자의 신변을 걱정하는 모습이 거짓돼 보이지는 않았다. 그도 그럴 것이 애초에 그녀는 콜리카 공작가와 꽤 연이 있는 집의 안주인이었던 것이다.

"그러게나 말이에요. 이전에는 공작 각하께서 습격을 받으시더니, 이제는 황태자 전하께서 이런 일을 당하시네요."

다이낸스 부인의 말에 맞장구를 치며 알케 부인이 고개를 끄덕였다.

"플로렌스 공작 각하께서도 근심이 이만저만이 아니겠어요. 황태자 전하와 형제처럼 지내는 분 아니시던가요."

내막이야 어찌 되었든 그들의 눈에는 그렇게 보일 터였다. 나는 여상스럽게 웃으면서 답했다.

"네. 오늘 아침에도 황태자 전하의 습격 사건을 조사하러 바삐 가시는 모양이셨어요."

"저런. 플로렌스 공작 각하께서 고생이시네요."

"플로렌스 공작가와 황실에 원한을 갖고 그런 짓을 벌였다면 정말 이지 악질 중의 악질이 아닌가요."

이번 습격 사건에서 루벨리안이 이용한 건 저번에 그를 습격한 살수였다. 덕분에 플로렌스 공작가는 용의선상에서 몸을 뺄 수 있었다.

황실과 콜리카 공작가에서야 의심을 하겠지만, 그것도 심증일 뿐 증거가 없었다.

그러므로 내가 지금 신경 써야 할 건 그쪽이 아니었다.

현재 내 목표는 멜리나의 명예가 바닥으로 떨어져, 황실도 차마 비호하지 못할 정도로 만드는 것.

'멜리나를 만신창이로 만드는 거야 쉽지.'

나는 대화를 나누는 귀부인들에게 다 들리도록 일부러 큰 한숨을 쉬었다.

"공작 부인? 혹시 무슨 일이 있으신가요?"

한숨을 쉬다가 침묵하는 나를 향해 알케 부인이 걱정스러운 눈빛을 던져 왔다.

물어봐 줘서 고마워요. 안 물어봐 줬으면 나 혼자 뻘쭘하게 있었을 거야.

"사실…… 황태자 전하께서 빨리 침상에서 일어나게 하시려면 성녀님의 도움을 받는 게 좋지 않을까 생각해 보았는데, 성녀님께서도 편찮으시다는 얘기를 들어서요."

"아, 그러고 보니 어제 의식에서 뵌 성녀님의 낯빛이 새하얗더군요."

"네, 그래서 무슨 일인지 걱정되어 여쭈었더니……."

나는 난감한 듯 말을 이었다.

"……안 좋은 일을 당하셨다고……."

"안 좋은 일이요?"

순간 내 말을 듣던 이들의 눈에서 빛이 반짝거리는 듯했다. 나로서는 더없이 좋은 반응이었다.

하지만 나는 애써 당황한 표정을 지었다.

"아, 저, 혹시 모르셨…… 어, 어쩌죠? 제가 말실수를 했나 봐요. 제, 제가 평민이다 보니 할 말, 못 할 말을 잘 가리지 못해서."

쏘리, 이럴 때만 써먹는 내 신분.

나는 화들짝 놀란 얼굴을 하며 주위를 두리번두리번 훑었다.

그러나 내 반응에 다른 이들은 마치 낚시로 고래라도 잡아 올린 듯한 표정을 지으며 귀를 바짝 기울였다.

"아니에요, 부인! 여기에 있는 분들은 전부 입이 무겁답니다."

안 믿어요.

"맞아요. 너무 놀라지 마시고 천천히 말씀해 보세요."

님, 지금 입이 귀에 걸려서 아주 광대가 승천하겠는데요.

나는 언행불일치의 정점을 보여 주는 그녀들을 훑으며 속으로 중얼거렸다. 그러나 겉으로는 못 이기는 척 다시 입을 뗐다.

"사실은…… 누군가가 성녀님께 해를 입히려 한 모양이에요. 독이든 물건을 성녀님께 보냈다고-"

"세상에!"

"이럴 수가."

사방에서 귀부인들의 탄식이 터지자, 나는 그들이 얼마나 이 주제에 관심이 많은지를 알 수 있었다.

사실 그럴 만도 했다. 레이첼이 성녀가 된 뒤로 그녀의 이야기는 꽤 많은 이들의 관심거리였으니까.

"혹시 누가 한 짓인지도 아시나요?"

“그건 저도 잘…… 하지만 제 생각에는 성녀님께 원한을 가진 분이 아닐까…….”

“어머, 누가 감히 성녀님께 원한을?”

“글쎄요. 아마 성녀님을 시기하거나 증오하는 분이시겠죠?”

조심스러운 내 말에 그들은 약속이라도 한 듯이 입을 다물었다. 아마 제각각 머릿속에 그려지는 인물이 하나둘씩 있을 게 분명했다.

그러나 한 가지 확실한 건 개중에 멜리나는 반드시 있을 것이라는 사실이었다.

“저런, 너무 안타까운 일이네요.”

누군가가 성의 없이 중얼거렸다. 하나도 안타깝지 않은 그 목소리에, 나는 내 목적이 어느 정도는 달성되었음을 확신할 수 있었다.

멜리나 바네스가 성녀를 질투하여 음해하려 했다.

내가 원하는 것은 그들이 이 한마디를 어떻게든 소문내 주는 것이었다.

나는 귀부인들의 모습을 살피면서 그들이 얼마나 빠르게 이 소문을 내 줄 수 있는지를 가늠했다.

그리고 그들의 표정을 보건대─

‘꽤 빠르게 진행되겠네.’

나는 방긋 웃었다.

“그런데 진짜 그 말에 걸려들까요, 그 부인들이?”

다과회에서 돌아온 뒤 리리스가 걱정스러운 얼굴로 물었다. 그녀는 내 행동이 다소 믿음직스럽지 못한 듯했다.

"교육을 잘 받은 이들이니만큼 오히려 소문의 효과가 좋지 않을 수도 있어요. 게다가 멜리나 쪽으로 생각이 간다고 해도 그런 말을 쉬이 할 수 있을지도 의문이고."

"소문은 딱 멜리나의 신경을 거슬릴 정도만 나면 돼."

"그렇게 해서 뭘 하시려고요?"

"우리 멜리나가 빡쳐서 길길이 날뛰는 거?"

안 그래도 계획을 망쳐서 화가 나는데 심지어 그런 소문이 돈다고 생각해 봐라. 그러면 걔가 뭘 먼저 할까?

황태자가 쓰러져 그녀에게 조언을 해 줄 콜리카 공작가의 신경도 전부 다른 곳에 쏠려 있는 데다가 그녀 본인도 지금쯤이면 머릿속이 엉망일 게 뻔했다.

"그래도 뭔가 불안하긴 하네요. 멜리나 그게 궁지에 몰리면 무슨 짓거리를 할지 몰라서. 게다가 황태자 전하께서 깨어나시면 추궁하실 수도 있고."

"아니, 내가 누굴 해치기라도 했어? 민폐를 끼치기라도 했어? 하, 끼치면 또 뭐 어쩔 건데. 사람이 살면서 민폐 좀 끼칠 수도 있지."

"저는 마님의 그런 근본 없는 당당함이 좋아요."

"뭐야?"

"그리고 그 근본 없는 당당함을 당당해하는 당당함이 좋아요."

"……."

얘는 내 안티인 걸까, 팬인 걸까? 나는 한숨을 푹 쉬었다.

"이거나 샹젤레에 넘겨."

"이건……."

"그리고 이제부터 사교계에 소문을 퍼뜨려."

"어떻게요?"

"며칠 전에 성녀께서 신전에 배달된 '신원 미상의' 쿠키를 먹고 쓰러지셨다. 그리고-"

"그리고?"

"그것이 걱정되어 황태자 전하께서 성녀님을 친히 방문하셨다더라."

"그런 소문이 마님께 무슨 좋은 점이 있나요?"

리리스의 의문에 내가 검지를 턱 들었다. 그리고 사악하게 웃으며 말했다.

"어쩐지! 황태자 전하께서 성녀님께 관심을 보이더라니."

"……?"

"어쩐지! 멜리나 영애가 성녀님께 해코지를 한 소문이 들려오더라니."

"……!"

"그리고 어쩐지! 그런 걸 보면 역시, 그 소문이 사실이겠지요?"

나는 고상하게 웃는 귀족들의 모습을 흉내 내며 활짝 웃었다.

소문을 뭉텅이로 내는 건 하수들이나 하는 짓이다. 진짜로 사람들이 믿게 하려면, 소문을 잘게 잘라서 여기저기에 뿌린 뒤 그 소문을 뒷받침할 진실 하나만 던져 주면 된다.

"거기에 살과 피를 더 붙이면 사람들 사이에서 기정사실이 될걸? 뭐, 진짜 걔가 한 게 맞긴 하지만."

"멜리나가 길길이 날뛸 게 뻔하군요."

"그렇지."

나는 의미심장하게 웃었다. 멜리나가 길길이 날뛰면 나로서는 좋은 일이었다. 그녀를 공개적으로 '멍청이'로 만들 기회가 생기니까.

멜리나의 표독스러운 눈빛을 상기하며 내가 웃었다.

황태자가 깨어나면 부디 나 때문에 혈압이 터져서 바로 뒤지기를.

살수의 솜씨가 좋긴 한 건지 황태자는 며칠째 깨어나지 못하고 있었다.

그사이 나는 샹젤레에서 온 답변을 보며 빙그레 웃었다.

"왜 웃는 거지?"

"아, 이제 곧 재미있는 일이 생길 것 같아서요."

"무슨?"

"멜리나가 드디어 좀 움직이고 있거든요."

소문도 퍼질 만큼 퍼졌겠다. 당연한 결과였다.

크라바트 핀을 꽂는 루벨리안을 바라보며 미소 짓는데, 그가 입을 열었다.

"오늘 황제에게 성녀를 불러 황태자를 치료하자고 말을 올리겠다."

"저런, 콜리카 공작가에서 난리를 치겠네요."

"이 며칠 동안 황태자가 깨어나려는 반응이 전혀 없으니 그들도 더 이상 어쩔 수 없겠지. 그리고-"

"그리고?"

"이 기회에 콜리카 공작가에게 슬슬 언질을 넣을 거다. 성녀와 황태자의 사이에 대해."

"아."

나는 미약하게 감탄을 내뱉었다.

"황태자가 위험에 빠진 성녀를 구하러 성수를 들고 갔다. 이를 들

은 콜리카 공작가에서는 신전에 있는 황태자의 귀를 찾으려 할 것이
고, 그 진실성 여부를 따지겠지."

"그러면 알게 되겠네요. 황태자가 레이첼의 호감을 사려 했다는 걸."

아, 잠깐만. 나는 고개를 갸웃거리다 눈알을 데굴데굴 굴렸다.

"루벨리안. 만약 그렇게 된다면 내가 아세디움의 해법을 풀었다는
걸 그들도 알게 되는데요?"

"괜찮다. 당신이 엮이지 않게 신전에 있는 이들 중 하나를 매수하여-"

"음, 그러지 말고 그냥 밝혀요."

"이브?"

"내가 아세디움의 해법을 구했다고 밝혀도 될 것 같아요."

나는 배시시 웃으면서 루벨리안을 향해 말했다. 그에 루벨리안이
미간을 좁히며 나를 응시했다.

"이브, 그렇게 되면 당신이 위험해진다."

"오히려 내게는 더 유리할 수 있어요. 특히 멜리나가 소문을 접한
이상."

나는 의미심장하게 미소 지었다. 알 듯 말 듯 한 얼굴로 나를 보던
그가 이내 한숨을 푹 쉬며 고개를 끄덕였다.

"좋아."

"어라? 좀 더 세게 반대할 줄 알았는데. 의외로 순순하게 알았다
고 하네요?"

"당신이 하겠다고 하니까. 최소한 당신이 원하는 건 말리지 않을
거다."

그러면서 루벨리안이 내 이마에 키스했다.

"그럼 다녀오지."

"잘 다녀와요."

웃으면서 루벨리안에게 손을 흔들어 주었다. 그리고 머지않아 나는 신전을 찾았다.

"이브, 오셨나요?"
"몸은 괜찮으세요?"
"네. 덕분에요."
레이첼은 생각 이상으로 얼굴이 많이 좋아진 듯했다. 그런 그녀의 미소에 나는 안심된 얼굴로 소파에 앉았다.
금방 행사를 마치고 온 것인지 그녀는 아직 예복 차림이었다.
"요즘 성령제 때문에 많이 바쁘시죠? 더군다나 불꽃 의식 때문에 성력을 비축해 두셔야 하니."
내 걱정스러운 목소리에 레이첼이 가볍게 고개를 끄덕였다.
"그래도 오늘은 좀 빨리 끝난 터라 괜찮았어요. 다만 요즘은 다른 쪽으로 조금 고민거리가 생겨서…… 근래 이상한 소문이 돌더라고요."
"이상한 소문이요?"
"제가 독에 당했다는 소문이요. 신전에선 아직 공표를 안 했는데, 어디서 새어 나갔는지……."
"……."
그렇게 말하며 레이첼이 눈을 깜빡거렸다.
그에 내 양심이 마구 쑤셔 왔다. 나는 그녀의 시선을 애써 아무렇지 않게 받아들이며 입을 열었다.
"그렇군요. 어느 괘씸한 인간이 퍼뜨렸는지 모르겠지만 정말 천벌

받아 마땅하네요. 에잇! 지나가다가 바나나 껍질이나 밟고 엎어져라!"

"아프실 텐데."

"아니, 그런 소문을 퍼뜨릴 정도로 악랄한 심성의 소유자라면 그정도야 뭘."

"그러지 말고 변비나 걸리라고 할까요?"

"그럼 치질 걸려요!"

내가 저도 모르게 격앙된 목소리로 외쳤다.

모든 걸 알고 있다는 듯 은은한 미소를 건 채 나를 응시하는 레이첼의 얼굴에, 나는 결국 고개를 푹 숙였다.

"……죄송합니다……."

"아니에요. 언젠가는 퍼질 이야기였어요."

내 사과에 레이첼은 우아하게 웃으면서 답했다. 그녀의 뒤에서 후광이 비치는 것 같자 나는 더욱더 격렬한 양심통에 휘말리고 말았다.

"죄송해요. 제가…… 범인을 찾느라고."

"멜리나 바네스 영애라고 생각하시는 건가요?"

"그 소문도 들었어요?"

"황태자 전하와 저와 멜리나 바네스 영애를 주인공으로 삼각관계치정물을 쓰는 분들이 꽤 되시던데. 성령제에 오시는 분들의 이야기를 조합해 보면 재미있는 소설이 나오거든요."

정말 놀랍게도 그 소설 속에 제가 지금 빙의해 있어요.

"그런데 저라는 건 어떻게 아셨어요?"

"말씀드렸죠? 저는 감이 좋다고. 최소한 제 앞에 있는 이가 진실을 말하는지, 거짓을 말하는지 정도는 알 수 있답니다."

대, 대단해. 잠깐만, 그러면 황태자의 속마음은 알 수 없는 건가?

나는 여전히 조곤조곤하게 말을 내뱉는 레이첼을 신기하게 응시하다가 이럴 때가 아니라는 걸 깨닫고 고개를 내저었다.

"저, 레이첼, 제가 너무 급한 마음에 그만…… 죄송합니다. 입이 열 개라도 할 말이 없어요."

"어머, 전 진짜 괜찮아요."

"저라면 실망할 것 같은데……."

나는 레이첼의 관대한 마음씨에 감동하는 동시에 의문을 표했다. 진짜 천상 성녀인 거야?

그에 레이첼이 쓰게 웃었다.

"제가 말했잖아요. 저는 타인의 악의에 강하다고. 그리고 이브에 게선 악의가 느껴지지 않았는걸요."

하지만…… 그래도 화를 내야 정상이지 않은가?

레이첼은 정의롭고 착하고 다정하고 혼자서 다 해 먹는, 그야말로 완벽한 인간이었다. 웬만해서는 절대 화를 내는 법이 없고, 어떠한 상황에서도 차분하게 일을 해결하는 걸 크러쉬의 대표 주자.

그래서 그런가. 나라면 난리를 쳤을 게 분명한 상황에서도 그녀는 이렇게나 담담했다.

"그런데 이브. 황태자 전하께서 습격을 당하셨다고 하던데…… 혹시 어찌 된 영문인지 아시나요?"

"저도 잘 모르겠어요. 다만 그 살수가 저번에 루벨- 아, 제 남편을 습격한 살수라서……."

"그렇군요."

"왜 그러시죠?"

"아, 아니에요."

내 대답에 레이첼이 의미심장하게 나를 보다가 고개를 저었다.

그때였다. 적막이 내려앉은 레이첼과 나 사이를 뚫고 알프리드의 목소리가 노크 소리와 함께 들려왔다.

"공작 부인께 황실의 전갈이 왔습니다."

안으로 들어온 알프리드는 곧장 나에게 종이를 건넸다.

"리리스 볼튼 영애께서 제게 전해 주셨습니다."

"흐음?"

알프리드의 손에서 소환장을 받아 든 내가 미간을 찌푸리고 그것
을 읽었다.

[에반젤린 플로렌스 공작 부인을 황명에 의해 소환한다.]

짧고 간결하게 써진 글자에 레이첼이 말을 걸어왔다.

"왜 황실에서 이브를……."

"그러게요."

혹시 내가 아세디움을 해독한 걸 황제도 알아챈 것이려나.

'이거 왠지, 감이 좋은데?'

나는 소환장을 보며 빙그레 웃었다.

"왔나. 공작 부인."

감이 좋다고 한 거 취소.

커다란 알현실의 중앙에 서서 예를 취한 내가 뭣 씹은 얼굴을 했
다. 양쪽에 귀족들이 쫙 늘어서 있고, 가장 높은 단상에는 황제가 앉
아서 나를 보고 있었다.

이거 사람 스트레스 엄청 주네. 나는 속으로 꿍얼거렸다.

"고개를 들라."

황제의 말에 따라 나는 천천히 고개를 들었다. 지금 난 홀로 모든 이들의 시선을 받고 있었다. 그 틈에서 루벨리안의 걱정 어린 시선을 받은 내가 살포시 웃었다. 그러나 생뚱맞게도 얼굴을 붉힌 건 그 옆에 있던 귀족이었다.

"오늘 짐이 이리 부인을 부른 데는 두 가지 이유가 있어서다. 일단, 부인이 아세디움의 해법을 알고 있다고."

"그렇습니다, 폐하."

"그 해법이 무엇이더냐."

"성수입니다. 폐하."

나는 더 이상 말을 낭비하지 않고 깔끔하게 본론으로 들어갔다. 내 말이 끝나기 무섭게 알현실이 웅성거리기 시작했다.

"성수라고……?"

"그렇습니다. 보통 성수가 아니라 성녀님의 성력을 담은 성수만이 아세디움의 저주를 풀 수 있습니다."

황제의 얼굴이 설핏 굳었다.

[인간은 반드시 아세디움으로 멸망하리라.]

나는 고대 서적마다 쓰여 있다는 문구를 상기하며 피식 웃었다.

"그럼, 아세디움은 오직 성녀만이 해독할 수 있겠군."

"맞습니다. 오직 성녀님만이 아세디움의 저주를 무로 돌아가게 할 수 있습니다."

그러니까 무슨 말인가 하면- 만약 레이첼이 나쁜 마음 먹고 아세디움을 황실에 풀어 놓으면 황실은 물론이요, 제국 전체가 구렁텅이에 빠질 수 있다는 이야기였다.

흐미, 끔찍해라.

나는 속으로 혀를 차며 웃었다.

사태의 심각성을 안 황제의 얼굴은 지독하게 얼어붙어 있었다. 콜리카 공작 부부는 물론이고, 그들을 위시한 가문들도 마찬가지로 패닉에 빠진 듯 보였다.

그 사이에서 유일하게 정신을 차린 콜리카 공작이 크게 외쳤다.

"플로렌스 공작 부인께서는 어떻게 그 해법을 알게 된 건가?"

"저는……."

여기서 어물거려서 넘길 수 있는 가능성은 거의 제로에 가까웠다. 하지만 그렇다고 모든 것을 다 털어놓을 순 없지.

나는 콜리카 공작을 향해 생긋 웃으면서 말을 이었다.

"우연히 알게 된 것입니다, 공작 각하."

"그러니까 그 우연이 어찌 된 것이란 말인가. 지금까지 그 '우연으로' 아세디움의 해법을 구한 자가 없는데."

"지금 저를 추궁하시는 건가요?"

"말꼬리 돌리지 마시오. 이건 중대한ㅡ"

"아세디움은 신의 저주라지요. 세상에 해독제가 없는."

나는 차분한 얼굴로 콜리카 공작의 말을 끊었다.

"신의 저주라면 신이 거둘 수 있을 터. 그렇게 된다면 현존하는 성력 중에서 가장 큰 힘을 갖고 있는 성녀님이 혹여 그 해법이 되지 않을까 추측했을 뿐입니다."

"겨우 그 정도 단서로? 성녀를 상대로 시험을 했단 말인가?"

"모든 해독제는 말을 듣지 않고 심지어 대신관님도 손을 놓은 상태였습니다. 하물며 성녀님 본인의 성수인데 큰 문제가 있을까요?"

사람이 죽어 가는데 그게 무슨 대수랴.

내 말에 콜리카 공작은 쯧 혀를 찼다.

"무식한 것들이 운은 좋다더니."

콜리카 공작의 비꼼에도 불구하고 나는 방긋 미소 지었다.

"제가 원래부터 운이 좋아서."

호호호호호- 마지막엔 웃음까지 덧붙여 주었다.

그러다 문득 단상에 앉은 황제의 모습이 눈에 들어왔다. 그의 손은 황좌 손잡이를 꾹 잡고 있었다. 불거진 핏줄이 툭 튀어나올 정도로.

지금쯤이면 레이첼의 힘에 공포를 느꼈을 게 분명했다.

"아세디움의 해법이 성녀라면, 성녀가 가진 힘은 정녕 신의 힘이 맞나 보군."

"……."

"알겠다. 그래도 부인께서 '우연히' 해법을 구해 다행이군. 이제 남쪽 끝 죽음의 땅으로 갈 때 불필요한 인명 피해는 줄일 수 있겠어."

태연한 척 말하고 있었지만 황제의 얼굴은 부들부들 떨리고 있었다.

아이고야, 이제 콜리카 공작가랑 신전 중에서 선택을 할 시간이 오셨군요.

속으로 그를 깔깔 비웃고 있는데 갑자기 루벨리안의 목소리가 들려왔다.

"폐하. 방금 제 아내가 고하다시피 성녀님의 힘은 아세디움의 저주조차도 풀 수 있습니다. 부디 성녀님께 황태자 전하의 치유를 부탁드리심이 옳을 것 같습니다."

"공작, 하나-"

"콜리카 공작께서는, 황태자 전하가 저리 누워 계시는 것을 보고만 계실 겁니까?"

"……!"

"하물며 황태자 전하께선 성녀님을 특별히 문병하실 만큼 두 분의 사이는 친밀합니다. 성녀님께서도 황태자 전하의 건강을 좌시하지는 않으실 겁니다."

루벨리안, 정말 얼굴에 티타늄 합금 깔았네. 내 남편이지만 이럴 때는 진짜 무섭다.

나는 멀쩡한 얼굴로 말도 안 되는 헛소리를 시전하는 루벨리안에게 감탄했다. 콜리카 공작이 울컥하는 게 눈에 보였으나 소용없었다.

황제를 올려다보자 그는 생각에 잠긴 듯했다. 그도 머리가 있다면 황태자를 습격한 배후가 루벨리안일 거라는 사실은 짐작했을 것이다.

그가 왜 이렇게 구는 것인지 궁금하겠지. 하지만 루벨리안의 말에 틀린 게 없어서 더 고민될 것이다. 황태자는 확실히 너무 오랫동안 누워 있었으니까.

결국 황제가 입술을 꽉 깨무는 것이 보였다. 이윽고 알현실에 침묵이 도는 가운데 바네스 후작이 입을 열었다.

"하오나 폐하, 플로렌스 공작 각하의 말씀을 온전히 들을 수는 없사옵니다."

아, 쟤는 분위기 좋은 데 꼭!

나는 고개를 홱 돌려 바네스 후작을 응시했다. 콜리카 공작가의 가장 친밀한 오른손이라 주장하지만, 머리가 딸려서 오른손 엄지손톱 정도밖에 못하는 그였다.

부녀가 쌍으로도 논다.

"황태자 전하께서 성녀님을 문병했는지도 확실치 않습니다."

"대신관님께서 증언해 주실 겁니다."

"설사 그렇다고 하더라도, 공작 각하께서 이렇게 기어코 성녀를—그것도 제국을 망하게 알 악마라는 이를 황실로 끌어들이지 못해 안 달하는 이유를 모르겠습니다."

바네스 후작의 거친 언사에 나는 숨을 들이켰다. 오른쪽 엄지손톱이 아니라 그 사이에 낀 때네.

"후작, 언사를 조심하게."

심지어 황제조차도 바네스 후작의 주제넘음을 지적했다. 그러나 바네스 후작은 그에 위축되기보다는 오히려 더 당당하게 얼굴을 들었다.

"폐하. 소신이 플로렌스 공작가에 관한 소문을 들은 바가 있어 드리는 말씀입니다."

"그게 무슨 소리인가."

"플로렌스 공작 부인께서는 헛소문을 퍼뜨리며 사교계의 물을 흐리는 이입니다. 그녀의 입에서 나온 소문으로 인해 현재 사교계에 얼마나 흉흉한 소문이 도는지, 끔찍하기 그지없습니다."

나는 눈썹을 까닥였다. 조금 재밌어지는 느낌에 흥미진진하게 그를 바라보는데, 마치 지옥에서 기어 올라온 듯한 낮은 목소리로 루벨리안이 읊조렸다.

"바네스 후작, 혀를 조심하게."

어찌나 그 목소리가 흉흉했던지 바네스 후작은 물론이요, 나도 당황할 정도였다. 여차하면 혀를 잘라 버리겠다는 의지가 다분했다.

"저, 저를 위협하셔 봤자 소용없습니다. 폐하, 부디 이 자리에서 플로렌스 공작 부인의 만행을 밝히는 것을 허락하여 주시옵소서."

바네스 후작의 입에서 만행이라는 말이 나오자 나는 굳은 채 입을 꾹 다물었다. 그러나 겉 표정과는 달리 속으로는 활짝 미소 지을 수밖에 없었다.

월척이다!

그도 그럴 것이 생각보다 빨리 반응해 주었기 때문이다.

그러나 나는 최대한 침착한 얼굴과 떨리는 목소리로 물었다.

"제, 제가, 무슨 만행을 저질렀나요?"

실은 웃겨서 떨리는 것이지만, 그것이 두려움에 의한 것이라고 판단했는지 바네스 후작이 득의양양하게 웃었다.

"폐하도 아시다시피 제 딸아이는 그간 황태자 전하의 옆에서 미래의 황태자비로서 그 의무를 다해 왔습니다. 이곳에 있는 모든 귀족분들이 이를 증언해 줄 것입니다."

저 집은 미래 황태자비로서의 의무가 성녀를 독살하는 것인가 보다.

나는 시큰둥하게 바네스 후작을 보았다. 사족이 너무 길어 듣기가 귀찮았다. 빨리 본론이나 들어가라- 속으로 되뇌는데 바네스 후작이 말을 이었다.

"하오나 근래 수도에는 제 딸이 성녀님을 해하려 한다는 불미스러운 소문이 돌고 있습니다. 그리고 증언에 의하면 그 말은 제일 먼저 플로렌스 공작 부인에게서 흘러나왔다고 합니다."

순간 홀에 있던 이들이 동시에 숨을 들이쉬었다.

칼군무인가? 기가 막혀 웃는 사이, 그가 알케 부인을 보며 말했다.

"그렇지 않습니까, 부인?"

"그……."

"미래의 황태자비가 될 제 딸의 명예를 위해 부디 진실만을 말해 주십시오."

미래의 황태자비. 그 말에 담긴 함의는 어마어마했다.

아니나 다를까, 알케 부인이 떨리는 얼굴로 고개를 끄덕였다.

"네, 플로렌스 공작 부인께서 다과회에서 그런 말씀을 하셨습니다. 하지만-"

"폐하, 알케 부인은 귀부인들이 귀감이 되는 인물입니다. 그 증언의 신빙성은 폐하께서도 아실 수 있으리라 사료됩니다."

알케 부인이 난감한 얼굴로 나를 응시하였으나, 그런 그녀에게 나는 되레 웃어 주었다.

바네스 후작의 말이 끝나자 황제는 미간을 찌푸렸다. 사실상 이 기회를 빌려 플로렌스 공작가를 내치고 싶다는 생각을 하고 있는 게 분명함에도, 그의 연기 실력은 황태자를 능가했다.

이윽고 황제가 한숨을 쉬며 입을 뗐다.

"그래서 후작. 플로렌스 공작 부인이 그런 소문을 퍼뜨렸으니, 짐더러 플로렌스 공작의 말도 귀담아듣지 말라는 겐가?"

"아닙니다, 폐하. 그저 소문만 난 것이었다면 저 또한 공작 부인의 품덕에 그저 의심만 보냈을 뿐, 이러지 않았을 것입니다. 하오나-제 딸이 자신의 결백을 증명하고자 조사를 하던 중 중대한 사실을 알게 되었습니다."

"그게 무엇인가?"

내가 성녀를 독살하려고 했다는 것이겠지.

"바로 플로렌스 공작 부인께서 자작극을 벌였을 수도 있다는 것입니다."

"헉."

"이럴 수가!"

"귀족의 수치로군!"

리액션이 좋다 못해 현대였으면 부장님 옆에서 탬버린 치다가 이달의 사원으로 뽑혔겠군.

나는 웃음이 터져 고개를 푹 숙였다. 그러나 그런 내 행동을 제멋대로 해석했는지 바네스 후작이 비웃음을 입에 걸었다.

"폐하, 부디 이 자리를 빌려 플로렌스 공작 부인의 죄를 밝혀 주시고, 제 딸의 억울함을 풀 수 있게 해 주십시오."

결국 황제가 한숨을 쉬며 마지못한다는 듯 말했다.

"그래, 어디 한번 들어 보지. 바네스 영애는 앞으로 황실 식구가 될 이. 황실의 명예와도 직결되니."

"황송합니다, 폐하!"

"하나 만약 후작이 헛소리를 하는 것이라면, 짐은 그 대가를 톡톡히 치르게 할 것이다."

그나마 황제가 이 사이에서 할 수 있는 가장 현명한 말이었다.

바네스 후작은 믿는 바가 있는지 득의양양하여 미소 지었다.

"하면 폐하. 부디 이 자리에 플로렌스 공작 부인의 죄행을 낱낱이 파헤칠 증인과, 그리고 성녀님을 소환해 주시길 간청하는 바입니다."

"성녀까지?"

황제는 다소 믿음직스럽지 못한 얼굴을 했다. 그도 그럴 것이 바네스 후작 말만 들었다가 무슨 일이라도 생기면 신전 앞에서 무슨 망신이란 말인가.

그러나 그는 이내 바네스 후작의 손을 들어 주었다.

"증인과 성녀를 불러와라."

그들이 오는 걸 기다리는 동안 알현실에는 긴장감이 흘렀다.

그 사이에서 나는 그저 무표정하게 고개를 숙이고 서 있었다. 괜히 이상한 행동을 해서 일을 망치고 싶지 않았기 때문이다.

그렇게 얼마나 지났을까. 문이 벌컥 열리며 익숙한 인영들이 나란히 들어왔다.

"성녀. 대신관도 왔군."

"폐하를 뵙습니다."

"그런데 바네스 영애 뒤에 있는 자는 누구지?"

나는 레이첼과 알프리드, 그리고 그 옆에 있는 멜리나를 차례로 훑다가 멜리나의 뒤에 서 있는 중년 남자를 보며 피식 웃었다. 하얀 조리복이 그의 신분을 대신해 주고 있었다.

"폐하를 뵙습니다. 이자는 샹젤레의 파티셰입니다."

"샹젤레?"

그녀는 마치 승리를 거머쥔 이처럼 당당하게 황제를 향해 말했다.

"네, 폐하. 세간에서 드는 소문이 지나치게 자세하여 혹시나 하는 마음에 수도에 있는 모든 디저트 가게를 조사해 보았습니다."

"소문이라……."

"제가 질투심에 성녀님을 해하려 쿠키에 아세디움을 넣어 보냈다는 말도 안 되는 헛소문입니다."

"그래서 그 소문이 플로렌스 공작 부인의 입에서 나왔다?"

"그렇-"

"아닙니다, 폐하. 저는 단언컨대 그런 이야기를 한 적이 없습니다."

멜리나가 고개를 끄덕이는 찰나, 나는 재빨리 그녀의 말을 가로챘다.

방금까지 조용하게 있었던 주제에 갑자기 끼어드는 내 모습에 바네스 후작의 얼굴이 붉으락푸르락해졌다. 그가 삿대질을 하며 크게 외쳤다.

"공작 부인, 그게 무슨 말씀이오! 증인이 여기에 있는……."

"바네스 후작. 손가락을 조심하지."

그러나 그의 말이 끝나기도 전에 루벨리안이 서늘하게 말했다.

쟤 조만간 혀랑 손가락 조심해야겠다. 그렇게 생각하며 내가 입을 뗐다.

"성녀님께서 해를 당하셨다는 이야기를 제가 알케 부인의 다과회에서 말한 건 맞습니다. 그러나 누군가가 성녀님을 질투하여 그런 일을 벌였다고 했을 뿐, 범인을 특정 지은 적은 없습니다."

"거짓……."

"알케 부인, 그렇지 않나요?"

순간 알케 부인이 두 손을 꼭 그러쥐고 고개를 끄덕였다.

"그런데 왜 아까는-"

"후작께서 알케 부인의 말을 끊어 버렸잖습니까."

"무슨 말도 안-"

"사람의 말은 끝까지 들어 봐야죠."

"부인, 진실-"

"그게 바로 진실입니다."

나는 세 번씩이나 바네스 후작의 말을 끊어 먹으며 나 자신을 변호했다.

결국 바네스 후작은 말을 마치지 못한 채 씩씩거렸다. 반면 그의 옆에 있는 콜리카 공작은 여전히 차분한 모습이었는데, 역시 만렙이 따로 없었다.

"하오나 폐하. 세간에 그러한 소문이 돈 것은 사실. 비록 플로렌스 공작 부인께서 직접 언급하지는 않으셨지만, 그럼에도 부인의 언질로 제가 큰 해를 입었습니다."

"그래서 바네스 영애는 뭘 말하고 싶은 겐가?"

"폐하. 이 샹젤레 파티셰의 증언에 의하면, 공작 부인께서는 성령제가 시작되기 직전 샹젤레에서 쿠키를 특별 제작하여 구매하셨다고 합니다."

"그래서?"

"제 결백을 위해, 아세디움이 들어 있는 성녀님의 쿠키와 공작 부인이 샹젤레에서 구매한 쿠키를 확인할 수 있길 간청합니다."

멜리나의 의도는 명백했다.

레이첼이 받은 건 샹젤레에서 특별 제작한 쿠키다.

무슨 소리냐 하면– 만약 그런 쿠키를 특별 제작한 인간이 나 하나뿐이라면, 레이첼이 먹은 쿠키는 내가 보낸 것이라는 말이 된다.

하지만–

"하오나 폐하. 소신은 그저 개인적인 취향으로 샹젤레에서 쿠키를 구매했을 뿐입니다. 실제로 성령제가 시작된 뒤에도 쿠키 열 케이스를 더 구매하여 여기 계신 몇몇 귀부인들께 선물했습니다."

"누구한테?"

황제의 물음에 내가 알케 부인을 응시했다. 그리고 나는 차례로 다이낸스 부인과 몇몇 귀족들의 이름을 짚었다.

"그게 사실인가, 부인?"

"네, 그렇습니다. 실제로 다과회 날 공작 부인께서 저희들에게 선물을 했습니다."

"음…… 그게 총 몇 개인가."

"여섯 케이스입니다. 폐하."

"공작 부인께선 샹젤레에서 얼마나 주문했지?"

"전에 주문한 것까지 더하면 열한 케이스입니다."

쿠키를 추가로 구매했다는 내 말에 의아한 시선을 보내던 멜리나의 눈빛이 반짝 빛났다. 그녀가 이내 나를 몰아붙이듯 크게 외쳤다.

"폐하! 부인께는 다섯 케이스의 쿠키가 남아 있어야 합니다. 부인, 그 나머지 쿠키를 가져올 수 있나요?"

"물론이죠."

나는 생긋 웃었다. 내 미소에 순간 멜리나가 멈칫하는 것이 보였지만 그녀는 꿋꿋이 말을 이어 나갔다.

"폐하. 부디 성녀님께서 받으신 쿠키를 가져와 진실을 밝혀 주십시오."

이내 모든 이들의 시선이 레이첼에게 꽂혔다.

레이첼의 뒤에 있던 알프리드는 얼굴을 구기며 요청을 거절하려 했다.

"안 됩⋯⋯."

"그러죠. 대신관님, 그 쿠키를 가져오세요."

그러나 그때였다. 알프리드의 입을 막으며 레이첼이 흔쾌히 고개를 끄덕였다.

그런 그녀에게 나는 화사하게 웃어 주었다.

이윽고 얼마나 지났을까. 신전과 플로렌스 공작가에서 각각 쿠키가 도착했다.

그리고―

"폐하, 증거를 확인해 주십시오. 공작 부인의 쿠키와 성녀님께서 드신 쿠키를 비교하여―"

"애초에 다른 것이로군."

"⋯⋯네?"

"공작 부인의 쿠키와 아세디움이 든 쿠키가 서로 다르단 말이다."

증거물을 쭉 훑던 황제가 미간을 팍 찌푸렸다. 그는 기분이 썩 좋지 않은 듯 멜리나를 향해 불쾌한 시선을 던졌다.

"바네스 영애. 이게 어떻게 된 일인가."

"그, 그럴 리가……."

황제의 말에 멜리나가 주춤거렸다. 그녀는 잠시 고민하더니 이내 급히 황제 앞으로 다가갔다.

"폐, 폐하. 제가 직접 쿠키를 확인-"

"어떤가. 영애가 보기엔 이게 같은 쿠키 같은가?"

급히 쿠키를 훑던 멜리나가 아연실색하여 입을 꾹 다물었다. 그녀의 동공은 믿기지 않는다는 듯이 흔들리고 있었다.

"이, 이게 어떻게……."

그녀가 멍하니 나와 레이첼을 번갈아 보았다. 그 모습을 보며 나는 실소를 머금고 말았다.

애초에 내가 소문을 퍼뜨리면서 고려한 건 딱 세 가지였다.

첫째, 소문으로 멜리나를 궁지에 몰 것.

둘째, 멜리나가 샹젤레의 파티셰를 증인으로 사용할 수 있게 레이첼이 '쿠키'에 당했음을 알려 둘 것.

셋째, 레이첼에게 진실을 판단하는 능력이 있음을 멜리나에게 들키지 말 것.

내 의도대로 멜리나는 궁지에 몰렸고, 결국 샹젤레의 파티셰를 증인으로 내세워 나를 범인으로 지목하려고 했다.

그러나…….

나는 레이첼을 힐끔 보았다. 설마하니 내가 소문을 내면서 레이첼과 미리 입을 맞추지 않았을까.

"폐, 폐하, 이건 말도 안 됩니다. 이건 분명 성녀와 공작 부인이 짜고-"

"무례합니다, 바네스 영애! 그게 무슨 말씀이십니까!"

멜리나의 말에 알프리드가 크게 호통을 쳤다. 그러나 이미 패닉 상태에 빠진 그녀의 모습은 도저히 정상으로 봐줄 수가 없었다.

하긴. 아무리 친하다고는 하나 내 이름으로 온 소포의 음식을 먹고 독에 걸렸는데, 설마 레이첼이 날 도와줄지는 꿈에도 몰랐겠지.

그래서 이 모든 계획을 진행하는 데는 세 번째 요건이 필요했던 거다. 레이첼에게 진실을 판단하는 능력이 있음을 들키지 않는 것 말이다.

"마, 말도 안 돼……. 폐, 폐하! 이 쿠키들에 아세디움이 있는지 확인해―"

"어떻게 확인하려고 그러나. 영애가 직접 먹어 볼 텐가?"

바짓가랑이를 잡는 심정으로 황망하게 외친 멜리나의 목소리를 덮고, 황제가 서늘하게 말했다.

그의 얼굴은 완전히 굳어 있었다. 형형하게 빛나는 눈빛은 지독한 분노로 가득 차 있어, 지금 당장이라도 멜리나를 한 대 칠 듯했다.

그에 겁을 먹은 듯 멜리나가 뒤로 주춤거렸다.

"정말이지, 저런 걸 황태자비로 세우겠다고 한 황후의 심정을 모르겠군."

"폐, 폐하……?"

"지독하리만치 멍청하기 짝이 없다. 망상증에 걸려 플로렌스 공작 부인을 범인으로 지목하지 않나."

"저, 저는…….."

"호사가들의 입방아에 정신이 팔려 제 약혼자가 침상에 누워 있는데 이런 헛짓거리나 하고."

"……!"

"심지어 신전 앞에서 짐의 체면까지 전부 바닥에 떨어뜨리는군."

황제는 노기를 숨기지 않고 표출하고 있었다.

하긴, 그럴 만도 했다. 이 기회에 플로렌스 공작가의 세를 꺾을 수 있지 않을까 기대했는데 정작 개망신만 당했으니.

"대체 짐이 왜 이런 망상에 사로잡힌 헛소리를 들어 주고 있었는지 모르겠군. 바네스 후작! 후작은 대체 딸 교육을 어찌 시킨 겐가!"

바네스 후작의 얼굴이 하얗게 질렸다. 방금까지 자신만만했던 얼굴에 노기가 서리고, 곧 그가 멜리나에게 빠르게 다가갔다.

그리고…….

철썩-

"꺅-!"

"멍청하기 짝이 없는 것!"

세상에.

나는 바네스 후작의 돌발 행위에 놀라 뒤로 물러섰다. 아무리 그래도 그렇지. 왜 애를 때리지? 자기도 같이 호응해 줬으면서? 귀족의 품위 어디 갔어?

"폐하, 송구합니다. 제가 여식을 잘못 가르쳐 그만 폐하의 앞에서 우를 범하고 말았습니다."

바네스 후작의 사죄에도 황제는 미동이 없었다. 그는 이 상황 자체가 무척이나 마음에 들지 않는 듯했다.

그때였다. 정적에 휩싸인 알현실에서 조용히 서 있던 루벨리안이 발걸음을 옮겨 내 옆에 섰다.

이에 나는 눈치 빠르게 그의 품에 얼굴을 폭 묻었다.

"너무 놀랐어요, 루벨리안."

입이 너무 째져서 웃음이 나오네. 루벨리안이 품을 빌려줘서 다행이야.

내 목소리에 황제가 크흠 헛기침을 하는 게 보였다. 그는 뭔가 말을 고르는 듯하더니 조심스레 입을 뗐다.

"플로렌스 공작. 짐이 큰 우를 범했군. 바네스 후작이 헛소리를 할 때부터 듣는 게 아니었는데."

"폐하. 바네스 후작은 제 아내를 모함하고 그녀의 명예를 더럽혔습니다. 침상에 누워 있는 황태자 전하를 염려한 제 충심조차도 모욕한 채, 감히 플로렌스 공작가의 명예를 바닥으로 끌고 내려가려 했습니다."

황제는 굳은 얼굴로 고개를 끄덕였다.

"그래. 후작이 감히 플로렌스 공작가의 명예를 더럽히려 했다. 어떻게 하는 게 좋겠는가."

"폐하. 제 생각에는—"

루벨리안의 시선이 멜리나를 향했다.

"제 아내를 모함하려 한 멜리나 바네스 영애는 잠시 수도를 떠나 요양이 필요한 것 같습니다. 그녀의 상태가 안정될 때까지는 사교계 출입을 자제시키는 편이 어떨까 싶습니다. 그리고."

이번에는 바네스 후작 차례였다.

"철없는 딸의 말을 듣고 함부로 제 아내를 모욕한 바네스 후작은 그 혀와 손가락을 잘라—"

자, 잠깐만, 진짜 자르게? 아니, 그건 너무 갔어.

나는 놀라서 루벨리안의 소매를 꽉 잡았다. 아무리 그래도 제국에서 내로라하는 가문의 수장이다. 나한테 삿대질했다고 손가락은 좀 과했다.

내 뜻을 알아들은 듯 루벨리안이 말을 맺었다.

"—잘라야 마땅하나, 후작 또한 딸자식의 말에 휩쓸린 것이니 함께 요양을 가 딸의 안위를 보살피는 게 어떨까 싶습니다.”

황제는 루벨리안의 말을 곱씹는 듯하더니, 이내 의자 손잡이를 꽉 잡으며 말했다.

“알겠다.”

“폐, 폐하…….”

“바네스 후작. 그대는 감히 플로렌스 공작 부인을 모함하고 공작가의 명예를 실추시켰으며, 짐을 우롱함과 동시에 신전을 모욕했다.”

“…….”

“그런고로 경은 1년간 귀족원 회의에 참석이 불가능하고, 멜리나 바네스 영애는 2년간 수도의 출입을 불허한다.”

“폐하!”

“아니 됩니다, 폐하! 부디 저를 황태자 전하의 옆에서 내치지 말아 주십시오!”

후작씩이나 되어 귀족원에 금족을 당하다니. 딱하다.

나는 절망하는 두 부녀를 보며 고개를 저었다. 하지만 설사 그렇다고 해도 변하는 것은 없었다.

‘그래도 이 정도가 어디야.’

실제로 멜리나는 아세디움을 써서 레이첼을 죽이려고 했다. 비록 증거가 없어서 그녀의 죄까지 밝히지는 못했지만, 내 입장에서는 그녀를 황태자 옆에서 떨어트리는 것만으로도 충분했다.

결국 기사들에 의해 반강제적으로 ‘모셔진’ 두 부녀를 눈으로 배웅하며 나는 방긋 미소 지었다.

황태자는 깨어나면 무슨 얼굴을 할까? 자신이 ‘애용’하던 약혼녀가 격리당했다는 것을 알면? 설사 다시 불러오고 싶어도, 이런 식으로 황제를 곤란하게 만든 이와 함께하기엔 어려운 점이 많을 것이다.

"이런 일이 생겨 유감이군, 성녀."

그때, 저 위에서 황제의 굵직한 목소리가 들려왔다.

레이첼은 그런 황제를 향해 온화하게 고개를 저었다.

"아닙니다, 폐하."

"친히 발걸음까지 해 주어 고맙네."

그녀가 아세디움을 해독할 수 있다는 사실을 깨달아서일까. 황제는 그녀에게 잘 보이려고 작정한 모양인지 인자한 얼굴을 하고 있었다.

부자가 똑같아, 아주.

"혹 또 다른 부탁을 드려도 되겠는가."

황제의 물음에 레이첼이 예상했다는 듯이 살포시 미소를 지었다.

그녀에게 황태자의 치료를 맡기려는 게 아닐까 짐작하는데 황제가 크흠 헛기침을 하더니 말문을 뗐다.

"성녀의 힘이 그토록 대단하다고 들었다. 한데 짐의 아들이 현재 침상에 누워 있어. 성녀와도 친분이 조금 있다는데…….."

"황태자 전하의 치유를 도와 드리면 될까요?"

"정녕 그래 줄 수만 있다면 실로 큰 영광이다. 성녀."

레이첼의 말이 떨어지자마자 마치 기다렸다는 듯이 황제가 고개를 끄덕였다. 그의 얼굴에 희열이 퍼지는 것을 보아하니 진심으로 성녀가 황태자에게 우호적이라고 짐작하고 있는 모양이었다.

"그럼 성녀를 황태자의 침실로 모셔라."

황제의 명령이 떨어지자 레이첼은 발걸음을 옮겨 알현실 밖으로 나갔다.

"이런 일이 생기다니, 수치스럽기 그지없군."

황제가 이마를 짚고 중얼거렸다. 그러다 다시 고개를 들어 나와 루벨리안을 번갈아 보았다.

"공작, 공작 부인. 오늘 일은 짐이 경솔했다."

나는 괜찮다는 말 대신 입을 꼭 다문 채 억울한 표정만 지었다. 그에 황제는 뭔가 생각하는 듯하더니 말을 이었다.

"짐의 과오로 인해 부인의 명예가 크게 실추되었으니, 짐이 꼭 보상하도록 하겠다."

나는 루벨리안을 힐끔 보았다. 그가 고개를 끄덕이자 난 예를 취해 인사를 올렸다.

"황송합니다, 폐하."

마침내 상황이 정리되자 황제를 포함한 귀족 무리들이 알현실을 우수수 빠져나갔다.

이에 길게 숨을 내쉬는데, 내 옆으로 알케 부인이 다가왔다.

"플로렌스 공작 부인."

"어머, 알케 부인."

"죄송해요."

그녀의 얼굴에는 미안함과 죄책감이 가득 들어 있었다. 나는 고개를 살짝 갸웃거렸다.

"뭐가요?"

"제가 그만 공작 부인의 비밀을-"

"아-"

나는 속으로 빙그레 웃었다. 사실 그녀가 내 말을 퍼트려 준 덕에 멜리나가 오늘 이렇게 활개를 칠 수 있었다. 나로서는 오히려 그녀에게 고마운 마음뿐이었다.

하지만 그걸 티 낼 수야 없지.

"괜찮아요. 저는 신경 쓰지 않는답니다."

나는 애써 쓴웃음을 지으며 그녀에게 괜찮다는 말을 건넸다. 물론 알케 부인은 더더욱 죄책감이 드는지, 한없이 미안한 얼굴로 알현실을 나갔다.

"알케 부인이 당신에게 빚을 졌군."

루벨리안이 뒤에서 작게 읊조렸다. 나는 고개를 끄덕였다.

"앞으로 종종 써먹어야겠어요. 원래 그러려고 특별히 알케 부인을 고른 거지만."

"당신, 가끔 생각 이상으로 나쁜 거 아냐?"

"당신에 비하면 천사 그 자체죠. 아니, 손가락이랑 혀를 자른다는 건 또 뭐야? 진짜 그러는 줄 알고 식겁했네."

내가 그를 살짝 흘겼다. 그러나 루벨리안은 아랑곳하지 않은 채 내 허리에 팔을 감았다.

"어쨌든 성녀가 황태자를 치유하러 갔으니 곧 깨어나겠어."

"그러게 말이에요. 깨어나면 혈압 터져서 바로 골로 가는 거 아닌지 몰라. 멜리나는 수도 진입 블랙리스트에 오르고, 콜리카 공작가를 이용한 걸 들켰으니 이 부분도 해결을 봐야겠네요."

"그렇지. 황태자가 깨어나면 또 칼을 갈겠군."

"뭔가 생각해 놓은 것은 있어요? 그냥 둘 사이 이간질만 하고 끝낼 건 아니잖아요."

내 물음에 루벨리안이 입꼬리를 말아 올렸다.

"당신 아버지가 좀 필요하겠어."

"우리 아버지요?"

우리 아버지가 왜?

고개를 갸웃거리는데, 루벨리안이 의미심장하게 미소를 지었다.

설마 나랑 결혼하는 대신 아빠와 거래한 그걸 써먹는 건가? 고민을 이어 가면서도 나는 그를 따라 문을 나섰다.

그리고 레이첼이 다녀간 그날 밤, 황태자가 눈을 떴다는 소식이 들려왔다.

나는 황태자 궁 앞에 서서 시큰둥한 얼굴을 했다.

그래도 황태자가 깨어났다는데 공작 부인으로서 와 보는 게 예의긴 하다마는, 솔직히 황태자가 우리를 보고 어떤 표정을 지을지 너무 눈앞에 훤하지 않은가.

긴장감이 감도는 황태자의 궁을 올려다보며 내가 작게 투덜거렸다.

"내가 보기에는 우릴 보자마자 혈압이 폭발해서 나가라고 소리칠 것 같은데요."

"황태자를 너무 만만하게 보는군."

루벨리안은 내 말에 동의하지 않는 듯 입가에 비릿한 미소를 달고 고개를 저었다.

"그자는 절대 그러지 않을 거다."

"음……."

그래도 자기가 '애용'하던 약혼녀도 수도에서 쫓겨나고 성녀랑 샤바샤바 헤이샤바 하려던 것까지 콜리카 공작가가 알게 되었는데, 지금쯤이면 나랑 루벨리안을 죽여 버리고 싶지 않을까?

한데 루벨리안은 안심하라는 듯 나를 향해 웃어 줄 뿐이었다.

이윽고 길고 긴 복도를 지나 안쪽으로 들어가자 귀족들의 웅성거리는 소리가 들려왔다.

"플로렌스 공작 각하."

방문 앞을 지키고 있던 기사가 허리를 꾸벅 숙이며 문을 열었다.

육중한 문틈 사이로 황후의 모습이 눈에 들어왔다. 그리고 나는 침대 옆에서 성모처럼 웃고 있는 그녀가 저번에 그 천박 어쩌고저쩌고하던 이와 같은 인물인지 잠시 의심해야만 했다.

"황태자, 한 술이라도 드십시오."

"괜찮습니다."

옆에서 스푼을 들고 아들에게 뭐라도 먹이려는 그녀의 모습은 영락없는 천사였다.

이중인격인가? 입을 딱 벌리고 경악하는데, 황후의 옆에 있던 황제가 우리를 발견했다.

"왔나. 플로렌스 공작."

황제의 목소리에 황태자의 섬뜩한 시선이 우리에게 향했다.

'으윽, 저 봐. 뒷골 잡을 거라니까.'

황태자의 눈빛은 어젯밤에 눈을 뜬 자라고는 상상도 못 할 정도로 형형하게 빛나고 있었다. 심지어 그 자리에서 바로 일어나 검을 휘두른다고 해도 이상하지 않을 정도였다.

그렇게 얼마나 지났을까, 긴 침묵 뒤에 황태자가 크게 숨을 내쉬며 천천히 얼굴에 미소를 띠었다.

"왔나, 루벨리안."

와…… 내 인생이 이렇게 뭣 같은 건 역시 내가 연기를 못해서 그런 걸까? 쟤는 연기를 잘해서 저렇게 실수한테 총알을 맞고도 멀쩡하게 사는 걸 수도.

나는 황태자의 모습에 다시 한번 놀라면서 루벨리안을 응시했다. 그러나 정작 내 사랑하는 남편은 황태자보다 더하면 더했지, 덜하지는 않았다.

"황태자 전하를 뵙습니다. 이리 무사하신 모습을 보니 무척 기쁘군요."

"나도, 이리 공작을 무사하게 볼 수 있어 무척 기쁘다. 듣자 하니 성녀를 불러오는 데에 공작이 큰 힘을 썼다던데."

"미흡한 힘이나마 도움이 되었다니, 황송하기 그지없습니다."

마치 발톱을 숨긴 두 짐승이 서로 원을 그리며 상대를 탐색하는 듯한 느낌이었다.

그 사이에 끼어서 삐약거리는 병아리가 된 느낌이라 한숨을 내쉬자 황태자의 시선이 나에게로 향했다.

"공작 부인께서도 오셨군."

"전하를 뵙습니다."

나는 언제 두려워했냐는 듯이 화사하게 웃어 보였다. 어쨌든 그의 앞에서 대충 척이라도 해야 했다. 황태자는 지그시 나를 응시하다가 가볍게 웃음을 흘렸다.

"내가 누워 있는 사이 부인께서도 꽤 험한 일을 당했다던데. 바네스 영애가 부인께 누명을 씌웠다지? 고생이 많았군."

"아닙니다, 전하. 제 입방정으로 인해 멜리나 바네스 영애께서 예민해지셨던 것 같습니다."

그때였다.

"부인은 확실히 입조심할 필요가 있어."

방금까지 황태자의 손을 꽉 잡고 있던 황후가 표독스럽게 중얼거렸다.

그러나 나는 그 말을 사뿐히 씹어 버리고 활짝 웃었다.

"그래도 전하께서 이리 무사하시니, 기쁘기 그지없습니다."

황태자의 속이 얼마나 엉망일지 가늠이 가지 않았다. 하지만 그는 끝끝내 다시 미소를 짜내면서 말을 받았다.

"그래, 나도 이리 일을 당해 보니 알겠더군. 믿음이라는 게 얼마나 취약한 것인지 말이야."

지금 루벨리안이 자신의 믿음을 깨 버렸다고 저러는 거야?

나는 기가 막혀 비집고 나오려는 헛웃음을 겨우겨우 삼켰다. 반면 루벨리안은 여상스럽게 입을 열 뿐이었다.

"영원한 아군과 적군은 없습니다."

"……."

"그것은 전하뿐만이 아니라, 모든 이들에게 적용되는 것일 겁니다."

황태자가 주먹을 꽉 쥐는 것이 보였다. 억지로 미소를 매단 입매가 부들거리고 있었다. 어쩌면 별 볼 일 없다 생각한 이가 제 계획을 번번이 흩트려 놓은 데에 대한 분노일지도 몰랐다.

그러다가 그가 미약하게 신음을 흘리며 제 상처를 부여잡았다.

"황태자, 괜찮나요?"

황후가 걱정되는 얼굴로 급히 물었다.

"괜찮습니다, 어마마마. 심려를 끼쳐 드려 죄송합니다."

"아닙니다, 황태자. 이리 무사히 깨어나 주신 것만으로도 충분히 감사합니다."

하나도 눈물겹지 않은 생 쇼였다. 생각해 보니 이 방에는 루벨리안에게 잘못한 일이 있는 사람들투성이라 더욱더 그랬다.

나는 무슨 생각을 하는지 모를 콜리카 공작 부부를 힐끔 훑었다. 제 아들이 깨어나서 좋아 죽겠다는 얼굴을 하고 있는 황후와 달리, 콜리카 부부는 대놓고 불쾌한 티가 역력했다.

그때 황제가 갑자기 입을 열었다.

"그래도 성녀가 있어서 다행이다. 신전에 감사의 표시라도 보내야겠군."

황제의 말에 콜리카 공작의 얼굴이 꿈틀거렸다. 방금까지 황태자의 손을 꽉 잡고 있던 황후의 얼굴마저도 미세하게 일그러져 있었다.

비록 황태자의 앞이라 참고 있는 듯했지만, 그녀가 콜리카의 딸인 이상 황제가 신전과 친하게 지내는 게 즐거울 리 없었다.

곧 황태자가 안정을 취해야 한다는 말과 함께 축객령이 내려지자, 나와 루벨리안은 바로 방에서 나왔다.

조용한 복도를 걷던 내가 불쑥 입을 열었다.

"그래서 앞으로 어쩔 거예요?"

"콜리카의 얼굴을 봤나?"

나는 걸레를 쥐어짠 듯한 표정이었던 콜리카 공작의 얼굴을 상기했다.

"성녀의 성력이 아세디움의 해법이라는 것이 밝혀지면서 귀족가의 풍향이 바뀔 것이다."

"역시…… 그렇겠죠."

"이제 더 이상 귀족들은 성녀를 무시할 수 없어. 그만큼 아세디움은 위험한 독이니까."

루벨리안의 말은 틀린 게 없었다. 레이첼로 인해 앞으로 많은 게 달라질 것이다. 그리고 권력을 독식하고 싶은 콜리카 공작가에게는 분명 나쁜 소식이겠지.

"이제 슬슬 폭탄을 던질 때가 되었군."

"뭔데요?"

나는 기대에 가득 찬 얼굴로 그를 응시했다. 이번에는 또 무슨 재미있는 걸 터뜨릴 건데. 반짝거리는 눈빛을 보내니 루벨리안이 내이마를 톡 쳤다.

"그렇게 사고 치려는 눈빛은 불안하다."

"아이참, 우리 남편도. 내가 위험한 일에 끼어들지 않겠다고 한 것만 해도 이미 충분히 물러나 준 거거든요? 그런데 이제는 재미있는 일에도 끼어들지 말라고 하는 건 너무하잖아."

루벨리안이 옅게 웃음을 터뜨렸다. 이윽고 황태자의 궁의 끝이 보이자 그가 입을 뗐다.

"저번에 말했지 않나. 당신 아버지가 필요하다고."

"드디어 그걸 쓰려는 거예요? 근데 그게 대체 뭔데요?"

루벨리안이 설핏 미소를 지었다.

"황제와 신전이 콜리카를 제거하기 위해 주고받았던 밀서."

"황제는 박쥐띠냐? 어떻게 된 게 이리저리 다리를 저렇게 잘 걸치고 있어?"

공작가에 도착한 뒤 곧장 방에 돌아온 내가 투덜거렸다.

"콜리카가 화날 만하네. 계약 정신이 없어. 손을 잡았으면 비지니스 파트너에게 신뢰를 줘야지, 거기서 홀라당 또 신전이랑 손을 잡아?"

"콜리카 공작가의 힘이 그만큼 강대하니 견제할 필요성이 있었겠지요."

"하긴, 그러니까 황태자도 콜리카 눈치를 보는 거겠지. 그런데 생각해 보니까 은근히 소름 돋네? 한집에서 살면서 그렇게 서로 견제하고 그런단 말이야? 아니지, 황제의 만행은 견제가 아니라 뒤통수까지 친 격이잖아."

나는 몸을 부르르 떨었다. 원작에서도 황제가 어떤 사람인지 대충 나오긴 했으나, 그때는 황태자의 시선으로 보니까 보정과 미화가 좀 많이 되었나 보다.

제나 부인은 투덜거리는 내 말에 대답하는 대신 머리를 정리해 주며 물었다.

"황태자 전하의 안색은 어떠셨습니까?"

"어떻겠어. 총에 맞았는데. 그런데 그 와중에도 아주 우릴 씹어 먹을 듯이 보더라고. 얼굴을 보아하니 조만간 죽일 기세던데."

"자신이 쓰러진 사이에 바네스 영애까지 수도에서 쫓겨났으니까요. 앞으로 조심하셔야 합니다. 더군다나 마님은 마님을 위해 희생해 줄 가문도 없지 않습니까."

"우리 아빠 돈 많다, 뭐."

"그걸 말하는 게 아니잖습니까."

제나 부인이 나무라듯 입을 열었다.

사실 나도 알고는 있었다. 나와 다른 귀족 부인과의 가장 큰 차이점이라면 내게는 강력한 친정이 없었다.

사교계에서 귀부인에게 강력한 친정은 꽤 중요했다. 일단 저렇게 황제와 황후의 사이가 별로인데도 황제가 황후를 내치지 않는 걸 봐라. 제왕들이 괜히 외척 세력을 경계해 온 게 아니었다.

"그러니까 마님도 이제 위급한 순간에 마님을 지켜 줄 세력이 필요한 겁니다."

딱히 틀린 말은 아니었으나, 갑자기 나한테 이런 말을 꺼내는 데에는 분명 이유가 있을 것이다. 나는 제나 부인을 보며 말했다.

"그래서, 뭐ㅡ 가문 내 귀족들을 만나 보라고?"

이를 기다렸다는 듯이 제나 부인이 활짝 웃었다. 왜 내 투덜거림에 굳이 강력한 뒷배 얘기를 꺼내나 했더니, 목적이 있었구만.

"안 그래도 이 며칠간 마님께 만나 뵙고 싶다는 요청이 쏟아졌습니다."

"내 손에 들어온 건 하나도 없는데?"

"그거야 마님께서 이 며칠간 하도 바쁘게 뛰어다니시니 그럴 수밖에 없지 않습니까."

"어머, 나를 배려해 준 거야?"

"지금부터 한꺼번에 다 처리하셔야 한단 말입니다."

마음속에서 살짝 고개를 내밀었던 감사의 마음이 가뭇없이 사라졌다.

비록 투덜거리긴 했지만 사실 제나 부인의 말이 맞았다. 황태자가 플로렌스 공작가, 그리고 나에게 총구를 겨누었을 때 나를 위해 나서 줄 인간이 필요했다.

하지만 어떻게?

내가 뭐 전생에서 특이한 기술을 배워 온 것도 아니고, 아는 거라고는 전공 분야에서 질리게 본 정치와 법학 책밖에 없는데 그게 쓸모가 있긴 해? 아, 경제도 부전공으로 하긴 했다마는…… 정말 놀랍게도 경제학에서 배우는 것과 장사를 하는 건 또 다른 문제였다.

"아, 정말 애매하네. 그래도 일단은 초대장 가져와 봐."

"맞이하시렵니까?"

"뭐, 부인 말도 틀린 건 없으니까."

제나 부인이 드물게 기쁜 얼굴을 했다. 그녀는 진심으로 내가 가문 소속 귀족들에게 인정받는 것을 원하는 듯했다.

"이것들입니다."

그녀가 빠르게 내 앞으로 초청장을 가져왔다. 근 며칠간 달달 외운 이름들이 거기에 있었다.

한데…….

"이게 누구야? 아린느 델런?"

나는 얼굴을 팍 찌푸렸다. 아린느 델런도 플로렌스 공작가 소속이었나? 내 기억에 델런 가문은 중립 가문이었는데.

"아, 이건 오늘 아침에 도착한 것입니다. 아린느 델런 영애께서 공작 부인을 만나 뵙길 청하십니다."

"언제?"

"그거야 공작 부인께서 결정하실 일이 아니겠습니까."

그러고 보니 황태자의 생일 연회에서 조만간 공작가에 방문하겠다고 한 것 같기도 했다.

"흐음……."

나는 아린느 델런의 편지를 팔랑거리며 생각에 잠겼다.

아린느 델런은 황태자가 굳이 해외에서 데려온 이였다. 그것도 루벨리안에게 청혼한 전적이 있는.

황태자가 아무런 생각도 없이 그녀를 불러왔으리라고는 생각하지 않는다.

그러면…….

"일단 여기에 있는 모든 이들에게 답장을 보내. 이 며칠간 가문의 일이 바빠서 차마 신경 쓰지 못했다. 내일 성령제의 불꽃 의식이 끝나면 공작가에서 조촐한 다과회를 열어 모두를 함께 맞이하겠다고."

"다과회요?"

"왜? 꼭 일대일로 만나야 해?"

"아닙니다. 오히려 다과회가 마님에게는 더 좋을 수 있습니다. 마님께서 다과회를 잘 주최하시면 다른 이들도 마님을 다르게 볼 겁니다."

처음으로 보는 제나 부인의 신난 모습에 눈을 깜박거렸다. 저게 그렇게 좋은가? 이내 나는 피식 웃었다.

다사다난했던 성령제가 막바지에 접어들었다.

나는 불꽃 의식에 참석하기 위해 홀로 신전에 들렀다. 원래는 루벨리안도 함께 가려고 했으나 그는 꽤 바쁜 모양인지 미안하다는 말을 건넸다. 그냥 불꽃이 터지는 것에는 나도 큰 흥미가 없었기에 나는 괜찮다며 고개를 저어 주었다.

이윽고 사제들의 인도하에 레이첼의 방에 들어갔다. 황태자를 치료한 뒤 처음으로 만나는 것이었다.

화려한 예복을 입은 레이첼의 모습을 넋을 잃고 보는데, 그녀가 우아하게 웃으면서 고개를 돌렸다.

"이브, 오셨군요. 어머, 홀로 방문하신 건가요?"

"아, 루벨리안이 바빠서요. 그래도 레이첼이 처음으로 하는 불꽃 의식인데, 꼭 봐야 할 것 같아서 혼자라도 들렀어요."

"고마워요."

레이첼이 생글생글 웃었다. 어두운 기색이라곤 조금도 보이지 않는 모습이었다.

사실 원작에서의 그녀는 황태자와 엮인 덕에 각종 고뇌에 시달리곤 했다.

예를 들면 두 사람을 갈라놓을 요량으로 '우리 아들이랑 만난다고?'를 시전하는 황후라든가, 반대로 다른 의미에서 '그래, 성녀께서 우리 아들과 만난다고?'를 시전하던 황제라든가.

하지만 현재 황실의 시선은 거의 플로렌스 공작가에 집중되어 있기 때문에, 그녀는 원작과 달리 신전에만 오로지 관심을 쏟을 수 있었다.

기뻐해야 하는 걸까? 어쨌든 원작에서 너무 많이 구르는 그녀가 안타까웠던 것은 사실이니까.

그런데 왠지 모르게 그녀 대신 내가 구르는 것 같은 건 착각이겠지.

"아쉽네요. 오늘 불꽃 의식을 위해서 많은 걸 준비했거든요. 공작 각하와 함께하시면 좋은 시간이 되셨을 텐데…….."

"전 괜찮아요. 그런데 레이첼 몸은 괜찮나요?"

"염려해 주신 덕분에요. 아, 그러고 보니 이브."

레이첼이 갑자기 생각났다는 듯 손뼉을 짝 치며 뒤에 있던 사제에게 손짓했다.

가까이 다가온 사제의 손에는 성수가 들려 있었다.

"저 때문에 성수를 다 쓰셨죠."

"애초에 레이첼의 것이었는 걸요."

"그래도요. 성령제 기간엔 제 힘이 더 강해져서 성수를 제조하는 기간이 짧아진 터라, 마침 오늘 드릴 수 있게 되었네요."

나는 순진하게 웃는 레이첼을 응시하며 생각에 잠겼다.

원작에서 레이첼의 힘은 성령제를 계기로 빠른 속도로 급성장한다. 오늘 의식이 끝나면 그녀의 힘은 더 강해질 것이고, 아마 진실을 보는 눈 또한 점점 더 확실해지겠지.

그때가 되면 그녀는 황제의 만행을 보아 낼 수 있을까? 그렇게 생각하던 나는 저도 모르게 그녀를 향해 홀린 듯이 물었다.

"레이첼. 혹시 황실에 대해 어떻게 생각하세요?"

"황실요?"

만약 레이첼의 진실을 보는 눈이 완전히 각성을 하게 된다면, 그녀는 어떤 선택을 할까?

"글쎄요. 아직은 잘 모르겠어요. 하지만 멜리나 바네스 영애가 저를 그렇게 경계하는 걸 보아서는…… 황실에서도 저를 탐탁지 않아 하는 것 같고."

"……."

"하지만 그 또한 별로 큰 문제는 아닌지라."

아, 그녀는 악의에 강하다고 했지.

나는 고개를 끄덕였다.

어쨌든 지금 내가 해야 할 일은, 그녀가 완전히 신전 위에 군림할 때까지 그녀의 옆에 있는 것이었다.

그녀를 바라보자 한 치의 거짓도 없는 올곧은 눈길이 내게 쏟아졌다. 그 순간, 내 잇새를 타고 저도 모르게 말이 흘러나왔다.

"레이첼. 저를 믿나요?"

갑작스러운 질문이었으나 레이첼에게선 딱히 당황한 기색이 없었다. 외려 당황한 건 나였다.

"아, 갑작스럽게 미안해요. 다른 뜻이 있는 건 아니고, 그냥 레이첼이 나한테 너무 잘해 줘서……."

나는 어색하게 손사래를 쳤다. 지금까지 잘만 협력해 오다가 왜 이런 물음을 던진 거야. 당연히 날 믿으니까 성수도 주고 잘해 주는 거겠지.

뜬금없는 물음을 던진 나 스스로를 질책하는데 레이첼이 온화한 웃음을 보여 주었다.

"이브, 그거 알아요? 저는 말이죠. 신전에 들어오기 전까지 항상 다른 이들의 악의를 받으면서 살아왔어요. 제 새어머니도 그렇고, 새언니들도 그렇고."

"아……."

"이브가 저를 구해 줬을 때가 유일하게 호의를 받아 본 순간일 거예요."

나는 입을 꽉 깨물었다. 으악, 내 양심.

"그, 레이첼, 지금이니까 말하는 건데…… 사실 그때 그거……."

"알아요. 다른 목적이 있었다는 거."

"……네?"

"저는 어렸을 때부터 너무 많은 악의를 받아 와서 타인의 감정에 민감해요. 이브를 처음 보고 본능적으로 뭔가 느꼈죠. 아, 이 사람은 나한테 뭔가 바라는 게 있구나."

나는 죄책감 가득한 얼굴로 그녀를 응시했다. 설마하니 그녀가 그것까지 눈치챌 줄은 몰랐다.

그러나 정작 레이첼은 나를 향해 미소를 보이며 말을 이을 뿐이었다.

"저는 그 당시에 진심으로 무력했어요. 어쩌면 악마로 몰려 바로 죽었을지도 모르죠. 그런데 이브가 제게 손을 내밀어 줬어요. 그 뒤에 어떤 목적이 있다는 것을 알았지만, 그럼에도 불구하고 내가 이브의 손을 놓지 못한 건-"

"……."

"가장 절실하던 나에게 유일하게 손을 내밀어 준 사람이었기 때문이랍니다."

순간 그녀의 말에 울컥해서 내가 입술을 꼭 깨물었다.

"……죄송해요. 목적을 가지고 접근해서. 사실 그 뒤에도 종종 레이첼을 이용할 생각을 했어요."

"저도 이브를 이용했잖아요. 그렇게 저는 살아남았고, 성녀가 되었고, 신전에 들어왔죠. 세상에 온전한 선의는 없어요."

그러한 말과는 달리 레이첼은 천사와도 같은 얼굴을 하고 있었다.

"세상에 티 하나 묻지 않은 깔끔하기만 한 관계도 없죠. 이 세상은 검은색 아니면 흰색인 게 아니잖아요? 회색도 있고, 빨간색도 있고, 다양한 색이 존재해요."

그녀의 말이 맞았다. 세상에 절대적으로 순수한 감정 같은 건 없다. 그것은 동화 속에서나 나올 법한 게 아닌가.

"고마워요."

나는 레이첼을 향해 웃어 주었다.

루벨리안은 내가 그의 구원이라고 했고, 레이첼 또한 내가 그녀에게 손을 내밀어 줬다고 했지만…… 우습게도 나는 이 두 사람 모두한테 감정을 주고야 말았다.

내 말에 온화하게 미소 짓는 레이첼을 보면서, 나는 한동안 잊고 있었던 사실을 떠올리고 말았다.

'이하야의 밤'의 모든 이들을 구원하고 사랑하고 벌하는 절대적인 신.

레이첼은 그 주인공이었다.

레이첼은 정말 여주인공이구나. 이기적이고 못돼 처먹은 나와는 달리, 정말 말 그대로 모두를 이해해 주는 성녀 같은 존재.

"나 같은 걸 감동시키기가 어려운데 그걸 해내다니, 역시 레이첼은 무서운 사람이야."

그렇게 중얼거리며 나는 광장 중앙에 있는 분수를 바라보았다. 화려하게 퍼지는 분수 사이로 성화가 활활 타오르고 있었다.

아무리 봐도 신기했다. 물속에서 불이 타오르는 것은.

'그걸 보면 난 아직도 이 세상에 완전히 녹아들지 못한 걸까?'

그러니 곧 죽는다는 사실도 이렇게 담담하게 받아들일 수 있는 걸지도.

'내가 죽으면 루벨리안은 어떻게 될까?'

불쑥 든 생각에 나는 입을 꼭 다물었다가 고개를 털었다.

'아, 됐어. 이런 생각은 하지 말자. 내가 죽으면 잘 살겠지. 내가 없을 때도 잘 살았잖아. 뭐, 좀 슬퍼야 하겠지만.'

그래도, 많이 슬퍼하진 말았으면 좋겠다.

불꽃 의식이 시작되는 종소리가 허공을 수놓았다. 이내 사람들의 기대 어린 환호 소리가 귀를 파고들자 나는 고개를 들었다.

그리고 그와 함께 익숙한 손길이 내 허리를 감았다.

"어?"

"왜 여기에 혼자 있나. 리리스는?"

소란 속에서도 뚜렷이 들릴 만큼 익숙한 목소리였다. 나는 눈을 깜박거리다가 의문 섞인 얼굴로 그를 돌아봤다.

"뭐야, 일 있다고 하지 않았나요?"

"끝나고 왔지."

"집에 가지 않고 왜."

"당신 혼자 외롭게 여기에 세워 둘 수는 없지 않나. 그리고 성녀의 불꽃 의식은 사람의 희망을 이루어 준다지."

"뭐야. 소원이라도 빌려고요?"

나는 헛웃음을 지었다. 그에게 이런 낭만이 아직 남아 있었나.

한데 갑자기 그가 나를 빤히 응시했다.

"왜 그래요?"

"당신은 소원이 있나?"

"나요? 음…… 오늘도 내일도 모레도 영원히 예쁘게 해 주세요."

내 대답에 루벨리안이 웃음을 흘리다 내 이마에 입을 맞추었다.

"그건 이미 이루어진 것 같은데."

"그런가요? 그럼…… 당신이 영원히 나를 기억하게 해 주세요─ 같은 거?"

나답지 않게 감상적인 소원에 그가 의아한 빛을 띠었다. 분위기가 이상해지자 '그냥 장난이에요.'라고 읊조리려는데, 루벨리안이 내게 답했다.

"그것도 이미 이루어졌어."

나는 루벨리안의 품에서 벗어나 그와 눈을 마주쳤다. 다소 급하게 온 듯한 그의 모습에 손을 들어 머리카락을 살짝 쓸어 주었다.

"그럼…… 당신이 복수를 마치고 행복하게 해 주세요?"

"무슨 말이지?"

"말 그대로예요. 복수를 마치면 당신은 모든 인간들을 전부 다 발밑에 굽힐 수 있잖아요."

"발밑에 굽힌다라……."

"흙 속에 파묻어도 발밑에 굽히는 거죠. 아예 밟아 버려요."

내가 장난스럽게 웃었다. 그러나 루벨리안은 의미심장한 얼굴로 나를 응시했다.

"내 행복은 복수에 있지 않는데."

"그럼 어디 있는데요?"

"당신한테."

"……."

"내 행복은 당신한테 있어."

그의 말에 나는 입술을 꼭 깨물었다. 평소라면 아마 설렘에 얼굴을 붉혔을 테지만, 지금 이 순간만큼은 마냥 행복해할 수 없었다. 내가 조만간 죽는다는 사실을 알기 때문에.

진지하게 그 말을 읊조리는 루벨리안의 얼굴을 볼 자신이 없었다.

하지만…….

"알았어요. 그럼 당신을 위해 내가 행복해질게요."

나는 환하게 웃으면서 발꿈치를 들었다. 곧 달콤하고 말랑말랑한 촉감이 느껴졌다. 루벨리안 또한 내 허리를 감싸며 나를 품에 안았다.

"아, 시작한다!"

누군가가 외친 소리에 나는 하늘을 바라보았다. 하얀색 불꽃들이 어두운 밤하늘을 화려하게 수놓고 있었다.

오랜만에 느끼는 평온이었다. 오늘만큼은 이렇게 있어도 상관없겠지?

나는 옆으로 고개를 돌려 루벨리안을 보았다. 그러나 정작 눈에 안긴 것은 루벨리안의 옆모습이 아니라 그의 시선이었다.

"불꽃 안 봐요?"

"당신이 더 예뻐."

"나도 알아요."

나는 새침하게 웃으면서 그의 어깨에 살짝 기댔다.

에반젤린 클로다로 빙의하면서 온전한 내 것은 하나도 없었다. 아버지와 어머니에게 나는 그들의 딸인 '에반젤린'일 뿐이었다.

하지만 이 남자는 다르다. 이 남자를 만난 것만큼은 그 첫 순간부터 지금까지 오롯이 전부 나였다.

그 사실이 못내 기뻐서 나는 속으로 읊조렸다.

'부디, 끝까지 행복했으면 좋겠어.'

물론 그 소원을 저 신이 들어줄지는 미지수였다.

이튿날 아침, 무사히 성령제를 마쳤다는 사실에 안도감이 든 나는 드디어 한시름 놓을 수 있었다.

레이첼도, 루벨리안도, 나도 다치지 않았으니 다행이었다.

하지만 그렇다고 놀기만 할 수는 없는 법.

어쨌든 황태자와 콜리카 공작가의 사이에 균열이 간 지금은 옆에서 참기름, 올리브유, 해바라기씨유를 전부 콸콸 부어서 그 불꽃을 더 키워야 했다.

"마님, 오늘 다과회에 참석할 귀족들 명단입니다."

나는 제나 부인이 건네주는 명단을 쭉 훑었다. 그간 그녀가 하도 이름을 외우라 달달 볶은 덕분에 한 번도 보지 못한 인물들임에도 모두 익숙하게 느껴졌다.

"그런데 모두 일곱 명이네? 생각보다 적잖아."

"다과회는 원래 조촐하게 여는 게 좋습니다. 그리고 마님께 힘이 되어 줄 가문을 중심으로 받아 보았습니다."

나는 고개를 끄덕였다.

그런데 그 사이에서 유난히 눈길을 끄는 이름이 있었으니, 바로 아린느 델런이었다.

"혹시 아린느 델런은 여기에 있는 귀부인들과도 친해?"

"면식이 있습니다. 무엇보다도 공작 각하와 어렸을 때부터 자주 만난 사이라."

"아, 그 설정 좀 꺼내지 마. 듣기만 해도 울컥울컥하네."

"귀부인은 마음을 넓게 써야 합니다. 공작 각하의 친우일 뿐인데 그런 질투하는 모습을 보여 주면 다른 귀족들이 마님을 성숙지 않다고 판단하실 겁니다."

나는 헛웃음 지었다.

"이럴 줄 알았으면 나한테 청혼한 남사친 정도는 하나쯤 만들어 두는 건데. 그러니까 내 말은 성별이 남자인 친구 말이야."

"황태자 전하 한 명만으로도 각하께서는 충분히 벅찹니다."

"황태자? 그놈을?"

나는 얼굴을 걸레처럼 쥐어짜며 질색한다는 티를 팍팍 냈다.

황태자라니, 그 흑역사는 대체 내 인생 어디까지 같이 가는 것일까.

"황태자 전하께서 한때 부인의 청혼을 받아들일 생각을 하셨……."

"잠깐."

나는 고개를 홱 돌리고 미간을 찡그린 채 제나 부인을 응시했다.

"황태자가 뭐가 어쩌고 어째?"

"한때 부인의 청혼을 받아들일 생각을-"

"무슨 헛소리야? 그 인간이 내 청혼을 왜 받아들여?"

"그거야…… 그 정도로 마님께서 아름다우셨으니까?"

……

아니, 장난조로 예쁘다, 예쁘다 하긴 했지만 제가 그 정도로 예쁜 가요? 아니면 그냥 황태자가 바보인 건가?

"물론 결국에는 거절하셨습니다만, 어찌 되었든 미모 하나만으로도 황태자 전하를 흔드셨다는 데서 이미 각하는……."

"와, 정말이지. 난 그동안 대체 왜 부끄러워했던 거지? 난 내가 도끼병인 줄 알고 막 수치스러워하고 그랬는데! 나 혼자 김칫국 마신 줄 알고 소리 지르면서 뛰어다녔는데!"

"마님, 그 정도면 의원에게 보이셔야……."

"그런데 알고 보니 걔도 나한테 뭔가 흔들리긴 했단 말이지?"

나는 기가 막혀서 혀를 찼다.

"그래도 흔들리기만 하고 넘어가지 않아서 다행이네. 덕분에 루벨리안이랑 결혼했으니. 앞으로는 황태자한테 감사한 마음으로 살아야겠어."

나는 주먹을 불끈 쥐었다. 제나 부인은 나를 말리는 것을 포기한 채 고개를 내저었다.

그때, 리리스가 노크를 한 뒤 문을 열었다.

"마님. 손님들이 전부 오셨어요."

나보다도 더 긴장한 게 역력한 제나 부인의 모습에 난 그녀에게 웃어 보였다.

"걱정 마. 잘되겠지, 뭘."

"오늘 오는 이들은 전체적으로 만만하지 않습니다. 부디 오늘만큼은 행실을 바로 해 주세요."

나는 고개를 끄덕이며 걸음을 옮겼다.

나는 애초에 귀족들이니, 사교계 예법이니 하는 것에 관심이 없었다. 졸부로 태어나서 가장 기뻤던 일을 말해 보라면 귀족이 아니기 때문에 예법에 조금 관대한 환경에서 살 수 있었던 것이랄까.

예절 수업은 이미 전생에서도 충분히 받았다. 집안의 몇 대 어르신들에게는 허리를 어느 정도 숙이고, 몇 촌들에게는 허리를 굽히지 말고 따위를 토가 나오게 교육받은 터라 나는 그런 것 자체에 상당히 큰 반감을 갖고 있었다.

'인간과 인간 사이에 기본적인 예의만 지키면 되지, 뭐.'

잔뜩 긴장된 얼굴의 제나 부인과 달리 나는 여유롭기 그지없었다. 굳이 비굴하게 굴 이유가 없잖아?

그렇게 생각하며 입술 끝을 말아 올린 채, 모두가 앉아 있는 테이블로 다가갔다.

"플로렌스 공작 부인을 뵙습니다."

"초대에 응해 주셔서 영광입니다."

사교계가 추구하는 우아한 귀부인 상은 아니나, 결혼 전에 콜리카 공작 부인 앞에서 친 깽판과 비교하면 이 정도는 그야말로 천사였다.

"모두 다 자리에 앉으세요. 가볍게 즐기다 가라는 의미에서 만든 자리인데 그렇게 긴장할 필요 있나요?"

하지만 나를 고슴도치로 만들려고 작정이라고 한 듯 시선은 계속해서 나를 콕콕 찔러 왔다.

아으, 진짜 내가 이렇게 성깔을 죽여 주는데! 그런 눈빛은 너무하지 않니?

대체 이들이 내 힘이 되어 줄 가능성이 있긴 한 거야? 그냥 날 절벽에서 밀어 버릴 힘밖에 없는 것 같은데. 나는 속으로 투덜거리면서 작게 혀를 찼다.

그때, 아린느 렐런이 입을 뗐다.

"다시 뵙게 되어 영광이에요. 오늘도 무척 아름다우시네요."

"과찬이세요. 델런 영애께서 그리 칭찬하실 줄 알았으면 더 꾸미고 나오는 건데."

내 대답에 제나 부인이 눈을 질끈 감는 게 보였다.

아, 그리고 보니 여기서 표준 대답은 그거였나? 영애께서 더 아름다우세요?

그런데 쟤 나보다 안 예쁘잖아. 내가 더 예쁜데? 아무리 봐도 이 세계관에서 나보다 예쁜 사람은 저기 홀에 걸려 있는 샤를리나밖에 없었다.

내 말에 아린느 델런이 뻘쭘한 듯이 어색하게 웃자 나는 가볍게 찻잔을 들었다.

"부인들께서 다과회에 참석하신다고 하여 특별히 준비한 차입니다. 향이 좋으니 부디 즐거운 시간이 되었으면 좋겠군요."

"영광입니다, 부인."

"그간 각종 요청을 보내 주셨는데, 일일이 찾아뵙지 못해 무척 죄송해요. 공작가의 내외부 일로 너무 바빠서 차마 손님맞이를 할 시간이 없었답니다."

나는 최대한 상냥하게 웃었다. 내 뒤에서 긴장한 얼굴로 서 있는 제나 부인을 실망시키고 싶지는 않았기 때문이다.

그러나 더없이 따뜻하게 내뱉은 말에 돌아온 것은 다소 차가운 목소리였다.

"손님맞이를 할 시간이 없었다라…… 안주인에게 그것보다도 더 중요한 것이 무엇인지 궁금하군요."

목소리의 주인공은 한 노부인이었다. 딱 봐도 얼굴에 '나 깐깐하오.'를 써 붙인 그녀의 모습에 나는 빙그레 웃으며 답했다.

"성녀님께서 큰일을 당하시어 그 옆을 지켰습니다. 그리고 황태자 전하께서 습격을 당하신 터라 각하를 도와 공작가의 일을 처리해야 했지요."

그리고 바네스 후작 영애를 수도에서 쫓아냈다. 이 정도면 충분히 그쪽들을 만나지 못한 이유가 되지 않을까?

나는 입꼬리를 올리고 그녀를 보았다. 발론 백작가였던가? 플로렌스 공작가의 휘하긴 했지만 어찌 되었든 가문 내부에서 꽤 발언권이 높은 듯했다.

그녀의 시선이 내게 꽂혔다.

"부인께서 공작 각하를 도와 처리하실 수 있는 일이 있긴 하십니까? 정규 교육도 못 받으신 부인께서?"

"……."

"실례가 되었다면 죄송합니다. 하오나 부인께서 그간 일부러 저희를 만나지 않은 건 아닐지 합리적인 의심을 던졌을 뿐입니다. 기분을 상하게 했다면 죄송하나-"

"실례가 되고 기분을 상하게 할 수도 있다는 걸 알면 얘기를 안 꺼내는 게 맞지 않나요?"

"……네?"

"어머, 실례가 되었다면 죄송해요. 기분을 상하게 했다면 사과의 말씀을 드리죠."

나는 최대한 방긋방긋 웃으며 그녀를 응시했다. 너무 대놓고 무시하는 어투라 차라리 받아치기가 편했다. 그렇다고 기분이 상하지 않는 건 아니었다.

당황한 발론 백작 부인의 시선이 느껴졌으나 나는 여전히 생글생글 웃는 눈으로 맞받아쳤다.

내가 제나 부인이 있어서 참는 거야. 내 왼팔의 흑염룡을 꺼내면 다들 기막혀서 심장 마비 걸릴 걸 각오해야 했을 텐데.

평소라면 내게 시비를 거는 인간들의 혈압을 손수 맥시멈으로 끌어 올렸을 테지만, 오늘만큼은 이 주둥아리를 곱게 봉인하기로 했다.

그러나 정작 이 자리에 온 이들은 그럴 생각이 전혀 없는 듯했다.

"발론 백작 부인. 그만하시는 게 좋을 것 같습니다."

"네, 맞아요. 공작 부인께서 사교계의 예법에 무지하니 그럴 수 있지요."

"제가 뭘 어쨌나요? 방금부터 하나도 무지하게 굴지 않았던 걸로 아는데?"

너도 나도 한마디씩 하며 발론 부인을 부채질하던 이들에게 내가 직설적으로 물었다.

그러자 한 젊은 부인이 입을 뗐다.

"아니에요, 공작 부인. 저희가 이해한답니다. 아직 후계자를 생산하지도 않은 부인께서 공작가의 예법에 익숙지 않은 건 정상적인 거예요."

"맞아요."

"그러니까 제가 어떻게 익숙지 않았는지 지금 묻고 있지 않나요?"

"원래라면 플로렌스 공작가 휘하의 모든 가문 중에서 가장 위망이 높은 발론 백작 부인께 결혼을 하자마자 인사를 드려야 하지만, 아무렴 어떤가요. 공작 부인께서 그리하신 것을."

"선대 공작께서도 발론 백작 부인을 정기적으로 찾아뵙고 어른으로서의 예를 다하셨는데, 공작 부인께서는 그럴 생각이 없으신가 봅니다."

나는 귀부인들이 하하 호호 내뱉은 말에 제나 부인을 응시했다.

내가 진짜 저쪽에 먼저 인사를 해야 하는 거야? 그렇게 눈으로 묻는데 제나 부인이 살짝 미간을 찌푸리며 고개를 갸웃거렸다.

"하다못해 아린느 델런 영애도 매년 발론 백작 부인께 인사를 드리는데 말이지요."

"그러니까요. 역시 델런 영애께서 계속 플로렌스 공작 각하의 옆에 계셨어야 하는 건데."

"델런 영애만큼 공작 부인의 자리에 어울리는 분이 또 계시겠나요."

저들끼리 북 치고 장구 치고 꽹과리까지 울리는 귀부인들의 행태에 나는 헛웃음을 지었다.

어느 정도 예상은 하고 나왔지만, 이렇게 노골적인 악의를 웃어넘길 수 있는 인간은 레이첼뿐일 거다.

제나 부인, 미안. 웬만한 도발에는 그냥 넘어가려고 했는데 이건 못 참겠어.

나는 그들에게 말을 건네는 대신 길게 한숨을 쉬었다. 그리고 느긋하게 의자에 기댄 뒤, 조용하게 침묵을 지켰다.

그렇게 얼마나 지났을까. 나를 까 내리지 못해 안달하던 귀부인들은 내가 잠잠해진 것을 그제야 눈치챘는지 하나둘씩 입을 닫기 시작했다.

"아, 저는 신경 쓰지 마시고 하시던 얘기 계속하세요. 듣자 하니 참으로 대화를 잘 이어 나가시던데."

"부인. 이 자리는 부인께서 주최하신 자리입니다. 부인께서 주도하셔야지, 그런 말씀을 하시는 건 법도에 어긋나는 행동입니다."

"제 다과회의 법도는 제가 정해요."

"……."

"즐겁게 얘기하고 계시는 것 같아서 얘기를 하라고 했더니 이제는 법도에 어긋난다라…… 이쯤 되니 궁금하네요. 저한테 보자는 요청은 왜 하셨나요?"

옆에서 제나 부인이 이마를 짚는 게 보였으나 그럼 어쩌라고. 여기서 '아이고, 부인님들. 제가 죄송합니다.' 그러라고?

나는 차를 전부 비운 후 찻잔을 탁 내려놓았다.

"그리고 사실 예전부터 궁금했는데요."

"……."

"제가 공작 부인이고 부인들은 그 아래인데, 이렇게 제게 막대해도 되나요? 아, 이건 비꼬는 게 아니라 진짜로 궁금해서 묻는 거예요."

나는 진심으로 호기심을 담아 그녀들에게 물었다.

아니, 그런데 사실 이건 소설을 볼 때도 궁금한 것이었다.

세가 없는 공작 부인을 중간에 놓고 희희낙락하면서 깔깔거리는 인간들의 행동이 진심으로 이해가 가지 않았다.

아무리 그래도 대충 척이라도 해야 하는 거 아닌가? 콜리카 공작 부인이야 나랑 급이 같으니까 그렇다 쳐도, 댁들은 아니잖아.

"여기에 계시는 분들은 공작 각하가 두렵지도 않으신가 봐요?"

"부인, 안주인이 가주에게 그런 일을 이르는 것은 수치스러운 일입니다. 그럴수록 부인의 무능함을 증명할 뿐입니다."

"하지만 부인들께서 제게 시비를 거는 이유는 제가 평민이라서가 아닌가요? 그럼 제가 다시 태어나지 않는 한 부인들의 신임을 얻을 만한 기회는 없는 것 같은데요."

"하니 그것을 극복하고 저희가 진심으로 부인께 충성을 다할 수 있는 방법을 보여 달라는 겁니다."

"그걸 어떻게 보여야 하죠? 그리고 그걸 왜 제가 부인들께 보여야 하죠?"

내 말에 발론 부인이 멈칫했다. 그러나 나는 여전히 기계적인 미소만 입꼬리에 매단 채 그들을 향해 물었다.

"제가 평민이라 정규 교육을 받지 못하고, 예법에 무지하고, 이 모든 것을 디폴─ 아니, 기본값으로 이미 마음속에 저장하고 오셨잖아요. 그렇죠?"

"하지만 그건 사실이 아닙니까."

"그러니까요. 그건 사실이죠. 하지만 아무리 사실이라 해도 그것을 입 밖에 내는 순간, 제가 대체 어떤 방법으로 부인들의 인정을 받아야 하는지 저는 너무 멍청해서 모르겠네요."

"……."

"평민, 정규 교육, 예법. 이 세 가지 이외에 부인들이 중요하게 보는 부분이 있긴 한가요? 없네요. 그럼 이 자리에서 제가 부인들께 잘 보이는 방법은 거의 0에 수렴하고요."

"그래도 노력은 해 보셔야 할 것 아닙니까."

"노력을 보여도 비꼬던 게 여러분 아니었나요?"

"예민하십니다. 저희가 언제─"

"평소에도 그렇게 말하고 다니신다고요? 친구는 있으세요? 평소 말투가 그렇게 고까우면 친구 안 생기는데."

이들은 애초에 내게 뭔가 기대 따위를 하지 않았다.

자신을 깎아내리는 귀부인들을 따뜻한 품성으로 설득하고 이해시키는 것은 소설 속에서나 나올 법한 판타지일 뿐, 현실에서 인간의 악의는 선의보다 훨씬 더 견고했다.

"절 보고 싶다고 요청장을 보내셨다기에 혹여 서로 이해하는 시간이라도 갖고 싶은 게 아닐까 희망을 품었던 제가 멍청하네요. 기본이라도 지켜 주셨다면 잘 봐주십사 아양이라도 떨었을 텐데, 부인들의 태도는 이미 정해져 있었군요.”

'우린 너를 받아들일 생각이 없다.'고 대놓고 말했다면, 차라리 시간 낭비 따위는 안 했을 텐데.

나는 그들을 향해 방긋방긋 웃었다.

“다시 원점으로 돌아가서 묻죠. 제가 공작 부인인데 진짜 제게 이렇게 막대해도 되나요? 그게 진짜로 법도에 어긋나지 않나요? 그게 법도에 어긋나지 않다면, 오늘 있었던 일을 전부 공작 각하께 말해도 되겠지요?”

“이런 귀부인들의 수치-!”

“수치는 부인들께서 저지르고 있죠.”

참다못한 발론 백작 부인이 크게 외쳤으나, 나는 끄떡도 하지 않았다. 귀부인의 수치라고 백날을 내 앞에서 외쳐 봐라, 내가 꿈쩍이라도 하는가.

“아린느 델런 영애는 어찌 되었든 간에 플로렌스 가문의 소속이 아니죠. 한데 부인들은 현재 저를 델런 영애 앞에서 모욕하고 있군요.”

“……..”

“정말이지, 귀족의 수치가 따로 없어.”

말을 마친 내가 테이블을 탕- 치고 일어났다. 제나 부인은 이미 포기한 듯 혼이 나간 얼굴이었다.

그때, 아린느 델런이 갑자기 가련한 얼굴을 지으면서 입을 열었다.

“공작 부인, 죄송합니다. 제가 괜히 이 자리에 참석을 하게 되어. 만약 제 존재가 공작 부인께 큰 무례를 끼쳤다면 사과의 말씀을 드릴게요. 그러나 이런 말씀을 드려도 될지 모르겠지만-”

“그럼 하지 마세요.”

“네?”

“해도 될지, 안 될지 모를 말은 안 하는 거라고 배웠답니다.”

나는 썩은 미소를 지으며 잔뜩 얼어붙은 테이블 위의 공기를 쭉 훑었다.

하지만 정작 내 말에 콜리카 공작 부인 못지않은 콧김을 뿜으리라 예상했던 발론 백작 부인은 묘한 표정으로 나를 응시하고 있었다.

“다과회는 이만 끝내는 걸로 하죠. 오늘의 무례에 대해서는 공작 각하께 일러두겠습니다. 아, 그것이 안주인의 수치라고 생각하셔도 상관없습니다. 제가 보기엔 부인들의 행태가 더욱 수치인 것 같으니.”

그래도 내가 정신 나간 것처럼 행동하지 않은 게 다행이었다. 이 얼마나 장족의 발전인가.

나름 평정심을 유지한 내 자신을 칭찬하다가 한숨을 쉬었다.

열심히 준비해서 왔는데, 이게 뭐야. 짜증 나. 심지어 시비가 너무 전형적이라서 더 짜증 났다.

‘레이첼이었다면 우아하게 반박하면서 모든 귀부인들의 할 말을 잃게 만들었을 텐데. 이래서 내가 여주인공감이 아닌 거구나.’

나는 새삼 나와 여주인공 사이의 거리가 몇억 광년은 떨어져 있음을 인지했다.

그러나 후회는 없었다. 나는 이내 몸을 돌려 방으로 돌아갔다.

“마님.”

“아, 됐어. 다시 그런 상황이 와도 난 그렇게 했을 거니까 욕할 생각 말고-”

"잘하셨습니다."

"……응?"

제나 부인의 잔소리가 쏟아질 거라 생각해 급히 양쪽 귀를 막았으나 내 예상과는 다른 반응이 돌아왔다.

"비록 다소 말이 거칠기는 했지만, 그래도 좋은 태도였습니다."

"……응? 이게?"

"네. 잘 보여야 된다는 생각에 너무 비굴하게 구시면 어쩔까 고민했는데, 역시 마님 성정에 그건 무리였습니다."

"뭐야?"

나는 얼굴을 팍 일그러뜨렸다.

내 표정에도 제나 부인은 잘했다는 듯이 살짝 웃고 있었다.

대체 이게 무슨 일인지 감이 잡히지 않아 고개를 갸웃거리는데, 그녀가 입을 뗐다.

"발론 백작 부인이 저렇게 나오는 건 예전부터 유구한 역사였습니다."

"그게 무슨 소리야?"

"원래 성정이 까칠하여 웬만해서는 마음에 드는 귀부인이 없다고 하죠."

"……."

"선대 공작 부인께도 그렇게 대하긴 하셨습니다만."

"어떻게 되었는데?"

"선대 공작 부인께서 하도 친절하게 웃어넘기셔서 발론 백작 부인도 더 이상 꼬투리를 잡지 못하셨죠."

대체 샤를리나는 어떤 사람이지? 저 마귀할멈을 앞에 두고 생글생글 웃는 게 말이 돼?

나는 질리는 얼굴을 했다. 샤를리나는 과거 버전의 레이첼이었나?

두 사람 다 나오는 달리 여주인공의 자질이 있는 듯했다.

"그나저나 내가 이렇게 난리를 쳤는데 괜찮은 거야?"

"뭐, 우아하게 반격하는 방법은 아니었습니다만, 사실 마님께서 플로렌스 공작 부인인 이상 외부에 적이 생겨도 마님을 내치진 못할 겁니다."

"그럼 왜 인정을 받네, 마네 한 거야? 나더러 예쁨받으라는 뜻 아니었어?"

"귀부인들의 인정은 납작 엎드린다고 해서 얻을 수 있는 게 아닙니다. 만약 그랬다면 마님께 어떻게 귀부인들 비위를 맞추는지를 가르쳤겠죠."

"……."

"플로렌스 공작가는 외부에 적이 많은 만큼 그 안주인에게도 강단을 요구합니다. 최소한 마님은 플로렌스 공작 부인으로서 앞으로 외부의 침입에도 굴복하지 않겠다는 태도를 보여 주셨습니다."

"그 정도면 거의 과대 포장급이야. 난 그런 거 생각하지도 않았다고."

"그래도, 가장 높은 가문의 안주인이 쉬이 굽히지 않는 성정임은 꽤 중요합니다. 저들에게 신뢰감과 안전감을 주는 문제죠."

"그럼 오늘 다과회를 잘 마친 거란 말이야?"

"그래도 나쁘지는 않았습니다. 조금 공격적으로 나가시긴 했지만, 그래도 저 부인들도 마님의 성정을 보았으니 뭔가 마음속으로 대충 깨달은 바가 있겠죠."

"아, 얘는 함부로 건드리면 안 되는 애구나?"

"그것도 있고, 최소한 공작 부인으로서 우아함은 없어도 위엄은 있다는 사실, 그리고 앞으로는 마님께 태도를 달리해야겠다는 것 정도요."

알 듯 말 듯 한 제나 부인의 말에 볼을 부풀리는데, 제나 부인이 내 머리 장식을 하나하나 떼어 내 주었다.

"그나저나 아린느 델런 영애의 행보는 무척 의외네요. 설마하니 그런 식으로 굴 줄은 몰랐습니다."

"뭐가?"

"마지막에 한마디를 더하는 모습이, 교양 있는 레이디의 모습으로는 보이지 않았습니다. 보통은 그 상황에서 다른 귀부인들을 말리거나, 하다못해 입을 다무는 것을 선택할 텐데요."

그래. 그녀의 행동은 마치 소설에 흔히 나오는 '순진한 척하지만 사실 속은 시꺼먼 악녀' 같았다.

대체 왜 그러는 거지? 멜리나 같은 유형도 아닌 것처럼 보였는데. 나를 그런 식으로 자극하는 목적이라도 있나?

"단순히 루벨리안에게 마음이 있어서 그런 거라면 뭐 그러려니 하겠는데 말이야."

"그러려니 하고 넘어갈 일은 아닌 것 같습니다."

"그런 건 나와 루벨리안만 심지가 곧으면 별문제가 안 돼. 다만 쟤가 노골적으로 저렇게 나오는 데에 다른 목적이 있다면 그게 문제인 거지."

내 말에 제나 부인이 고개를 갸웃거리다가, 생각에 잠긴 나를 보고 자리를 비워 주었다.

"오늘 다과회는 무사하게 끝났나?"

"무사하기는. 귀부인들에게 잔뜩 농락당한 느낌이야."

루벨리안의 걱정스러운 얼굴이 나를 향했다. 어떻게 그에게 오늘 일을 하나하나 이를까 고민하는데 루벨리안이 털썩 침대에 앉았다.

"무슨 일이라도 있었나?"

그가 내 머리카락을 살짝 쓸었다. 그런 그를 힐끔 보다가 나는 침대에서 일어나 그와 시선을 마주쳤다.

"내가 평민인 게 그렇게 잘못이라고 생각해요?"

"그럼 나는 반쪽짜리 죄인이겠군."

내 물음 하나로 무슨 일이 일어났는지 대충 눈치챈 루벨리안이 내 뺨을 쓰다듬으며 말했다.

"평민이라 뭐라고 하던가?"

"그럼 내가 이렇게 완벽한데, 그거 빼고 그 사람들이 트집 잡을 게 뭐가 있다고."

"흐음."

"나도 처음에는 참으려고 했단 말이야. 그런데 기분이 나쁜걸 어떡해."

내가 툴툴거렸다. 아무리 나라도 플로렌스 공작가 내부의 사람들에게 잘 보이고 싶지 않겠는가. 하지만 나도 마지막 선이라는 게 있었다. 아린느 델런까지 끌어들이면서 날 배제시키는 분위기에 어떻게 가만히 있을까.

"그러고 보니 아린느 델런도 이상하게 나와서는. 원래 그 상황에서 그런 말이 나오면 아니라고 해명이라도 해야 하는 거 아닌가?"

"아린느 델런? 그자도 왔나?"

"내가 불렀어요. 나한테 만나고 싶다고 연락을 한 거 있죠?"

"흠……."

"막 대놓고 공격하는 건 아닌데, 신경만 살짝살짝 건드려 놓는 그런 느낌 알아요? 아린느 델런이 딱 그래요."

"이상하군. 그녀가 그런 성격은 아니었던 걸로 아는데."

"내 말이. 제나 부인도 그랬다고요. 우수하고 긍지 높은 귀족 영애라고. 그런 애가 왜 굳이 내 신경을 살살 긁어 놓을까요?"

차라리 나를 보니 어디서 굴러먹은 애가 자기가 좋아했던 남자의 아내가 되어서 빡쳤다는 상황이면 그나마 나으련만. 보아하니 그런 성격은 절대 아닌 것 같다는 게 문제였다. 그렇다는 건 무조건 이유가 있다는 건데…….

"혹시, 황태자가 무슨 목적이 있어서 불러온 건 아닐까요? 우리 사이를 이간질한다든가."

"우리 사이를 이간질해서 좋을 게 뭐가 있지?"

"우리 사이에 거래가 있으니까, 이간질하면 뭔지 모를 거래가 깨질 거라고 생각할 수도 있지 않나요?"

내 말에 루벨리안이 잠시 고민을 하더니 이내 입을 뗐다.

"당신은 일단 티를 내지 않는 게 좋겠다. 아린느 델런이 접근해 오거든 그녀와는 거리를 유지해라."

"그건 내가 할 말이에요. 혹시 아린느가 와서 아련한 척, 불쌍한 척 추억이 어쩌고저쩌고할 때 홀라당 넘어가기만 해 봐."

내가 흉악하게 얼굴을 일그러뜨리며 루벨리안의 크라바트를 확 잡았다. 예상도 못 한 채 내게 끌려온 루벨리안은 조금 놀란 듯이 나를 응시했다.

그에 나는 입꼬리를 말아 올리며 새침하게 웃었다.

"그러기만 해 봐. 나 친정으로 도망칠 거야."

"저런."

"영원히 안 올 거야."

"그건 좀 끔찍한데."

내 협박에 루벨리안이 피식 웃었다.

"그럼 내가 클로다 상단주의 집에 눌어붙어 사는 수밖에 없군."

"세상에, 그 어렵다는 처가살이를……!"

두 손으로 입을 틀어막으며 짐짓 놀라듯 말을 내뱉자, 루벨리안이 내 이마에 키스하며 답했다.

"그만큼 사랑한다는 거지."

루벨리안을 반쯤 협박하긴 했으나, 사실 그가 아린느의 꼬임, 하 다못해 황태자의 함정에 걸려들 거라고는 딱히 생각하지 않았다.

하지만 내가 생각하지 못한 것은 아린느 델런이 노리는 게 애초에 루벨리안 쪽이 아니라 나일 수도 있다는 사실이었다.

아침 일찍 밖에 나간 루벨리안을 비몽사몽 상태로 배웅한 뒤 나는 해가 중천에 뜰 때까지 잠만 내리 잤다.

그러나 그런 내 달콤한 수면을 방해한 것은 점심을 들어야 된다고 나를 깨우는 제나 부인이 아니라 아린느 델런의 갑작스러운 방문이 었다.

결국 나는 억지로 침대에서 몸을 일으킨 채 대충 얼굴에 뭔가를 찍어 바르곤 접대실로 향해야 했다.

"공작 부인, 이렇게 갑자기 방문해서 실례합니다."

"실례인 줄 알면 하지 말아야죠. 자고 있었는데."

나는 피곤한 얼굴로 소파에 앉았다. 그녀의 행동은 실례가 맞았다. 남의 집에 이렇게 불쑥 찾아오는 게 어디 있어?

그러나 아린느 델런은 내 말에도 끄떡없었다. 다만 어제 그녀의 태도와는 달리, 오늘은 다소 강경해 보였다.

뭐지? 뜬금없이 찾아와서 무슨 심경의 변화라도 있나 생각하는데, 아린느 델런이 천천히 입을 열었다.

"사실, 저번 황태자 전하의 생일 연회에서 부인을 처음 만났을 때 저도 모르게 감탄했어요."

"……왜요?"

"참으로 아름다운 여자구나. 아주 예전에 플로렌스 공작저에서 선대 공작 부인의 초상화를 봤는데, 저는 그분만큼 아름다우신 분은 없을 거라고 단정했거든요."

"그런데 지금은 다르다?"

"부인을 처음 봤을 때 정말 너무 아름다워서 어쩌면 부인 또한 선대 공작 부인만큼 우아하고 선량한 사람이라 공작 각하께서 부인을 선택했구나ー라고 생각했고요."

"……그래서요?"

나는 아침부터 뜬금없이 찾아와서 별 헛소리를 늘어놓은 그녀를 응시했다. 그에 아린느가 입술을 살짝 짓이겼다.

"그런데, 황태자 전하와 사교계의 평판을 들어 보니 정말이지 부인께서는 형편없는 분이셨어요."

……?

"그래도 호사가들의 말이란 으레 부풀려지기 마련이라, 제 눈과 귀로 확인을 하려고 공작가를 방문하겠다고 했죠."

……그걸 왜 네가 확인하는데?

"하지만 어제 마님의 태도는 도저히 우아한 공작가의 귀부인이라고는 상상조차 할 수 없을 정도였어요."

……그러니까 그걸 왜 네가 판단하냐고.

갑작스레 나를 찾아와 이런 말을 하는 아린느 델런이 이해가 가지 않았다. 대체 어디서 무슨 소리를 들었길래 나한테 이러는 거지?

어제 내가 뭘 어쨌나? 무례하게 대한 건 전부 저쪽인데 내가 뭘 어쨌어?

나는 길게 한숨을 내쉬었다. 일단 그녀가 무슨 말을 하고 싶은 것인지 확인하는 게 중요했다.

"부인. 저는 한때 플로렌스 공작가의 안주인이 되고 싶었어요."

"들었어요."

"루벨리안 오라버니의……."

"오라버니 아니라니까, 진짜. 두 사람 피도 안 섞였으면서 무슨 오라버니야?"

짜증 나는 어조로 그녀를 향해 말하자 아린느의 울컥한 얼굴이 보였다.

"이제는 저와 공작 각하의 연도 떼어 놓으려고 하시는 건가요?"

"영애. 지금 약간 맛이 간 것 같은데, 오라버니라고 부르지 말라고 한 건 제 남편이 먼저였고요. 그다음으로 대체 왜 저한테 와서 이러는지 저는 하나도 모르겠네요."

"오라버니라고 부르지 말라고 한 건 부인께서 시키신 거겠죠."

"루벨리안이 다섯 살도 아니고 내가 시킨다고 들을 인간이에요?"

아, 들을 인간이긴 하구나.

어쨌든 나를 아주 무슨 마귀할멈 취급하는 아린느 델런에게 기가 막혀 헛웃음이 나왔다.

제 딴에는 나름대로 홀로 갈등을 거쳐서 나를 인정하려고 했는데, 어제 보니까 내가 자기 기준에 전혀 어울리지 않는 사람이라 그건가?

아니, 그런데 그렇다고 해도 왜 나한테 와서 그러지? 루벨리안한테 찾아가!-라고 외치려는데, 아린느 델런이 나와 눈을 마주치며 입을 뗐다.

"애초에 그 자리에 더 어울리는 이는 저였어요."

"영애. 영애에게 필요한 건 제가 아니라 상담사 같네요. 그리고 죄송한데 지금 너무 식상한 상황이라 웃음도 안 나와요. 대체 제가 왜 이딴 일을 경험해야 하죠? 아니, 진짜 소설이면 다냐? 개연성 말아먹어도 돼?"

"플로렌스 공작가는 황실에 크나큰 원한이 있죠."

잠깐.

아린느 델런의 말에 혈압이 쫙 올라가 내 전매특허인 아무 말을 내뱉던 나는 멈칫했다.

플로렌스 공작가가 황실과 사이가 좋지 않은 건 사실이었다. 그런데 아무리 루벨리안과 함께 자랐다고 해도, 아무리 그렇다고 해도 가문 외부의 사람이 그걸 어떻게 알지?

"무슨 말인지 모르겠군요. 플로렌스 공작가가 황실에 무슨 원한이 있다는 거죠?"

나는 시침을 뚝 뗐다. 그녀의 말에 휘둘리면 안 된다. 그러나 아린느 델런은 되레 내 말에 피식 비웃음을 지었다.

"저는 공작 각하의 옆에서 자랐어요. 공작 각하의 생각을 저는 모두 알고 있답니다. 부인께서야 부정하고 싶으시겠지만, 부인이 아시는 것보다 제가 더 각하를 잘 알고 있어요."

거짓말. 아린느 델런은 루벨리안과 황태자와 함께 자랐다. 그런데 황태자도 이제야 눈치챈걸, 아린느 델런이 아주 오래전부터 알았다고? 아무리 그녀의 감이 좋다고 해도 이건 다른 문제였다.

그러나 나는 굳이 그녀의 말을 집어내지 않았다. 그녀가 대체 무슨 말을 하고 싶은 것인지 궁금했기 때문이다.

"저는 공작 각하께 충분히 도움이 될 수 있어요."

"어떤 식으로 도움이 되는지가 궁금하군요."

"가문 내부의 인정조차 받지 못하는 부인보다는 더욱 그분의 힘이 되어 줄 수 있죠. 플로렌스 휘하의 가문은 저를 누구보다도 신임하고 있고, 델런은 세가 강한 가문이니까요."

"……."

"부인께선 공작 각하께 해가 된다고 생각하지 않으신가요?"

아린느 델런의 얼굴 위로 비웃음이 스쳐 지나갔다. 그러나 그 웃음이 묘하게 이질적이어서, 내가 흐음— 길게 숨을 내쉬었다.

"그렇군요."

"그리고 무엇보다도, 부인의 그 난잡한 풍문은 절대 각하께 도움이 되지 못해요."

"……."

"그렇다고 부인께서 정치와 외교나 경제에 통달한 것도 아니죠. 평민 출신이라 배운 것도 없을 테고, 각하의 반려로서 옆에서 조언도 드리지 못하고, 아무짝에도 쓸모가 없어요."

"……."

"부인은 오직 공작 각하께 짐만 될 뿐이랍니다. 공작가나, 각하께나 부인 주변에 있는 모든 이들에게. 그리고 언젠가는 그 사실을 각하께서도 알아채시겠죠. 그러면 그때는 부인이 어떻게 될까요?"

"……."

"미모는 한때뿐이에요. 부인께서는 그 사실을 아셔야 할 거예요."

아린느 델런의 말은 틀린 게 없었다. 아주 팩트만 잡아서 콕콕 찌르는 게 공격 솜씨가 수준급이었다.

만약 내가 평범한 여인이었다면 여기서 좌절했을 것이다. 하다못해 죄책감 정도는 느꼈을 게 분명했다.

하지만–

나는 팔짱을 끼고 소파에 턱 기댔다. 그녀의 말은 분명 틀리지 않았다. 그런데 왜 그녀의 말이 이렇게 이질적으로 느껴질까.

아린느 델런이 살짝 입꼬리를 올리면서 나를 관찰했다. 긴장한 기색이 역력한 그녀의 표정을 응시하다가 나는 말문을 떼었다.

"영애 말이 맞네요."

"아신다니 다행이에요."

"그런데 하나는 틀렸어요."

"무슨……."

"저는 공작가에 도움이 안 되는 존재가 아니에요. 왜냐하면 저는 공작가의–"

"……."

"비주얼 담당이랑 예능 담당이거든요."

내 말에 아린느 델런의 얼굴이 와그작 일그러졌다. 내가 한 말의 함의를 곱씹는 듯 보였으나, 그게 곱씹을 필요라도 있을까. 말 그대로였다.

"부인, 대체 그게 무슨 말씀이신지 모르겠으나, 겨우 그런 걸로–"

"겨우 그런 거라니요! 그룹에서 비주얼 담당이랑 예능 담당이 얼마나 중요한데!"

나는 과장된 얼굴로 말했다. 그에 아린느 델런이 헛기침을 하다가 다시 억지로 미소를 지었다.

"설사 그것이 중요하다고 해도, 부인께서 각하께 도움이 되지 않는다는 사실은 변함이 없습니다."

"아, 그건 인정해요. 생각해 보니 확실히 그런 것 같아. 그런데 그게 뭐가 어쨌죠?"

"그럼 공작 각하와 결혼을 하지 마셨어야죠."

"청혼은 루벨리안이 먼저 했는걸요? 아, 진짜. 내가 이런 식으로 사람들을 얼마나 퇴치했는지 알아보고 오시지."

"공작 각하께서 부인 때문에 위험에 처하실 수도 있습니다."

"그건 루벨리안이 알아서 하겠죠. 나한테 청혼했을 때는 다 생각이 있어서 그렇지 않을까요? 그래도 스무 살 넘게 먹은 건장한 성인 남성인데, 그 정도야 책임지겠죠."

"각하께 미안하지도 않으신가요?"

"전혀요. 제가 위험에 빠트리게 한 것도 아닌데 제가 왜 미안해하죠?"

나는 눈을 깜박거렸다.

애초에 시작은 루벨리안이 했다. 나는 결혼을 한 뒤 그와 사랑에 빠진 죄밖에 없었다.

"영애께서 저한테 이런 말을 하시는 목적이 뭔진 알겠어요. 제가 죄책감을 느껴 열심히 삽질하다가, 루벨리안과 오해를 해 관계를 악화시키려는 거겠죠."

"무슨 말도 안 되는 소리를, 아니에요!"

거짓말하지 마. 이런 거 소설에서 많이 봤어.

"그런데 말이죠, 영애. 안타깝게도 저는 사는 시간이 너무 아까워서 현재에 집중하기도 바쁘답니다. 루벨리안이 저 때문에 피해를 받는다면 무척 슬프겠지만-"

"……."

"그렇다고 해도 저는 루벨리안을 생각 이상으로 좋아하기 때문에, 얼굴에 그냥 다이아몬드 깔고 옆에 있을래요."

순간 아린느 델런이 멈칫했다가 간신히 입을 움직였다.

"정말…… 이기적이기 그지없군요."

"사람은 다 이기적으로 살죠. 안 그런가요? 그래서 하는 말인데−"

나는 아린느 델런을 응시하며 음산하게 웃었다.

방금 전부터 아린느 델런의 패턴은 너무 익숙했다. 어디서 들어 봤나 했더니 내가 저걸 콜리카 공작 부인이랑 황후한테서 들어 봤구나.

아린느 델런의 얼굴은 미세하게 떨리고 있었다. 잔뜩 긴장한 게 역력한 그녀에게선 도저히 그 소문이 자자한 귀족 영애 같은 느낌이 없었다.

나는 아린느 델런을 향해 천천히 물었다.

"−황태자 전하께서 어디까지 대본을 짜 주셨나요?"

내 물음에 아린느 델런이 눈을 크게 떴다. 하염없이 흔들리는 그녀의 눈동자를 보다가 나는 피식 웃었다.

비록 아린느 델런의 성격은 잘 모르지만, 최소한 그건 알 것 같다. 이렇게 찾아와서 말을 내뱉는 건 멜리나나 할 법한 행동이었다.

그리고 결정적으로 그녀는 루벨리안이 황실과 반목함을 알고 있었다. 그녀에게 이 사실을 알려 줄 이가 누가 있겠는가.

황태자나 황실뿐이지.

"……무례하시군요, 대본을 짜다니."

"제나 부인에게 들었어요. 외국으로 유학을 갈 때 많은 반대가 있었다고. 하지만 빨리 약혼자를 찾아 결혼하라는 집안의 압박에도 꿋꿋하게 유학을 고집했다고요."

아린느 델런이 입술을 꼭 깨물었다. 나는 여유롭게 찻잔을 들면서 말했다.

"그렇게 가고 싶은 유학을 갔는데, 이제 와서 플로렌스의 안주인이 되고 싶다니. 말이 안 되잖아. 최소한 영애의 이상은 이 자리에 있지 않아요. 진짜로 이 자리가 탐났다면, 그때 유학이고 뭐고 루벨리안의 옆에 딱 붙어 있었어야죠. 아닌가요?"

"······."

"그리고 방금 전부터 너무 티 났어요. 이 자리가 굉장히 불편하다는 거."

솔직히 처음에는 진짜로 나한테 시비를 걸려고 하는 줄 알았다. 하지만 왠지 모르게 그녀의 말들은 굉장히 이질적이었다.

조용히 그녀를 보고만 있자, 침묵을 지키던 아린느 델런이 결국 자리에서 벌떡 일어났다.

"무슨······ 말씀을 하시는지 모르겠군요. 저는 이만 가 보도록 하겠습니다."

"황태자 전하께서 델런가에 어떤 압박을 가했다면 루벨리안에게 도움을 청해 봐요."

나를 스쳐 지나가는 아린느를 향해 내가 살짝 웃었다.

"얌전히 도구로 쓰였다가 중간에 버림받지 말고. 멜리나 바네스의 상황을 봐요. 진짜로 결말을 걱정해야 하는 사람은 내가 아니라 영애인걸요."

아린느 델런은 끝끝내 내 말에 긍정하지 않았다. 하지만 그녀의 황급한 언사는 이미 그녀가 처한 상황을 오롯이 보여 주고 있었다.

차라리 진짜로 소위 '여우 짓'이라도 했으면 내가 빡칠지언정 간파하지는 못했을 텐데.

아니, 어쩌면 그녀는 일부러 그랬던 걸지도.

문득 신전에서 황태자가 했던 말이 떠올랐다.

"하지만 만약 부인이 루벨리안에게 줄 수 있는 것보다 더 큰 이익을 다른 이가 준다면, 부인이 과연 그 자리를 지킬 수 있을까?"

"설마⋯⋯."

루벨리안에게 뭔가 제안을 하려는 것일까? 만약 루벨리안이 여기에 걸려들면⋯⋯ 그가 아린느를 이용해 반역을 하려고 했다는 것을 모든 이들에게 공개해 버리려고?

나는 얼굴을 굳혔다. 그리고 곧장 자리에서 일어나 방을 나갔다.

접대실에서 나오자마자 밖에서 기다리던 리리스가 내 뒤를 따르며 일렀다.

"방금 각하께서 돌아오셨어요."

"아, 그래? 빨리 왔네."

마침 잘됐다. 아린느 델런과 황태자의 관계를 잘 파헤쳐 보라고 루벨리안에게 언질을 줘야겠어.

그렇게 생각하며 위로 올라가는데, 위층에서 내려오는 익숙한 인영에 고개를 갸웃거릴 수밖에 없었다.

"어머니?"

"어머, 이브. 어딜 갔다 온 거니? 방에도 없길래 걱정했잖아."

"손님이 와서 맞이하러…… 그런데 어머니가 웬일이세요?"

오늘 갑작스러운 손님이 많네.

무슨 일인지 몰라 멀뚱멀뚱 서 있자 어머니가 웃으면서 내게 다가왔다.

"아버지와 공작 각하께서 담화를 나누신단다."

"아."

드디어 아버지한테서 내 몸값을 받으려는 거구나.

"그런데 공작 각하께서 너를 많이 예뻐해 주시니?"

"대체적으로 제가 루벨리안을 예뻐하는 편이죠."

"너도 참, 그런 말은 함부로 하면 안 돼."

어머니가 작게 나를 타박했지만 그녀의 말에는 웃음기가 들어 있었다. 그녀가 곧 은근하게 말했다.

"드레스 룸에 가 보니 온통 보석과 드레스 천지던데, 그게 전부 다네 것이라며?"

"하나 드려요?"

"어머, 얘는. 엄마가 그런 게 모자랄 줄 아니? 다만 공작 각하께서 그 정도로 너를 아껴 주신다니 기뻐서 그래. 네가 어렸을 때부터 집에만 박혀 있어서 사랑받는 법도 모르고 애교도 잘 부릴 줄 모르고 그러잖니."

그러면서 그녀가 주변을 살짝 둘러본 후 상당히 비밀스러운 얼굴로 내 팔을 잡았다.

"왜 그러세요?"

"이브. 그런데 혹시, 공작 각하께서 어느 정도로 널 찾으시니?"

"……? 매일?"

"어머!"

어머니가 내 말에 두 손을 짝 쳤다. 그에 나는 의아한 얼굴을 하며 말했다.

"아니, 한집에 사는데 매일마다 보는 게 당연한 거 아닌가요? 게다가 같은 침실을 쓰니-"

"정말 같은 침실을 쓰니? 매일?"

"……어머니. 혹시나 해서 묻는데, 혹시 어머니가 묻고 싶은 게 부부 생활이라든가 그런 건 아니겠죠?"

"너도 참. 엄마가 물어보는 게 뭐 어떻다고."

"아니, 그전에 왜 그런 걸 물으시는 거예요?"

우리 어머니한테 남모를 취미라도 있으신가?

발갛게 얼굴을 물들인 어머니를 보며 얼굴을 찡그리는데, 어머니가 기대 어린 표정으로 물었다.

"아직 소식은 없어?"

"무슨 소식이요?"

오리무중에 빠진 내게 어머니가 살짝 턱짓을 했다. 그녀의 시선이 내 배로 향한 걸 보고서야 나는 그녀가 뭘 원하는 건지 알아챘다.

"하아, 갑자기 왜 이러나 했더니…… 없어요."

"왜? 공작 각하와 관계가 좋지 않아?"

아니, 일단 관계를 가져야 애를 가지든지, 말든지 하지. 내가 뭐 플라나리아도 아니고, 홀로 세포 분열을 할 수는 없지 않나.

물론 이 말을 내뱉을 시 어마어마한 오해를 불러일으킬 게 뻔하므로 나는 얌전히 입을 다물었다.

그에 어머니는 걱정스러운 얼굴로 중얼거렸다.

"혹시 몸이 허약해서 아이가 들어서지 않는 건가? 의원을 만나 보는 게 좋을까?"

이건 의사가 와도 해결 못 해요.

"저희가 알아서 할게요."

"이브. 엄마가 쓸데없는 걱정을 하는 거라면 좋겠지만, 귀족가가 후계자에 얼마나 민감한데."

"그건 그렇지만- 아니, 루벨리안도 재촉하지 않은 걸 왜 어머니가……."

그러나 내 말에도 어머니는 얼굴에 근심 걱정을 써 붙이고 나를 향해 말했다.

"이브, 귀족가에는 정부를 들이는 일이 허다해. 그러니 후계자는 꼭 네가 낳아야 한단다. 그래야 혹여 공작 각하께 정부가 생기시더라도 네가-"

"제가 루벨리안이랑 그 여자를 죽여 버리고, 아이랑 같이 공작가를 먹을 수 있나요?"

"어머, 무슨 그런 말을!"

어머니가 기겁하며 나를 찰싹 때렸다. 그러나 나는 시큰둥하게 고개를 절레절레 저을 뿐이었다.

"걱정 마세요. 그렇게 깨질 관계라면 차라리 깨지는 게 좋겠네요. 그리고 아이는 아직 생각이 없어요. 결혼도 내 의지가 아니었는데, 아이도 제 의지대로 갖지 못해요?"

"이브!"

어머니가 걱정스러운 얼굴로 나를 응시했다. 하지만 사실 나는 아이를 가질 생각이 전혀 없었다.

'곧 죽을 건데 아이를 가져서 뭐 하려고.'

오래오래 산다고 해도 가질지 말지 모를 아이를 지금 상황에서 가지라고?

말도 안 되는 소리.

나는 어머니의 말을 물처럼 흘려보낸 채 위층으로 향했다. 어머니 또한 한숨을 푹 쉬며 나를 따랐다.

마침 집무실에 도착하자마자 문이 벌컥 열렸다.

"루벨리안!"

아버지와 함께 나오는 루벨리안을 발견하고 내가 반갑게 그를 불렀다. 이윽고 아버지와 루벨리안이 동시에 고개를 돌렸다.

"이브."

루벨리안이 빙그레 웃었다. 옆으로 쪼르르 달려간 나는 그의 손에 들린 서류를 발견하고 의문 섞인 시선을 던졌다.

그러나 내가 이것이 무엇인지 묻기도 전에 아버지가 고개를 살짝 숙이며 말했다.

"그럼 각하, 저는 이만 가 보겠습니다."

"어, 아버지. 벌써 가시게요?"

"일도 다 봤으니 가야지."

뭐야, 날 보자마자 가는 게 어디 있어. 역시 나한테는 아무런 애정도 없는 건가? 자기가 공작의 장인이 되었으면 다냐? 나는 속으로 쯧 혀를 찼다.

"배웅해 드리지."

"아닙니다. 이브의 얼굴을 봤으니 되었습니다."

아버지는 무뚝뚝한 얼굴로 나를 힐끔 보더니 발걸음을 돌렸다. 아버지의 팔을 잡은 뒤 걱정스러운 얼굴로 나를 응시하던 어머니 또한 아래로 내려갔다.

나는 멀어지는 그들의 뒷모습을 보며 입을 삐죽이다가 다시 시선을 루벨리안의 손에 들린 것으로 옮겼다.

상당히 오래되어 보이는 문서였다. 그 위에는 난잡한 필체로 써진 글이 있었는데 도무지 귀족의 것으로는 보이지 않았다.

"이게 뭐예요?"

"저번에 말한 황제의 서신이다."

그의 대답에 깜짝 놀라 내가 입을 딱 벌렸다. 황제가 이런 글씨를? 엄청난 악필인데? 라고 생각하는데 루벨리안이 말을 이었다.

"정확히 말하자면 대필이지."

"대필이요? 누군가가 대신 써 줬다는 건가요?"

이렇게 중요한 문서를 누구에게 시켰다는 건가?

그에 루벨리안이 차근차근 설명해 주었다.

"귀족가나 황실에는 중요한 문서를 대필해 주는 사람들이 있다. 그리고 그자들은 흔히 그 가문에 완전히 종속되지."

"노예 생활이라고 하시죠, 그냥."

내가 툴툴거리자 그가 피식 웃으며 말했다.

"내 어머니가 아버지와 만날 수 있었던 것은 그녀가 당시 공작이었던 내 할아버지의 대필을 했기 때문이다."

"우, 우리 모두 노예 아닌가요? 권력의 노예, 돈의 노예……."

내 언사의 부당함을 간접적으로 지적받자마자 나는 황급히 아무 말이나 내뱉었다. 으아, 나 정말 한심해. 부끄러움과 난감함이 가득 섞여 얼굴을 붉히는데 루벨리안이 다정하게 웃으며 내 머리를 쓰다듬었다.

"괜찮다. 확실히 대필을 해 주는 이들의 대우는 좋지 못한 편이니."

"그런데 이런 걸 대필로 써도 괜찮은 건가요? 이 중요한 걸 평민에게 맡기다니, 의외네요."

"그게 문제라는 거지."

"무슨 소리예요?"

"대필이 대우가 좋지 못한 이유가 바로 그래서다. 제가 쓴 문서라는 것을 들키지 않기 위해 대필을 시키지만, 소문이 새어 나갈 걸 염려해 대필한 자를 죽이거든."

"……네?"

나는 놀라서 고개를 들었다. 그럼 이 서신을 쓴 자도…….

"죽었을 거다. 까막눈인 고아들에게 얼추 비슷하게 따라서 그리기만 하면 된다고 명령한 뒤에 바로 죽이는 거지."

"그런 이들이 자기가 뭘 쓰고 있는지 어떻게 알아요!"

"그래도 만에 하나라는 게 있으니까."

나는 입을 딱 벌렸다. 사람이 죽는 게 이렇게 쉬운 일이었어? 정말 성골들의 생각은 이해를 못 하겠다.

나는 어쩌면 누군가의 목숨을 대가로 만들어졌을지도 모르는 서신을 새삼스레 응시했다. 그러다가 뭔가 이상한 걸 발견하고 고개를 들었다.

"그런데 이게 어떻게 아버지 손에 있어요?"

아버지가 왜 황제와 신전 사이의 서신을 손에 쥐고 있지? 의아한 얼굴로 루벨리안을 보자, 그가 잠시 뭔가 생각하는 듯하다가 고소를 머금었다.

"내 어머니는 할아버지의 대필을 맡기 전엔 클로다 상단에서 잔심부름을 했다."

"……네?"

"그리고 이 서신은 당시 어머니가 죽기 전에 황제의 방에서 빼내온 것이지."

"……."

"원래는 내 아버지에게 전해 주려고 했으나, 차마 황실에서 나갈 방법이 없어서 틈틈이 황실과 거래를 하러 오는 클로다 상단의 사람에게 맡기고-"

"지금까지 아버지가 갖고 있었다는 거군요?"

나는 굳은 얼굴로 서신을 응시했다.

지금 무엇보다도 내 마음을 찌르는 것은 아버지가 이 중요한 것을 지금까지 갖고 있었다는 사실이었다.

"지금껏 이걸 숨기고 나와 맞바꾸려고 하다니, 우리 아빠 진짜⋯⋯."

이 서신이 얼마나 중요한 작용을 할지와는 별개로, 샤를리나가 이걸 어떤 심정으로 훔쳐 냈을지 분명 알았을 텐데⋯⋯.

혈압이 올라가서 뒷골을 잡자 루벨리안이 부드럽게 웃으며 내 이마에 입을 맞췄다.

"나는 괜찮다."

"그래도 이런 건 받은 즉시 넘겼어야죠! 하다못해 나와 당신이 결혼한 뒤에 곧장 당신에게 넘겼어야 하는 거 아닌가요? 아니, 대체 무슨 생각으로 지금까지 손에 꽉 쥐고 있었던 거야? 이게 무슨 밥이라도 먹여 준대요?"

"당신 아버지는 당신을 걱정한 거다."

"이딴 걸로 무슨 걱정!"

생각하면 할수록 화가 나서 씩씩거릴 수밖에 없었다. 이 중요한 걸 샤를리나가 목숨을 걸고 빼냈을 게 분명한데! 나는 크게 숨을 들이쉬고 내쉬며 안정을 되찾으려 애썼다.

내 분노가 점점 가라앉고 있음을 확인한 루벨리안은 나를 품에 꼭 안았다. 그에 내가 입을 꼭 다물다가 다시 고개를 들고 물었다.

"그런데 이게 황제의 서신이라는 걸 어떻게 증명하죠?"

내 물음에 루벨리안이 손에 든 서신의 반대편을 펼쳤다.

"반대편에 황실의 인장이 있어."

"아무것도 안 보이는데요?"

"이건 성수로 만든 인장이다. 오직 편지를 받는 상대방과 신전만이 볼 수 있게 만들어진 거지. 그러니까 이 편지가 황제의 것임을 확인하려면 신전의 도움이 필요하다."

신전의 도움이라고 하면 답은 간단하다. 황제와 이런 문제를 담론할 수 있는 이라면 당연히 교황밖에 없었다.

하지만 과연 교황이 협조를 해 줄까? 자칫하면 황실과 영원히 틀어지는 관계가 될 수도 있는데.

그 사실을 알고 있는 것은 비단 나뿐만은 아닌지 루벨리안이 길게 한숨을 쉬었다.

"굳이 인장을 확인하지 않아도 콜리카 공작가에서 이 서신을 보는 순간 크게 동요할 것임은 분명해. 그러니 신전의 도움이 없어도 큰 역할을 할 거다."

"하지만 그래도……."

내가 황제라도 인장이 없는 상황이라면 무조건 이건 적의 음모라고 발뺌할 것이 뻔했다.

그에 약간 우울한 얼굴을 하는데 그런 나를 내려다보며 루벨리안이 피식 웃었다.

"그나저나 당신이 그렇게 분노할 줄은 몰랐군. 당신 아버지 일 말이야. 꽤 고분고분한 딸이라고 생각했는데."

"……고분고분? 진심이에요?"

"행동 말고, 반항기는 있다고 해도 그렇게 신랄하게 비난할 줄은 몰랐어."

"쳇, 아버지는 아버지고, 잘못한 건 잘못한 거죠. 아, 그런데 생각해 보니까 또 화나네?"

겨우 잠잠해진 분노를 다시 피워 내는 나를 보다가 루벨리안이 쓰게 웃으며 중얼거렸다.

"황태자도 그렇게 생각했다면 내가 이리 고생하지는 않았겠지."

"네? 그게 무슨…… 아, 황태자 얘기하니 생각난 건데."

나는 루벨리안의 말뜻을 헤아리다가 내가 여기로 온 이유를 상기하곤 급히 그에게 말했다.

"아무래도 아린느 델런이 황태자의 지시를 받은 것 같아요. 아니, 지시라기보다는 협박이 맞겠네요."

"협박?"

"나더러 당신의 짐만 될 거라느니 그런 소리를 해 대는데……."

"헛소리."

"그러니까. 얘가 심각하게 헛소리를 한다 싶어서 들어 봤는데, 당신이 황실에 원한을 가진 것도 알더라고요. 나랑 결혼하기 전까지는 황태자도 몰랐던 사실을."

"그래서, 황태자가 아린느 델런을 이용했다?"

"무조건요."

다른 건 몰라도 나는 내 감을 믿는다. 그동안 수도 없이 단련된 내 직감은 최소한 이자가 거짓말을 하는지, 진실을 말하는지 정도는 얼추 알아챌 수 있었다.

"황태자가 아린느 델런을 이용했다라……. 이제는 하다 하다 별 짓거리를 다 하는군."

루벨리안은 기분이 더러운 듯 낮게 읊조렸다.

그의 말에는 심각하게 동의하는 바이나 지금은 다른 게 더 중요한 시기였다.

"어쨌든 신전의 협조만 있다면 이 문서의 진실성은 폭로되고 콜리카 공작가가 황실이랑 머리채 잡고 싸우겠죠? 그런데 이런 건 레이첼이 해결 못 하나요?"

"성녀의 힘이 큰 건 사실이지만, 신전의 우두머리는 교황이다. 성녀가 신전을 완전히 손에 넣으면 모를까, 현재로는 불가능해."

"그렇다고 교황을 설득하기에는 어려움이 있을 텐데……."

그러면 어떡하지? 잠시 고민하다가 문득 좋은 생각이 떠올라서 내가 입을 뗐다.

"루벨리안. 일단 인장 문제는 내가 레이첼에게 물어보도록 할게요. 알프리드에게도 물어보고요."

"알겠다."

"그리고- 만약에, 아주 만약에 교황도 설득이 안 되고 레이첼도 방법이 없으면…… 혹시 다른 방법으로 콜리카 공작가의 손에 이 서신을 전해 주는 건 어떨까요?"

"다른 방법? 그게 뭐지?"

"신전을 이용하는 거요."

루벨리안은 조금 고민하는 듯한 눈치였다. 하지만 내가 차근차근 설명을 이어 가자 그가 입술 끝을 끌어 올리며 고개를 끄덕였다.

"해 봄직하겠군."

승낙의 말에 나는 밝아진 얼굴을 했다.

원작에서도 루벨리안이 끝내 복수에 실패한 근본 원인은 신전을 그의 편으로 끌어들이지 못한 데 있었다. 그도 그럴 것이 루벨리안은 레이첼과도 관계가 좋지 않았고, 신전과 친분이라고 할 게 없었으니까.

하지만 지금은 다르다. 지금은 내가 있잖아. 할 수 있어!

이윽고 그의 어깨에 얼굴을 묻으며 나는 음산하게 웃었다.

"레이첼! 짜잔, 누가 왔게요!"

"플로렌스 공작 부인, 신전은 부인의 집이 아닙니다. 왜 이렇게 자주 오십니까."

나는 시큰둥한 알프리드를 보며 새침하게 코웃음을 쳤다. 그에 레이첼은 풋 웃음을 흘리더니 입을 열었다.

"무슨 일이에요, 이브?"

"아, 다름이 아니라 여쭐 게 있어서 왔어요."

알프리드는 내 말을 듣다 밖으로 나가려 했다. 그러나 평소와 다르게 나는 그를 빠르게 붙잡았다.

"대신관님, 잠시만요. 나가지 마세요."

"네?"

"대신관님도 알아 두어야 할 것 같아서요."

알프리드가 다소 의아한 눈빛을 보냈다. 그도 그럴 것이 여태껏 나와 레이첼의 대화에 그가 끼었던 적은 별로 없었기 때문이다. 하지만 오늘 일은 그 또한 필요했다.

나는 내 앞에 레이첼과 알프리드를 동시에 앉히고 방긋 웃었다.

"이브, 제가 도와 드릴 일이라도 있나요?"

"아, 다름이 아니라…… 사실 제가 요즘 좋지 않은 일에 휘말려서요. 신전의 도움이 필요한데 레이첼이 도와줄 수 있나 해서요."

"제가 도와 드릴 수 있는 일이라면 당연히 도와 드려야죠."

나는 흔쾌히 고개를 끄덕이는 레이첼을 향해 살짝 말을 골랐다.

"사실…… 제게 중요한 서신이 하나 있거든요."

"거절하겠습니다."

그러나 내 말이 끝나기도 전에 알프리드가 냉정한 목소리로 잘라 냈다. 무표정한 그의 얼굴은 차갑게 굳어 있었다.

눈치 빠른 놈. 나는 속으로 투덜거리면서도 겉으로는 얼굴에 미소를 띠었다.

"대신관님, 아직 제 말 끝나지 않았어요."

"그 서신에 있는 인장이 누구의 것인지 확인해 달라는 것 아닙니까?"

"귀신이세요?"

"거절하겠습니다."

아오, 진짜. 이 뻣뻣한 놈. 정작 레이첼은 아무 말도 하지 않았는데 혼자서 왜 이래?

레이첼은 우리의 대화가 어리둥절한 모양이었다. 그녀는 고개를 살짝 갸웃거리다가 알프리드에게 물었다.

"알프리드. 그게 무슨 문제라도 되나요?"

"혹시 그게 비밀문서라면 신전이 중간에 끼어서 곤란해질 수 있습니다. 그리고 무엇보다도 인장을 확인할 수 있는 건 오직 교황 성하뿐인지라 저희에게 말씀하셔도 소용없습니다."

"인장을 확인하는 것뿐인데도 곤란해질 수 있나요?"

레이첼의 궁금증 서린 물음에 알프리드가 한숨을 푹 쉬었다.

아직 신전과 황실 사이의 서신이라는 것도 모르면서 이러는데, 알면 얼마나 더 난리를 부릴까. 그 모습이 너무 상상이 가서 내가 어색하게 웃었다.

"보통 서신에 가문의 인장을 성수로 새겨 넣을 때는 그 서신이 대필했음을 의미합니다. 서신을 대필했다는 건 가문들끼리의 비밀이라는 이야기이며, 외부에 절대 알려 주고 싶지 않다는 뜻입니다."

"아……."

"그런데 그런 서신의 인장을 신전이 폭로했다고 알려져 보십시오. 귀족가에서 난리가 날 겁니다. 저희는 정치 암투에는 관여하지 않습니다."

"그런 것치고는 지금까지 되게 잘 관여해 왔던데 뭘……."

내 구시렁거림에 알프리드가 뱁새눈을 했다.

하지만 지금까지 정치 암투에 엮이지 않았다는 것치고는 콜리카 공작가랑 황실과 너무 알력 싸움을 잘해 오지 않았나?

게다가 황제가 신전과 왜 이런 서신을 주고받았겠는가. 오기 직전 편지 내용을 확인해 봤는데, 분명 신전도 황제와 손잡을 의지를 보였다. 비록 흐지부지됐지만.

나는 찔러도 피 한 방울 나올 것 같지 않은 알프리드를 살짝 노려보다가 입을 열었다.

"그럼 만약 이게 신전의 서신이라고 해도 안 되나요?"

"……네?"

"이게 신전의 서신이라고 해도 안 되냐고요."

"그게 무슨 말입니까. 신전의 서신이 왜 부인께 있습니까."

방금까지 강경한 태도로 앉아 있던 알프리드가 자리에서 벌떡 일어났다. 나를 잡아먹을 듯이 구는 그를 보며 내가 급히 말을 마무리 지었다.

"내가 언제 신전의 서신이 나한테 있다고 했어요? 그냥 물어본 것뿐이지. 만약 이게 신전의 서신이면 해 줄 거예요?"

"더 안 됩니다. 그럼 신전에서 역풍을 맞을 게 뻔한데 미쳤다고 저희가……."

"이걸 공표함으로써 누군가의 억울함이 풀어진다고 해도?"

내 말에 알프리드의 미간이 꿈틀거렸다. 나는 입꼬리를 말아 올리며 피식 웃었다. 그리고 이번에는 시선을 레이첼에게로 돌렸다.

"레이첼, 혹시 이 인장을 어떻게 확인할 수 있는지는 아시나요?"

"그건 저도 잘…… 제가 도움이 될 수 있다면 좋겠지만, 월권할 수도 없는지라."

나는 속으로 피눈물을 삼켰다.

크읍. 원작 마지막이었으면 좋았을 텐데. 그때는 레이첼이 힘도 각성하고 혼자 다 해 먹어서 교황이고 뭐고 상관없을 텐데.

속으로 아쉬움을 토로하던 나는 문득 멈칫했다.

'잠깐만, 만약 레이첼이 먼저 각성하면…….'

원작에서 레이첼이 각성하는 계기는 수도 없이 많다. 성령제에서 한 번, 그리고 그 뒤에 몇 번. 그러나 그중에서도 가장 크게 힘이 개방되는 건 다름 아닌 신전의 '성물'을 손에 넣었을 때였다.

'그런데 성물이 어디 있었지?'

잠시 기억을 더듬어 보던 나는 미간을 팍 찌푸렸다. 가물가물하긴 하지만, 내 기억에 분명 그 성물이라는 것은 성검이었고, 그 성검은…….

'아놔, 젠장. 남쪽 죽음의 땅에 있네.'

나는 이마를 부여잡았다. 남쪽 죽음의 땅은 레이첼이 아세디움에서 깨어난 뒤 황태자와 함께 원정을 떠나는 곳이었다. 그녀의 성력이 저주를 깨부술 수 있음을 알고 황태자가 그녀와 손을 잡고 죽음의 땅으로 원정을 떠나지만…….

'지금 상황에서 두 사람이 죽음의 땅으로 가면 진짜 누구 하나는 죽고 오겠지.'

그럼 어떡하지?

내 착잡한 얼굴에 레이첼이 미안함 섞인 목소리로 물었다.

"제가 도와 드릴 수 있는 건 없나요?"

"혹시 근시일 내로 죽음의 땅에 가실 생각이 있으세요?"

"네? 제가 거길 왜……?"

"아니에요. 그냥 해 본 소리예요."

나는 결국 눈물을 머금었다. 레이첼과 알프리드를 설득해서 교황한테 샤바샤바 하려고 했더니, 그건 불가능할 것 같고.

"그럼 이 문제는 잠시 보류하는 것으로 하고요, 사실 제가 오늘 온데는 다른 이유도 있어요."

"무슨 일이 있으신가요?"

"또 이상한 일이면 거절할 겁니다."

"신전에 황실의 눈과 귀가 있어요."

걱정이 듬뿍 묻어나는 레이첼의 목소리와 달리 알프리드가 다소 무뚝뚝하게 내뱉었다. 그러나 내가 단도직입적으로 말을 내뱉자, 알프리드는 물론이요 레이첼마저도 쩌적 굳어 버리고 말았다.

"저번에 레이첼이 아세디움에 당했을 때 황태자의 행보를 생각해 보세요. 레이첼이 아세디움에 당했음을 밖에 알린 적도 없는데 성수를 들고 왔죠. 이건 너무 이상하─"

"그건…… 저희도 알고 있었습니다."

내 말이 끝나기도 전 알프리드가 심각한 얼굴로 말했다.

"부인도 눈치챈 사실을 저희가 눈치채지 못했겠습니까. 다만 그 자가 누군지 쉬이 판단할 수 없어서 저도 성녀님도 내부적으로 적을 색출하는 작업을 하고 있었습니다."

"그래서, 그 적은 아직도 못 찾았나요?"

"네. 일단 근래 신전에 들어온 이들부터 하나하나 조사하고 있긴 하지만…… 아시다시피 제 주변에 있는 사제들은 대부분 경력이 꽤 되는 분들이라…….”

레이첼의 말에 내가 한숨을 푹 쉬는데 알프리드가 나를 향해 단호히 고개를 내저었다.

"그건 공작 부인께서 신경 쓰실 만한 일이 아닙니다."

"그걸 왜 대신관님께서 판단하죠?"

황태자가 신전에 놓은 첩자가 얼마나 중요한데!

"신전 내부의 일을 이 정도로 관여하게 한 것만으로도 이미 충분합니다."

"저도 신전 내부에는 관심 없어요. 레이첼만 아니었으면 여기가 뭐 예쁘다고 내가 맨날 왔겠어요?"

그에 알프리드가 자존심이 상한 듯 나를 노려보았으나 나 또한 지지 않겠다는 듯이 그를 덩달아 노려보았다. 그 사이에서 레이첼만 난감하게 우리 둘을 번갈아 볼 뿐이었다.

이윽고, 나와 알프리드를 같이 놓는 건 도저히 좋은 방법이 아니라고 판단했는지 그녀가 알프리드에게 축객령을 내렸다.

"알프리드, 일단 나가 주세요."

"……성녀님, 부인께서 무례한 부탁을 하시거든 꼭 거절하셔야 합니다."

"그건 성녀님께서 판단하시겠죠."

역시 저 대쪽 같은 성격이 문제다. 나는 툴툴 대면서 입을 삐죽였다.

이내 알프리드가 방문을 닫고 나가자 레이첼의 시선이 나를 향했다.

나는 속으로 말을 고르며 고민했다. 사실 신전에 찾아올 때까지만 해도 내 계획이 퍼펙트하다고 외쳤는데, 알프리드에게 연신 타격을 입어서일까, 나는 조금 주저하며 말문을 떼었다.

"사실…… 그 외에 부탁드릴 게 있어서요."

"말씀하세요. 그 인장과 관련된 문제인가요?"

레이첼의 눈치 빠름에 나는 감탄하며 고개를 끄덕였다. 그리고 곧, 따로 챙겨 온 문서를 레이첼에게 내밀었다.

"사실 이게 그 서신인데요. 문제라면 서신에 있는 인장이 황실의 인장이라는 데에 있어요."

"……황실의 인장이요?"

"황실과 신전에서 한때 주고받았던 서신인데, 전 이것이 황실의 것이라는 사실을 확인해야만 해요."

"하지만 신전과 주고받은 거라면 교황 성하께서는 더욱 해 주지 않으실 거예요."

그건 알프리드의 태도만 봐도 대충 알 만했다. 하지만 일이 이렇게 된 이상 차선책이라도 선택해야 했다.

"사실 이 인장을 확인하는 목적은 다름 아닌 신전과 황실에서 한때 서신을 주고받았던 일을 폭로하는 것이에요."

"……네?"

"그게 저희 플로렌스 공작가에겐 아주 중요한 일이거든요."

나는 굳이 거짓말을 하지 않은 채, 하지만 그렇다고 세세한 내막을 까발리지는 않으며 그녀에게 일렀다.

"그래서 만약 인장 확인이 안 된다면, 다른 걸 부탁하고 싶은데……."

"무엇을요?"

"방금 제가 말씀드렸잖아요. 신전에 첩자가 있다고. 혹시 그 첩자에게 이 서신을 흘려서 콜리카 공작가가 이를 확인하게 할 수 없나 해서요."

내 말에 레이첼은 상상도 못 했다는 듯이 눈을 동그랗게 뜨고 깜박거렸다.

황실과 콜리카 공작가, 그리고 플로렌스 공작가 사이의 은원에 대해 모르는 그녀의 입장에선 내 말이 얼마나 황당할지 알지만, 그럼에도 나는 그녀가 필요했다.

"황당한 요구인 걸 알고 있어요. 하지만 이건 저희에게 더없이 중요한 것이에요."

"플로렌스 공작가에서 직접 콜리카 공작가에게 넘겨주는 건 안 되나요?"

"저희가 건네주게 되면 서신에 대한 신뢰성이 한층 떨어지겠죠."

"……"

"대신관님의 말마따나, 신전에선 귀족가의 알력 싸움에 끼어들지 않는 게 원칙이라는 것도 알아요. 하지만—"

나는 살짝 숨을 골랐다.

"이건 도저히 쉬이 넘길 수 있는 일이 아니에요."

"쉬이 넘길 수 있는 일이 아니라면…… 도대체 무슨 일인가요?"

"레이첼, 전에 제가 물었죠. 황실을 어떻게 생각하느냐고."

레이첼이 고개를 살짝 끄덕였다. 그에 내가 쓰게 웃으며 입을 열었다.

"황실은 플로렌스에 차마 지우지 못할 죄를 저질렀어요."

"……!"

"인간으로서 하지 말아야 할, 그리고 어쩌면 군주로 군림하는 자가 절대 해서는 안 될."

나는 최대한 진심을 담아 그녀를 바라보았다.

부디 레이첼이 내게서 진심을 읽어 내길 바라며, 그녀의 성력이 그녀에게 어떤 메시지를 주길 마라며, 마지막으로 신이 내 편을 들어 주길 바라며.

내 말에 레이첼은 잠시 눈을 꼭 감고 생각에 잠기는 듯했다. 그녀는 과연 신에게 묻고 있는 걸까? 긴장한 얼굴로 그녀를 응시하는데, 긴 침묵 끝에 눈을 뜬 그녀가 빙그레 웃었다.

"좋아요."

"······!"

"대신, 저도 한 가지 부탁이 있어요."

레이첼의 승낙을 얻어 내자 일은 순조롭게 이루어졌다.

그녀는 태연자약하게 서신의 복사본을 들고 사제들에게 일일이 찾아가 일렀다.

"오늘 신전의 도서실에서 자료를 찾는 와중에 나온 서신이에요. 뭔가 중요한 서신인 것 같은데 아시다시피 제가 평민이어서 글에 익숙지가 않아요. 더군다나 너무 악필이라 읽는 데 시간이 걸려서 그러니, 혹시 이 서신의 내용을 필사해서 주실 수 있으신가요? 아, 다른 이들에게는 비밀로 해 주세요. 성녀가 되어 글도 제대로 못 읽는 게 부끄러워서······."

레이첼의 말에는 아무런 허점도 없었다.

덕분에 이 서신의 출처는 신전으로 공표될 것이고, 첩자는 한 치의 의심도 없이 서신을 바로 콜리카 공작에게 넘길 것이다.

유유자적하게 사제들에게 '비밀리에 진행하라.'고 이른 뒤 레이첼이 방으로 돌아왔다. 얌전하게 그녀를 기다리던 나는 자리에서 벌떡 일어났다.

"레이첼."

"첩자로 의심되는 사제들에게 서신을 넘겼어요. 이제 조금만 기다리면 첩자가 움직일 거예요."

"고마워요, 레이첼!"

"별말씀을요. 대신 제 부탁 또한 들어주셔야 돼요."

나는 열심히 고개를 끄덕였다. 사실 그녀의 부탁이라고 해 봤자 별거 없었다.

혹여 첩자의 정체가 밝혀지더라도 외부에 흘리지 말 것.

애초에 나와는 상관없는 일이기 때문에 나는 흔쾌히 허락할 수밖에 없었다.

역시 그날 레이첼을 구하러 간 건 내 빙의 인생에서 가장 잘한 선택이었어. 속으로 감격을 하고 있는데 레이첼이 의아한 얼굴을 했다.

"그런데 황태자의 첩자가 정말 콜리카 공작가에게도 소식을 흘릴까요?"

"이번 아세디움의 일로 콜리카 공작가에서는 백이면 백 첩자의 신분을 조사했을 거예요. 황태자의 일거수일투족을 아는 가문이니 우리보다 더 쉽게 첩자를 찾아냈겠죠. 그리고 매수를 했을 게 뻔하고."

나는 콜리카의 수법을 너무 잘 알았다. 게네들 특기가 그거다. 조사랑 매수. 콜리카의 행동력과 머리를 믿자.

"콜리카는 무서운 가문이네요. 어쩐지 저번에 황태자 전하를 치료하러 갔을 때 기분이 이상하더라니……."

그때, 레이첼의 방문을 두드리고 누군가가 들어왔다.

"루벨리안?"

바로 루벨리안과 알프리드였다.

그런데 어쩐 일인지 레이첼은 굉장히 애매한 얼굴로 루벨리안을 바라보고 있었다.

"플로렌스 공작 각하."

어라, 뭐지? 이 분위기는? 딱 봐도 서먹한 분위기에 내가 눈을 깜박거렸다. 두 사람이 언제 만난 적 있나?

의아한 기색을 띠는데, 루벨리안이 다정하게 웃으며 내 머리를 정돈해 주었다.

"잠시 교황 성하를 만나러 갔다가 성녀를 보았다."

"아, 레이첼이 사제들에게 서신을 전달하러 갔을 때였나 보네요."

"그래."

그러나 한없이 밝은 내 표정과 달리 루벨리안의 얼굴은 한없이 굳어 있었다.

왜 그러지? 둘이 만나서 무슨 얘기를 한 건가?

루벨리안은 조금 망설이는 듯한 얼굴로 입을 뗐다.

"그래서, 서신의 복사본은 사제들에게 잘 갔나?"

"네. 빠르면 오늘 밤 첩자가 움직일 수도 있을 것 같아요."

서신이 콜리카의 손에 들어가면 어떤 일이 벌어질지 상상하며 나는 신나게 웃었다.

"서신 받았을 때의 그 얼굴들을 꼭 보고 싶었는데 너무 아쉽네요."

"……."

"아마 보자마자 혈압 터져서…… 음, 루벨리안? 왜 그래요?"

나는 홀로 재잘재잘 말을 내뱉다가 조용하기만 한 루벨리안의 표정에 멈칫하고 말았다.

"혹시 뭔가 일이 잘못 틀어지기라도 했어요?"

　불안한 얼굴로 묻자 루벨리안이 갑자기 팔을 뻗어 나를 끌어안았다. 그의 심각한 표정에 나도 진지해지고 말았다.

"무슨 일이 잘 안 풀렸어요?"

"……."

"그래도 이번 서신 일은 잘 해결될 테니 너무 걱정 마요."

　나는 루벨리안의 등을 토닥토닥 두드리면서 말했다.

　그때, 그의 뒤에 서 있던 레이첼이 난감하게 웃더니 알프리드와 함께 방문을 열고 밖으로 나갔다.

"이브. 만약 당신더러 내 일이 전부 끝날 때까지 외국에 가 있으라고 하면, 당신은 그렇게 할 건가?"

　갑작스러운 그의 물음에 나는 멈칫했다.

　이게 무슨 말이지?

"외국이요? 내가 왜요?"

"그……."

　루벨리안이 잠시 말을 골랐다. 그러다 이내 고개를 내저었다.

"아니, 원래는 내 복수인데 당신이 생각보다 훨씬 고생하는 것 같아서 그런다. 조금 쉬었으면 해서. 당신은 쇼핑도 좋아하고, 먹는 것도 좋아하고, 예쁜 거 보는 것도 좋아하지 않나."

"그렇긴 하지만 지금 내 눈에는 당신이 제일 예뻐요."

"……."

"흐음, 진짜인데?"

　나도 감히 도전 못 하는 샤를리나의 외모를 그대로 물려받은 그녀의 아들. 감히 말하건대 그보다 더 잘생긴 남자는 눈을 씻고 봐도 없을 것이다. 황태자도 물론 잘생겼지만, 내 취향은 아니라서.

나는 눈을 깜박거리면서 그를 향해 안심하라는 듯이 웃어 주었다.

"그리고 난 지금 꽤 기쁜데. 알잖아요, 나 설치고 다니는 거 좋아하는 거."

"그래."

"그러니까 난 끝까지 당신 옆에 있을 거야."

사실 예전 같았으면 그의 말에 당장 짐 싸서 외국으로 갔을 터였다.

하지만 지금은 다르다. 나는 진심으로 그의 옆에 있고 싶었고, 내결말이 죽음이라고 해도 나는 반드시 그의 옆에 끝까지 있을 것이다.

'아, 잠깐만. 설마⋯⋯.'

문득 머릿속을 스쳐 지나가는 생각에 나는 미간을 좁혔다. 그가 왜 이렇게 구나 고민을 이어 가다가 혹시나 하는 생각이 들었다.

'내가 죽는다는 걸 레이첼이 루벨리안에게 말한 걸까?'

하지만 나는 이내 머리를 털어 버렸다. 그 이야기를 들었다면 루벨리안이 최소한 화를 내며 말리지 않았을까?

여전히 오리무중인 상태로 루벨리안의 품에서 한숨을 내쉬는데, 그가 나를 품에서 내려놓았다.

"신전에 사람들을 붙였다."

"네? 그래도 돼요? 신전에서-"

"그러니 이건 비밀이다. 성녀는 그렇다 쳐도 만약 대신관이 알면 큰 난리가 날 거다."

"으으, 첩자를 색출하려고 벌인 짓인데. 오히려 사람을 붙이다니."

"걱정 마, 신전의 주변에 붙인 거니 신전 내부의 일에는 방해가 되지 않을 거야. 다만 이 근래에 신전에서 흘러나온 소식이라든가, 은

밀히 외출한 사제들을 눈여겨보겠지."

나는 고개를 끄덕였다. 비록 양심에 찔리긴 하지만 우리 쪽에서도 뭔가 대책을 세우는 게 좋았다.

"그럼 우리는 이만 집에 가지."

"지금요?"

"언제 첩자가 움직일지도 모르고. 혹시 움직이면 곧장 통보가 올 거다. 성녀 또한 네게 알릴 거고."

"그래도."

"무엇보다도 우리가 다 이곳에 있으면 오히려 경계심을 부추길 수 있어."

나는 루벨리안의 말에 납득하여 고개를 끄덕였다.

이내 그의 손을 잡은 뒤 방에서 나가자, 복도에 서 있던 레이첼이 환하게 웃으면서 말을 걸어왔다.

"아, 두 분 공작가로 돌아가시나요?"

"네, 혹시 무슨 소식이 있으면 꼭 말씀 부탁해요."

"물론이죠. 이번 일은 신전에서도 도움을 받는걸요."

레이첼의 미소에 화답해 준 뒤 신전을 나서려는데 갑자기 레이첼이 나를 불렀다.

"저, 이브!"

"네, 무슨 일이세요?"

"그……."

그녀가 나와 루벨리안을 번갈아 보다가 다시 고개를 저었다.

"아니에요. 조심히 가세요."

그녀의 모습에 나는 아리송한 표정을 지었다. 그러나 손까지 흔들어 주는데 더 이상 물을 순 없었다. 결국 나는 궁금증을 안고 루벨리안과 함께 신전을 나섰다.

그리고 이틀 뒤, 조급한 마음으로 소식을 기다리던 내게 첩자가 움직였다는 소식이 들려왔다.

그와 동시에, 콜리카 공작이 곧장 황궁으로 쳐들어갔다는 소식 또한.

"아하하하하하하하."

"……"

"오호호호호호."

"……"

"하하하하허허허헉커커컥커커엉, 컥, 커헝-"

"여기 물입니다."

침대 위에서 웃다가 사레에 걸린 내게 제나 부인이 침착하게 물을 건넸다.

그녀에게서 물을 받아 든 나는 그것을 목구멍에 시원하게 들이부으며 활짝 웃었다.

"역시 사이다가 최고지."

"그게 뭔지는 모르겠지만, 누가 보면 콜리카 공작이 목을 매달고 죽은 줄 알겠습니다."

"하지만 난 너무 좋은걸."

나는 오늘 읽고 또 읽은 편지를 상기했다.

[이브에게-

첩자의 정체는 밝혀졌습니다. 제 옆에서 잔심부름을 하던 견습 사제였어요. 어젯밤 밖으로 나가는 것을 플로렌스 공작가의 기사께서 발견하시고 뒤를 밟았습니다.

추신 : 플로렌스 공작가의 기사가 신전에 배치되었다는 것에 알프리드가 길길이 날뛰었으나, 무사히 진정시켰으니 너무 걱정하지 마세요.]

"아하하하하, 콜리카에서 그 서신을 접했다는 거잖아."

"하지만 서신의 내용을 콜리카에서 믿지 않을 수도 있습니다."

"황실까지 쳐들어갔는데?"

내 물음에 제나 부인이 침묵으로 답했다. 그녀 또한 콜리카가 평정심을 유지할 수 없었다는 데에 한 표를 던지는 듯했다.

결국 나는 다시 한번 침대에서 데굴데굴 구르면서 웃음을 터뜨렸다.

"아, 이럴 때가 아니지. 황실에 놀러 가서 재미라도 봐야겠어."

"갑자기 황실을 방문하시는 건 실례입니다."

"루벨리안 보러 갈 거야. 물론 겸사겸사 황제도 보고?"

나는 방실방실 웃으면서 자리에서 일어났다.

그러나 내가 희열과 기대에 가득 차 공작가를 나서려 할 때였다. 갑자기 문이 열림과 동시에 집사가 커다란 상자를 안고 들어왔다.

"아, 마님."

"그건 뭐지?"

부피가 큰 하얀색 상자에는 빨간 리본이 묶여 있었다. 집사는 고개를 절레절레 저으면서 답했다.

"방금 공작가에 도착한 물건입니다만- 수취인만 쓰여 있을 뿐, 누가 보낸 것인지는 모릅니다."

"내 앞으로 온 건가?"

"네."

집사의 아리송한 표정에 내가 흐음- 길게 숨을 쉬었다.

이 와중에 갑자기 웬 소포? 평소라면 그냥 대충 넘겼을 테지만 누가 보냈는지조차 불분명한 소포가 예삿일은 아닌 듯싶었다.

귀족가에서는 자신이 선물 보낸 것을 티 내기 위해 수취인을 작성하는 건 까먹어도 발송인의 이름을 까먹지는 않았다.

"음…… 일단 위로 가져가. 확인하게."

"마님, 황실로 가시는 건……."

"일단 이것부터 확인하는 게 좋겠어. 혹시 뭐 안 좋은 물건이라거나 급한 물건이면 곤란하니까."

황실로 가는 게 그리 급하지도 않고. 그렇게 생각하며 나는 2층으로 향했다.

응접실에 도착한 뒤 내가 턱짓을 했다.

"일단 열어 봐."

내 명령에 집사가 고개를 끄덕이며 천천히 상자의 리본을 풀기 시작했다.

스륵-

바닥에 툭 떨어진 리본이 유난히 눈을 찔렀다. 새빨간 리본이라…… 갑자기 호러물이 되어 가는 걸까? 설마 안쪽에 저주 인형이라도 있는 거 아니야?

한데 상자를 연 집사가 흠칫한 채 뒤로 물러났다.

"이, 이건……."

마치 귀신이라도 본 듯이 커다랗게 눈을 뜬 그를 보며 내가 얼굴을 일그러뜨렸다. 왜 그러는 거지? 나는 잠시 고민하다가 천천히 상자 쪽으로 다가갔다.

그리고 상자 속에 있는 물건을 본 순간, 미간을 잔뜩 찌푸릴 수밖에 없었다.

"뭐야, 이거……."

상자 안쪽에 있는 물건은 다름 아닌 레이스와 프릴이 달린 하얀 드레스였다. 그것도 절대 새것으로는 보이지 않는, 딱 봐도 십 년 이상은 된 것으로 보였다.

그러나 그보다도 더 이상한 것은, 옷 위에 덕지덕지 묻어 있는 검붉은색 핏자국이었다.

"마님, 가까이하지 마십시오. 좋지 않은 물건일 수도 있습니다!"

"응?"

"피가 묻어 있지 않습니까! 대체 어느 말도 안 되는 자가 이딴 걸 공작가에 보낸단 말입니까. 반드시 그자의 정체를 밝혀서 엄벌해야 합니다!"

제나 부인이 끔찍하다는 듯이 크게 소리를 질렀다. 그녀는 물론이요, 리리스마저도 꽤 심각한 얼굴을 하고 있었다. 제일 먼저 제정신을 차린 집사가 조금 굳은 얼굴로 나를 향해 말했다.

"마님, 일단 이 물건은 치우는 게 좋을 것 같습니다. 누가 보낸 것인지는 모르나 이런 끔찍한 물건을……."

"잠깐, 치우지 마."

내가 고개를 젓자 상자에 손을 대려던 고용인들이 다시 뒤로 물러섰다.

이걸 나한테 보낸 목적이 뭐지? 아니, 그전에 이건 대체 누구 옷이지?

방금 전까지 희열에 차 있던 순간들이 전부 거짓말 같았다. 나는 얼굴을 굳히고 장갑 낀 손을 상자로 뻗었다.

"마님! 위험합니다."

"그냥 옷일 뿐이야."

"그래도 무슨 짓을 해 놨을지 어떻게 압니까!"

"아니, 뭐 화학 약품이라도 쳤을까."

그렇게 중얼거리며 내가 천천히 옷을 집어 들었다. 이윽고 너덜너덜해진 하얀 드레스가 온전히 내 앞에 모습을 드러냈다.

그러나 드레스를 상자 밖으로 꺼낸 나는 더욱 얼굴을 일그러뜨릴 수밖에 없었다. 곱게 접혀 있을 때는 몰랐는데, 드레스의 훼손 상태는 생각 이상으로 심각했다.

"드레스가 찢어져 있네?"

"마님, 제발 안에 넣어 두시는 게 좋을 것 같습니다."

"그것도 칼로 찢긴 거군."

"마님!"

"아, 거참, 시끄럽게 구네. 입 좀 다물어. 나 생각하는 거 안 보여?"

뒤에서 발을 동동 구르는 제나 부인에게 짜증스레 대꾸해 준 뒤 드레스를 앞뒤로 관찰했다.

"드레스의 질감이 꽤 좋은데? 리리스, 와서 확인 좀 해 줘. 이거 실크지?"

"아, 네. 게다가 꽤 보기 힘든 재질이네요. 어머니께서 예전에 사용하셨던 재질 같은데."

내가 내민 드레스를 주춤거리면서 보던 리리스가 입을 뗐다. 나는 드레스의 앞뒤를 살펴보면서 생각에 잠겼다.

"드레스의 사이즈가 꽤 큰데……."

한데 이상한 건 드레스의 폭에 비해 팔이나 목, 가슴 부위는 사이즈가 그리 크지 않다는 것이었다.

갑자기 학구열에 불타는 나를 보며 제나 부인이 한숨을 쉬었다. 그녀는 내가 왜 이런 상서롭지 못한 물건을 잡고 늘어지는지 알 수 없다는 표정이었다.

하지만 이렇게 타이밍 맞춰서 오는 물건은 절대 그냥 웃어넘길 게 아니었다.

"찢긴 자국을 따라 피가 밴 정도를 보면…… 뒤에서 습격한 거야."

"……."

"자객인가? 하지만 자객이 이렇게 큰 움직임으로 검을 쓸 리가 없으니 기사일 수도 있겠어."

"마님, 대체 지금 무슨 소설을 쓰고 계시는 겁니까?"

"어쨌든 누군가가 검으로 귀한 신분의 여자를 뒤에서 습격하고, 다리를 잡고 끌고 갔어. 여기, 드레스에 피가 쓸린 자국이 있잖아."

역겹다는 표정으로 드레스를 본 제나 부인이 얼굴을 찡그렸다. 가능한 빨리 이것을 던지고 싶은 기색이 역력했다.

"그럼 이제는 누가 보냈는지가 중요한데……. 소포를 가져다준 사람은 뭐래?"

"오늘 아침 로브를 뒤집어쓴 인간이 와서 이걸 공작가로 보내 달라고 한 뒤, 엄청난 양의 금화를 줬다고 하더군요."

"그럼 꽤 돈이 있는 자가 보낸 것이라는 건데. 누구지?"

나한테 이런 걸 보낼 이가 과연 누가 있지? 그전에 대체 왜 보낸 것이지? 의도가 뭐지? 머릿속으로 엉클어진 의문을 하나하나 짚어 보며 생각하던 때였다.

갑자기 머릿속을 스쳐 지나가는 생각에 나는 얼굴을 찡그렸다.

요즘 너무 황실과 콜리카 공작가만 생각해서 그런 것일까, 아니면 진짜로 감인 것일까? 불쑥 머릿속으로 그들과 연관된 것이 아닐까 하는 생각이 들었다.

'그런데 이 드레스가 그들과 연관될 게 뭐가 있다고…… 아, 설마…….'

나는 드레스를 뒤집어 보다가 허리 쪽이 길게 찢어진 자국을 보며 멈칫했다. 불쑥 스며든 생각이 머리를 어지럽히고 있었다.

그리고 이내, 나는 굳은 얼굴로 제나 부인을 향해 물었다.

"혹시나 해서 묻는데."

"……?"

"선대 공작 부인, 진짜로 자결한 거 맞아?"

"확실합니다. 많은 이들이 눈으로 확인했습니다. 공작 부인께서는 그날 황실의 가장 높은 곳에서 뛰어내리셨고, 결국─"

"그럼 그녀가 뛰어내린 뒤 부검은 해 봤어?"

"그게 무슨……."

"시체를 꼼꼼히 살펴보았냐고."

"그게 무슨 불경한 말씀이십니까! 그리 안타깝게 눈을 감으신 분의 몸에 어찌 손을 댈 수 있습니까!"

덜컹거리는 마차에 몸을 실은 나는 이를 악물었다. 분명 원작에서는 샤를리나가 자결했다고 했다.

잠깐만. 원작에 정말 그렇게 서술되어 있었나?

아니다. 마지막에 루벨리안이 레이첼의 칼을 맞은 채 절절하게 읊어 대는 대목이 있었고, 샤를리나가 자살했다는 정보도 거기에서 얻었다.

그렇다는 건 내가 알고 있는 이 정보는 세컨드 인포메이션, 즉 오염된 정보일 확률이 높았다.

루벨리안은 선대 공작과 공작가의 식솔들에게서 들은 것이고, 정보원이 오염되어 있으면 정보의 순수성도 확신할 수 없었다.

"마님, 도착했습니다."

마부의 목소리가 들리기가 무섭게 나는 마차에서 내려왔다. 나를 따라 내린 리리스의 품에는 오늘 공작가에 도착한 그 상자가 있었다.

나는 매정하게도 결혼 뒤 한 번도 방문하지 않은 클로다의 저택 문을 두드렸다.

"어머, 아가씨! 아, 아니, 부인!"

아이다가 활짝 웃으면서 나를 반겼으나 그녀와 감격의 시간을 나눌 새가 없었다. 난 급히 위층으로 뛰어 올라가며 외쳤다.

"아버지 계시지?"

"네? 네! 주인님은 서재에 계세요!"

체통이고 뭐고 미친 듯이 위층으로 뛰어 올라간 내가 바로 서재의 문을 벌컥 열었다. 안쪽에서 뭔가를 보고 있던 아버지는 얼굴을 일그러뜨리며 호통을 쳤다.

"이게 무슨 짓이냐! 공작 부인이라는 애가 이리도 채신머리없이!"

"아버지! 이 실크 소재, 어디 건지 확인 좀 해 줘요!"

"그게 무슨…… 이건 또 뭐냐."

"오늘 아침 공작가로 온 소포예요."

"공작 각하께는 말씀드린 게냐?"

"아뇨. 말하면 안 되는 내용일 수도 있어요."

나는 빠르게 고개를 저었다.

루벨리안이 없을 때 소포가 온 게 얼마나 다행인데, 미쳤다고 이 걸 알리겠는가.

"이거, 듣기로는 고위 귀족들만 쓰는 거라면서요?"

내 급한 얼굴에 아버지가 마뜩잖은 얼굴을 하면서도 안경을 썼다.

아무리 평민이라곤 하나, 클로다 상단은 어쨌든 제국에서 가장 큰 무역원을 차지하고 있었다. 황실이나 귀족들이 쓰는 대부분의 물품 은 클로다 상단을 통해 유통되었다.

그러니 아버지라면 뭔가 알 수도 있어. 기대 어린 눈빛으로 그를 보는데, 실크를 만져 보던 아버지가 고개를 갸웃거렸다.

"이건, 플레멘에서 수입된 실크긴 하다만…… 현재는 거의 수입을 하지 않고 있다."

"왜요?"

"20여 년 전엔 꽤 유행이었다만, 수를 놓기가 어려워 한동안 반짝 하다가 말았지."

"그렇군요. 그럼 혹시 이걸 어디로 공급했는지 기억하세요?"

"그 오래된 걸 내가 어찌 아느냐."

아버지가 의아한 눈빛으로 나를 응시했다. 그러나 나는 입을 꾹 다문 채 심각한 얼굴을 하였다.

"혹시 황실에도 공급을 했었나요?"

"당시 이것을 가장 많이 사 간 곳이 바로 황실일 게다. 촉감이 좋 아서 황후 마마나 선황녀 전하께서 즐겨 입었지. 그러고 보니 당시 선황녀 전하께서 회임 중이라……."

"회임이요?"

"출산을 앞둔 여인들 사이에서도 유행했었지. 소재 자체가 편하고, 피부에도 무리가 없다고 들었어. 네 어미가 너를 임신했을 때도 자주 입곤 했다."

나는 눈을 깜박거렸다. 그러면 이 옷을 입은 이는 덩치가 있는 게 아니라, 임신 때문에…….

아버지에게 대충 감사하다는 말을 올리고 발걸음을 옮기려는데 아버지가 나를 붙잡았다.

"이브. 혹시 각하의 태도가 갑자기 변한다거나, 이상한 징조가 보이면 이 아비에게 꼭 말하거라."

"그게 무슨 말이에요?"

루벨리안이 왜? 고개를 갸웃거리자 아버지가 말을 고르더니 입을 뗐다.

"서신이 공작 각하의 손에 들어갔으니, 이 아비도 이제는 너를 지켜 줄 만한 게 없어."

"……."

"혹여 각하께서 변심이라도 하시면……."

"쓸데없는 걱정을 다 하시네요."

나는 아버지의 말에 피식 웃고 말았다.

"루벨리안은 여전히 저를 아껴 주고 있으니 너무 걱정 마세요."

그 말을 듣자마자 아버지의 얼굴에 퍼지는 안도의 미소에, 나는 묘한 기분이 들고 말았다.

이윽고 클로다의 저택에서 나온 뒤, 리리스를 향해 말했다.

"리리스. 공작가로 돌아가거든 이 드레스는 다른 곳에 숨겨 놔."

"네? 각하께 말씀드려야 하지 않을까요?"

"아니, 아직은 안 돼. 만약 들키더라도 누군가의 장난 같은 거라고 해."

내 추측이 틀린다면 좋겠지만, 만약 진짜로 이 드레스가 콜리카 공작가, 플로렌스 공작가, 그리고 황실 사이에 얽힌 관계와 직접적으로 연관이 된다면 문제가 달라진다.

'젠장, 아린느 일도 제대로 해결을 못 봤는데 걱정거리가 또 생겼네.'

나는 이를 빡빡 갈면서 이 모든 것의 근원이나 다름없는 황실을 저주했다.

그리고 이내 리리스에게 명했다.

"내일 오전 황태자 궁에 찾아뵙겠다고 알현 요청을 넣어."

일이 생각 이상으로 심각해지고 있었다.

제7.5장

그녀는 모르는 이야기(3)

그녀는 모르는 이야기(3)

　귀족가는 한동안 흉흉함에 잠기고 말았다. 성령제 기간에 황태자가 쓰러지면서 '신의 저주가 제국에 드리운 게 아니냐.'는 논조가 귀족들 사이에 돈 것이다.

　물론 황태자가 깨어난 뒤 언제 그랬냐는 듯이 쏙 들어가긴 했으나, 아직도 귀족 내부 정세가 불안한 것은 사실이었다.

　'누군가가 플로렌스 공작을 습격하고 황태자를 습격했더라. 그다음은 바로 우리들 중 누군가가 아닌가.'라며 귀족들이 수군대는 것을 들으며 루벨리안은 피식 웃었다.

　"그나저나 전하께서 이리 무사히 깨어나셔서 다행입니다. 처음 소식을 들었을 때는 정말 간이 떨어지는 줄 알았습니다."

　라렐 백작의 말에 귀족들이 분분히 고개를 끄덕였다. 대부분 황태자가 무사하게 깨어난 것에 안도감을 느끼는 듯했다.

　그러나 정작 가장 상석에서 귀족원 회의를 주도하던 콜리카 공작은 아무 말이 없었다.

"황태자 전하의 걱정으로 황후 마마께서 수척해지신 것이 보여 폐하께서도 많이 속상하셨겠습니다."

"맞습니다. 폐하와 마마께서 얼마나 금슬이 좋으십니까."

콜리카 공작의 안색이 좋지 않음을 눈치챈 것일까. 귀족들이 슬슬 눈치를 보며 한두 마디씩 꺼냈다.

귀족들의 아부 섞인 찬탄을 조용히 듣던 콜리카 공작이 이내 고개를 들었다. 그는 비릿하게 조소를 짓더니 시선을 루벨리안에게로 돌렸다.

"플로렌스 공작은 어떻게 생각하십니까?"

루벨리안은 제 앞에 놓인 차를 느긋하게 들었다. 전혀 무해해 보이는 이처럼 온화하게 웃으며 그가 답했다.

"폐하의 생각이야 감히 제가 추측할 바는 아닙니다만―"

"……"

"예로부터 황제 폐하께서 황후 마마를 대하는 태도야, 일관적이지 않았습니까?"

"……!"

"설마하니 콜리카 공작께서는 모르셨던 겁니까?"

루벨리안이 여상스럽게 웃자 비소를 짓던 콜리카의 얼굴이 바로 일그러졌다.

황제가 황후를 어떻게 대했는지 여기에 모르는 사람이 있을까. 애초에 두 사람의 결혼에는 사랑이 없었던 터라 그들의 관계는 시작부터 좋지 않았다.

그뿐만이 아니라 첫날밤이 지난 뒤부터 황제는 황후가 아닌 다른 여인들에게 관심을 보이기 시작했다.

그리고 그 결과— 지금까지 무사하게 살아남은 제2황자와 제3황자, 그리고 플로렌스 공작의 아들로 알려진 그를 제외하고는 황제의 그 수많은 자식과 정부들은 전부 행적도 알려지지 못한 채 사라져야만 했다.

물론 이건 어디까지나 숨겨진 이야기일 뿐, 황제 부부는 언제나 가장 완벽한 부부로 대중들에게 나타났다.

마치 시한폭탄에 불을 지핀 것 같은 루벨리안의 대답에 사람들이 전부 안절부절못하며 콜리카 공작을 응시했다.

결국 콜리카 공작은 참지 못한 채 자리에서 벌떡 일어났다.

"오늘 회의는 이만하지."

루벨리안은 입꼬리를 말아 올리며 서류를 들었다. 간당간당한 콜리카 공작가와 황실의 관계를 완전히 파탄 내려면 황제와 신전이 주고받은 서신이 필요했다.

그는 회의실에서 나오자마자 빌에게 명했다.

"클로다 상단주에게 일러. 이제 약속을 지킬 시간이 왔다고."

원래라면 황제와 신전이 주고받은 서신은 이브와의 결혼 뒤에 곧장 넘겨받아야 했다.

하지만—

"결혼한 지 얼마 되지도 않은 차에 서신을 드릴 수는 없습니다. 제 딸이 공작가의 후계자를 낳을 때까지만큼은……."

제 딸과 결혼시킨 것도 모자라 아이를 낳은 뒤에 서신을 넘기겠다니, 당장 칼을 빼 들어도 할 말이 없을 만큼 억지스러운 요구였다.

하지만 루벨리안도, 그리고 클로다 상단주도 차마 예상치 못한 것은 루벨리안이 그런 식으로 이브에게 애정이 생겨 버릴 줄은 몰랐다는 사실이었다.

이브의 아버지라는 신분은 루벨리안이 클로다 상단주를 함부로 건드리지 못하게 했고, 딸을 보호하고 싶은 클로다 상단주의 마음을 이해한 루벨리안은 결국 한발 물러나 주었다.

"이브가 아이를 낳을 때까지는 시간이 너무 길다."

"각하."

"대신, 추후 시간이 지나 그 서신이 쓰일 일이 있다면 반드시 넘겨라."

"……."

"물론 그때도 넘기지 않는다면 당신의 안위를 보장할 수 없을 것이다."

"각하께서 그때 제 무례한 요구를 들어주실지는 몰랐습니다."

루벨리안의 소환으로 공작가에 온 클로다 상단주가 입을 떼자, 옆에서 느긋하게 서신을 들춰 보던 루벨리안이 고개를 내저었다.

"무례한 요구인 줄 알면서도 부탁했나."

"제 딸아이가 도저히 믿음직스럽지 않아서……."

"이해한다. 결혼 전에 이리저리 도망치던 기개가 가히 예술이었지."

문득 흙밭에서 아무 말이나 내뱉던 이브의 모습이 떠올라 그는 피식 웃음을 흘렸다. 그 모습이 꽤 귀여웠는데.

클로다 상단주는 웃음을 터뜨리는 루벨리안을 멍하니 바라보았다. 성정이 잔인하다고 들었는데 딱히 그런 것 같지도 않았다. 아니면 제 딸 때문에 그래 보이지 않는 것일지도.

"어쨌든 이 서신이 부디 각하께 도움이 되었으면 좋겠군요."

"황실의 인장이 있다면 더 좋았겠으나, 지금으로서는 이 서신만으로도 콜리카와 황실의 분란을 일으키기엔 충분할 거다."

루벨리안은 손에 든 서류를 훑었다. 대필이긴 하지만 황제의 서류를 오래 본 귀족이라면 금방 알아챌 정도로 이 서신은 황제의 평소 문체와 너무 닮아 있었다.

물론 황제는 아니라고 극구 부인하겠지만.

앞으로의 계획을 가늠하며 그가 빙그레 웃었다.

클로다 상단주에게서 서신을 전해 받은 뒤 이브가 보인 반응은 루벨리안이 생각한 것과는 묘하게 달랐다.

얌전하게 아버지의 말을 들을 성격이라곤 생각하지 않았지만, 그렇다고 이렇게 깔끔하게 제 아버지의 과오를 집어내는 태도는 꽤 의외였다.

생각할수록 그에게 이브는 꽤 신기한 존재였다. 상상하지도 못한 방법으로 위기를 헤쳐 나가고, 극단적으로 나사가 풀린 것 같으면서도, 가끔은 이성적이고 차분했다.

'당신은 대체 어떤 인물이지?'

매 순간 어디로 튈지 모르는 사람을 사랑하는 건 큰 위험성을 동반한다.

하지만 어쩌면 그러한 모습 때문에 그가 더욱더 그녀에게 빠져드는 것일지도.

생각을 이어 가며 그는 긴 신전의 복도를 걸었다. 교황을 만났으나 예상대로 그는 인장의 출처를 확인해 주지 않았다.

'당연한 거겠지. 이렇게 되면 역시 인장 확인이 되지 않은 서신을 콜리카 공작가에 넘겨서 둘 사이를 갈라놔야 하나.'

그때, 익숙하되 익숙하지 않은 인영이 그의 눈에 밟혔다.

"플로렌스 공작 각하?"

'성녀?'

루벨리안이 미간을 찌푸렸다. 이브와 성녀의 접점은 많았으나, 그와 성녀의 접점은 처음 만났을 때를 제외하고는 거의 없었다.

그는 고개를 살짝 까닥였다.

"오랜만입니다."

"뵙게 되어 영광이에요."

성녀의 힘이 발현된 뒤 루벨리안이 그녀를 황실로 압송한 터라 레이첼은 그에게 두려움을 갖고 있었다.

만약 이브가 아니었다면 그가 레이첼한테 남긴 인상은 황태자와 비등비등했으리라. 사실은 아직도 이브가 왜 저런 남자와 결혼했는지 이해가 가지 않았다.

오랜만에 그와 마주해 당황하는데, 루벨리안이 입을 열었다.

"이브에게 종종 도움을 주신다고 들었습니다."

"네?"

"감사합니다."

진심이 가득 담긴 그의 말에 레이첼은 순간 멈칫했다. 그녀는 말을 고르다가 천천히 입꼬리를 말아 올렸다.

"제가 좋아서 옆에 있는 것뿐인데요."

"그래서 말인데……."

루벨리안은 길게 숨을 들이쉬었다. 사실 오늘 성녀를 만나게 되리라는 것은 그의 예상에 없던 일이었다. 하지만 이렇게 만나니 불쑥 어떤 생각이 떠올랐다.

'그때 황궁에서 성녀를 만나고 난 뒤 이브의 얼굴이 이상했지. 마침 이렇게 만났으니 잘됐군.'

그는 살짝 얼굴을 굳힌 채 물었다.

"그때 황궁에서 제 아내와 만나신 것을 보았습니다. 황태자 전하의 생일 연회가 끝나고 나서."

"아."

"당시 성녀님의 방에서 나온 제 아내의 표정이 다소 어두웠는데, 혹시 그 이유를 아십니까?"

루벨리안의 물음에 레이첼은 입을 꼭 다물었다. 그 이유야 당연히 알고 있었다. 황태자의 검에 찔린 채 누워 있는 이브. 그 사실을 이브에게 알린 게 화근이었다.

하지만 그 사실을 이 남자에게 알려도 될까? 그녀는 잠시 고민하다가 이내 주저하며 말문을 뗐다.

"제가…… 황태자 전하를 통해 본 게 있는데, 그것을 이브에게 알려 드린 게 화근이 되었나 봐요."

"무엇을 보셨습니까."

"그……."

레이첼이 난감하다는 듯이 말을 골랐다. 그러나 이윽고 한숨을 쉬며 말했다.

"이브가, 황태자 전하의 검에 찔려서 누워 있는 모습이었어요."

"……네?"

예상을 빗나가도 완전히 빗나간 말에 루벨리안이 멈칫했다. 곧장 받아들이기엔 다소 버거운 정보에 그는 고개를 갸웃하다가 얼굴을 굳혔다.

"그게, 무슨 말입니까?"

"각성한 뒤로 종종 이상한 게 보이는데, 보통 그게 예지로 이어지는 경우가 많아서……."

"그래서 제 아내가, 지금 검에 맞아 죽는다는 말씀이십니까?"

"……."

레이첼은 한숨을 푹 쉬었다. 역시 알려 주지 말아야 했나.

하지만 상대는 이브의 남편이었고, 무엇보다도 성녀의 능력으로 본 것을 거짓으로 말해선 안 되었다.

레이첼은 쿵쿵대는 심장을 진정시키며 애써 침착하게 말했다.

"그러나 무조건 예지라는 법은 없어요."

"그것을, 제 아내에게 말했습니까?"

레이첼이 입을 꾹 다물며 긍정을 표했다.

그 순간 루벨리안은 평소 자신의 머릿속을 잠식하던 황제, 콜리카 공작가, 플로렌스 공작가. 그 모든 것을 지워 내린 채 그저 멍하니 서 있기만 했다.

이브가, 죽는다.

그 사실은 그에게 엄청난 충격을 줌과 동시에 그를 절망으로 빠트렸다.

그의 생은 이브를 만나기 전과 이후로 나뉜다. 복수만을 위해 살아왔던 삶이, 이브를 만난 뒤에는 온통 이브를 위한 삶이 되었다.

그런데, 이브가 죽는다.

그녀를 위해 복수를 포기했고, 그녀를 위해 다시 복수를 시작했는데— 살면서 이토록 무력하고 이토록 절망적인 적은 처음이었다.

그래서 과연 이 모든 것이 누구의 탓이냐고 묻는다면…….

'내 탓이다.'

그건 오로지 그의 탓이었다.

자신의 이기심으로 그녀를 끌어들인 결혼에, 그녀의 핑계를 대면서 복수를 포기했고, 결국 그녀의 핑계를 대면서 다시 복수를 시작했다.

두 사람은 만나려면 반드시 죽어야 했고, 죽지 않으려면 만나지 말아야 하는 관계였다.

에반젤린 클로다. 온갖 해괴한 짓을 일삼으면서까지 그와 결혼하지 않으려 하던, 삶에 대한 열망으로 가득 차 있던 여자.

그런 그녀가 자신의 끝을 알면서도 그를 향해 담담하게 웃어 주고 있었다.

"감사합니다."

본인도 놀랄 정도로 차분한 목소리가 흘러나왔다.

하지만 레이첼은 놀란 얼굴로 루벨리안을 바라볼 수밖에 없었다.

'저런 표정을…….'

곧 레이첼을 스쳐 지나간 루벨리안이 성큼성큼 발걸음을 옮겼다. 따뜻한 오후의 바람이 그를 스쳐 지나갔다.

'나는 이제 어떻게 해야 하나.'

그녀가 죽을 수도 있다는 사실을 깨닫자마자 자신이 하고자 하는 모든 일이 허무해졌다.

모든 것이 의미 없어졌다는 것은 이런 것일 거다.

'권선징악이라는 건가?'

루벨리안은 저도 모르게 고소를 머금고 말았다. 인간은 이기적이어서는 안 된다. 그에게 이 세상은 단 한 번도 이기적임을 허락해 본 적이 없었다.

그리고 유일하게 누군가의 인생을 자신의 이기심에 의해 함께 엮은 결과로—

그는 지금 고통받고 있었다.

무슨 정신으로 신전에서 나왔는지 모르겠다. 그가 공작가로 돌아가자 제나 부인이 그를 반겼다.

"마님께서는 신전에 가셔서 아직 오지 않으셨습니다. 오늘 조금 늦게 돌아오실 수도 있다고 하셨습니다."

"……그런가."

"각하?"

제나 부인은 평소와 다른 루벨리안의 얼굴에 고개를 갸웃거렸다. 어렸을 때부터 그를 옆에서 봐 온 그녀는 누구보다도 루벨리안을 잘 알았다.

선대 플로렌스 공작을 닮아 온화하긴 해도, 워낙에 성격이 냉정해서 쉽게 동요하는 기색을 보이지 않았다.

열 살에 선대 공작이 죽은 뒤, 처음으로 보이는 이런 모습에 제나 부인은 뭔가 잘못되었음을 깨달았다.

"무슨 일이십니까, 각하."

루벨리안은 대답하지 않았다. 이내 그가 크게 숨을 들이쉬고 다시 내쉬기를 반복하다가 발걸음을 옮겼다.

"다시 신전에 다녀와야겠군. 저녁에 혼자 다니기에는 위험해."

"당연히 기사도 함께했으니 걱정하실 필요는 없습니다만……."

제나 부인이 멀어져 가는 루벨리안을 보며 석연찮은 얼굴을 했다.

그때, 루벨리안이 우뚝 멈춰 서며 제나 부인에게 물었다. 그의 얼굴에는 망설임과 슬픔, 그리고 불안감이 가득했다.

"한 가지만 묻지."

"말씀하십시오."

"아버지는, 어머니와 결혼하면서 불안해하지 않으셨나? 내 어머니를 지키지 못하게 될까 봐 두려워하지 않으셨나?"

"……네?"

갑작스러운 물음에 제나 부인은 얼굴을 찡그렸다. 왜 이런 것을 묻는 것이지?

그녀의 반응에 루벨리안이 고개를 저었다.

"아니다. 내가 쓸데없는 질문을 했군."

그는 곧장 걸음을 옮기며 마차로 다가갔다. 성큼성큼 앞으로 나가는 그의 뒷모습을 응시하다가 제나 부인이 입을 뗐다.

"없었을 겁니다."

"……."

"선대 부인께서는 밝고 강한 분이셨습니다. 최소한 선대 공작께서는 그분과 결혼하면서 그 어떤 걱정도 없으셨을 겁니다. 그…… 무슨 일이 있는지는 모르겠으나……."

그녀는 잠시 말을 고르다가 살짝 웃었다.

"마님께서는 선대 마님보다 더했으면 더했지, 덜한 분은 아니시니 너무 걱정은 하시지 않으시는 게 좋을 겁니다."

루벨리안은 잠시 멈춰 섰다가 다시금 앞으로 발걸음을 움직였다.

멀어져 가는 그의 모습을 보며 제나 부인은 작게 한숨 쉬었다.

"이브."

공작가에서 신전으로 가는 길은 길게만 느껴졌다.

평생 오지 않았으면 했던 시간이 그의 앞에 닥쳐오자 루벨리안은 대체 어떻게 이브를 마주해야 할지 몰라 망설였다.

그는 자신을 보자마자 환하게 웃는 이브를 보며 멈칫했다. 신이 나서 재잘거리는 그녀는 마치 제 일이라도 된 듯이 기뻐하고 있었다.

그의 인생에 본의 아니게 말려들었음에도 머리를 쥐어짜 내면서 그의 옆에 있는 모습이 사랑스럽다가도, 또 가끔은 기특하고, 또 가끔은 존경스러웠다.

그녀는 그의 인생에 나타난 이상한 존재였다. 너무 쉽게 그에게 다가왔고, 너무 쉽게 그에게 웃어 주었다.

저라면 한평생 절절하게 저주를 퍼부었을 텐데, 그녀는 너무 쉽게 모든 상황에 적응했고, 너무 쉽게 제 감정을 털어놓았다.

'당신은 어떻게 그럴 수 있을까. 그렇게나 밝게 웃을 수 있는 건 왜지?'

루벨리안은 이브의 머리를 살살 쓰다듬었다. 이내 그의 품에 폭 안겨서 눈을 동그랗게 뜨고 왜 그러느냐 묻는 모습이 퍽 사랑스럽고, 미안해서 그는 저도 모르게 눈을 꾹 감았다.

"왜 그래요? 혹시 뭔가 일이 잘못 틀어지기라도 했어요?"

그렇게 말하며 그의 등을 토닥토닥 두드리는 손길이 무척 따뜻했다. 품에서 느껴지는 온도에 정신을 맡기다가 그가 조심스럽게 물었다.

"이브. 만약 당신더러 내 일이 전부 끝날 때까지 외국에 가 있으라고 하면, 당신은 그렇게 할 건가?"

"외국이요?"

이브가 의문을 띤 채 고개를 갸웃거렸다.

그러나 루벨리안은 그 말을 내뱉는 순간 그만 후회하고 말았다.

'내 옆에 당신이 없으면 불안해서 어쩌지? 황태자가 당신에게 무슨 짓을 하지 않는지, 다른 이들에게 어떻게 대접받는지, 뭘 먹는지, 뭘 하는지, 불안해서 어쩌지?'

루벨리안은 순간 끔찍한 자기혐오에 시달리고 말았다. 결국 자신은 이렇게나 이기적이었다. 아니, 이제는 이런 반성마저도 가증스러울 만큼 그는 제멋대로였다.

그럼에도, 그녀를 옆에 두고 싶다.

아침에 일어나면 옆에서 들리는 숨소리라든가, 그의 몸 위에 떡하니 걸친 다리라든가, 살짝 볼을 꼬집으면 입술을 타고 흐르는 웅얼거림이라든가, 슬립 사이로 언뜻언뜻 보이는 동그란 어깨라든가. 그 모든 것을 매일매일 봐야만 할 것 같다.

눈앞에서 잠시만 사라져도 불안해 죽겠는데, 어떻게 보내겠는가. 결국 루벨리안은 이브의 눈빛을 보며 고개를 저을 수밖에 없었다.

사실 그녀에게 하고 싶은 말이 아주 많았다. 하지만 그는 입을 굳게 다물었다.

그것을 입 밖에 내는 순간 그게 진실로 다가올 것 같아서.

진짜로 그녀가 죽을 것 같아서.

결국 그녀의 작달막한 손을 꽉 잡고 루벨리안은 신전에서 나왔다. 레이첼의 걱정 어린 눈빛이 따라붙었으나 이 또한 상관하지 않았다.

모르겠다. 이 며칠간 어떻게 지냈는지. 하루하루 시체처럼 움직이며 오직 이브에게만 웃어 주었다.

그녀의 눈길이 닿지 않는 곳에서의 루벨리안은 금방이라도 칼을 빼 들 것만 같아서, 공작 부인을 맞이한 뒤 그나마 풀어졌던 공작가는 다시금 얼어붙어야만 했다.

그렇게 지옥 같은 며칠이 지나고, 신전에서 전갈을 받았으나 그는 웃지 않았다. 콜리카 공작이 아침부터 황실로 쳐들어갔으니 분명 목적을 이루었음에도 기쁘지 않았다.

이내 황실로 간 루벨리안은 지독하게 가라앉은 귀족원의 분위기에 연연하지 않은 채 손에 든 서류를 훑어보았다.

"고, 공작 각하."

그의 옆에 앉아 있던 릴러 백작이 입을 뗐다.

"콜리카 공께서 아침 일찍이 폐하를 접견하러 가셨는데 무슨 이유라도……."

그러나 말을 중간까지 내뱉은 릴러 백작은 자신의 판단을 후회하고 말았다.

'으, 으윽, 이 인간은 또 왜 이래?'

아침부터 누구 하나 벨 것 같은 얼굴로 황실에 들이닥쳐 다짜고짜 황제를 알현하러 간 콜리카 공작과 비슷하게, 루벨리안의 얼굴은 그야말로 지옥도 같았다.

악마들이 노니는 곳이 바로 이럴까. 새빨간 눈동자가 차갑기 식어 내리는 것을 보다가 릴러 백작은 움찔 뒤로 물러났다.

　귀족원장인 콜리카 공작의 계속된 부재로 회의는 시작되지 않았다. 결국 먼저 자리를 뜬 것은 루벨리안이었다.

　"오늘은 회의를 하기에 적합하지 않군."

　회의장에서 나온 뒤 그는 거칠게 크라바트를 잡아 풀었다. 갑갑하지 그지없는 황실의 공기가 그를 차갑게 옭아매었다. 손에 든 서류를 빌에게 거의 던지다시피 한 채 그가 발걸음을 옮겼다.

　"각하. 어디로 가십니까."

　"콜리카에서 난리를 피웠으면 구경을 하러 가는 것이 예의겠지."

　결혼 전— 아니, 그 전보다 한참이나 서늘한 어조에는 지독한 조소가 담겨 있었다. 그의 뒤를 따르면서 빌이 한숨을 쉬었다.

　그리고 황제의 알현실에 도착한 루벨리안은 미간을 찌푸릴 수밖에 없었다.

　"아린느 델런?"

　"각하."

　무슨 일인지 알현실 밖에서 아린느 델런이 안절부절못하고 있는게 보였다. 그 순간 그녀가 이브에게 했던 말들이 생각나 루벨리안은 얼굴을 굳혔다.

　어렸을 때부터 황태자와 함께 친하게 지내던 이였으나, 이브에게 하는 헛소리를 순순히 넘어가 줄 만큼은 아니었다.

　"안에 콜리카 공작이 있습니까?"

　"그, 플로렌스 공작 각하, 지금은 들어가지 않으시는 게—"

　"공작가의 가주가 황제 폐하를 알현하는 것조차 하지 못합니까?"

　"하지만 안쪽이 시끄러워서, 공작 각하께서 들어가시면 화를 면치 못하실 거예요! 각하가 걱정되어서 하는 말이에요."

"애초에 저것을 원하고 한 행동이었으니 비키십시오."

그는 갑자기 제 앞을 막아선 아린느 델런의 행동을 이해할 수도, 딱히 이해하고 싶지도 않았다.

아린느 델런은 루벨리안의 얼굴에 비낀 표정을 읽어 내고는 입술을 꽉 깨물었다. 이건 말릴 수가 없었다.

이내 루벨리안이 그녀를 스쳐 지나가다가 우뚝 멈춰 서서 입을 열었다.

"아- 아린느 델런 영애."

"……네. 각하."

"황태자 전하가 대체 무슨 말을 시키고 어떻게 협박했는지는 모르겠습니다."

아린느 델런이 움찔 몸을 떨었다. 그녀에게 꽂히는 루벨리안의 표정이 지독하게 차가워서 그녀는 두 손을 꽉 쥐었다.

"각하, 그건-"

"하지만, 내 아내 앞에서는 언사를 가려서 해."

"……!"

"말을 함부로 해도 되는 상대인지, 아닌지 가리지 못할 정도로 멍청한 이는 아니지 않나?"

성인이 된 뒤로는 꼬박꼬박 존대를 쓰던 이였다. 이젠 선을 그어야 한다고 존대를 쓰던 그가 서운했었는데, 지금은 오히려 그렇게 해 달라고 말하고 싶을 정도로 눈앞의 남자는 무서웠다.

그것은 권고보다는 경고에 가까웠다. 다정하게 이브를 보던 눈빛이 사라지고 남은 것은 지독한 분노, 절망, 그리고 다른 얼굴이었다.

아린느 델런이 입술을 꽉 깨물었다.

"……부인께서 무슨 말을 하셨는지는 모르겠지만, 저는 그저 제

의사를 전달한 죄밖에 없습니다."

"영애는 그 의사를 이브에게 전달할 의무도, 자격도 없어."

말을 마친 뒤 고개를 돌린 루벨리안이 이내 기사에게 일렀다.

"황제 폐하를 알현하러 왔다."

그의 싸늘한 표정에 기사는 황급히 고개를 숙이며 문을 열어 주었다.

그러나 그 육중한 문이 완전히 열리기도 전에, 루벨리안의 앞에 콜리카 공작이 나타났다.

"콜리카 공? 이제야 황제 폐하의 알현을 마치신 겁니까?"

"이⋯⋯!"

문을 열자마자 보이는 루벨리안의 얼굴에 콜리카 공작은 이를 악물었다.

저런, 루벨리안이 비소를 머금으며 입을 뗐다.

"귀족원장이나 되시는 분께서 이렇게 분을 이기지 못하셔서야 되겠습니까."

극도로 차분한 루벨리안의 목소리에 콜리카 공작이 손에 든 종이를 꽉 쥐었다. 와그작— 종이 구겨지는 소리가 귀를 파고들었다.

콜리카 공작은 한참 동안이나 루벨리안을 노려보다가 이내 씩씩대면서 걸음을 옮겼다. 그에 비웃음을 짓던 루벨리안은 알현실로 들어섰다.

이미 난장판이 된 알현실의 내부는 콜리카 공작의 분노가 얼마나 거셌는지를 보여 주고 있었다. 세상에 어떤 귀족이 황제의 알현실에서도 행패를 부리나. 콜리카가 누려 온 무소불위의 권력이 새삼 폐부로 다가오는 순간이었다.

주변을 쓱 훑던 루벨리안의 시선이 이내 단상 위를 향했다. 높디높은 황좌, 그곳에서 이마를 짚고 있는 황제의 모습은 마치 희극에서나 나올 법한 장면이었다.

루벨리안은 천천히 단상으로 다가갔다.

"폐하."

그의 목소리가 알현실에 퍼지자 황제는 그제야 고개를 들었다.

"공작……!"

"폐하를 뵙습니다."

노기등등한 황제의 목소리를 그는 여유롭게 받아쳤다. 두 사람의 모습은 그야말로 극명한 대비를 이루고 있었다.

금방이라도 폭발할 듯 난리를 치는 모습이 왜 이렇게 웃길까. 겨우 그 서신 때문에, 겨우 콜리카의 신임을 잃어버린 것 때문에 고삐 풀린 말처럼 날뛰는 모습이 웃겼다.

"공작의 짓인가?"

단도직입적으로 묻는 말에는 알맹이가 없었다. 그러나 그것이 무엇을 뜻하는지 모르는 이는 아무도 없었다.

루벨리안이 얼굴 위로 미소를 띠었다. 마치 석고상 위에 떠 있는 미소 같았다. 일말의 자비도, 희열도 없는.

"무슨 뜻인지 모르겠습니다."

"발뺌을 하는 겐가."

"폐하께서 무엇을 지칭하시는지 모르겠습니다."

"공작!"

"폐하께서 직접 말씀을 해 주셔야 제가 이실직고하지 않겠습니까."

루벨리안의 말에 황제는 말문이 막힌 듯 잠시 침묵을 유지하다가 팔걸이를 꽉 쥐었다.

"그 서신…… 공작이 그랬나?"

"무슨 서신인지 모르겠습니다. 플로렌스 공작가에는 업무상 오가는 서신의 양이 꽤 됩니다. 정확히 어떤 내용의 서신을 지칭하시는 겁니까."

"······!"

순간 황제의 얼굴이 터질 듯이 빨갛게 변했다. 꾹꾹 눌러 담은 분노가 앞에 서 있는 루벨리안에게도 오롯이 전해질 정도였다.

하지만 그 분노는 그에겐 그저 아이들 장난 같은 것이었다. 황제의 앞에서 그가 얼마나 많은 시간을 참아 냈는지, 황제는 과연 알고 있을까.

"공작. 공작이 황실에 무슨 유감이 있는진 모르나−"

진짜로 모르는 것인가.

"황실에 대한 유감은 짐에게 개인적으로 풀어라. 콜리카 공작가를 이용해 뭔가를 꾸밀 수작은 하지 않는 게 좋을 거다."

황제의 경고는 글자 그대로 보면 한없이 다정했으나, 정작 목소리에는 지독한 분노가 서려 있었다.

이에 루벨리안은 그만 실소를 터뜨리고 말았다.

"······."

순간 황제의 얼굴이 괴이하게 변했다. 자신의 경고 앞에서 웃는 루벨리안의 모습은 한평생 봐 오지 못한 것이었다.

비록 옆에서 보듬어 주지는 못했지만, 그래도 혈육이라 언젠가는 옆에서 함께할 줄 알았다.

살수를 고용해 루벨리안을 쏜 것은 부모로서의 훈육이었고, 황태자가 습격당한 그 사건은 형제간의 싸움이었고, 지금까지의 반항은 모두 제 어미 때문에 생긴 '사소한' 감정인 줄 알았다.

그러나 이번 서신은 달랐다. 이로 인해 황실과 콜리카 공작가의 관계가 무너지고, 이십여 년에 달했던 협력이 깨졌다. 지금까지 귀족들을 오롯이 손아귀에 넣었던 황실의 권력이 무너지기 시작했다.

황제의 얼굴이 부들부들 떨렸다. 그의 앞에서 실소를 터뜨리는 이 자가, 그가 생각했던 자신의 아들이 맞나?

"……공작. 무엇이 그리 웃기지?"

"폐하."

루벨리안이 길게 숨을 내쉬었다. 그의 새빨간 눈동자가 황제를 향했다.

그 기묘한 눈빛이 이십여 년 전 이곳에 서서 그를 노려보던 여인의 눈빛 같아 황제는 움찔했다.

"폐하께서는 그때의 일이 정녕 '유감'이라고 칭할 만한 것이라고 생각하십니까?"

"유감이 아니면 뭐더냐!"

황제가 노호했다.

"다른 이가 뭐라고 하든 너는 내 아들이다!"

루벨리안이 공작 위를 받은 뒤 단 한 번도 내뱉지 않았던 말이 황제의 입에서 나왔다.

아들. 샤를리나를 잃으면서 손에 넣었던 아들. 콜리카와 상관없이 사랑하는 여인에게서 낳은 아들.

그 아들이 자신에게 검을 겨누고 있었다.

"폐하께는 이 모든 것이 단순한 가족의 비극이군요."

루벨리안이 차갑게 말했다.

"설마 본인이 처한 상황마저도 제왕으로서 감내해야 하는 일종의 시련이라 생각하십니까?"

"루벨리안!"

"폐하, 송구하게도 제게 이것은 비극이 아닙니다."

그가 천천히 숨을 내쉬었다.

"이것은 그저 일종의 복수극일 뿐입니다."

"네가 나한테 복수할 게 뭐가 있다고!"

"제 아비를 대신한."

"네 아비는 나다!"

"그리고 제 어미를 대신한."

"짐이 네 어미를 얼마나 사랑했는데!"

"그래서, 제 어머니가 폐하를 사랑했습니까?"

"이 제국에 짐을 존경하지 않는 이는 없다. 없어야만 해! 이 땅에 있는 모든 이들이 짐의 손아귀에 있다. 네가 밟고 있는 땅 한 자락마 저도!"

"그래서, 제 어머니가 폐하를 사랑했습니까?"

"루벨리안!"

"끝까지 대답하지 못하시는 걸 보니 최소한의 인지 능력은 갖고 계시는군요."

루벨리안의 차가운 목소리에, 결국 참지 못한 황제가 자리에서 일어나 벽에 걸려 있던 검을 빼 들었다.

스릉–

쇠가 긁히는 소리가 낮지만 루벨리안은 미동도 하지 않았다.

곧 눈 깜짝할 사이에 루벨리안의 앞으로 다가간 황제가 그의 목에 검을 겨누었다.

"입 닥쳐라. 부모 자식 간의 정으로 봐주는 것은 이번뿐이다."

"이 자리에 부모 자식 간이라고 칭할 만한 이가 누가 있습니까?"

"이……!"

황제가 노호하며 검을 들었다. 일말의 자비도 없이 휘둘러진 검이 허공에서 호선을 긋고 내려왔다.

그러나 무자비하게 떨어졌어야 할 검이 허공에서 멈추고, 새하얀 검신을 타고 시뻘건 피가 툭툭 흘러내렸다.

"……네 이놈……!"

"폐하께서도 천수를 다하실 때가 온 것 같습니다. 제가 맨손으로도 검을 받아 낼 수 있는 걸 보니."

허공에서 멈춘 검날에는 루벨리안의 손이 박혀 있었다. 진정으로 아들을 쳐 내릴 듯한 검날을 망설임 없이 잡은 손에 힘이 들어가더니, 이내 루벨리안이 황제의 손에서 검을 앗아 들었다.

"무엇을 하려는 게냐!"

콜리카와 독대를 하느라 기사들을 전부 물리는 바람에 알현실에는 두 사람만이 존재했다. 그 사실을 깨달은 듯 황제의 목소리가 슬슬 떨리기 시작했다.

"나는, 네 아비다."

"그러니까 아비가 아니라고 하지 않았습니까."

그가 설핏 미간을 찌푸리더니 검을 고쳐 쥐었다.

피가 뚝뚝 흐르는 손으로 검을 잡아 쥔 모습이 황제에게는 영락없는 공포로 흘러 들어왔다. 언제 검을 빼 들었냐는 듯이 뒤로 슬슬 뒷걸음질 치는 모습은 지독하게 한심했다.

루벨리안은 손에 든 검을 황제에게 휘두르고 싶은 충동을 느꼈다.

"이대로 이 검을 내리치면 모든 것이 다 해결될 텐데……."

"무엄한 것! 나는 황제다!"

"방금은 아비라고 하지 않으셨습니까? 참으로 적재적소로 역할을 바꾸시는군요."

"다, 다가오지 마라."

'이대로 죽이면 다 해결될 텐데.'

속으로 읊조리면서 루벨리안이 웃었다.

아니, 사실 이대로 죽이면 해결되는 것은 오직 그의 복수뿐이었다. 그는 영락없이 황제 시해죄를 뒤집어쓰게 될 것이고, 플로렌스 공작가는 그대로 몰락하고 말 것이다.

그러면 이브는…….

결국 루벨리안은 손에 든 검을 바닥에 버렸다.

챙그랑- 소리를 내며 떨어지는 검에 황제가 눈에 띄게 안심하는 표정을 지었다. 그러다 다시 노한 표정으로 고개를 들었다.

"네가 감히 짐에게 검을 겨누었느냐!"

"폐하."

그러나 정작 루벨리안의 얼굴은 그야말로 평온 그 자체였다.

"어떤 오해를 하고 계시는지는 모르나, 저는 폐하께서 의심하시는 행동을 단 한 번도 한 적이 없습니다."

"……!"

"의심하시려거든 차라리 그 주의를 신전으로 돌리시는 게 어떨까 싶습니다. 플로렌스 공작가가 이대로 폐하의 손에 부서진다면-"

루벨리안이 빙그레 웃었다.

"지금까지 참아 온 모든 귀족가뿐만 아니라, 폐하께서 그리 탐내시는 성녀 또한 가만히 있지 않을 겁니다."

"무어라?"

"판단은 폐하께서 직접 하십시오."

지금까지 귀족들은 황실과 콜리카 공작가의 협력을 오랫동안 참아 왔다. 비록 세가 없어 숨을 죽이고 있는 실정이지만, 만약 진짜로 황제가 플로렌스를 건드린다면 많은 가문들이 힘을 합칠 가능성이 높았다.

그뿐인가. 신전도 이 기회에 발을 얹으려고 할지 모른다. 신전의 첩자가 서신을 콜리카에게 전달한 만큼 이번 일에 신전의 개입이 없었다고는 할 수 없었다.

결국 황제는 제 분을 이기지 못해 씩씩거렸다.

그 모습을 빤히 보던 루벨리안은 고개를 살짝 숙였다.

"하면 폐하, 부디 폐하의 심려가 하루빨리 해결되길 바라면서 저는 이만 물러나겠습니다."

이로써 수면 아래에 잠겨 있던 모든 갈등이 수면 위로 드러났다. 이렇게 된 이상 무서울 게 뭐가 있겠는가. 그는 웃으면서 알현실을 나섰다.

그리고, 알현실 앞에 무표정한 얼굴로 서 있는 황후를 볼 수 있었다.

"황후 마마?"

황후의 뒤를 따르는 귀부인과 영애들이 안절부절못한 얼굴로 서 있다가 루벨리안을 발견하고 예를 취했으나, 이내 그의 손에서 뚝뚝 흐르는 피를 보고 화들짝 놀랐다.

서신 때문에 찾아온 것인가. 루벨리안이 짐작하며 그녀를 스쳐 지나가려는데 황후의 목소리가 그를 붙잡았다.

"정녕 황실의 핏줄은 추악하기 그지없구나."

루벨리안은 우뚝 멈춰 서서 황후를 보았다. 곱게 만들어진 도자기 인형처럼 일말의 표정도 용납치 못하는 황후의 얼굴은 섬뜩해 보였다.

"마마께서는 무슨 말씀을 하고 싶으신 겁니까."

"계집이 들어오면 겁탈당하고, 그 뒤를 따라 들어온 사내는 절망하지. 저 위에 있는 무소불위의 권력은 모두가 증오하면서도 탐하고, 결국 서로 싸우다가 죽는다."

뜻이 애매모호한 말이 무슨 의미인지 알 수가 없었다. 그것이 황후의 헛소리라 치부하고 다시 걸음을 옮기려는데 황후가 말을 이었다.

"무소불위의 권력은 자신을 거스르는 존재가 있는 것을 용납하지 않지. 네 어미도 그래서 죽었다."

그 순간 루벨리안이 휙 돌아섰다. 그러나 말을 마친 황후는 알현실로 들어서고 있을 뿐이었다.

루벨리안의 얼굴이 일그러졌다. 샤를리나는 황제를 거슬러서 죽은 게 아니라, 황제에게 순종한 자신이 끔찍하게 싫어서 자결한 것이었다. 그 사실을 한 번도 의심해 본 적 없는데 정작 황후는 다른 것을 이야기하고 있었다.

"빌."

공작가로 돌아가기 전, 루벨리안이 빌을 불렀다. 기분이 좋지 않은 듯한 루벨리안에 연신 그의 안색을 살피던 빌이 고개를 끄덕였다.

"네, 각하."

"콜리카 공작가와 황실의 신뢰가 깨졌다. 최소한 그것이 콜리카의 심기를 어지럽힌 것은 분명해. 그럼 이제부터는 양쪽의 힘을 동시에 잘라 후환을 제거해야겠지."

"어떻게 하면 되겠습니까."

"황실과 콜리카 공작가가 지금까지 귀족원 위에 군림할 수 있었던 이유는 그들의 군사력 덕분이다. 그런데 지금 두 가문의 군사력이 분산되었으니 이제 그것을 갉아먹는 게 중요해."

루벨리안이 얼굴을 굳혔다.

"슬슬 소문을 퍼뜨릴 때가 왔어."

"무슨 소문을⋯⋯."

"남쪽 죽음의 땅."

"⋯⋯!"

"제국의 오랜 숙원을 끝낼 때가 온 것 같지 않나?"

남쪽 죽음의 땅은 아세스 꽃 때문에 제국이 유일하게 정복하지 못한 곳이자 제국의 오랜 숙원이기도 했다.

하지만 지금은 아세디움을 해독할 수 있는 성녀가 있고, 콜리카 공작가와의 대립으로 황실은 어떻게든 귀족들에게 위엄을 보이려 혈안이 되어 있을 것이다.

그러니 황제에게 이 말이 들어가게 한 뒤 황실이 남쪽 죽음의 땅으로 가도록 간언한다.

그리고—

"그사이 콜리카 공작가가 황실을 공격할 빌미를 줘야겠지."

"알겠습니다."

"아, 그리고 20여 년 전 내 어미의 죽음에 대해 더 조사해 봐."

"네?"

이제 둘 사이의 유대는 더 이상 견고하지 않다. 그에게 필요한 것은 이 모든 것을 찢어 버릴 마지막 한 방이었다.

제8장

인생은 원래 혼자 사는 것이라고 했다

인생은 원래 혼자 사는 것이라고 했다

아버지에게 다녀온 뒤, 드레스를 손에서 놓지 않은 나는 밖에서 들리는 루벨리안의 목소리에 급히 그것을 리리스에게 넘겼다.

그런데 문이 열림과 동시에 들어온 그의 상태에 나는 깜짝 놀라 눈을 휘둥그레 뜰 수밖에 없었다.

"루벨리안?"

"이브, 오늘은 뭘 했나?"

"내가 지금 뭘 한 게 중요해요? 당신 손이 왜 그래!"

루벨리안의 손에는 하얀 붕대가 칭칭 감겨 있었다. 크게 다친 건지 하얀 붕대 틈새로 스며 나온 새빨간 피가 유난히 눈을 찔러 왔다.

나는 급히 손을 뻗었다. 그러나 내가 그의 손을 잡기도 전에 그가 급히 손을 뒤로 숨겼다.

"아무것도 아니다."

"내놔."

나는 눈을 크게 뜨며 한 자, 한 자 으르렁 내뱉었다. 그런 내 모습에 루벨리안은 놀란 듯하더니 이내 실소를 터뜨리며 고개를 절레절레 저었다.

이윽고 그가 어쩔 수 없이 내게 손을 내밀었다. 물론 변명을 잊지 않은 채.

"편지를 찢다가 베인 것뿐이다. 너무 걱정하지 않아도 되니-"

"내가 바보로 보여요? 이게 어딜 봐서 편지를 찢다가 베인 건데?"

"그냥 좀 속아 넘어가 주면 안 되나?"

"나도 속아 넘어가 주고 싶지만……."

그의 물음에 답하다가 저도 모르게 울컥해서 나는 울먹거렸다. 이렇게 크게 다쳤는데 내가 어떻게 속아 넘어가. 보는 내가 다 속상하고 아픈 것 같은데.

내 울먹거림에 루벨리안은 놀라서 나를 품에 안았다.

"이브, 미안하다. 내가 잘못했어."

"당신이 뭐가 잘못했어."

"나는 그저…… 당신이 놀랄까 봐 그랬던 거였어. 상처가 흉측해서 딱히 볼 게 못 된다."

"당신 상처인데 흉측할 게 뭐가 있어."

다친 것은 그인데 되레 그가 나를 다독이고 있었다. 나는 그의 품에 얼굴을 묻으며 눈을 꾹 감았다.

"앞으로는 다친 거 나한테 숨기지 마요. 알겠죠?"

"그래. 숨기지 않아."

그제야 안도의 한숨이 나왔다. 눈물이 의외로 잘 먹히는군. 앞으로 종종 이용해야겠어.

어쨌든 다시 그의 품에서 나온 나는 조심스럽게 상처를 살폈다.

검으로 베인 게 분명한 상처는 아직도 붉은 피를 조금씩 뱉어 내고 있었다. 나는 미간을 찌푸리며 루벨리안에게 말했다.

"나한테 성수가 있는데 잠시만요. 그걸로 치료하면 상처는 금방 사라질 거예요."

"그냥 둬도 금방 나을 거다."

"아, 거참. 말 정말 안 듣네."

나는 입을 삐죽이며 그의 손을 막무가내로 끌었다. 그리고 그를 침대에 앉힌 뒤 주섬주섬 성수를 꺼냈다.

"그래서, 대체 무슨 일이 일어났는데요. 이거 검으로 베인 거잖아요."

"아니다."

"아니긴. 상처 깊이랑 모양새가 딱 봐도 검인데!"

"너무 깊게 생각하지 마라."

"황제가 그랬어요?"

내 물음에 루벨리안이 가볍게 한숨을 쉬었다. 내가 웬만해서는 그냥 넘어가려고 했는데 황제가 그런 거라면 말이 달라지지. 설마 콜리카 공작가가 난리를 친 것 때문에 그런 거야?

"황제가 당신을 추궁했어요?"

"엄연히 말하자면 내가 가서 도발했지."

"당신이 도발해도 그렇지! 자기가 뭔데 내 금쪽같은 남편한테 검을 휘둘러!"

팔이 안으로 굽다 못해 360도로 풍차 돌리기를 해도 될 것 같은 내 발언에 루벨리안이 웃음을 흘렸다. 그가 왼손으로 내 머리를 쓰다듬었다.

"그렇게 걱정 안 해도 돼."

"그래서 콜리카 공작은 뭐라고 해요?"

"글쎄. 알현실에서 나오는 것만 보고 대화는 하지 못했다. 대신…… 황후를 봤지."

"황후요?"

"미묘한 말을 하더군."

나는 성수 병을 들어 그의 손에 살짝 떨궜다.

화악—

하얀빛이 스며듦과 동시에 쩌적 갈라지다 못해 뼈까지 보이는 게 아닐까 싶을 정도로 깊게 베인 상처가 곧장 치유되었다.

"무슨 말이요?"

"권력을 가진 자들은 자신의 뜻을 거역하는 존재를 싫어한다고. 그래서 내 어미가 죽었다고."

"……!"

황후가 그런 말을 했다고?

나는 손에 성수 병을 든 채 쩌적 얼어붙었다.

그렇다면 혹시, 오늘 그 드레스는 진짜 샤를리나의 것인가?

차마 오늘 받은 소포 얘기를 입 밖에 꺼내지 못한 나는 입을 꼭 다물었다.

미안해요, 루벨리안. 내가 빠른 시일 내로 조사를 마치고 솔직하게 말해 줄게. 속으로 사과의 뜻을 표한 내가 어깨를 축 늘어뜨렸다.

"그래도 황실이랑 콜리카는 잘 해결된 거죠?"

"콜리카가 오늘 황제를 찾아가 한바탕 행패를 부렸더군."

"설마 그래서 황제가 당신에게 검을 휘두른 거예요? 당신이 벌인 일이라 생각하고?"

"머리가 있으면 내가 했다고 짐작했겠지. 하지만 그래 봤자 무슨 쓸모가 있겠나. 서신이 있는 것은 사실이고, 콜리카 공작가에서는 이미 분노했는데."

루벨리안이 비릿하게 웃었다.

역시 흑막. 어쩜 저런 비열─ 아니, 저런 얼굴을 해도 잘생겼지?

"그래서 앞으로는 어떻게 할 거예요?"

"그들의 군사력을 약화시키고 분쟁을 일으키게 해야지. 자멸을 초래하도록."

"음, 방도가 있을까요?"

고민하는 내게 루벨리안이 짧게 입 맞췄다.

"다행히 황태자가 내게 좋은 기회를 줬지."

"황태자가요?"

"남쪽 죽음의 땅."

"……?"

"제국은 지금껏 남쪽 죽음의 땅을 노리고 있었다. 그리고 지금 상황에서 황제는 자신의 힘을 귀족들에게 보여 줄 필요가 있지."

"그게 바로 죽음의 땅을 정복하는 것이고?"

"맞아."

원작에서도 황실은 죽음의 땅을 탐냈다. 그래서 레이첼의 성력이 죽음의 땅을 정화시킬 수 있음을 안 황태자가 그녀와 함께 죽음의 땅으로 향한 것이고.

아, 잠깐만. 만약 그렇다면 죽음의 땅에서 성물을 가져오는 것도 무리는 아닐 것 같은데?

"지금까지 황실은 아세스 꽃 때문에 그곳으로 향하지 못하고 있었어. 하지만 현재는 해법이 있으니 말이 달라. 황태자가 아세디움을 갖고 난리를 쳐 줘서 해법을 찾을 수 있게 되었지."

"그런데 황실이 진짜로 죽음의 땅을 얻는 데 성공하면……."

그럼 오히려 황실의 힘이 더 강해지지 않을까?

"그러니까 성녀를 못 데려가게 해야지."

"하지만 레이첼 없이 황실에서 굳이 죽음의 땅으로 가겠어요?"

"갈 거다. 콜리카 공작가를 견제하고 스멀스멀 움직이는 귀족들을 안정시키기 위해서라도. 죽음의 땅이라면 신전에서도 분명 도움을 줄 테고."

"그러기 위해서는 황실에서 신전과 또 거래를 하겠는데요? 그럼 콜리카 공작가에서 더 난리 치는 거 아닌가요?"

"아마도. 하지만 지금 시점에서 황실과 콜리카 공작가의 관계가 회복될 수 있으리라 보는가? 황실이 성녀를 탐내고, 심지어 신전과 손을 잡고 콜리카를 치려 했다는 서신까지 나왔는데?"

"하긴."

게다가 만약 황실과 신전이 죽음의 땅으로 간다면 그 성물을 구해 올 수 있을지도 모른다. 그럼 레이첼이 각성하게 될 것이고, 레이첼 이 신전을 먹어 버린 후 서신의 인장을 제대로 해독하면……!

"아직은 인장이 확인되지 않아서 콜리카 공작가에서도 대놓고 나 설 수 없는 거죠?"

"그래."

"만약 인장이 확인되면 콜리카 공작가는 물론이거니와 그 휘하의 많은 가문들이 전부 난리를 치겠네요."

역시 죽음의 땅으로 보내긴 해야겠군.

복잡한 머리를 정리하는데 조용하게 나를 응시하고 있던 루벨리 안이 갑자기 입을 열었다.

"이브."

"네?"

"미안하다."

"……?"

뭐, 뭐지? 왜 갑자기 다짜고짜 나한테 사과지?

"나는 역시 끝까지 이기적인 것 같아."

"뭐가요?"

"나는 역시, 당신을 놓지 못하겠어."

나는 눈을 깜박거리면서 그를 응시했다.

혹시 아직도 나한테 미안해서 그러는 걸까? 결혼 때문에 자기한테 휘말렸다고?

아니, 다른 집들은 후회남이라도 잠깐 후회하다가 언제 그랬냐는 듯이 다시 돌아오더만, 우리 집은 무슨 죽을 때까지 속죄할 모양새야?

나는 허탈함에 작게 웃다가 그와 이마를 부딪치며 말했다.

"괜히 쓸데없는 생각 하지 말고 씻고 와요."

"……."

"오늘은 특별히 내가 당신 안고 잘게."

장난스러운 내 말에 루벨리안이 고개를 끄덕였다. 이내 멀어져 가는 그의 뒷모습을 보다가 나는 살짝 한숨을 쉬었다.

이튿날 아침, 나는 예정대로 황태자의 궁에 방문했다. 하지만 딱히 서로가 반가운 상태는 아니었기 때문에 황태자는 다소 굳은 얼굴로 나를 맞았다.

"황태자 전하를 뵙습니다."

"무슨 일인가. 플로렌스 공작 부인께서 내게 방문 요청을 다 보내고."

나는 애써 온화하게 웃으면서 리리스에게 눈짓했다.

"전하께서 침상에서 일어나셨다기에 전하께 쾌차를 축하드리는 선물을 준비하지 않을 수가 없었습니다."

"하, 병 주고 약도 주는군."

웃기고 있네. 병 주고 약 준 건 자기가 먼저면서.

슬그머니 비웃음을 짓는데 리리스가 손에 쥐고 있던 상자를 툴스 백작 영식에게 넘겼다.

"전하께서 침상에서 일어나신 걸 봐서 기분이 좋은 것만은 사실입니다."

죽일 듯이 나를 노려보는 황태자를 향해 나는 온화하게 웃어 주었다. 그는 이제 더 이상 내 앞에서 연기를 하고 싶은 마음도 없는 듯했다.

"공작 부인. 일이 이렇게 된 이상 그대가 그런 식으로 말해 봤자 내가 믿을 거라 생각하나?"

"일이 이렇게 되었다라……."

"어제부터 콜리카 공작이 신물 나게 황궁에 드나들더군. 내 이 총상도, 바네스 영애를 수도에서 내쫓은 것도, 그리고 콜리카 공작의 일도. 과연 부인과 일말의 관계도 없을까?"

황태자의 흉흉한 목소리에, 언제 온화하고 다정하게 웃었냐는 듯이 내가 서늘하게 입꼬리를 말아 올렸다.

뭐, 들킨 건 예전 일이지만, 그래도 황태자 앞에서 이런 모습을 보이는 건 또 처음이었다.

나는 천천히 테이블 위에 놓인 찻잔을 집어 들었다. 그러고 보니 귀엽게 보이기 위해 황태자 앞에서 찻잔을 일부러 잘못 쥐던 시절이 있었다.

원작에서 레이첼이 찻잔을 잘못 잡자 황태자가 그걸 보고 부드럽게 알려 주는 상황이 있었거든. 뱁새가 황새 따라가려다 가랑이가 찢어지는 게 아니라 그냥 인생 망칠 뻔했지.

나는 5년 전의 나 자신에게 한심함을 보내며 차를 마셨다.

"그래서, 공작 부인께서는 대체 뭘 하러 오셨나."

"황태자 전하, 제 남편에 대해 어디까지 아시나요?"

갑작스러운 내 물음에 황태자의 얼굴이 일그러졌다.

"대체 무슨 헛소리를 하는지 모르겠군."

"그럼, 제 남편이 지금 왜 이러는진 아시나요?"

"공작 부인."

"한때 황태자 전하께서는 제 남편을 형제라고 생각하셨죠. 그럼에도 불구하고 전하께서는 단 한 번도 제 남편의 고통에 대해 모르셨어요."

"……."

"보고 싶은 것만 보는 게 그리 큰 죄는 아니죠. 사람은 원래 시야가 제한되어 있는 생물이니까."

하지만 그렇다고 해도 영원히 보고 싶은 것만 보고 사는 것은 그리 좋은 방법이 아니었다. 나는 고개를 들고 찻잔을 내려놓았다.

"전하. 혹시 선대 공작 부인께서 어찌 돌아가셨는지 아십니까?"

내 질문이 던져짐과 동시에 방 안은 정적에 휩싸였다. 리리스는 설마 내가 황태자를 앞에 두고 이런 질문을 할 줄은 몰랐는지 얼굴이 하얗게 질렸고, 툴스 백작 영식 또한 당황함에 고개를 살짝 숙였다.

"그게 무슨 말인가."

황태자의 목소리가 현저히 낮아졌다. 그는 더 이상 못 참겠다는 듯이 자리에서 벌떡 일어났다.

"헛소리를 할 거면 그냥 가는 게 좋겠군."

"선대 공작 부인께서 진짜로 자결했다고 믿으시는 겁니까?"

황태자가 얼굴을 완전히 일그러뜨렸다. 그러나 그의 얼굴에 비낀 당황함을 읽어 낸 내가 길게 한숨을 쉬었다.

'황태자도 샤를리나가 진짜로 자결했다고 알고 있군.'

그게 아니라면 저렇게 당황스러운 얼굴을 할 리가 없었다.

"만약 그렇게 생각하시는 거라면, 정말이지 황태자 전하께서는 순진하기 짝이 없으시군요."

최소한 다른 건 몰라도 그의 얼굴에 오롯이 비끼는 감정만큼은 거짓이 아니었다.

당황을 애써 감춘 그의 시선이 내게로 꽂혔다.

"그 일은 그녀의 선택일 뿐이었다."

"사람을 극한까지 몰아넣어 놓고요?"

"……."

"뭐, 굳이 그렇게 주장하신다면야 할 말이 없지만."

내 말에 든 함의를 읽어 낸 그가 분노 섞인 얼굴을 했다. 자신이 악의 무리 쪽에 서 있다는 것이 그리도 싫은지 그의 입술은 부들대고 있었다.

"아, 그리고 제가 준비한 쿠키는 맛있게 드시길 바라겠습니다. 특별히 전하를 위해 주문한 것이거든요."

"……."

"샹젤레에서."

그것도 레이첼이 먹은 독이 든 것과 똑같은 쿠키였다. 어디 한번 열어 보고 분노에 부들대 보라지.

이내 걸음을 옮기는데 황태자가 나를 불렀다.

"잠깐."

"……?"

"선대 플로렌스 공작 부인은 자의로 뛰어내린 것이다."

"그리 생각하신다면야."

"폐하도, 어마마마도, 그리고 모든 귀족들이 봤어."

"아직도 제 말을 이해하지 못하셨군요. 그 자리에서 그녀가 자신의 의지로 뛰어내렸건 아니건, 그게 중요한 게 아니죠."

"그녀는 저 스스로 뛰어내린 것이다."

그의 말은 내게 하는 것보다는 저 자신에게 들려주는 것만 같았다. 마치 자기 세뇌라도 하듯 그렇게 읊조리던 그가 흉악한 얼굴로 나를 다시 응시했다.

"부인은 헛소리를 작작 해야겠군."

"…… ."

"그만 나가지."

샤를리나가 자결이 아니라는 말에 갑자기 버튼이 눌러서 난리를 치는 것치고는 너무 반응이 이상했다.

'설마 인정하고 싶지 않아서? 황실이 샤를리나를 핍박하고 자신이 악의 편이라는 사실을 인정하고 싶지 않아서 저러는 것인가?'

나는 상념에 빠진 채 알현실을 빠져나왔다. 이윽고 리리스가 놀란 얼굴로 말했다.

"마님, 방금 그 말은 무슨 말씀이세요? 어제부터 갑자기 선대 마님이 자결이 아닐 수도 있다는 말씀을 하시더니―"

"뭐가 되었든 선대 공작 부인의 죽음이 온전히 자의가 아닌 건 맞잖아. 실제로 그녀 뒤에서 그녀를 핍박하고 모욕한 무리들이 존재하는데."

'뭐, 사실 제일 처음에는 황태자가 타살에 대해 알고 있는 게 아닌가 떠보는 것이었지만.'

일단 황태자는 아무것도 모르는 것 같으니 다른 쪽을 찔러 봐야겠군. 물론 황후나 황제 쪽은 좀 곤란하고, 진짜로 루벨리안에게 알려 줘서 해결해야 하는 건가.

나는 눈을 살짝 감고 한숨을 폭 쉬었다.

그리고 그때, 내 앞을 누군가가 막아섰다.

"이런, 이렇게 꽃같이 아름다운 부인께서 왜 내 형님의 궁에서 한숨을 푹푹 쉬면서 나오는 거지?"

뭐야, 이 재수 없는 말투는.

나는 내 앞을 막아선 인영을 찬찬히 보았다. 어디서 본 것 같은 얼굴이었다.

'게다가 방금 분명 형님의 궁이라고 했지. 그리고 공작 부인인 나한테 스스럼없이 반말할 수 있는 사람은…….'

제3황자로구나.

젠장.

"부인께서는 어찌 혼자이신가?"

"제3황자 전하를 뵙습니다. 그리고 혼자 있는 건 아닙니다."

나는 방긋방긋 웃으면서 내 뒤에 있는 리리스를 짚었다. 그러나 제3황자는 내 말을 듣긴 한 건지 하하 웃을 뿐이었다.

"공작 부인께서는 참으로 재미있는 분이시군."

……뭐가 재미있다는 거지? 내 얼굴이 재미있나? 하긴, 내 얼굴이 대유잼이긴 하죠.

나는 어색하게 웃으면서 최대한 이 상황을 벗어나려고 했다. 원래라면 그에게 손등을 내밀어 키스를 받아야 하는 상황이지만, 그에게 손을 내주었다가는 절대 놔주지 않을 것 같았다.

그래서 나는 아무것도 모르는 척하면서 허리를 굽혔다.

"하면, 이만 물러가겠습니다."

제발 그만 보내 줘. 제발, 플리즈−

"잠깐."

아 놔.

그를 스쳐 지나가려 열심히 앞으로 옮기던 걸음이 우뚝 멈춰 섰다. 나는 한숨을 푹 쉬다가 방긋 웃으며 고개를 돌렸다.

"무슨 일이시죠, 황자 전하?"

"부인과 깊은 대화를 나눠 본 적이 없는 것 같군. 이 기회에 내 궁에서 잠시 대화라도 나눠 보는 게 어떤가?"

"저는 제3황자 전하와 깊은 대화를 나눌 만큼 학식이 깊지 않습니다."

"괜찮아. 나는 부인의 학식에는 관심을 두지 않거든. 오직 부인과의 소통에만 관심을 두지. 아름다운 껍데기만큼이나 재미있는 영혼은 쉬이 만나 볼 수 없는 것이지 않나. 한데 부인은 그 두 가지를 다 갖고 있는 것 같아서 말이야."

그냥 예뻐서 수작질해 보겠다고 하지 그래. 내가 미쳤다고 너랑 같이 가겠니? 나는 속으로 혀를 차며 루벨리안을 마지막 무기로 꺼내 들었다.

"죄송하지만 전하. 제 남편과 이미 약속이 있는 터라 전하의 요청을 받아들이기가 어려울 것 같습니다."

"저런. 부인께서는 참으로 남편에게 순종하는 스타일이군."

"순종은 아니더라도 부부 사이에 최소한의 존중은 보여야 하지−"

"마음에 들어."

"……?"

"마음에 들어. 나는 부인이 남편에게 정절을 지키는 그 모습이 참
으로 마음에 든다."

하루 종일 검만 휘두르더니 머리에 곰팡이가 꼈나. 잠시 내 미모
에 눈이 멀어서 눈앞에 안개가 낀 줄 알았더니, 그냥 미세 먼지가 꼈
나 보다.

나는 그만 할 말을 잃고 말았다. 와, 진짜 이건 다른 의미에서 말
이 안 통하는 인간이구나.

"죄송하지만, 제 생각에 전하와 저는 소통은 둘째 치고 기본적인
대화도 불가능한 것 같습니다."

나는 최대한 상냥하게 웃었다. 호색한이라고 하긴 했으나, 누가
아는가. 그래도 다른 데서는 나름대로 생각이 잘 박혔을지.

하지만 정작 내 말에 제3황자는 허허 웃으면서 말했다.

"내가 싫은가?"

응.

나는 대답 대신 그냥 침묵으로 일관했다. 이대로 가다가는 시간만
잡아먹을 것 같았다. 진짜 한마디만 더 하면 그냥 욕을 퍼부어야지
속으로 고민하는데, 제3황자가 갑자기 실소를 터뜨렸다.

"부인께서 무슨 소문을 들었을지 짐작이 가는군."

알긴 아네.

"하지만 나는 기사다. 부인이 들은 그 소문들은 그저 내가 기사의
본분을 위해 최선을 다하다 보니 난 것일 뿐, 오해하지 말아 줬으면
좋겠군."

"그렇습니까."

"기사의 본분은 약자를 보호하는 것이지. 그런 의미에서 레이디와

귀부인들은 내가 보호해야 하는 대상일 뿐이야."

아니, 뭐 기사도 정신에 어울리는 말은 맞긴 한데…… 왠지 모르는 꺼림칙함은 어쩔 수 없었다.

"그럼 우리의 만남은 다음으로 미루지. 이만 가 보게."

그의 허락이 떨어지자마자 나는 예를 다시 한번 취한 뒤 발걸음을 옮겼다. 제3황자의 시선이 뒤로 끈질기게 따라붙는 것을 애써 무시한 채.

그 뒤로 며칠간 나는 드레스를 잡고 씨름을 해야 했다. 대체 드레스를 누가 보낸 것인지, 왜 보냈는지 머리를 짜냈으나 확실한 결론은 없었다. 루벨리안의 말이 살짝 걸리는 것을 제외하고는.

"황후가 미묘한 말을 하더군."

설마…….

나는 드레스를 응시했다. 설마 황후가 보낸 것인가?

그때, 제나 부인이 방에 들어왔다.

"아직도 드레스에 대해 고민하고 계십니까?"

"응."

"왜 그러시는지 이해를 하지 못하는 것은 아닙니다만, 그래도 선대 공작 부인의 죽음과 연결되어 있다고 생각하시는 것은 너무 간 것 같습니다."

"진짜 그런 걸까?"

나는 한숨을 푹 쉬었다. 하지만 만약 진짜로 샤를리나가 살해를 당한 것이라면, 그 죽음이 억울한 것이라면 풀어 줘야 하지 않겠는가.

어쩌면 그녀는 그 끔찍한 상황에서도 나름대로 잘 살아 보려고 했을 수도 있는데.

'정말 이대로 남편에 대한 절개를 지키다가 죽은 여자로 내버려 두는 게 좋은 거야? 그게 진실보다 더 중요한 건가?'

사람들은 언제나 그런 식의 '미담'을 좋아했다. 자신의 모욕을 벗기 위해 죽음으로 그것을 증명한 사람.

실제로 샤를리나가 죽은 뒤 많은 이들이 더 이상 입방아를 찧지 않았다고 하니 그녀의 죽음이 '효과'가 있었던 것은 확실하다.

'그래도 살고 싶었던 걸 수도 있잖아. 그녀가 잘못한 것도 없는데.'

다시금 깊은 사색에 빠지려는데, 제나 부인이 나를 붙잡았다.

"그보다 마님, 손님이 오셨습니다."

"또 아린느 렐런이라는 말은 하지 마."

"그게 아니라……."

그녀가 고개를 저으며 말을 이었다.

"발론 백작 부인께서 오셨습니다."

"응?"

발론 백작 부인이라면, 저번 다과회에서 나한테 시비를 걸던 그 노부인 아닌가?

"그 사람이 왜? 설마 나한테 시비 걸다가 실패한 게 너무 억울해서 온 거야? 오늘 결판을 지으려고?"

"그런 얼굴로는 보이지 않았습니다. 이 며칠간 수도에 머무르다가 오늘 영지로 돌아가신다고 하니, 아무래도 만나 보시는 게 어떨까 싶습니다.”

결국 나는 고개를 끄덕이며 발론 백작 부인을 만나러 갔다.

달깍–

접대실의 문이 열리자 그 사이로 깐깐한 노부인의 얼굴이 시야에 안겨 왔다.

“발론 백작 부인.”

나는 최대한 평정심을 유지하려고 애썼다. 어쨌든 저번의 그 유쾌하지 않은 만남을 다시 반복하고 싶지는 않았다. 물론 다시 시비를 걸어오면 또 똑같이 행동하겠지만.

발론 백작 부인은 나를 발견하고 손에 든 찻잔을 내려놓았다.

“공작 부인을 뵙습니다.”

어라?

나는 저번보다 훨씬 더 공손해진 그녀의 태도에 놀라며 인사를 받았다.

“발론 백작 부인, 오랜만이에요. 오늘 이렇게 다시 뵙게 될 줄은 몰랐어요. 저를 다시는 보고 싶지 않으실 줄 알았는데.”

뼈를 가득 실은 채 말하면서 소파에 앉았으나 내 도발에도 발론 백작 부인은 아무런 반응이 없었다. 외려 고개를 살짝 숙여 보였다.

“그날은 제가 실례했습니다.”

……?

“……아, 그러셨군요. 실례를 했군요?”

“제가 공작 부인을 함부로 꾸짖으려 했습니다. 그건 제 잘못입니다.”

“……?”

“감히 공작 부인을 염탐해 보려고 했습니다. 어떤 분이신지 궁금하여 평소보다 훨씬 더 예민하게 굴었죠.”

나는 이마를 찌푸렸다. 만약 진짜로 나를 염탐하려는 목적이었다면 왜 그 당시에 털어놓지 않고 오늘 와서 이러는 것이지?

팔짱을 끼고 머리를 굴리는데 뭔가가 피뜩 생각났다.

"아, 혹시 루벨리안이-"

"……."

"오늘 루벨리안을 만나기라도 했나요? 루벨리안이 뭐라고 했죠?"

"부인께 저지른 무례에 대해 용서를 빌라고 했습니다."

어쩐지.

그녀의 눈에는 '설마하니 진짜로 치사하게 남편에게 말할 줄은 몰랐다.'는 빛이 진득하게 들어 있었다.

"하여튼 간에 쓸데없는 걱정은. 그냥 투덜댄 것 가지고."

나는 길게 한숨을 쉬다가 다시 부드럽게 웃었다.

"이렇게 된 이상 남편에게 이를 생각이 없었다느니, 이렇게 될 줄 몰랐다느니 같은 소리는 안 할게요. 맞아요. 제가 루벨리안에게 일렀어요. 애초에 그건 그 자리에서도 미리 말하지 않았나요?"

"……."

"내가 진짜로 이를 줄 몰랐다는 눈빛인데, 나는 쉬운 길이 있으면 어려운 길로 가지 않아요."

"공작 각하께 말씀드리는 것이 쉬운 길입니까? 그건 오히려 부인의 길에 가시밭만 만들어 주는 일입니다. 이후에 누가 진심으로 공작 부인을 섬기겠습니까."

"나는 누군가의 인정을 받는 걸 좋아하지 않아요."

나는 제나 부인을 떠올리며 말을 이었다.

"다만 내가 사랑받길 원하는 내 주변 이들의 기대를 지워 버리고 싶지 않을 뿐. 사실 나는 다른 이들이 저를 섬기든 말든 별 상관하지 않는답니다."

"부인은 귀족입니다."

"귀족이기 전에 사람이죠. 나는 이런 사람이고 애초에 이렇게 생겨 먹었으니, 날 받아들일지 말지는 부인들의 마음이고요."

"……."

"어쨌든 루벨리안이 부인께 한마디 했다니 약간 안심이 되긴 하네요. 최소한 부인들께서 다시 내게 그런 무례한 언사를 하는 건 막을 수 있겠죠. 참고로 그 사과는 받아들일게요."

나는 말을 마치고 여유롭게 차를 마셨다. 이에 나를 지그시 응시하던 발론 백작 부인이 입을 열었다.

"저는 부인의 의중을 모르겠습니다. 누군가에게서 사랑받고 싶은 생각이 없으십니까?"

"있죠. 하지만 굳이 사랑받으려고 누군가에게 아부를 떨거나 하는 건 너무 귀찮기도 하고 연기도 못해서 힘들어요."

물론 레이첼처럼 딱 목표물이 정해져 있다면 죽기 살기로 덤벼들긴 하지만.

나는 어깨를 으쓱였다. 어차피 곧 죽을 텐데, 뭐. 설사 그렇지 않더라도 인생은 후회 따위 남기지 말고 내가 살고 싶은 대로 살아야 한다.

내 말에 발론 백작 부인은 꽤 복잡하고 미묘한 눈길로 나를 응시하다 이내 시선을 거두고 한숨을 푹 쉬었다.

"정 공작 부인의 생각이 그러시다면 저희도 굳이 공작 부인의 좋은 점을 찾아내려 애쓰지 않겠습니다."

"그러시든가요. 저도 비즈니스- 아니, 사업적인 관계가 딱 좋아요."

"다만 요즘 정세가 흉흉하니 부디 신변을 잘 살피시길 바라겠습니다. 어찌 되었든 간에 공작 부인이시니…… 플로렌스의 안위는 저희와도 직접적으로 연결되니까요."

"정세가 흉흉하다고요?"

나는 미간을 찌푸렸다.

"정세가 흉흉하다는 게 구체적으로 어떤 것을 말씀하시는 거죠?"

"현재 콜리카 공작가와 황실의 관계를 모르십니까? 역시 부인은 아무것도 모르―"

"아니, 내 말은. 그 관계가 이제는 그렇게 공공연한 일이 되었던가요?"

서신으로 인해 두 가문 사이가 어느 정도 틀어진 것은 사실이었지만, 이렇게 대대적으로 우리를 제외한 다른 이의 입에서 말이 나왔다는 것 자체가 조금 의외였다.

발론 백작 부인은 찻잔을 내려놓으면서 말했다.

"이미 귀족들도 어느 정도 낌새를 채고 있는 실정입니다."

"흐음."

"며칠 전 귀족원 회의가 열리던 날, 콜리카 공작이 무엇인가를 들고 폐하를 알현하고, 곧장 황후 마마께서도 폐하를 알현하여 큰 소동이 있었다더군요."

"큰 소동이요?"

"자세한 정황은 황후 마마의 측근들이 전부 쉬쉬하고 있어 알지 못하지만, 아무래도 약간의 마찰이…….'

황후가 황제와 마찰을 일으켰다?

나는 턱을 짚었다. 그날 황후는 루벨리안에게 미묘한 말을 남겼다고 했다.

'설마 황후가 그 드레스도 일부러…….'

갑자기 침묵에 잠긴 나를 발론 백작 부인은 의아한 눈빛으로 보았다.

"어찌 되었든 간에 공작가가 부디 안녕하기를 빌며, 저희는 이만 영지로 내려가겠습니다."

"가급적이면 얼굴 보지 마요, 우리."

내 노골적인 언사에 발론 백작 부인이 기가 막힌다는 듯이 나를 노려보았다. 그러나 나는 되레 그녀에게 얄밉게 어깨를 으쓱일 뿐이었다.

탁―

약간의 화가 섞인 발론 백작 부인이 퇴장하자 나는 피식 웃으며 접대실을 나왔다.

"마님!"

한데 방문을 나서기가 무섭게 애나의 목소리가 들려왔다. 조급함과 당황함이 듬뿍 묻어 있는 목소리에 나는 고개를 갸웃거렸다.

"무슨 일이야? 또 무슨 경악할 만한 소식이라도 있는 거야?"

그녀들의 호들갑은 쉬이 있는 일이기에 난 대수롭지 않게 웃었다. 더 최악으로 치달아 봤자지. 그렇게 생각하는데 갑자기 애나가 내 팔을 잡았다.

"어머? 왜 이래?"

"아…… 그, 마, 마님, 죄송해요."

"왜 그래? 무슨 일이라도 있어? 진짜 중요한 일이야?"

"그게…… 손님이 와 있어서."

"그럼 접대실로 보내. 이번에는 누군데? 저번에 봤던 귀부인들 중 한 명이야?"

"아니, 그건 아니고……."

애나가 도리도리 머리를 쳤다. 우물쭈물하면서 말을 내뱉지 못하는 그녀의 행태가 평소와는 달랐다. 무슨 일이 벌어져도 쾌활하게 웃던 이가 아닌가. 딱 봐도 보통 일이 아닌 것 같아 나는 진지한 얼굴로 물었다.

"진짜 무슨 일인데."

"마님, 아래로 가시면 안 돼요. 절대 안 돼요. 일단 방으로 돌아가세요."

"뭐?"

애나는 내게 영문도 알리지 않은 채 나를 급히 방으로 되돌렸다. 공작가의 시녀들은 맨손으로 무도 뽑는다는 게 그냥 있는 말은 아닌지, 그녀의 힘에 나는 질질 끌려갔다.

아무리 봐도 수상한 그녀의 반응에 내가 얼굴을 구기던 그때, 갑자기 아래층에서 급한 발걸음 소리가 들려왔다.

"애나! 빨리 내려와! 제3황자 전하께서-!"

"제3황자?"

급히 올라와 애나를 부르는 목소리의 주인공은 다름 아닌 마리였다. 그러나 그녀의 등장보다 더욱 놀란 것은 그녀의 입에서 나온 말이었다.

"이게 무슨 말이야? 제3황자라니, 그 이름이 왜 거기서 나와? 설마……!"

나는 얼굴을 팍 구겼다.

"제3황자가 온 거야?"

"마님, 우선 방으로 돌아가셔야 돼요. 제나 부인이 마님을 꼭 방에 가두- 아니, 방에 모시고 절대 나오지 말게 해 달라고 하셨어요!"

필사적으로 외치는 애나의 목소리에는 절절함이 그대로 묻어 있었다.

하지만 내 생각은 조금 달랐다. 제3황자가 호색한이라고는 하나, 그래도 공개적으로 공작저에 방문까지 했는데 설마 이상한 일이라도 생길까.

"제3황자가 손님으로 왔는데 공작 부인인 내가 맞이하지 않아도 되는 거야? 엄청난 실례잖아, 그거."

"그렇긴 하지만 제나 부인이 절대 마님을 내려오게 하지 말라고 하셨어요."

애나의 간절한 눈빛과 목소리에 나는 결국 한숨을 쉬었다.

그래. 괜히 나댔다가 일 크게 만드는 것보단 낫다. 분명 제나 부인도 이유가 있어서 그러는 거겠지.

이내 나는 방으로 얌전히 돌아가기로 했다. 이후에 오늘 너무 아파서 그랬다는 핑계를 그럴싸하게 들기 위해선 방에 가만히 있는 게 중요했다.

그러나 그때였다.

내가 발걸음을 옮기기도 전에 갑자기 1층에서 비명 소리가 들려왔다.

"꺄아아악!"

"뭐야?"

그 순간, 불안한 느낌이 엄습하자 나는 빠르게 발을 돌렸다.

"마님!"

뒤에서 애나의 외침이 들려왔지만 나는 아랑곳하지 않았다. 귀를 틀어막고 눈을 가로막는 건 어디까지나 나를 보호하는 이가 안전하다는 전제하에서지, 만약 다른 이가 나 때문에 위험에 처한다면 결코 가만히 있을 순 없었다.

"무슨 일이지?"

급히 1층으로 향한 나는 차오르는 숨을 참으면서 가라앉은 목소리로 물었다. 그러나 그 말을 내뱉음과 동시에 내 시야에 안겨 온 풍경에 입을 딱 벌릴 수밖에 없었다.

"……제나 부인."

1층 홀은 아수라장이었다.

옆에서 뻣뻣하게 굳어 있는 시녀와 시종들, 무릎을 꿇고 앉아 있는 제나 부인, 그리고 마지막으로 그녀의 앞에서 위협적이기 그지없는 얼굴로 서 있는 제3황자의 모습까지.

내 목소리에 제3황자가 고개를 살짝 돌렸다. 지금껏 제나 부인을 죽일 듯한 표정으로 보던 게 전부 거짓이라는 듯이 그가 환하게 웃으면서 입을 열었다.

"아, 공작 부인께서 오셨군."

그의 얼굴에 비낀 미소는 섬뜩하기 그지없었다.

제국의 황실은 모든 이들에 대한 처분권을 가진다. 만약 제나 부인이 진짜로 큰 실례를 저질렀다면 제3황자가 그녀를 죽이려고 해도 도의에는 어긋나지 않았다. 그게 바로 황실이 가진 절대적인 권력이니까.

하지만–

"제3황자 전하, 이게 대체 무슨 짓입니까."

그런 것 따위 상관없다. 중요한 건 저 건방진 녀석이 감히 내 집에서 내 사람에게 위협을 가하려 했다는 것이다.

나는 한 자, 한 자 천천히 말했다. 공작가에 들어와 온종일 나사 풀린 것처럼 웃던 내 갑작스러운 변화에 시녀들은 당황한 얼굴로 나를 응시했다.

"오, 공작 부인. 별것 아니다. 그저 버릇없는 하녀를 혼내 주려 했을 뿐이다."

"제나 부인은 하녀가 아니라 플로렌스 공작가의 시녀장입니다."

"하지만 황족인 내게는 별 차이 없는걸."

"그보다 기사로서 자신보다 약한 자를 보호한다고 하지 않으셨습니까."

"내게 있어 보호해야 할 이는 부인 같은 사람들이지. 아름답고, 품위 있고, 내가 보호해 주고 싶게 만드는 이들 말이야."

"……."

"이런 시녀장 따위가 아니라."

그의 말에 나는 얼굴을 굳혔다. 제나 부인이 왜 그를 막았는지 알 것 같다. 최소한 황태자가 속은 나빠도 행실은 성인군자였다면, 이 놈은 황제와 비슷한 부류- 아니, 어쩌면 그것보다도 더욱 악랄한 부류일지도 몰랐다.

"마님……."

뒤에 선 애나와 마리가 잔뜩 죽어 들어가는 목소리로 내 드레스 자락을 잡았다.

나는 바닥에 있는 제나 부인을 힐끔 보고, 다시 시선을 올린 뒤 입을 뗐다.

"리리스. 일단 제나 부인을 방으로 모시렴."

"알겠습니다."

"그리고 집사. 고용인들 모두 제각기 원래 위치로 돌려놔."

"알겠습니다."

"그리고 제3황자 전하."

나는 생긋 웃었다. 내 미소에 그가 자연스럽게 웃으면서 다가왔다. 내가 당연히 그를 안쪽으로 들여보낼 것이라 예상하는 듯했다.

그의 자신만만한 얼굴을 보면서 나는 부드럽게 읊조렸다.

"이대로 발걸음을 돌려 공작가에서 나가 주십시오."

"……뭐?"

"기왕이면 멀리."

순간 제나 부인을 일으키던 리리스도, 사용인들을 내보내던 집사도 설마하니 내가 이렇게 나올 줄은 몰랐는지 다들 쩌적 굳어 버렸다. 그 사이에서 오직 나만이 생글생글 웃으면서 그를 보고 있었다.

"제3황자 전하께서 나가시는 길을 모르신다면 제가 직접 알려 드리죠."

"잠깐."

내가 손을 들어 대문을 가리키자 제3황자가 헛웃음을 지었다.

"공작 부인께서 뭔가 큰 오해를 하고 계시는 것 같은데, 나는 제국의 황자다."

"저는 플로렌스의 공작 부인입니다."

"그래, 부인은 공작 부인이고 나는 황자다. 그런데 지금 나를 쫓아내겠다고?"

"정상적인 황족이라면 이런 식으로 공작가에 들어와 사람들을 위협하는 행동 따위는 안 하지요. 그런데 황자 전하께서 가장 기본적인 예의도 다 말아 드시길래— 아니, 다 무시하시길래 저 또한 그래 본 것뿐입니다."

아무리 황족이라고 해도 이런 식의 행위는 당연히 무례였다. 이 세계의 황실이 진시황 뺨치는 무소불위의 권력을 누린다 하더라도 말이다.

"제게 추파를 던지신 것은 황자 전하께서 하도 아름다운 분들을 향한 배려가 넘쳐 그럴 수 있다 생각했으나, 이런 식의 태도는 상당히 무례하다고 사료됩니다."

"부인은 내가 무섭지도 않은가?"

"네."

흑막이랑 결혼까지 했는데 뭐가 무섭지?

내 대답에 제3황자는 제대로 화가 난 것 같았다. 하지만 그렇다고 해도 나는 절대 물러날 생각이 없었다.

"부인, 황명을 거역하는 자는 참수다."

"이 자리에서 목을 치시려면 치십시오."

왜냐하면 나는 황태자한테 죽으니까.

그게 무슨 말이냐 하면, 눈앞의 이놈은 나를 못 죽인다는 것이었다.

전혀 두렵지 않다는 듯이 여전히 입가에 미소를 매단 채 그를 보자, 갑자기 제3황자가 풋 웃음을 흘렸다.

"하, 재미있군."

……와, 이게 더 소름 끼치는데? 설마 나를 이렇게 대한 여자는 네가 처음-

"이런 반응은 처음이라 신기하군."

표현 방식만 다르지, 알맹이는 똑같잖아!

나는 으으- 소름 끼친다는 표정을 하며 뒤로 슬금슬금 물러났다. 아니, 진짜 현실에서 저렇게 생각하는 인간이 있는 거야?

"공작 부인, 오늘 갑자기 이렇게 찾아와서 미안하군."

방금까지 잔뜩 굳어 있던 그의 정중하기 짝이 없는 신사 흉내에, 나는 미간을 움찔거렸다.

저 인성 파탄 난 거 좀 보소. 제나 부인한테는 무뢰배처럼 굴다가 정작 내 앞에선 느끼한 미소를 짓는 그를 보며 나는 불쾌함만 느껴야 했다.

"시녀장에게도 사과의 말씀을 드리지. 너무 필사적으로 막길래 내가 마치 치한이라도 된 듯한 기분이었다."

나는 흉흉한 얼굴을 하고 있는 제나 부인을 보며 한숨을 쉬었다.

제나 부인에게 왠지 좀 미안하네.

"공작가에 연락도 없이 이런 식으로 찾아오시면 굉장히 곤란합니다. 설사 제3황자 전하가 아니라 다른 분께서 오셨어도 제나 부인은 막았을 거예요."

"과연?"

제3황자가 순간 섬뜩한 시선으로 제나 부인을 노려보았다. 그런 그를 불쾌함 가득한 얼굴로 응시하던 내가 다시 그의 시선을 끌어왔다.

"그보다 제3황자 전하께서 어찌 이런 식으로 공작가에 발걸음 하셨는지가 궁금하군요. 무슨 일이라도 있으십니까?"

할 말 있으면 지금 용건을 말하라는 내 태도에 제3황자의 눈가가 다시 꿈틀거렸다. 그러나 그는 여전히 매너 좋은 척 웃으면서 답했다.

"다름이 아니라 공작 부인께 청이 있어 온 것인데, 일이 이렇게 되었군."

"청이라 하시면……."

"형님께서 며칠 뒤에 사냥 대회를 여신다."

……뭐?

"그때 부인께 내 영광을 바치고 싶은데, 가능한가?"

"아니요."

"……."

"송구하오나 그 영광은 다른 레이디에게 드리는 게 좋을 것 같습니다."

멀쩡하게 남편이 살아 있는데 왜 그쪽 영광을 제가 받죠? 거절하겠습니다.

단칼에 한 대답이 그의 자존심을 와장창 무너뜨릴 법도 했으나 제3황자는 허허 웃으면서 길게 숨을 들이쉴 뿐이었다.

"그렇군. 거절이라⋯⋯."

"한데 황태자 전하께서 사냥 대회를 여신다고요?"

"그래."

왜 갑자기?

내 얼굴에 깃든 표정을 읽어 냈는지 제3황자가 피식 웃었다. 그러나 루벨리안이 짓는 웃음과는 많이 달랐다. 어떻게 다 같은 피식인데 쟤가 하니까 저렇게 느끼해 보이지? 잘생김의 차이인 건가? 역시 루벨리안이 최고다.

"조만간 황실에서 대대적인 규모의 군사 이동이 있을 것 같다."

"⋯⋯!"

"그 사기를 북돋아 주는 의미에서 형님께서 사냥 대회를 여셨지."

대대적인 규모의 군사 이동? 설마 진짜 죽음의 땅으로 가는 걸까?

하지만 이걸 제3황자에게 묻기도 뭐 했기에, 나는 입술을 말아 올리며 최대한 자연스러운 미소를 지었다.

"그렇군요. 무운을 빕니다."

멧돼지한테 들이받혀서 죽어라.

결국 끝까지 공작가의 위층에 발을 내딛지 못한 채 제3황자가 발걸음을 돌렸다. 그의 눈빛에는 오늘 그가 받은 대접에 대한 분노를 여실히 보여 주고 있었지만, 나는 일부러 눈치 없는 척 해사하게 웃을 따름이었다.

그리고 황실 마차가 공작가를 떠난 뒤, 나는 리리스의 부축을 받은 제나 부인을 향해 입을 뗐다.

"다음부터 쟤가 오면 소금 뿌려."

"네? 소금을 왜⋯⋯."

"악마를 내쫓는 동양의 신비한 의식이야. 어떻게 알았는지는 묻지 말고."

"……."

"그런데 어떻게 저런 상서롭지 못한 물건을 공작가에 들여? 앞으로는 그냥 정문에서 거절해."

"제3황자 전하께서 억지로 들어오신 겁니다. 그리고 사실……."

제나 부인이 살짝 말을 골랐다.

"제3황자 전하는 사람을 가리지 않고 죽이기로 유명합니다. 물론 황실에서 전부 덮어 주고 있지만."

그런 인간이 내 앞에서는 애써 참는 모습이 상당히 아이러니했다. 대체 왜 그럴까 고민하다가 나는 얼굴을 굳혔다.

'제3황자라면 황후의 아들이야. 그렇다는 건 콜리카와도 어느 정도 친밀한 사이일 테고, 설마…….'

나를 유혹해서 뭔가 간계를 꾸미려고?

'그들이 나를 갖고 뭔가를 하려고 할 수도 있겠군. 마침 제3황자가 내게 관심을 보이고 있으니 합이 맞았을 수도 있고.'

그렇다면 이번 사냥 대회는 절대 쉬이 볼 만한 게 아니었다.

"오늘 발론 백작 부인이 왔나?"

"어머. 우리 남편이 최고야."

나는 방에 들어온 루벨리안에게 쪼르르 달려갔다. 이내 그의 앞에 선 채 발꿈치를 들어 그의 뺨에 입을 맞추자, 루벨리안이 내 입술에 키스했다.

"그녀에게 뭐라고 했어요?"

"그저 내 아내에게 최대한 존중을 보이라고 잘 타일렀지."

하나도 잘 타이른 것 같지 않은데? 내가 보기에는 약간의 협박이 들어간 것 같은데?

내 의심스러운 눈초리에도 아랑곳하지 않은 채 루벨리안은 내 허리에 팔을 감아 잡아당겼다.

"그나저나, 오늘 제3황자가 다녀갔다고 들었다."

"아, 맞아요. 행패를 부리길래 물리쳤죠."

"어디 다치지는 않았나?"

"저는 괜찮아요. 다만 제나 부인이 좀 놀랐죠. 그런데 그 사람 오늘 좀 이상했어요. 내가 일부러 무례하게 대했는데도 나한테 화도 안 내는 거 있죠?"

"으음."

"혹시 뭔가 꿍꿍이가 있는 거 아닐까요? 아, 그리고 황태자가 사냥 대회를 연다고 했어!"

"그건 알고 있다. 오늘 내려온 공문이긴 하다마는…… 역시 죽음의 땅으로 가기 위한 전조겠지. 보통 황실에서는 큰 행사가 있을 때 사냥 대회를 여니까 말이야."

"어쨌든 제3황자를 조심해야 할 것 같아요. 그도 그렇고 아린느 델런도 그렇고, 아무래도 황태자가 우리한테 사람을 보내서 뭔가를 하려는 모양이에요."

"아― 아린느 델런 하니까 하는 말이지만, 앞으로 그녀가 널 찾아올 일은 없을 거다."

"네?"

"델런가에게 정식으로 경고를 보냈다."

"하지만 진짜로 아린느 델런이 황태자한테 협박을 받았다면, 델런 가도 지금 영 말이 아니겠는걸요. 이도 저도 못하잖아요."

"당신만 조용하게 내버려 두면 뭘 하든지 상관없다. 그리고 델런 가도 생각이 있으면 알겠지. 지금 어느 쪽의 손을 들어야 하는지. 귀족에게 판단력은 아주 중요한 거다. 판단력이 없어 실패한다면 하소연할 자격도 없어."

역시 무섭다니까. 하지만 그렇다고 해서 그를 나무랄 생각 따위는 없었다. 애초에 귀족들의 이익 싸움에는 정의가 없다. 그저 이기고 지는 자만 있을 뿐이지. 아쉽게도.

그와 도란도란 대화를 나누던 나는 저녁을 위해 다이닝 룸으로 향했다.

그러나―

"……이게 뭐야? 최후의 만찬?"

식탁 위를 가득 메운 진수성찬에 그만 뒤로 물러나고 말았다.

"아니, 왜 이렇게 진수성찬인데?"

보통 루벨리안이나 나나 저녁을 성대하게 하는 편은 아니었기 때문에 우리의 저녁은 에피타이저와 주식, 디저트로 이루어졌다. 그런데 오늘은 대체 무슨 일이지?

나는 놀라서 고개를 들었다. 그제야 다이닝 룸의 한쪽에서 눈을 반짝거리며 서 있는 사용인들이 시야에 안겨 왔다.

"이게 뭐지?"

"저녁입니다."

"누가 그걸 몰라? 왜 갑자기 이렇게 한 상 가득 차린 건데?"

"오늘 특별히 수고하셨을 것 같아서 많이 준비해 봤습니다."

"내가 뭘 수고했는데?"

"제3황자 전하를 상대하지 않으셨습니까."

그에 루벨리안은 피식 웃으면서 내 맞은편에 앉았다. 그러나 나는 계속해서 의아한 눈빛을 던질 수밖에 없었다.

"그게 뭐? 혹시 나 오늘 저녁에 죽나?"

"그게 아니라……."

내 옆으로 와서 시중을 들던 리리스가 뒤에 있는 사람들을 힐끔 보더니 작게 속삭였다.

"오늘 제3황자 전하를 물리치는 모습이 무척 멋있으셔서 그래요."

"……."

아.

나는 그제야 이 상황이 소위 집안 사용인들의 인정을 받은 안주인의 대우, 뭐 그런 것임을 깨달았다. 왜 있잖은가. 안주인을 무시하던 사용인들이 안주인의 위엄 있는 모습에 그녀를 인정하게 되는.

볼 때는 통쾌했는데 왜 이렇게 찝찝하지? 아니, 그러면 그동안 대우도 안 해 줬다는 거야? 안주인의 격에 안 맞으면 저녁도 제대로 안 줘?

어이없다는 듯이 그들을 보는데, 리리스가 한마디를 덧붙였다.

"참고로 제나 부인께서 제일 흐뭇해하셨어요. 그동안 귀부인으로서의 교육을 억지로나마 주입시킨 게 헛되진 않았다고."

"무슨 소리야? 내가 원래는 어땠는데?"

"마님은 싫어하는 사람 퇴치할 때 막 미친 척하시잖아요."

"거, 말이 너무 심한 거 아니야? 미친 척이라니! 어디까지나 전략인데!"

"어쨌든 오늘은 그 모습이 너무 멋있었어요."

"그, 그래, 고마워."

나는 결국 사용인들의 선망 어린 눈길 아래 포크를 들었다.

"어우, 이걸 어떻게 다 먹어."

툴툴거리면서 고개를 절레절레 저었으나, 어쨌든 준다니 즐겁게 먹을 생각이었다.

한데 그때, 제나 부인이 갑자기 내게 다가왔다.

"오늘은 감사했습니다, 마님."

"푸우우웁─"

"이브."

"미, 미안해요, 루벨리안. 많이 튀었어요?"

루벨리안이 어이없이 웃으면서 물을 닦았다.

아, 다시 그 악몽이 떠오르네. 그게 생각난 이는 비단 나뿐만이 아닌 듯, 루벨리안이 제나 부인을 보며 말했다.

"앞으로 이브에게 하고 싶은 말이 있을 때는 그녀의 입에 뭐가 없을 때 해."

"알겠습니다."

"아니, 잠시만. 진짜 오늘 제3황자 퇴치해서 그러는 거야? 정말?"

"오늘 부인의 모습은 조금 의외였습니다."

"난 제나 부인이 더 의외였어. 뭐, 부끄러운 부인 잡아가라고 그냥 제3황자 앞에 떨굴 줄 알았지."

"그럴 리가 있겠습니까."

제나 부인이 고개를 젓자, 나는 루벨리안과 시선을 마주치며 웃음을 흘렸다.

"봤죠? 내가 이렇게 대단해요. 그러니까 앞으로 내 걱정하지 말고 당신이나 챙겨요."

"내가 대단한 부인을 뒀군."

루벨리안이 피식 웃는 것을 보며 나 또한 활짝 웃었다.

곧 화기애애한 분위기에서 만찬이 시작되었다.

제3황자가 다녀가고 머지않아, 사냥 대회가 열린다는 초대장이 공작저에 도착했다. 그러나 그것보다도 더 의외인 것은 초대장과 함께 온 다른 물건이었다.

"황후의 소환장?"

"그것도 정식 소환장이네요. 비밀 모임이 아니라 정식 알현."

확실히 저번의 소환장과 달리 고급스러운 냄새가 팍팍 풍기는 소환장을 이리저리 살펴보던 나는 시선을 깔았다.

다른 때라면 가기 싫다고 난리를 쳤을 테지만, 지금 상황에서 황후의 의중은 무척이나 중요했다.

"수도에서 소문이 돈다며. 콜리카와 황실이 결렬할 거라는 거."

"거의 기정사실처럼 돌긴 해요. 아무래도 이 며칠간 콜리카 공작과 황제의 싸움이 잦다고 하더라고요."

"싸움이라……."

"물론 황실에서야 그냥 평범한 대화라고 하지만, 누가 그걸 믿겠어요?"

나는 입술을 짓이겼다. 그런 상황에서 황후가 내게 보낸 소환장은 분명 큰 의미가 있으리라.

결국 나는 리리스를 향해 말했다.

"가겠다고 답신을 보내."

"그런데 이번에도 혹시 무력을 휘두르면……."

"그럼 맞으면 되지."

"네?"

"때리면 맞으면 돼. 모욕을 하면 들으면 되고. 그게 뭐가 그렇게 무섭다고."

"하지만 예전에는……."

"그때야 내가 금방 결혼했을 때라 상당히 억울했지만, 지금은……."

난 소환장을 뒤집어 보며 웃었다.

"다르잖니?"

"황후 마마를 뵙습니다."

저번과 달리 황후의 방이 아닌 정식 알현실로 발걸음을 내디딘 내 앞으로 황후의 목소리가 들려왔다.

"왔나, 공작 부인."

나는 예를 취했다. 새삼 그녀를 다시 보니 저번에 뒤통수가 눌린 기억이 떠올랐다. 하지만 그때는 황태자가 내 아군이었고 그녀가 적군이었다.

현재도 그녀가 내 아군은 아니나, 황제와 싸웠다는 말을 들어서일까. 왠지 모르게 기분이 묘했다.

"고개를 들게."

차갑고 냉랭한 목소리를 따라 고개를 들자, 황후가 나를 응시하고 있었다.

콜리카 공작가의 유일한 딸로 태어나 한평생 귀하기 그지없는 여인으로 자랐을 그녀.

그녀는 대체 왜 샤를리나를 미워하는 걸까.

생각해 보면 그녀는 황제를 사랑하지도 않았다. 게다가 황제가 루벨리안을 제 아들이라 칭한다 해도, 서자인 이상 그는 황후의 이익에 그다지 큰 영향을 끼치지 못했다.

차라리 황비가 낳은 제2황자가 더욱 눈엣가시지.

이쯤 되니 슬쩍 궁금해졌다. 그녀는 왜 그렇게 플로렌스를 증오하는 것인지.

"귀하신 공작 부인을 이곳으로 발걸음 하게 해서 미안하군."

"초대에 황송할 따름입니다."

"오늘은 꽤 정상적으로 보이는데. 왜, 다시 난리를 떨지 그러나?"

"오늘은 제게 차를 부을 바네스 영애가 없지 않습니까."

"하."

황후가 비릿하게 웃었다.

"부인께서 바네스 영애를 수도에서 쫓으셨지."

"황제 폐하의 명이셨습니다."

"그것이 부인의 뜻이었다는 걸 내가 모를까. 알케 부인의 다과회에서 그런 소문이 나왔다는데 딱 봐도 공작 부인이 한 것이지, 안 그런가?"

가늘게 눈을 뜨고 그녀를 보자 황후가 조소를 지었다.

"나는 열여섯에 황후가 되었다. 폐하의 옆에 있는 무수한 계집과 그 계집들의 배 속에 있는 황실의 혈통이 모두 내 손을 거쳤지."

"……."

"부인의 그 수법이야 나도 소싯적에 많이 써 보았지."

"그 계략에 지쳐서 이제는 그냥 때리는 걸로 노선을 변경하셨나 봅니다."

내 말대꾸에 황후가 인상을 쓰더니 천천히 단상에서 내려왔다.

그녀의 한 걸음, 한 걸음이 지독하게 위태로워 보였다. 저번에 못 때린 걸 때리겠다고 하는 거 아닌가? 속으로 걱정하는데, 아니나 다를까. 앞으로 다가온 그녀가 손에 든 부채를 내게 홱 던졌다.

"어이쿠."

"피하는 건 잘하는군."

"제가 워낙에 맞을 짓을 좀 많이 하는 스타일이라 안 맞으려고 노력을 하다 보니……."

황후의 싸늘한 시선이 내게 쏟아졌으나 무서울 건 없었다. 덩달아 그녀를 올려다보자 침묵을 지키던 황후가 입을 열었다.

"너를 보면 샤를리나가 떠오른다. 그 건방지고 악독한 계집 말이지."

"황후 마마의 성함이 샤를리나였나요?"

건방지고 악독한 인간은 너 아니야? 혹시 그녀가 자기소개를 하는 게 아닌가 고민하는데 황후의 얼굴이 팍 일그러졌다.

"평민 출신 주제에 고개를 빳빳하게 들고는, 감히 나를 보면서 또박또박 말하더군."

……샤를리나가? 그런 성격이었어? 나는 당연히 그녀가 순하고 여린 성격이라고만 생각했다. 그런데 어쩌면 그녀의 성정이 내 생각과 다를지도?

"뭐, 그래도 건방진 구석이 있어서 꽤 재미는 있었어. 그 상황에서 임신만 하지 않았더라면 더 재미있었을 텐데 말이야."

나는 미간을 살짝 모았다.

그렇게 말하는 황후의 얼굴에는 놀랍게도 불쾌함은 있었으나 분노는 없었다. 아니, 오히려 재밌는 물건을 보는 듯한 눈빛이라 도무지 의중을 알 수가 없었다.

황후는 대체 나를 불러 무슨 말을 하고 싶은 걸까. 예전처럼 기를 잡기 위해서라기에는 타이밍이 너무 절묘했다.

"그래, 재밌는 계집이었지. 한데 그 계집을 그자는 성녀처럼 포장하고, 제멋대로 재단하고, 제 입맛에 맞게 꾸며 놨어. 그게 사랑이라고 속삭이면서."

"그자?"

"그래, 그자."

황후가 피식 웃었다.

"그리고 결국에는 죽였지."

"……!"

그녀의 말에 내가 고개를 번쩍 들었다. 설마 '그자'가 샤를리나를 죽였다는 것인가? 상황에 들어맞는 '그자'는 황제밖에 없었다. 샤를리나에게 사랑을 속삭인 남자.

"설마, 그 드레스가 진짜─"

"어찌 되었든 간에 그러한 계집이었다. 억울할 것도 없어. 그 계집은 스스로 제 명을 재촉한 거야."

"황후 마마."

"그러니 쓸데없이 들쑤시고 다니는 일은 하지 마. 지금이야 잠시 네 뜻대로 흔들릴지라도, 결국 콜리카와 황실은 영원히 서로의 손을 놓지 않을 것이다."

명백한 말 돌리기에 나는 입술을 꽉 깨물었다. 그러나 오히려 그것이 더욱더 내 추측을 확신으로 돌렸다.

가늘게 눈을 뜨자 황후가 더없이 차가운 얼굴로 말했다.

"이 정도로 깨질 관계였다면 애초에 내가 황실에 들어와서 몇십 년을 입 다물고 살지 않았겠지."

"……."

"오늘 널 부른 건 그걸 알려 주기 위함이다. 콜리카와 황실은 결렬하지 않아. 헛수고 작작 하고 얌전하게 집에 틀어박혀 있는 것이 좋을 거다."

거짓말.

그녀가 진짜로 나를 불러서 경고 따위를 하려고 했다고? 겨우? 이런 이야기를 해 주면서?

그러나 캐물어 봤자 황후가 진실을 말할 리 없었기에, 나는 더 이상 추궁하지 않고 그저 있으나 마나 한 경고만 받은 채 황후 궁에서 나와야 했다.

물론 내 머릿속에는 드레스가 진짜로 샤를리나의 것이고, 어쩌면 그 드레스를 지금까지 보관하고 있던 사람이 황후일지도 모른다는 가설이 점점 깊숙하게 박혀 가고 있었다.

'하지만 왜? 왜 굳이 드레스를 보관한 것이지? 보관해 두었다가 황제에게 보이기 위해서? 아니면…… 다른 의미?'

생각을 이어 가다가 나는 고개를 돌렸다.

"리리스, 공작가로 가자. 아니, 지금 시간이 몇 시지? 루벨리안이 퇴근할 때가 되었나?"

"네. 공작 각하도 업무가 끝나실 때예요."

"그럼 같이 가는 게 좋겠다."

내 말에 리리스가 고개를 끄덕였다. 나는 마차에 몸을 실은 채 귀족원 회의실이 있는 곳으로 향했다.

"플로렌스 공작 부인."

"공작 각하께서는 어디 계신가요?"

나를 향해 인사하는 어느 낯선 백작에게 우아하게 고개를 끄덕여 준 뒤 루벨리안의 행방을 묻자 그가 복도의 끝을 짚었다.

"공작 각하께서는 회의가 끝난 뒤 찾아온 손님이 있어 저쪽으로 잠시 자리를 비우셨습니다."

"아, 그렇군요."

그에게 고맙다는 뜻으로 나는 활짝 웃어 주었다. 이윽고 리리스에게 잠시 기다리라 하고 홀로 걸음을 옮겼다.

'이렇게 된 이상 루벨리안에게는 알리는 게 좋겠지. 나라면 조금 고통스럽다 하더라도 진실을 아는 걸 선택할 테니까.'

이내 복도 끝에 다다른 내가 몸을 돌릴 때였다. 조금 떨어진 곳에서 루벨리안의 목소리가 들려왔다.

"쓸데없는 소리는 하지 말라고 한 것 같다만."

"이건 부인께 드리는 말이 아니라 각하께 드리는 말이에요."

그는 누군가와 대화를 하고 있는 것 같았다. 그에 잠시 멀리서 기다리려는데 왠지 모르게 상대의 목소리가 익숙했다.

'이거…… 아린느 델런?'

나는 숨을 죽이고 벽 뒤에 숨었다. 순간 굳이 이럴 필요 있나 하는 생각이 들었지만, 저도 모르게 나온 행동이라 어쩔 수 없었다.

그때, 다시 아린느 델런의 목소리가 귀를 울렸다.

"각하께서 저희 가문에 압박을 넣으셨다고 들었어요. 그것 때문에……."

"내 경고는 쓸데없이 내 아내에게 찾아가지 말라는 것뿐이었는데, 겨우 그 정도가 영애에게 그렇게 큰 문제였나?"

"그뿐만은 아니라…… 사실, 공작 각하께서 아셔야 하는 문제가 있어서 그래요."

"뭐지?"

"각하. 황태자 전하께서 공작 부인을 노리고 있어요."

하, 난 또 뭐라고. 황태자가 나에게 칼을 갈고 있다는 사실은 발가락으로 생각해도 알 터였다.

겨우 저기에 루벨리안이 흔들릴 거라고 생각하는가? 나는 어이가 없어서 헛웃음을 지었다.

그러나 루벨리안이 그녀의 말을 단칼에 내칠 거라 생각한 내 예상과 달리, 정작 루벨리안의 입에서는 전혀 예상치 못한 반응이 나왔다.

"……그게, 무슨 말이지?"

그의 목소리는 뒤에서 엿듣고 있는 나조차도 놀랄 만큼 하염없이 떨리고 있었다. 아니, 왜 저러지? 겨우 황태자가 나를 노리고 있다는 뻔한 말인데?

왠지 모르게 심각하게 동요하는 그의 반응에 나는 뭔가 잘못됨을 깨달았다.

"황태자 전하께서는 공작 부인이 각하의 약점임을 잘 알고 있어요."

"……."

"그러니 당연히 부인을 먼저 제압하면 각하께서 큰 타격을 입으실 거란 것도 알고 있죠. 그래서 지금 부인의 주변에 조금씩 손을 쓰고 있는 거예요."

"그래서 묻는 거잖나, 그게 무엇인지!"

루벨리안이 으르렁거리듯 그녀에게 분노를 표출했다. 아린느 델런은 깜짝 놀라 뒤로 물러나면서도 고개를 저었다.

"그, 그건 저도 말씀드릴 수 없어요."

"아린느 델런."

"하지만 한 가지 확실한 건, 각하와 함께 있다면 공작 부인께서는 더욱더 큰 위험에 마주칠 것이란 사실이에요."

아린느 델런이 호소력 짙은 목소리로 말했다. 그 앞에서 루벨리안이 꽈악 주먹을 쥐는 것이 눈에 안겨 왔다.

대체 왜 저렇게 동요하는 것일까. 모르고 있었던 것도 아닌데. 그러다 문득 한 가지 생각이 떠올랐다.

'며칠 전에 신전에서 나한테 보인 반응도 이상했어. 혹시…… 내가 죽는다는 걸 안 건가?'

어쨌든 '위험하다.'와 '죽는다.'의 차이는 어마어마한 것이다.

만약 내가 죽는다는 걸 알고 있다면 지금 그의 반응도 이해가 갔다. 비록 아린느 델런이 레이첼의 예언까지는 몰랐겠지만 절묘한 타이밍에 그 틈새를 파고들자 흔들리고 있는 것이리라.

결국, 뒤에서 조용하게 서 있던 내가 입술을 짓기며 앞으로 나갔다.

"지랄도 풍년이네."

예고도 없이 등장한 나로 인해 루벨리안과 아린느의 시선이 이쪽으로 향했다.

"이브?"

"정말이지, 도저히 못 들어 주겠네."

"이브, 대체 여긴 어떻게ㅡ"

"그건 알 필요 없고요."

나는 얼굴을 팍 일그러뜨리고 루벨리안의 옆으로 다가갔다. 드레스 자락을 휘날리며 장군처럼 걸어간 내 기세에 루벨리안이 나를 저지하려 했으나 나는 쯧 혀를 차며 입을 열었다.

"아린느 델런 영애. 저번부터 나와 루벨리안 사이를 갈라놓으려고 그렇게 애를 쓰시던데, 이건 영애의 사심인가요, 아니면 황태자 전하의 뜻인가요?"

"저는 그저 객관적인 사실만을······."

"보아하니 꽤 열심히 그 명령을 이행하는 걸 보면 사심도 섞였죠?"

"······!"

"부끄러워할 필요는 없어요. 사람이 사람 좋은데 뭘 어떻게 해? 안 그래요? 그런데―"

나는 심호흡을 했다.

"이런 식으로 사람 마음속의 약점을 건드리는 건 안 되죠."

"부인! 저는 부인에게 악의가 없어요. 하지만 지금 이 상황이 부인께서 마음대로 하실 수 있는 상황이 아닌 것만큼은 인지하셔야 할 거예요."

"그러니까 그걸 왜 네가 판단하냐고!"

아린느 델런의 따끔한 일침에 내가 크게 소리 질렀다.

방금 전부터 마음속에서 부글부글 끓던― 아니, 정확히 말하자면 더 오래전부터 내 마음속에서 부글부글 끓던 분노가 순식간에 화산처럼 폭발했다.

"그걸 왜 나도, 루벨리안도 아닌 당신이 판단하는데. 감히 당신들 따위가 뭔데 나를 철부지 아이로 취급하면서 내 인생에 이래라저래라 충고하는 척 협박질인데."

내가 아무리 성격이 더럽고 인간관계에 무지하다고 해도, 진심으로 내가 걱정되어서 하는 말과 아닌 말은 충분히 가릴 수 있었다.

최소한 이 세상에서 나와 루벨리안 사이에 저런 말도 안 되는 이유로 끼어들 만한 자격을 가진 이는 없었다.

"공작 부인, 황태자 전하께서 무슨 의도를 갖고 계시는지 부인께서는 모르실 겁니다."

"기껏해야 죽이는 거겠지."

"부, 부인."

"그게 뭐 그렇게 큰 대수라고."

도저히 여기서 더 상대해 주고 싶은 마음이 들지 않았다. 나는 그녀를 찌릿 노려본 뒤 루벨리안을 향해 입을 열었다.

"저런 말 더 들을 이유도 없어요. 우리 가요."

내 단호한 말에 아린느 델런이 흔들리는 눈빛으로 나를 응시했다. 그러나 나는 루벨리안의 손을 잡고 홱 발걸음을 옮길 뿐이었다.

어둡게 가라앉은 루벨리안의 얼굴에는 일말의 표정도 없었다. 하지만 반항 대신 얌전하게 나를 따라온 그의 모습은 도저히 예전의 그 같지 않아서, 나는 그가 어쩌면 내 죽음을 이미 알고 있을지도 모른다는 추측에 확신을 더해야만 했다.

아니나 다를까, 사람이 없는 곳으로 향한 뒤 발걸음을 멈추기가 무섭게 그가 말문을 뗐다.

"이브. 당신은, 나와 함께하면 위험해."

"안 위험해요. 위험하다고 해도 상관없어요."

"이브."

"닥쳐."

"……!"

그의 앞에서 처음으로 내뱉은 거친 언사에 루벨리안이 놀란 눈을 했지만 나는 아랑곳하지 않았다.

"솔직하게 말할게요. 나 죽어요."

순간 루벨리안의 손에 힘이 꽉 들어갔다. 그 와중에 나와 맞잡은 손에서만큼은 힘을 빼는 자세가 기특하다고 해야 할지.

나는 루벨리안의 기색을 살폈다. 그의 얼굴에는 고통이 서려 있으나 경악은 없었다.

"역시, 알고 있었군요. 그래. 레이첼이 당신한테 말해 줬을 거예요. 아니, 말 안 해 줬어도 상관없어요. 내가 말해 줄게요. 레이첼이 봤대요. 내가 황태자의 검에 찔려서 죽는 모습을."

"이브. 그런 일은 없어."

"아니, 있을 거예요. 당신은 지금 내 죽음에 너무 충격을 받아서 부정하고 싶은 모양인데 당신도 사실 믿고 있잖아. 그러니까 방금 아린느 델런의 말에 그렇게 흔들렸겠죠."

원작에서의 그는 언제나 거침이 없는 사람이었다. 어느 순간에나 확실하게, 악랄하게, 독하게. 그 누구의 감정 호소에도 흔들리지 않은 채 올곧게 자신의 길을 걸어가는 이였다.

그러나 지금은 달랐다. 그에게는 내가 있었고, 결국 내 존재가 그의 발목을 붙잡고 그를 우유부단하게 만든다는 사실이 지독하게 화가 났다.

루벨리안은 내 말에 입술을 꽉 다물었다. 그의 무섭게 얼어붙은 얼굴 위로 흐르는 것은 명백한 분노였다. 그러나 나와 시선을 마주친 순간, 그 얼굴은 지독한 슬픔으로 덮어졌다.

"그래, 알고 있었다. 당신이 죽는다는 사실도, 그리고 그게 내 탓이라는 것도."

"그게 왜 당신 탓인데."

"당신은 내 인생에 휘말렸지 않나. 그때 당신이 결혼하지 않겠다고 했을 때 그냥 당신을 놓아줘야 했어. 그 한 번의 선택이 이토록 나를 고통스럽게 만들었어. 아니, 정확히 말하자면 그것 때문에 당신이 고통스러워야했지."

그의 말은 한없이 낮은 심연 속에서 울려 오는 것 같았다. 물기는 없었으나 슬픔에 절어 있었고, 지옥의 나락에서 건져 올린 듯 심장을 에이는 듯한 그 고통에 나는 입술을 꽉 깨물었다.

"루벨리안 플로렌스."

그리고 다짐을 마친 채 말을 이었다.

"죽어 봤어요?"

내 물음에 루벨리안이 미간을 좁혔다. 나는 눈을 꾹 감았다가 떴다.

"나는, 죽어 봤어요."

"……."

"나는 죽어 봤어요."

덜컹거리는 소란 속에서 사람들이 비명을 질렀다. 개중에는 신혼부부도 있었고, 앞날 창창한 학생도 있었고, 단순히 여행하러 간 일가족도, 비즈니스 때문에 온 사람도 있었다.

한평생 교점도 없었을 이들이다. 그러나 정작 그들이 죽음 앞에서 서로 교집합이 생긴다는 것은 꽤 아이러니하지 않는가.

나는 죽음을 겪어 보았다. 그것은 차마 말로 할 수 없는 공포였다. 그동안 살아온 모든 시간이 허무해지고, 그동안 겪었던 모든 힘겨움이 부질없게 느껴졌다.

지옥이 있다면 바로 그곳이었다. 인간의 가장 나약한 감정이 세상을 옥죄고, 결국 한없는 공포 속에서 희망과 절망을 반복한다. 죽음이 인간에게 주는 공포는 그토록 무서운 것이었다.

그래서 이브로 다시 살아난 뒤 내가 하고 싶은 것은 바로 '사는 것' 이었다.

꼭 살고 말 거야. 꼭, 꼭 살고야 말겠어. 그것은 죽음의 문턱에서 이미 한번 인생을 말아먹은 내 강렬한 집념이었다.

"그래도."

나는 그와 시선을 마주치며 웃었다.

"그래도 그 모든 걸 극복하면서 당신과 함께하겠다잖아."

여전히 죽는 건 두려웠다. 하지만 그것보다도 두려운 것은, 홀로 적들과 외로이 싸워야 하는 그였다.

그래서 나는 결심했다. 최소한 내가 살아 있는 이 순간만큼은 내가 할 수 있는 것을 모두 완성하고 가겠다고. 내가 그에게 줄 수 있는 행복은 전부 주겠다고.

"죽는 게 그렇게 무서운데도 내가 당신과 함께하겠다잖아요. 그런데 그게 그렇게 가벼운 감정으로 보여요?"

순간 온갖 감정들이 뒤섞여 저도 모르게 울컥 울음이 터졌다. 뚝뚝 눈물이 떨어지자 루벨리안이 나를 품에 와락 안았다. 더욱 울음이 흘러나왔지만 나는 꿋꿋이 말을 이었다.

"나도 알아요. 내가 막나가는 성격인 거. 당신 눈에 나는 철이 덜 든 애겠죠. 상황 파악도 제대로 안 되고, 막 되는 대로 내뱉는 그저 머리 빈 여자겠죠."

"아니다!"

"하지만 그래도, 최소한 난 이브로 눈을 뜬 그 순간부터 단 한 번도 후회한 적이 없어요. 거기에는 당신과 결혼한 그 순간도 포함되는 거야."

"하지만…… 결국 나 때문에 당신이 죽지 않나."

"그건 내 선택이었어요. 난 당신과 사랑에 빠지지 않을 수도 있었고, 당신과 사랑에 빠진 뒤에도 죽음이 무서워서 도망칠 수 있었고, 하다못해 레이첼이 내게 미래를 알려 준 뒤 당신과 멀어지는 길을 선택할 수도 있었어요. 하지만 그럼에도 난 끝까지 당신 옆에 남아 있고 싶단 말이에요."

어렵게 꼬인 그와 내 관계는 어쩌면 시작부터 잘못되었을 수도 있었다. 하지만 나는 최소한 그가 나와 만나고, 나와 사랑에 빠진 것을 후회하지는 말았으면 했다.

그리고 내 예상이 그대로 적중하듯, 루벨리안이 내게 읊조리는 것은 다시 한번의 사과였다.

"나는, 당신한테 항상 미안했어."

"알아요. 당신 잘못한 거 맞아. 당신 목적 이루려고 싫다는 나한테 억지로 프러포즈했잖아. 그건 당신이 잘못한 거 맞아요. 하지만 딱 그만큼만 미안해하고 후회해요."

"……."

"그 이상은 하지 마. 나는 당신 인생에 휘말려서 가련하게 비운을 맞이하는 여주인공이 아니에요."

"나만 아니었다면 더욱더 완벽한 인생을 살았을 이를 내 이기심 때문에 그렇게 잡아 두었는데…… 그걸 알면서도 결국 당신을 놓아 주지 못했어. 정말이지, 역겨운 이중성이야."

"당신 옆에 있음을 선택한 건 나예요. 그리고……."

내가 말을 골랐다.

"난 그냥 내 인생을 산 거예요. 당신이 당신 인생을 살듯이. 그러다가 우연하게 엮이고, 우연하게 서로 민폐를 좀 끼치게 되었죠. 그런데 그게 뭐 어때서요? 사람은 다 서로 민폐를 끼치고 영향을 끼치면서 살아요."

숨을 들이켜며 루벨리안을 응시하자 그가 내 뺨에 손을 얹고 눈물을 닦아 내 주었다. 그런 그를 향해 나는 희미하게 웃었다.

"그러니까, 나와 결혼하기 전까지의 행동만 나한테 미안해하고 보상해요. 그 뒤는, 당신이 나 때문에 복수를 놓은 그날 밤부터는–"

"……"

"우리 둘이 같이 감당해요."

나는 이 세상에 내 의지가 아닌 채 떨어졌고, 내 의지가 아닌 채 이 모든 것을 맞이하게 되었지만, 사실 자신의 의지가 아닌 채 모든 불행을 뒤집어쓴 것은 루벨리안도 마찬가지였다.

그런데도 이 모든 것에서 누군가의 잘잘못인가를 따지는 것이 그렇게나 중요한가? 아니, 천만에. 중요한 건 이 상황에서 앞으로 어떻게 하겠느냐 하는 것.

그리고–

"이브. 미안해."

"또……"

"그리고 사랑한다."

–그리고 어떻게 남은 시간을 최대한 행복하게 살겠느냐 하는 것이었다.

루벨리안은 다시 한번 내게 미안하다는 말을 내뱉었다. 아마 내가 뭘 하든 그는 영원히 내게 미안함을 평생토록 품고 살겠지만, 그리고 어쩌면 그것이 그에게는 영원한 속죄가 되고야 말겠지만, 그럼에도 나는 그의 그 이기심이 좋았다.

알고는 있었다. 자신 때문에 사랑하는 사람이 죽는다는 것은 단순한 말 몇 마디로 표현이 되는 가벼운 게 아니었다. 사랑은 원래 그런 것이다. 내 아픔보다 상대방의 아픔이 더 고통스럽고, 나는 죽어도 상대방은 죽으면 안 되는 것.

그러나 사람은 원래 다 이기적이다. 그리고 그 이기심을 이루고자 행복하고 즐겁게 사는 것 아니던가.

"나는 당신 옆에 있고 싶어요. 그러니까 나와 결혼한 걸 후회하지 않으면 안 되나요?"

루벨리안은 대답 대신 나를 더욱더 세게 그러안았다. 그의 품에 꽉 안긴 채 나는 눈을 감았다. 그리고 곧, 머리 위에서 그의 목소리가 들려왔다.

"나는, 당신이 죽게 내버려 둘 생각이 없다."

"루벨리안."

"그러니까 절대, 당신은 절대 죽지 않아."

"……."

"그리고 평생 당신에게 미안해하며 살 거다. 그 죄책감마저도 지우려 하지 마. 이건 내가 당신 옆에 있을 수 있는 이유니까."

"죄책감이?"

"당신 옆에서 이 부채감을 평생 갚게 해 줘."

"그건 사랑이 아니에요."

"사랑하니까 갚는 거다."

그의 말에 내가 피식 웃었다. 알고 있었다. 그는 사랑하지 않는 이에게 죄책감을 가질 인간이 아니었다. 그리고 사실 죄책감이면 뭐어때. 일단 내 옆에 묶어 놨는데.

결국 원작은 비틀어지지 않았고, 나는 머지않아 죽을 것이다.

하지만 상관없었다. 그것이 내게 필연이라면, 나는 언제든지 그것을 맞이할 준비를 할 것이니까.

그리고 이튿날 아침, 나는 루벨리안에게 드레스를 내밀었다.

"이게 뭐지?"

"며칠 전에 내 앞으로 온 드레스예요. 익명으로 온 거고, 왜 보냈는지 몰라서 잠시 보관하고 있었어요. 하지만 당신도 알아야 할 것 같아요."

"이건…… 피?"

"검에 베인 흔적이 남아 있고, 보아하니 검으로 벤 뒤 질질 끌고 갔어요. 아버지에게 문의한 결과 20여 년 전에 반짝 유행하고 만 소재였다는데…… 주로 황실에서 사용했대요."

루벨리안의 얼굴이 설핏 굳었다. 역시, 내가 떠올린 생각을 그가 떠올리지 못할 리가 없었다. 아니나 다를까, 그는 조금 굳은 얼굴로 드레스를 넘겨받았다.

"설마, 이걸 어머니가 입고 있었다는 건가?"

"그럴 가능성을 배제하지는 못해요."

"그럼 그녀의 죽음은……."

그에게 너무나 많은 짐을 지워 주는 것 같았지만, 그래도 그가 감당해야 할 몫임은 자명한 사실이었다.

나는 그의 팔을 살짝 잡으면서 입을 열었다.

"그걸, 이제 알아봐야겠죠?"

드레스를 꽉 쥐는 그의 손에 힘이 들어갔다. 길고 굵은 손마디에 핏줄이 불거져 나올 정도로.

그 모습이 가슴 아팠으나 나는 꿋꿋이 말을 이었다.

"이제 죽음의 땅으로 군사가 움직이기 시작하면, 황실에서는 더욱더 귀족들을 통제하려고 들 거예요. 그렇게 된다면 결국 콜리카에서도 참을 수 없는 지경까지 가겠죠."

물론 콜리카와 황실의 협력 관계가 지속될 가능성도 있었다. 어쨌든 황후와 황태자가 황실에 소속되어 있으니까.

그럴 경우 성검으로 레이첼을 각성시키고 서신의 인장이 황실의 것임을 증명하면, 제아무리 콜리카에서 백번 양보한다 해도 콜리카 휘하의 수많은 귀족들이 가만히 있지 않을 것이다.

'그렇게 된다면 콜리카와 황실의 결렬은 기정사실이야.'

물론 그 전에 황실과 콜리카가 대놓고 치고받고 하면 더 좋기야 하겠지만.

나는 루벨리안의 등을 토닥이며 그를 바라보았다. 그의 눈빛에선 날카로운 섬광이 스쳐 지나가고 있었다.

'이제 곧 무슨 일이 일어나겠네.'

왠지 모르게 강렬한 예감이 들었다.

"사는 거 너무 우울해."

"무슨 일이라도 있나요?"

한숨을 푹 쉬면서 읊조리는 내 말에 레이첼이 눈을 동그랗게 떴다. 그러곤 한 손에 든 서류를 내려놓았다. 이제 그녀는 본격적으로 신전의 사무를 제대로 처리하는 것 같았다.

"혹시 제가 공작 각하께 쓸데없는 말을 해서……."

"네? 아니에요. 레이첼은 진실만 말한걸요. 괜찮아요. 다만 일이 너무 겹쳐서 그냥 꽉 막힌 느낌이라고 해야 하나? 고구마랑 호박에 보리밥까지 한꺼번에 넣어서 목이 막히던 찰나에 미지근한 미숫가루를 마신 것 같다고요."

"음, 뭔지는 모르겠지만 일단 상황이 안 좋은 건 알겠네요."

"네…… 사는 거 너무 힘들다."

"아, 내일 사냥 대회를 연다는데, 역시 황실에서 죽음의 땅으로 가는 거 때문이겠죠?"

그러고 보니 그게 있었지.

"사실, 황실에서 신전에 도움을 청해 왔어요. 저와 함께 죽음의 땅으로 가고 싶다는 의사를 전달해 왔지만……."

"안 돼요. 가지 마요."

"네. 저도 굳이 그쪽으로 가야 할 이유를 못 찾아서요. 음, 만약 진짜로 제국민들을 구할 수 있는 방법이라면 몰라도, 단순히 황실의 욕심에 휘둘리고 싶지 않다는 것이 제 생각이에요."

"역시 그렇죠?"

"게다가 요즘 힘도 점점 선명해져서, 가끔 원하지 않는 걸 보는 횟수가 많아지고 있어요. 죽음의 땅으로 갔다가 혹시라도 힘이 원치 않게 폭주하게 되면 더 큰 일이 일어날 수도 있고."

"원하지 않는 거요? 아, 그러고 보니-"

레이첼의 능력을 상기해 보던 내가 뭔가 생각난 듯이 입을 열었다.

"저번에 제게 말씀하셨잖아요. 황태자 전하의 검에 제가 찔려 있었다고. 그 장면에 확실히 황태자 전하도 계셨나요?"

다소 이상한 내 물음에 레이첼이 눈을 깜박거렸다. 조금 이상할 법도 하지만 내 입장에서는 꼭 물어볼 수밖에 없었다.

"음, 황태자 전하가 그 장면에 계셨는지는……. 하지만 황태자 전하의 검은 확실했어요."

"잠시만요. 그게 황태자 전하의 검이라는 건 어떻게 알았죠?"

"감…… 이라고 해야 하나요?"

나는 얼굴을 찡그렸다.

"감이요?"

"가끔 꿈을 꾸다 보면, 현실과 전혀 부합되지 않는 상황임에도 불구하고 이미 뭔가를 알고 있는 경우가 있잖아요. 그 장면을 보는 순간, 강하게 그 검이 황태자 전하의 것이라는 느낌이 들었어요."

"그렇군요."

황태자의 검은 아무나 손을 댈 수 있는 게 아니었다. 그러므로 황태자가 내게 검을 꽂아 넣는다고 봐도 무방하지만…….

'그래도 변수라는 게 있지 않을까?'

괜히 희망이 피어오르자 나는 한숨을 쉬었다.

저번에 루벨리안과 대화를 나눈 뒤, 그는 과할 정도로 내 신변 하나하나에 관심을 두었다. 오늘도 거의 기사단의 삼분지 일을 내게 배치하려는 바람에 싫다고 애를 먹어야만 했다.

과보호도 과보호 나름이지, 이건 정말…… 나는 쯧 혀를 찼다.

한숨을 푹푹 쉬는 나를 레이첼이 안타까운 눈으로 보던 그때였다.

"성녀님, 여기 서류…… 공작 부인, 또 오셨습니까?"

"내가 내 친구 보러 오는데도 대신관님 허락을 맡아야 하나요?"

"차라리 신전에서 사십시오."

어느새 문을 열고 들어온 알프리드가 탐탁찮은 얼굴로 내게 핀잔을 주었다. 물론 그의 말을 한 귀로 듣고 한 귀로 내보낸 나는 흥 하고 콧방귀를 꼈다.

"그래서 공작 각하와 같이 오신 겁니까?"

"네? 루벨리안이요? 루벨리안이 신전에 있어요?"

"같이 오신 것 아니었습니까? 교황 성하의 방에 계셨습니다."

"같이 안 왔는데……."

"그렇습니까? 아, 그리고 성녀님. 이건 황실에서 온 전갈입니다. 내일 사냥 대회에 참석해 주십사 부탁이 왔습니다."

"그건 이미 거절했을 텐데요."

루벨리안이 왜 말도 없이 신전에 왔는지 고민하는데 알프리드가 레이첼에게 황실에서 온 전갈을 넘겼다. 나는 목을 쭉 빼 들었다.

"황실에서 초대장이 왔나 봐요?"

"네, 제가 사냥 대회에 참석하는 건 아닌 것 같아서 거절을 했는데, 또 초대장이 왔네요."

레이첼이 한숨을 푹 쉬었다.

그 순간, 문득 떠오르는 생각에 나는 눈을 가늘게 떴다.

'잠깐, 레이첼에게는 진실을 보는 눈이 있어. 만약 진짜로 샤를리나가 황실에서 누군가에게 죽임을 당한 것이라면, 당시 일을 볼 수도 있지 않을까?'

원작에서도 레이첼은 종종 과거의 중요한 사건을 읽어 내곤 했다. 비록 지금 그 힘이 완전히 각성되지는 않았지만, 그렇다고 해도 한번 도전해 볼 만하긴 했다.

나는 초대장에 거절의 말을 써서 보내려는 레이첼을 제지했다.

"잠시만요, 레이첼. 혹시 그 초대장, 거절하지 말고 승낙하면 안 될까요?"

"네? 갑자기 왜……."

"예전에 제가 말씀드렸잖아요. 황실이 플로렌스에 큰 죄를 지었다고."

"네."

"그것에 관해 레이첼에게 알려 드릴 게 있어요."

만약 진실을 알아낼 수만 있다면 뭐든 해 보는 게 중요하지 않겠는가.

내 말에 레이첼은 잠시 뭔가 고민하는 듯했다. 사실 그녀는 황실과 플로렌스 사이에 얽힌 복잡한 관계를 반드시 알아야 할 필요가 없었다.

그러나 내 간곡한 부탁 때문이었을까, 아니면 순전히 뭔가를 알아야 한다는 사명감 때문이었을까.

조금 생각해 보겠다는 말을 남긴 그녀는 그날 밤 사냥 대회에 참석하겠다는 말을 내게 전했다.

그리고 사냥 대회의 아침.

루벨리안과 함께 마차에 오르며 내가 물었다.

"루벨리안, 어제 신전에 갔어요?"

"그래. 서신의 인장 때문에 잠시 교황을 찾았다."

"교황은 아직도 협조할 생각이 없는 건가요?"

"인장 문제에 관해서는 타협할 여지가 없는 듯하다."

그러나 그런 그의 얼굴에는 일말의 아쉬움도 없었다. 오히려 부드럽게 웃으면서 내 뺨을 감싸 쥐었다.

"이브. 이 며칠간 쭉 생각했다."

"뭘요?"

"어떻게 하면 당신을 보호하고, 어떻게 하면 당신에게 최대한 행복한 삶을 줄 수 있는가 하는."

"참, 아직도 그걸 생각하고 있었어요?"

나는 그를 살짝 흘기면서도 은은한 미소를 얼굴에 띠었다. 비록 그의 고뇌가 달갑지는 않지만, 다른 한편으로는 그만큼 나를 위해 준다는 사실이 즐거웠기 때문이다.

"그래서 무슨 결론을 냈어요?"

"글쎄, 무슨 결론일까?"

"답답하게 굴지 말고 말해요."

"나는 당신을 사랑해. 당신을 보호하려면 당신을 위협하는 것들부터 빠르게 제거해야겠지."

"나를 위협하는 것이라면…… 황태자?"

"오늘 사냥 대회에 재미있는 일이 일어날 거다."

재미있는 일?

루벨리안이 재미있는 일이라고 한 이상 그게 절대로 작은 일 같지는 않았다. 불안 반, 기대 반 어린 눈빛으로 그를 보던 나는 바로 그의 팔짱을 끼며 속삭였다.

"확실히 재밌어요?"

"그래."

"나한테 알려 주면 안 되는 거예요?"

"으음, 그건 곤란하다. 당신이 알면 들킬 수도 있거든."

"나 너무 신뢰하지 못하는 거 아닌…… 아, 음. 사실 생각해 보니 내가 모르는 편이 좋긴 하겠네요. 레이첼이랑 같이 있을 거니까."

소크라테스는 너 자신을 알라고 했다.

나는 내 연기 실력과 속마음을 감추는 능력에 대해 정확히 인지하는 의미에서 고개를 끄덕였다. 심지어 레이첼은 속마음을 어느 정도 들여다보는 힘도 있지 않은가.

"당신이 위험하지는 않겠죠?"

"나도, 당신도 절대적으로 안전하다."

"그럼 됐어요."

그런 내 모습이 재미있는지 루벨리안이 내 이마에 입을 맞췄다. 이윽고 덜컹거리는 마차에 몸을 맡긴 내가 시선을 창밖으로 돌렸다.

"이브."

사냥터에 발을 내딛자마자 가장 먼저 나를 반기는 이는 아이러니하게도 레이첼이었다. 그녀의 손을 꽉 잡으면서 내가 활짝 웃었다.

"와 줘서 고마워요."

"이브의 일이라면 저도 돕고 싶어서 그래요. 게다가 어제 교황 성하와 만나서 말씀을 나눴는데 마침 교황 성하도 무척 흔쾌하게 동의하셔서요. 조금 의외긴 했지만."

그때였다.

"공작 각하……."

내 뒤에 서 있던 루벨리안을 발견한 레이첼이 눈을 깜박거렸다. 레이첼의 표정은 무슨 일인지 기이하게 변하고 있었다. 얼마간 그를 빤히 응시하던 레이첼이 나를 향해 작게 속삭였다.

"이브, 사실 예전부터 묻고 싶었는데…… 공작 각하와는 어떻게 사랑에 빠지게 된 것이죠?"

"네? 왜 갑자기⋯⋯."

"이런 말 드리면 조금 실례긴 하지만, 전 공작 각하를 볼 때마다 너무 기분이 이상하고 안 좋아요. 이브를 볼 때면 유쾌하고 상쾌하고 단순한데, 공작 각하를 만날 때면⋯⋯ 숨이 막힐 것 같아요."

원작에서만 그런 줄 알았는데 지금도 그런 걸 보면 루벨리안이라는 인간이 딱히 변하지는 않았나 보다. 나는 새삼 그런 인간을 내 편으로 만든 나 자신에게 감탄하고 말았다.

나는 곧 사과의 의미로 레이첼에게 말했다.

"죄송해요. 제가 제 남편을 열심히 정화해 볼게요."

"어머, 그런 뜻은 아니었는데."

내 말에 레이첼이 곱게 웃었다. 그녀의 순수하기 그지없는 미소를 마주하던 나는 문득 오늘의 내 계획을 상기하고는 고개를 갸웃거렸다.

'만약 샤를리나의 죽음을 그녀가 진짜로 읽어 낼 수 있다면, 과연 그녀는 어떤 표정을 지을까?'

내심 레이첼의 반응이 궁금했으나 시끌시끌해진 주변의 분위기에 생각하는 것을 멈추었다.

루벨리안이 빌과 함께 사냥용 말을 가지러 간 사이, 나는 레이첼과 함께 사냥터와 적당하게 떨어진 곳에 배치된 테이블로 다가갔다. 그 위에는 각종 디저트와 차가 있었는데, 부인과 영애들을 위해 준비된 것 같았다.

아직 사냥 대회의 주최자인 황태자가 오지 않았던 터라 누가 왔나 훑어보려는데, 누군가가 내 시야에 안겨 들어왔다.

"저기, 아린느 델런 아니야?"

"아린느 델런이 누구죠?"

"아니에요. 그냥 평범한 영애이긴 한데…….."

어느새 쿠키를 하나 집어 입에 넣은 레이첼의 물음에 내가 고개를 저었다. 그러나 평소와 달리 사냥복을 입고 손에 긴 총을 든 아린느 델런의 모습은 그야말로 눈에 거슬리기 짝이 없었다.

아니, 사실 복장이 문제가 아니라 그녀가 문제였다.

그때, 아린느 델런이 나를 발견한 듯 살짝 움찔했다. 저번에 나한 테 한바탕 욕을 처먹은 뒤 처음 만나는 것이었다.

그에 고개를 홱 돌리고 시선을 다른 곳으로 주자, 저 멀리서 말을 끌고 오는 귀족들이 보였다.

"아, 황태자 전하시네요."

옆에 앉아 있던 어느 귀부인의 탄성이 들렸지만 나는 여전히 시큰 둥하게 앉아 있었다. 이제 죽음의 땅으로 가서 그곳을 정복하고 황 실의 위엄을 제대로 보이려는 꿈에 들떠 있을 게 뻔했다. 오늘 사냥 대회에서 얼마나 기분 좋게 뛰어다닐지 가늠조차 되지 않았다.

그러나 그렇게 생각하며 찻잔을 든 나는 황태자의 얼굴빛에 그만 미간을 찌푸리고 말았다.

뭐야, 저 표정은?

그리고 그것을 발견한 이는 나뿐만은 아닌지, 내 옆에 있던 귀부 인들이 서로 속삭였다.

"황태자 전하께서 기분이 안 좋으신 건가요? 이제 곧 큰 군사 이 동이 있을 거라고 하던데, 그것 때문일까요?"

"아, 부인. 그거 아세요? 사실 그 군사 이동이 죽음의 땅으로 향하 는 것이라고 해요."

"어머, 세상에. 그럼 황실에서 죽음의 땅마저 정복하겠다는 뜻인 건가요?"

"그런데 황태자 전하께서는 그것을 반대하셨다고 합니다. 황제 폐하 때문에 어쩔 수 없이 받아들였기는 하지만…… 그래도 내심 달갑지 않아 하신대요."

뭐? 왜?

옆에서 소곤소곤 들려오는 대화에 미간을 좁히던 나는 곧 그 이유를 깨달았다.

'설마 루벨리안의 의도를 파악하고 황성에 남는 군사 규모가 적어질 것을 염려하는 것인가? 그 틈을 타 콜리카 공작가가 공격할 게 두려운 거고?'

만약 그런 것이라면 황태자의 모가지 위에 달려 있는 게 최소한 장식품은 아니라고 칭찬해 줘야 했다.

'하지만 황태자가 이후에 다시 반대를 한다면 곤란해지는데.'

의외의 복병에 내가 한숨을 쉬었다. 귀부인들이 아는 사실을 루벨리안이 모를 리가 없었다. 그럼 설마 오늘 있을 좋은 일이 그걸 해결하려고?

속으로 살짝 셈을 해 보던 내가 머리를 털었다. 이 부분은 루벨리안을 믿고 맡기는 게 좋았다.

그리고 나는-

"레이첼, 사냥 대회가 시작되면 나와 갈 데가 있어요."

"네? 어딜……?"

"제가, 말씀드리겠다고 한 것과 연관된 아주 중요한 장소예요."

레이첼이 눈을 동그랗게 떴다가 고개를 끄덕이자 나는 미소를 지으며 고개를 돌렸다.

그러나 그 순간, 저 멀리서 나를 보는 시선에 곧장 찻잔을 들어 내 얼굴을 가릴 수밖에 없었다. 제3황자의 뜨거운 눈길이 지글지글 타오르고 있었다.

"아오, 저 새끼가."

내 중얼거림에 놀란 듯 레이첼이 고개를 갸웃거리다가 작게 물었다.

"혹시 제3황자 전하─"

"내 앞에서 저 사람 이야기하지 마요. 저 사람, 나한테 찝쩍거리려고 공작가까지 와서 행패를 부렸거든요."

그러자 레이첼이 미간을 찌푸렸다. 최소한 결혼한 사람한테 찝쩍거린다는 게 무슨 뜻인지는 분명 알 터였다.

'그래도 나한테 오지는 않네. 그나마 다행인가.'

또다시 와서 아름답고 어쩌고저쩌고했으면 나도 내가 어떻게 나올지 확신할 수 없었다. 이에 안도하고 있는데 갑자기 루벨리안이 앞에 나타났다.

"루벨리안!"

나는 어미를 찾은 새끼 오리처럼 루벨리안에게 폭 안기며 외쳤다. 내 남편, 내 연인, 내 빛과 소금. 제발 저놈 좀 치워 줘요.

"기다렸잖아요."

내 과장스러운 반응에 루벨리안은 눈썹을 까닥했다. 그러나 곧 저 멀리서 열정적인 눈빛을 쏘아대는 제3황자를 발견하고는 얼굴을 찌푸렸다.

"그렇게 경고를 했는데……."

"네? 뭐라고요?"

"아니다. 당신은 신경 쓰지 마라. 그래도 최소한 당신 옆에는 오지 못할 테니까."

그 말을 들으며 고개를 끄덕이던 나는 새하얀 백마의 고삐를 잡은 채 움직이는 아린느 델런에게로 시선을 주었다.

"아, 그런데 아린느 델런도 함께 가는 거예요? 사냥복을 입었던 데. 혹시 사냥하다가 쓸데없는 말이라도 하면 무시해 주는 거 잊지 마요. 알겠죠?"

내 걱정 어린 눈빛에 그가 가볍게 키스했다.

이윽고 사냥 대회를 위해 이 자리에 참석한 모든 귀족들이 한곳으로 모였다.

방금부터 한없이 탐탁찮은 눈빛을 하고 있던 황태자는 나를 발견하고 눈썹을 꿈틀거렸다. 그러나 그는 노련하게 다시 표정을 갈무리하고 입을 뗐다.

"오늘 이 자리에 경들이 와 주어서 무엇보다도 기쁘다. 이제 황실은 곧 먼 곳으로 정복을 떠날 예정이다. 그날을 위해 오늘 이 자리에 있는 경들의 축복을 얻고, 기사들의 사기를 북돋아 주자는 의미에서 사냥 대회를 개최했다. 부디 경들이 좋은 시간을 보냈으면 좋겠다."

"황실에 영광을—!"

이구동성으로 외치는 귀족들 사이에서 오직 나만이 자그맣게 '황실에 벼락을—'이라고 중얼거렸다. 그런 내 말을 들은 레이첼과 루벨리안이 가볍게 웃음을 흘리는 게 느껴졌다.

곧 손에 든 잔을 전부 비운 뒤 귀족들이 분분히 자리를 떠났다. 멀어져 가는 황태자, 제3황자, 아린느 델런, 마지막으로 루벨리안과 수많은 사람들의 뒷모습을 응시하며 나는 한숨을 푹 쉬었다.

부디 아무 일도 없어야 할 텐데. 그렇게 읊조리는데 갑자기 뒤편에서 익숙한 목소리가 들려왔다.

"플로렌스 공작 부인."

"알케 부인?"

꽤 오랜만의 재회에 내가 활짝 웃었다. 그러나 정작 내 미소와 달리 알케 부인은 꽤 걱정스러운 얼굴로 내 팔을 이끌고 있었다.

"어머, 무슨 일 있나요?"

"그, 부인…… 방금 제3황자 전하께서 부인께 영광을 바치겠다고 하셨잖아요."

"아, 걱정하지 마세요. 죽어도 받지 않을 생각이니까요."

"그걸 말하는 게 아니에요. 요즘 수도에 흉흉한 소문이 돌아서…… 말씀드리는 편이 좋을 것 같아……."

"흉흉한 소문이요?"

"그…… 부인께서, 제3황자 전하와 불미스럽게 얽혀 있다는 소문이요."

순간 나는 미간을 찌푸렸다. 그동안 줄기차게 나를 찾아오던 그의 행보를 보면서 미리 예상했어야 했다. 과하게 내게 들이대던 그의 행동을 되짚어 보다가 나는 한숨을 쉬었다.

"소문의 근원지가 어디인지 아시나요?"

"그, 그건……."

알케 부인이 잠시 주춤했다. 그녀의 반응에 대충 답을 예상한 내가 활짝 웃었다.

"알겠어요. 말씀하지 않으셔도 돼요."

진짜로 모른다면 모른다고 하겠지. 하지만 그녀의 주춤하는 태도를 보건대 소문의 근원지는 콜리카, 아니면 황실일 게 뻔했다.

'어쩐지 심각하게 들이댄다 싶더니, 꿍꿍이가 있었어.'

나와 제3황자 사이에 추문거리를 만들어서 내 명예를 실추시킬 예정이었나? 대단하다. 나한테 아직 명예라고 할 게 남아 있었어?

알케 부인에게 괜찮다는 듯이 웃어 준 뒤 나는 시선을 돌렸다. 루벨리안과 황태자 무리들이 사냥을 떠난 터라 테이블 부근에는 수다를 떠는 여인들밖에 남아 있지 않았다.

나 또한 조용하게 앉아서 간간이 인사하러 오는 귀부인들과 영애들에게 웃어 주었다. 다행히도 콜리카 공작 부인은 참석하지 않은 터라 불편한 일은 일어나지 않았다.

그렇게 얼마나 지났을까. 천천히 대화의 장이 무르익기 시작했다.

지금이면 움직여도 괜찮을 것 같은데. 나는 주변의 눈치를 보다가 이내 레이첼에게 다가갔다.

"레이첼."

"이브?"

"잠깐만 자리를 비울까요?"

다정한 내 목소리에 레이첼이 얌전하게 나를 따라 자리에서 일어났다.

산책하다가 길을 잃는 것처럼 하면서 황궁과 최대한 가까이 접근해야 했다. 황궁에만 들어가지 않는다면 딱히 눈에 띄지도 않을 것이다. 황궁에는 어차피 수많은 귀족들이 거닐곤 하니까.

그렇게 생각하며 레이첼과 움직이려던 그때였다.

히이잉—

"어머?"

레이첼의 손을 꽉 잡은 채 발걸음을 옮기려는 내 뒤로 갑자기 소란이 들려왔다.

뭐지? 사냥을 떠난 지 얼마 되지도 않았는데 벌써 돌아온 건가?

뒤를 돌아본 나는 미친 듯이 말을 몰고 숲에서 뛰어나오는 아린느의 모습을 발견하고 얼굴을 일그러뜨렸다.

이러면 곤란한데. 황태자랑 루벨리안도 사냥을 마쳤나?

"사냥이 벌써 끝났나 봐요."

레이첼의 말에에 나는 한숨을 푹 쉬었다. 일단은 다시 자리로 돌아가야겠다.

이에 다시 걸음을 옮기려는데, 아린느 델런의 얼굴이 심각할 정도로 하얗게 질린 게 눈에 띄었다.

'뭐지?'

나는 뭔가 이상함을 느끼고 멈칫했다. 우리에게 오는 아린느 델런의 얼굴이 지나치게 급해 보였다. 마치, 누군가에게 쫓기기라도 하는 것처럼.

"레이첼. 혹시나 해서 묻는데, 아린느 델런 영애 뒤쪽에 뭔가 인기척이 있나요?"

내 물음에 아린느 델런의 뒤쪽을 빤히 응시하던 레이첼이 화들짝 놀라며 뒤로 한 걸음 물러났다.

"레이첼?"

"이브, 주의해요. 저 영애의 뒤편에 사람들이―"

그녀의 말이 끝나기도 전이었다. 급히 말을 몬 채 우리에게로 달려오던 아린느 델런을 스치고, 긴 검이 바닥에 콱 박혔다. 그 순간 아린느 델런의 말이 크게 울부짖으며 앞발을 들었다.

"습격이다!"

누군가가 그렇게 외쳤는지 모르겠다. 그러나 그 외침이 들림과 동시에 방금까지 잠잠하던 숲에서 수많은 검은 인영이 아른거렸다.

"세상에―"

나는 저도 모르게 숨을 크게 들이쉬었다. 저들은 대체 누구지? 아린느 델런을 따라온 자들인가? 빼곡히 들어서 있는 자객들의 등장에 손으로 입을 틀어막을 수밖에 없었다.

이곳에 자객이 이 정도로 있다면 설마 숲속에도…….

"루벨리안!"

루벨리안이 위험할 수 있어!

그 생각이 들자마자 나는 저도 모르게 레이첼의 팔을 잡은 손에 힘을 주었다. 이를 느꼈는지 그녀가 급히 나를 위안했다.

"이브, 진정해요. 아직 숲 안쪽의 상황은 모르고, 사냥터에 기사들도 많이 들어갔으니 공작 각하의 신변에는 아무런 문제도 없을 거예요. 게다가 들리는 소문에 의하면 플로렌스 공작 각하의 검술 실력은 제국에서도 손에 꼽힌다고–"

"하지만……."

나는 입술을 꽉 깨물었다. 검술이 뛰어나든 뭐든 당연히 긴장이 될 수밖에 없었다.

"웬 놈들이냐! 정체를 밝혀라!"

우리 주변에 대기해 있던 기사들이 어느새 앞을 막아섰다. 그러나 실력이 있는 기사들은 대부분 숲속에 들어간 터라 그들 또한 다소 긴장한 기색이 역력했다.

나는 기사들 사이에 흐르는 긴장감을 읽어 내며 입술을 꽉 깨물었다. 저들도 본능적으로 느끼는 것이 분명했다. 자객들이 절대 쉽게 해치울 수 있는 상대가 아니라는 것을.

그때였다. 말을 세우고 바닥에 내려온 아린느 델런 영애가 놀란 얼굴로 크게 외쳤다.

"저자들을 꼭 처리해야 해요! 황태자 전하를 위협한 자들이에요!"

"네? 그게 무슨 말씀이죠, 델런 영애?"

"숲속에도 수많은 자객들이 있어요. 저들은 그 일부에 불과해요!"

아린느 델런의 말에 기사단들이 더욱더 긴장한 얼굴을 했다. 그들은 자객들을 상대하면서 우리들까지 보호해야 했다. 모든 방면에서 상황이 좋지 않았다.

얼굴을 가린 자객들의 등장에 귀족들 사이에선 공포감이 서렸다.

"저, 저 자객의 검에 피, 핏덩이가—"

"살점, 살점이 아, 아닌가요?"

"꺄아악!"

자객의 검 위에 말라비틀어져 있는 핏자국이 유난히 눈에 띄었다. 그리고 듬성듬성 붙어 있는 핏덩이는 분명 인간의 살점이었다.

방금까지 평정을 유지하던 알케 부인이 정신을 잃었다. 한평생 곱게 컸을 그녀가 지금까지 제정신을 유지한 것도 대단했다. 그녀가 쓰러짐과 동시에 검을 든 자객이 웃는 게 느껴졌다.

"무엄하다! 감히 예가 어디라고 무기를 들고 우리를 협박하는 것이냐! 무기를 내려놓고 얌전하게 복종하면 목숨만은 살려 주겠다!"

가장 앞에 있던 기사의 외침에도 자객들은 한 치의 동요도 없었다. 아니, 오히려 그 말이 그들의 사기에 불을 지핀 듯 우리에게 천천히 다가왔다.

'대체 숲속에선 무슨 일이 벌어지고 있는 거야!'

속에서 피어오르는 분노를 겨우겨우 진정시키던 그때였다. 가장 앞에 있던 자객의 시선이 나를 향했다.

'응?'

눈이 마주쳤어?

꽁꽁 가린 얼굴 사이로 번뜩이는 시선이 순식간에 나를 향했다가 다시 거둬졌다.

뭐지? 속으로 중얼거리는데 갑자기 자객들이 검을 번쩍 들었다.

"여기가 너희들 무덤이다."

그리고 그 말을 시작으로, 검이 부딪치는 소리가 허공을 갈랐다.

"꺄아아악!"

"부인!"

"한 놈도 빠뜨리지 말고 전부 죽여라!"

"빨리 중앙 기사단에 지원 요청을- 커헉!"

"어딜 도망치는 것이냐!"

아비규환 속에서 사람들의 비명 섞인 목소리가 공기를 가득 메웠다. 비릿한 혈 향이 코를 찌르기 시작했다.

"레이첼, 방법이 있나요? 성력으로 공격이 가능할까요?"

"아직 제 힘으로는 무리예요."

레이첼의 말에 나는 눈을 꾹 감았다. 역시, 성검을 가지기 전까지 레이첼은 타인을 공격할 수 있는 힘을 갖지 못한다. 그럼 어떻게 해야 하지?

순간, 내 앞으로 도망치던 기사 한 명이 털썩 바닥에 엎어졌다.

"끄윽-"

기사의 신음 소리가 바닥을 메웠다. 아직 죽지는 않았는지 필사적으로 바닥을 기는 기사를 자객의 검이 냉정하게 찔렀다.

그리고 곧, 자객이 우리를 발견하고 천천히 다가왔다. 그에 내가 레이첼의 앞을 빠르게 막아섰다.

"이, 이브?"

"레이첼, 저 사람이 날 찌르면 나 꼭 살려 내야 돼요. 알겠죠?"

"하지만-"

"당신은 무조건 멀쩡해야 돼요. 그래야 사람들을 구할 수 있죠."

최소한 레이첼만큼은 멀쩡해야 했다. 그녀가 다치면 여기에 있는 사람들을 누가 치료할 수 있겠는가. 최대한 인명 피해는 줄이자고 생각하며 내가 자객을 노려보았다.

그러나 위협적으로 다가오던 자객이 갑자기 우리를 스쳐 지나갔다.

'응?'

"크흑!"

순간 내 뒤에서 들리는 비명 소리에 나는 눈을 동그랗게 떴다. 명백히 나와 레이첼을 스쳐 지나간 그의 행보가 상당히 의외였다. 그리고 그건 레이첼 또한 마찬가지였는지 그녀가 당황한 얼굴로 중얼거렸다.

"방금 그 자객, 우리를 피해 가지 않았나요?"

"그, 그러게요?"

나는 고개를 돌렸다. 바닥에서 꿈틀거리는 기사는 여전히 살아 있는 듯했다.

'뭐야. 안 죽었어?'

"이브, 이상해요. 이자들, 공격에 살기가 없는 것 같지 않아요?"

레이첼의 물음에 나는 그녀와 시선을 마주쳤다.

소설에서만 나오는 그 살기가 무엇인지는 잘 모르나, 최소한 이곳에 있는 자객들의 목적이 사람들을 죽이는 게 아니라는 것쯤은 눈치챌 수 있었다.

그 사실을 깨닫자마자 한 가지 생각이 떠올랐다.

'설마, 루벨리안이 오늘 재밌는 일이 일어날 거라 했던 게…….'

나는 점점 짙어져 오는 혈 향에 미간을 찌푸렸다. 전쟁터가 된 이곳과 달리, 숲속은 마치 다른 세상인 듯 고요하기만 했다.

나는 아린느 델런을 보았다. 여전히 하얗게 질린 채 바들바들 떨고 있는 그녀의 얼굴은 최소한 거짓을 말하고 있는 것 같지는 않았다.

그렇다면 숲속은 확실히 무슨 일이 생겼다. 하지만 그녀를 제외하고 아무도 나오지 않았다는 것은 숲속에서 아직 싸움이 끝나지 않았다는 것이리라.

'하지만 황태자의 호위 기사들은 최정예들이야. 게다가 루벨리안도 기사들을 데리고 들어갔는데…….'

불안함에 심장이 콩닥콩닥 뛰었다. 그래도 한번 시험해 봄직했다. 진짜로 이 자객들이 '내 아군'인지.

나는 레이첼의 손을 잡고 뒤로 슬금슬금 물러났다.

그러나 도망치려는 제스처에도 자객들은 우리를 일절 건드리지 않았다. 그에 나는 더더욱 확신을 가질 수 있었다.

'역시 이건 루벨리안이 꾸민 짓 중의 하나인 걸까? 그래서 나를 공격하지 않는 것이고?'

혼란스러운 상황에 대체 어떻게 해야 할지 몰라 속이 빠질빠질 타왔다. 이대로 도망치자니 훗날 어떤 말에 휩싸일지 몰랐고, 그렇다고 가만히 있자니 자객들 틈에서 우리만 멀뚱하게 서 있는 것도 말이 안 되었다.

'연기라도 해야 해? 아오, 루벨리안! 진짜 집에 가면 나한테 제대로 혼날 줄 알아.'

안절부절못한 채 레이첼의 손을 꼭 잡고만 있던 그때였다.

"어? 저기……!"

"각하!"

누군가의 외침에 나는 곧장 시선을 숲으로 돌렸다. 한 무리의 사람들이 지진이라도 일으킬 듯이 거칠게 소리를 내며 달려오고 있었다.

"자객들을 전부 포박하라!"

그들 중 가장 앞에 있는 자는 다름 아닌 루벨리안이었다. 급박한 상황에 짠- 하고 나타난 그의 모습에 나는 가슴을 쓸어내렸다.

그러나 그도 잠시, 말 위에 널브러져 있는 황태자를 보고 깜짝 놀랐다. 훅 늘어진 팔을 타고 새빨간 선혈이 툭툭 흐르고 있었다. 마치 시체가 되기 일보 직전의 모습이었다.

"황태자 전하!"

자객들을 상대하던 기사 한 명이 크게 외쳤다. 그에 삼삼오오 떼를 지어 모여 있던 귀부인들 중 한 명이 새되게 외쳤다.

"신이시여, 대체 이게 무슨 일이죠? 다른 분들도 상처가······!"

그제야 나는 다친 게 황태자뿐만이 아님을 깨달았다. 그나마 다행인 건 다른 이들은 큰 상처가 없다는 사실이었다.

'그런데 왜 황태자가 제일 크게 다친 거지? 기사들이 황태자부터 지켰을 텐데.'

대체 숲속에서 무슨 일이 있었던 거야?

곧 우리 쪽으로 온 기사들이 자객들을 하나하나 쓰러뜨리며 포박했다. 그 사이를 뚫고 루벨리안이 성큼성큼 다가왔다.

그리고 내 옆에 있던 레이첼을 엄숙한 얼굴로 보면서 말했다.

"성녀님, 황태자 전하께서 크게 다치셨습니다. 치료를 부탁드려도 됩니까?"

"네? 네."

레이첼은 어쩐 일인지 다소 당황한 듯 보였다. 그녀가 루벨리안의 얼굴을 빤히 응시하다 이내 결연하게 황태자 쪽으로 발걸음을 옮겼다.

그녀의 뒷모습을 보던 나는 크게 한숨을 쉬었다.

"이브. 괜찮나?"

"우리는 멀쩡해요."

루벨리안의 물음에 일부러 '우리'라고 읊조린 내가 뒤에 있는 귀부인들을 힐끔 보았다. 어쨌든 나 혼자서 멀쩡함을 강조하는 것은 위험할 수 있었다.

"루벨리안, 안 다쳤어요?"

"난 괜찮다. 다행히 기사들 수가 많아서 크게 다치지는 않았다마는……."

루벨리안이 뒤를 슬쩍 돌아보았다.

상황은 빠르게 종료되고 있었다. 우리를 공격하던 자객들은 생각 이상으로 쉽게 제압되었다. 아니, 애초에 반항할 생각이 없었다는 듯이 얌전하게 포박당했다.

그 모습을 응시하다가 나는 황태자의 옆에서 그를 치료하고 있는 레이첼에게로 고개를 돌렸다.

한데 그때, 레이첼이 놀란 듯 주춤했다.

"아세디움?"

"네?"

"황태자 전하를 찌른 검에 아세디움이 있어요!"

그녀의 외침에 귀족들이 공포에 절었다. 반면 레이첼이 아세디움을 해독할 수 있음을 알고 있는 나는 다른 것에 신경을 썼다.

'아세디움이 어떻게 자객들의 손에 있지? 아세디움은 황실과 콜리카에서만 가질 수 있는데? 설마 콜리카가 그랬나? 하지만 콜리카에서 사주한 자객이라면 나를 공격하지 않을 이유가 없어.'

그러다 불현듯 뭔가가 떠올라 나는 고개를 확 들었다. 이미 예상한 일인 듯 루벨리안의 얼굴은 차분하기 그지없었다. 그에 내가 루벨리안에게 작게 속삭였다.

"루벨리안, 혹시 당신이 아세디움을 교황에게서-"

"쉿."

아세디움은 꽃에서만 그 액을 추출해 낼 수 있는 동시에, 다른 물건에 배어 있는 액 또한 추출할 수 있었다.

그리고 현재 아세디움을 갖고 있는 사람은 한 명 더 있다. 바로 아세디움이 든 쿠키를 조사하기 위해 가지고 간 교황.

'설마 교황이랑 무슨 거래라도…… 하지만 아세디움이 다른 물건에서도 추출이 가능하다는 걸 루벨리안이 어떻게 알지?'

하지만 루벨리안과 교황이 한 일이라면 아귀가 딱딱 맞았다. 레이첼이 이곳에 오는 것을 곧장 허락한 교황, 그리고 아세디움의 등장까지.

조용하라는 듯이 루벨리안이 내 이마에 입을 맞췄다. 그러나 서늘하기 그지없는 그의 입술 끝에 매달린 은은한 미소는 내 추측이 맞음을 알려 주고 있었다.

그때였다.

"콜리카 공작 각하, 괜찮으십니까?"

"나는 괜찮다."

콜리카 공작의 시종이 급히 그에게 다가갔다. 그러나 콜리카 공작은 같은 사냥 무리에 있었다는 것이 믿기지 않을 만큼 깨끗하고 멀쩡한 모습이었다. 마치 일부러 그를 공격하지 않은 것처럼.

그 사실을 콜리카 공작도 알고 있는 듯 그는 이를 악물고 있었다.

크게 상처를 입은 황태자의 모습, 반면 멀쩡한 콜리카 공작의 모습.

모든 것이 짜 맞춰진 양 움직이고 있었다.

콜리카 공작이 시킨 일이라는 것을 입증이라도 하듯.

대충 그려지는 상황에 루벨리안의 팔을 꽉 잡는데, 순간 축축한 무엇인가가 손에 묻었다.

"이거…….'

"이브, 별거 아니니-"

"피!"

내 새된 목소리에 귀족들이 삽시에 우리 쪽으로 고개를 돌렸다. 그러나 나는 방금까지 발견 못 한 루벨리안의 소매가 피로 물들어 있는 것을 보며 기겁하고 말았다.

"세상에, 무슨 피가 이렇게 났어요! 이 몸을 하고 지금까지 서 있었어요?"

나는 놀라서 크게 소리 질렀다. 그에 옆에서 초조한 얼굴로 서 있던 기사가 내게 고개를 꾸벅 숙였다.

"죄송합니다, 공작 부인. 저희가 실력이 부족해 그만 공작 각하를 제대로 지키지 못했습니다."

"아니, 그게 아니라―"

"각하께서는 황태자 전하를 보호하려다 크게 다치셨습니다."

잠깐, 이거 루벨리안이 한 거 아니었어? 대체 루벨리안이 한 짓이 맞는 거야, 아닌 거야?

죽을 쑨 듯 복잡하기 그지없는 머리를 굴리는데, 루벨리안이 입을 열었다.

"데빈 경. 나는 일단 상처를 치유하러 가겠다. 황태자 전하의 상처가 낫는 대로 나를 꼭 부르도록."

"알겠습니다, 각하."

말을 마친 루벨리안이 한 손으로 다친 팔을 꽉 잡았다. 이내 걱정스러운 얼굴을 한 내가 그의 옆을 따라붙었다.

"대체 이게 어떻게 된 거예요?"

궁내에 배정된 방에서 치료를 마친 루벨리안을 나는 탈탈 털었다.

"오늘 소동 뭐예요? 이게 그 재미있는 일이에요?"

"재미있지 않나? 황태자가 아세디움에 당했다."

"퍽이나!"

나는 혈압이 정수리를 뚫는 것 같은 느낌에 그만 뒷골을 잡았다. 그러자 피에 절은 셔츠를 여민 그가 내게 다가왔다.

"많이 놀랐나?"

"당연하죠!"

"당신에게 미리 알리지 못한 건 미안하다. 하지만 성녀의 감이 점점 좋아진다는 교황의 말이 있어. 만약 당신이 알면 레이첼이 방해를 할까 봐 말해 주지 못했어."

"아주 나 혼자만 바보 만들지. 어제 신전으로 간 것도 이것 때문이에요? 혹시 지속적으로 신전과 연락을 하고 있었던 건가요?"

"맞아."

"나만 쏙 빼 놓고 혼자만 알고. 나빴어."

나는 그를 살짝 흘겼다. 그러나 그의 말은 틀림이 없었다. 내가 모든 전말을 미리 알고 있었다면 분명 어느 쪽으로든 일이 틀어질 수도 있었으리라.

"미안하다."

"칫, 사과만 아주 잘하지."

루벨리안이 나를 품에 안았다. 일부러 삐친 척 입을 삐죽이던 나는 다시 한번 시야에 안겨 오는 그의 상처에 그의 품에서 벗어나 입을 뗐다.

"그런데 당신이 다친 건 뭐예요? 왜 이렇게 많이 다쳤어요?"

"이건 내가 맞아 준 것이다."

"미쳤……!"

그의 말에 나는 울컥하고 말았다. 하지만 그의 의도가 무엇인지 알고 있는지라 그를 질타할 수만은 없었다.

아마 루벨리안의 계획은 이러할 것이다.

플로렌스 휘하의 자객들, 아니면 길드의 자객들을 고용해 황태자를 습격한다. 일부러 아세디움이 묻은 검으로 황태자를 공격하고 콜리카 공작은 멀쩡하게 둔 뒤, 자객들에게 거짓 자백을 하게 해 혐의를 콜리카 공작으로 돌린다.

현재 루벨리안은 몸을 다쳐 가면서 황태자를 보호한 상태. 아무리 황제라도 이 상황에서 루벨리안이 한 짓이라고 우기기는 어려우니 겉으로나마 루벨리안의 말을 믿는 척이라도 할 것이다.

그렇게 조사권이 루벨리안의 손에 들어가면 루벨리안은 이번 일의 배후를 콜리카 공작으로 공표하고, 모든 화살을 콜리카 쪽으로 겨눌 수 있었다.

물론 자객들의 증언 외에는 확실한 증거가 없어 금방 풀려 날 테지만, 그래도 콜리카와 황실의 공개적인 갈등 행위에 밑밥은 깔아놓을 수 있었다.

무엇보다도 이번 일로 인해서 얻을 수 있는 게 또 있긴 하다. 가장 중요한 것.

"이번 일, 황태자가 죽음의 땅으로 군사 보내는 걸 반대해서 방해물을 제거하려고 꾸민 일이에요?"

"그래."

역시. 나는 곧장 루벨리안의 의도를 이해했다.

"한동안 침상에 누워 있을 황태자는 정사에 끼어들기 어려울 것이고, 그 기간을 이용해 죽음의 땅으로 기사단을 파견하면 일이 해결

되겠네요."

루벨리안의 계획은 분명 이해가 갔다.

어쨌든 간에 그저 평범한 인간에 불과한 황태자는 며칠간 침상에 쓰러져 있어야 할 것이다. 그리고 그사이에 모든 일을 해치우면 된다.

'하지만 이번 일로 오히려 황실에서 출정을 꺼릴 수 있어. 원작에서도 출정의 중심은 황태자와 레이첼이었는데.'

지금은 레이첼도 없고 황태자도 없다. 그러면 과연 황실에서 진짜로 출정을 감행하려고 할까?

'아니, 방법이 있긴 해.'

곰곰이 생각하던 내가 살짝 입꼬리를 말아 올렸다.

"루벨리안, 황태자가 침상에 누워 있으면 황실에서 출정에 대해 다소 주춤할 수도 있어요. 그럴 경우 다른 대안이 있나요?"

"출정을 지휘할 다른 이를 찾아봐야지. 사실 이는 큰 문제가 아니다. 기사단의 아무나 집어서 바람만 넣으면—"

"아니요. 그것보다도 더 좋은 사람이 있어요."

"누구?"

"제3황자요."

어차피 황실을 몰락시키려면 제3황자도 언젠가는 무너뜨려야 한다. 무엇보다도 제3황자가 내게 치근덕대는 상황에서 제3황자를 이용하기 딱 좋지 않은가.

"그를 보내는 게 어쩌면 가장 적합할 수 있어요."

"굳이 그자여야 하는 이유가 있나? 오히려 제3황자가 갔다가 오면 제3황자의 위망이 더 높아질 것이다. 죽음의 땅을 정복한 자에게 황실이 아무런 보상도 안 할 리가 없—"

고개를 젓던 루벨리안이 말을 멈추고 잠시 미간을 찌푸렸다. 그는 뭔가 고민하다가 이내 입꼬리를 말아 올렸다.

"아니, 어쩌면 더 좋을 수도 있겠군. 황태자가 움직이지 못하는 사이에 제3황자가 죽음의 땅으로 갔다라……."

"여론을 조작해서 황실 내부의 황권 다툼으로까지 갈 수도 있죠."

"그동안 빛을 보지 못했던 제3황자가 황태자가 침상에 누워 있는 틈을 타 일부러 공로를 세우려고 했다? 콜리카와 틀어진 황태자 대신에, 콜리카에서 제3황자를 황태자로 세운다는 식의 헛소문도 좋겠군."

"그게 사실이든 아니든 부정적인 소식은 많으면 많을수록 좋겠죠. 기왕이면 황실에 대한 부정적인 말만 흘리자고요."

그리고 무엇보다도 제3황자가 죽음의 땅으로 떠나면 내게 찝쩍거릴 인간이 없다. 그사이에 콜리카 공작가와 황실의 갈등을 최고조에 올려 버리면? 상상만 해도 즐겁지 않은가.

"이브, 지금 표정이 상당히 음산하다."

"에이, 뭘 또 그런 걸로."

하지만 신나는 건 어쩔 수 없었다. 앞으로 생길 일뿐만 아니라, 황태자는 지금 아세디움에 당했다. 레이첼에게 독을 쓴 그가 똑같은 방식으로 당했는데 기분이 안 좋겠나?

이내 루벨리안의 팔을 잡으며 내가 쾌활하게 외쳤다.

"자, 그럼 어디 한번 황태자 꼬락서니나 보러 가 볼까요?"

아세디움에 당했다면 기필코 가벼운 상처는 아닐 터. 그것을 증명해 주듯 황태자의 방에서 나온 레이첼의 표정은 그다지 좋지 않았다.

"레이첼. 괜찮나요?"

조금 힘든 듯 땀이 맺혀 있는 그녀의 이마를 닦아 주며 내가 입을 뗐다.

"황태자 전하의 상황이 많이 안 좋으신가요?"

"아뇨, 아세디움은 이미 해독했어요. 다만 저와 달리 황태자 전하께서는 성력을 몸에 완전히 흡수하는 데 시간이 걸려서, 아마 당분간은 일어나기 힘드시지 않을까 싶어요."

아무래도 황태자의 너덜너덜한 모습을 보는 것은 조금 어려울 것 같군.

아쉬움에 입맛을 다시는데, 내 뒤에 있던 루벨리안을 그제야 발견했는지 레이첼이 아- 하고 가볍게 탄성을 내뱉었다.

"그러고 보니 공작 각하께서도 크게 다치셨지요? 혈 향이 풍기는데."

"저는 괜찮습니다."

레이첼의 말에 무뚝뚝하게 답한 루벨리안의 시선이 굳게 닫힌 황태자의 침소를 향했다.

"안쪽에는 황제 폐하와 황후 마마께서 계세요. 제3황자 전하도 다치셨는데 큰 상처는 아니라 궁으로 돌아가셨어요. 다만 콜리카 공작께서 문병 오셨는데 방에 들어가지 못하고 거절을……."

레이첼의 말에 나는 놀란 얼굴을 했다. 진짜로 황제가 콜리카 쪽을 의심한 것일까?

루벨리안을 올려다보니 그가 침착하게 내 뺨을 감싸 쥐며 입을 맞춘 뒤 말했다.

"당신은 밖에서 기다려."

"들어가게요? 콜리카 공작도 거절당했다는데 당신이 들어가면 더 큰 일 나지 않을까요?"

"괜찮다."

나는 조금 불안한 얼굴이 되어서 그의 뒷모습을 보았다.

들어가자마자 황제한테 맞는 거 아니야? 아, 아니겠지. 황태자를 보호하려고 다치는 모습까지 보았는데.

하지만 황제가 바보도 아니고, 루벨리안을 자신의 아군이라고 여길 리가 없었다. 기껏해야 이번 일은 루벨리안의 소행은 아니라고 여기겠지.

달깍–

문이 닫히고 나는 조마조마한 마음으로 문을 응시했다. 하지만 예상과 달리 다소 잠잠한 상황에 안도의 한숨을 쉬던 그때였다.

"이브."

"아, 레이첼. 미안해요. 잠시 방으로 가서 쉴–"

"오늘 일, 플로렌스 공작 각하께서 저지른 일이신가요?"

"……."

벌써 들킬 줄이야. 문이 닫히자마자 나를 향해 뼈를 때리는 물음을 던진 레이첼 때문에 나는 눈물을 삼킬 수밖에 없었다. 어쩐지 얼굴 표정이 다소 가라앉은 것 같더니 설마 이것 때문인 걸까.

나는 눈을 꾹 감고 그녀에게 말했다.

"일단, 자리를 옮길까요?"

레이첼은 순순하게 나를 따라왔다. 이윽고 사람이 없는 구석진 곳으로 향한 뒤 우뚝 멈춰 섰다.

내 뒤통수를 강렬하게 응시하는 레이첼의 시선에, 어떻게 이 말을 꺼내면 좋을지 몰라 잠시 망설였다. 그러다 곧 결연한 얼굴로 돌아섰다.

"레이첼. 오늘 일을 저는 몰랐어요."

이건 진실이었다. 나는 진짜 몰랐다.

그러나 레이첼은 그렇게 쉽게 속아 넘길 수 있는 사람이 아니었다. 그녀가 천천히 내게 반문했다.

"그러면 지금은요?"

"……."

여기서 그녀에게 이실직고하는 게 좋긴 할 것이다. 하지만 나는 그녀가 얼마나 생명에 대한 큰 경외심을 갖고 있는지 알고 있었다.

다른 것도 아니고 루벨리안이 오늘 습격을 계획했다고 하면, 그리고 황태자에게 그런 짓을 저질렀다고 하면 그녀는 실망하지 않을까?

나는 고민하고 또 고민했다. 어떻게 하면 그녀의 미움을 받지 않을지.

그리고 결국, 하는 수 없다는 듯이 입을 열었다.

"오늘 습격은 루벨리안이 한 짓이 맞아요."

"……이브. 공작 각하는 무슨 생각이신 거죠? 대체 왜 그러는 거예요? 오늘 얼마나 많은 분들이 다쳤는지 아시나요? 황태자 전하께서는 하마터면 죽을 뻔했어요."

"……."

"물론 황태자 전하의 느낌이 좋지는 않지만, 이런 식의 공격은 대체……. 이유가 뭐죠? 다른 사람도 아니고 이브는 알잖아요. 아세디움이 어떤 독인지. 제가 거기에 당했을 때 얼마나 고통을 느꼈는지."

레이첼의 물음에는 힐난이나 질책이 담겨 있었으나, 그것은 나를 향한 게 아닌 이 상황을 향한 것이었다.

그녀의 물음에 나는 얼굴을 굳히다가 이내 한숨을 쉬었다.

"레이첼. 나와 어디 좀 갈래요?"

"또 어디를…… 이브, 제게 말씀해 주세요. 오늘 이게 대체 무슨 일인지."

"저와 함께 '그곳'으로 가면 알 수 있을 거예요."

원래라면 사냥 대회 중에 그녀와 함께 샤를리나의 죽음과 얽힌 곳으로 가려고 했다. 중간에 습격이 일어나 무산되긴 했지만.

황궁이 어수선한 지금 상황에서 그곳으로 간다 해도 큰 문제는 없을 것이다.

한동안 미간을 찌푸리고 있던 레이첼은 결국 고개를 끄덕였다.

"좋아요."

원래라면 나는 루벨리안의 과거를 타인에게 말할 생각이 없었다. 그것은 수단이나 방법, 그리고 계략 이전에 인간으로서의 최후의 선이었다.

하지만 지금 상황에선 어쩔 수 없는 일이기도 했다.

나는 이곳에 오기 전 제나 부인에게 묻고 또 물은 샤를리나의 자결이 진행된 장소로 걸음을 옮겼다.

"이곳은…… 황궁의 중앙 광장이네요."

"황궁의 중심이 되는 곳이죠."

"이곳에는 왜 오신 건가요?"

"일전에 이곳에서 선대 플로렌스 공작 부인께서 눈을 감으셨어요."

펄럭거리는 깃발들이 우리 위에서 거칠게 흔들리고 있었다.

그것을 응시하다가 나는 고개를 돌려 레이첼을 보았다. 언제부터

였는지 그녀의 얼굴은 완전히 굳어 있었다. 그에 내가 온화하게 웃었다.

"정확히는 자결이었어요. 저 꼭대기에서 뛰어내렸다고 해요."

"……왜요?"

"흐음—"

레이첼의 물음에도 나는 이렇다 할 대답을 하지 않았다. 하지만 이미 내 말에서 뭔가 심상찮음을 느낀 듯 레이첼이 침묵했다. 이윽고 천천히 눈을 감은 그녀의 눈꺼풀이 한없이 흔들리더니, 그녀가 놀란 눈을 떴다.

"이곳, 기분이 상당히 나빠요. 보통 이렇게 강렬한 기운이 느껴지는 경우는 드문데…… 대체 왜 이곳에서 그런 일이 발생한 것이죠? 선대 공작 부인께서 다른 곳도 아니고 이곳에서 자결하셔야 했던 이유라도 있나요?"

"그거야, 당시 선대 공작 부인께서는 황제 폐하에 의해 황궁에 기거하셔야 했으니까요."

"왜……."

"그것도 강제로."

"……!"

내 말에 레이첼이 쩌적 굳어 있었다. 순간 그녀가 고개를 홱 들었다.

"그럼 공작 각하께서는 설마 황제 폐하의……!"

여기까지 말을 이은 레이첼이 두 손으로 입을 막았다.

이것이었다. 내가 그녀에게 이 모든 것을 털어놓지 않으려고 했던 이유가. 모두가 알다시피 루벨리안의 혈통은 그의 가장 아픈 부분이 아니던가.

레이첼은 그제야 모든 상황을 알아챈 것 같았다. 샤를리나가 황실에 들어와 루벨리안을 임신하고, 그를 낳은 뒤 이곳에서 뛰어내린 일까지.

뒤로 주춤 물러난 그녀가 당황한 얼굴로 내게 물었다.

"설마 공작 각하께서는 황실에 복수를 하시려는 건가요? 그래서 지금까지 이 모든 일을…… 그래서 황태자 전하를 원망하는 것이고……."

"그 이유가 전부라고 말하기는 곤란하지만, 확실히 플로렌스 공작가는 황실에 원한이 있어요."

"하지만 그게 황태자 전하의 탓은 아니었잖아요."

"맞아요. 하지만 황태자 전하께서 황제 폐하의 손을 들어 주신다면 어쩌겠어요?"

그녀는 할 말을 잃은 듯 혼란스러운 얼굴로 입을 다물었다.

그녀가 샤를리나 죽음의 진상을 밝혀 주길 바랐는데, 그건 좀 무리인 걸까.

'하긴, 무당도 아니고 이곳에서 뭔가를 보길 바라는 건 좀 무리였나. 내가 너무 순진했던 걸까.'

샤를리나의 죽음은 20년도 더 된 일이었다. 아직 제대로 된 각성도 못 한 사람을 잡고 내가 헛된 희망을 품은 것 같았다.

그래도 기왕 온 거 그녀에게 자초지종은 설명하는 게 중요하겠지. 최소한 루벨리안이 아무런 이유 없이 반역을 저지르는 인간은 되지 말아야 했다.

내 이야기를 들은 레이첼은 아무런 반응이 없었다. 그저 얼굴을 일그러뜨린 채 조용히 위를 올려다볼 뿐이었다.

그녀의 상념을 깨뜨리지 않으려 재촉하는 대신 그녀를 가만히 응시하는데, 갑자기 레이첼이 내게로 고개를 돌렸다.

"저는…… 잘 모르겠어요."

"레이첼."

"과연 이게 옳은 일인지. 저조차도 판단하기가 어렵네요. 지금까지 대부분의 일은 마치 신의 계시처럼 잘잘못이 가려졌는데, 이건 말하기가 어려워요."

원작에서도 루벨리안의 이야기를 들은 레이첼은 꽤 많이 방황했다. 그러나 그때의 방황이 사랑하는 사람, 즉 황태자가 황제의 손을 들어 주려 했다는 사실에 대한 실망 때문이었다면, 지금은 내 행동에 대해 어떻게 반응해야 하나—의 문제겠지.

"복수가 의미가 있을까요?"

레이첼이 얼굴을 찡그린 채 입을 열었다. 그녀의 물음에 나는 쓰게 웃었다.

"네, 있어요."

"하지만 복수를 한다고 해도 선대 공작 부인은 돌아오지 않아요."

"세상에 뭔가를 이루기 위해 하는 복수는 없어요. 그저 심리적 위안이고, 결국에는 살아남은 자들의 광란이죠. 저도 알아요. 눈에는 눈, 이에는 이라는 건 사실 듣기에는 좋아 보여도 결국 또 다른 폭력의 연장인 거."

"이브."

"하지만 그건 어디까지나 가장 높은 곳에서 절대적인 심판권을 갖고 있을 때에야 판단할 수 있는 몫이지, 그 원한을 가진 이와 가장 가까운 곳에 있는 제가 할 말은 아니지 않나요? 제게는 제 남편을 심판할 권리가 없어요."

"그건……."

"저는 제 역할에 충실해 왔어요. 지금까지 루벨리안의 옆에서 그의 상처를 보듬는 유일한 사람의 역할이요. 그 역할에 레이첼을 끌어들이고 싶은 생각은 없어요. 하지만 최소한 이것만큼은 알아줘요."

"……."

"선악은 언제나 상대적인 것이고, 인간은 언제나 이기적이에요. 그래서 나는, 최소한 루벨리안의 마음만큼은…… 그 분노만큼은 무조건적으로 보호해 주고 옆에 있어 주고 싶어요."

사실 나는 선악 판단에 굉장히 예민한 사람이었다. 전생에서도, 이번 생에서도. 틀린 건 틀린 거고, 맞는 건 맞는 것이다.

하지만 최소한 감정을 가진 사람들이 사는 세계에서는 '어쩔 수 없이'라는 선택 사항도 분명 존재한다.

심판장의 역할로서 죄행을 고발하라고 하면 나는 기꺼이 이 모든 것을 '악행'이라고 할 것이다. 하나 루벨리안 옆에서의 내 역할은 그것이 아니었다.

이 세상은 그가 태어나는 순간부터 그에게 무척이나 잔인해 왔으니, 나라도 그의 옆에 있어야 하지 않겠는가.

"이브가 저한테 도움을 청한 것도, 전부 공작 각하의 일 때문이었군요."

"대부분은요. 그게 불쾌했다면 사과할게요. 미안해요. 하지만 당시의 나는 레이첼의 힘이 필요했어요."

레이첼이 흔들리는 눈으로 나를 응시했다. 이윽고 그녀가 한숨을 폭 쉬더니 마치 큰 결심을 내리듯 말문을 뗐다.

"오늘 일은 함구하도록 할게요."

"레이첼."

"애초에 신전은 황실과 귀족의 알력 싸움에 끼어들지 않는 것을 원칙으로 해요. 물론 지금 상황을 보아하니 교황 성하께선 충분히 끼어든 것 같기는 하지만…… 저라도 중심을 잡아야죠."

그녀의 목소리는 한없이 복잡했다. 묘하게 체념 같기도 했고, 묘하게 슬픔 같기도 했고, 다른 한편으로는 묘하게 납득 같기도 했다.

그래도 그녀에게 이 모든 상황을 적당할 때 알려 줄 수 있어서 다행이었다. 사실 가능한 루벨리안의 일을 아는 사람이 적었으면 했는데, 그래도 레이첼이라서 다행이었다.

"저, 레이첼. 오늘 말씀드린 건 대신관님은 물론이고 다른 분들께도 알리지 마셨으면 좋겠어요."

"알아요. 그동안 제게 말씀해 주지 않으신 것도 이해해요. 물론 오늘 문제는 조금 더 생각해 봐야겠지만."

나는 고개를 끄덕였다. 이윽고 나와 레이첼이 동시에 발걸음을 돌려 황태자 궁 쪽으로 향했다.

비록 내가 원하는 샤를리나의 죽음에 관한 진실은 파헤칠 수 없었지만 그래도 그녀가 루벨리안을 어느 정도 이해한다니 다행이었다.

그때였다.

"아─!"

"……레이첼?"

내 뒤를 따르던 레이첼이 갑자기 비명 아닌 비명을 내질렀다.

"무슨 일이죠?"

나는 급히 레이첼의 옆으로 다가갔다. 방금 전까지 다소 불편해 보였던 그녀의 얼굴은 완전히 일그러져 있었다. 마치 괴로운 것을 보듯 그녀가 눈을 꾹 감으며 이마를 짚었다.

"레이첼, 왜 그래요? 어디 불편하신가요? 혹시 성력을 너무 써서 그런 거예요?"

"으으, 이브, 잠시만요. 왠지 모르게 불쾌한 기운이 확 들어서……."

"네? 불쾌한 기운이요?"

그녀의 표정이 일그러진 정도를 보아하니 단순한 문제는 아닌 것 같았다.

대체 이게 무슨 일이지? 내가 안절부절못하는데, 움찔하던 레이첼이 천천히 고개를 들었다. 이윽고 흔들리는 눈빛으로 나를 본 레이첼이 긴장된 목소리로 질문을 던져 왔다.

"이브. 혹시나 해서 묻는데, 선대 공작 부인께서 진짜로 저 성 위에서 뛰어내리신 게 맞나요?"

그녀의 물음에 나는 쩌적 굳었다.

"왜…… 그런 걸 묻는 거죠?"

"가끔 신탁을 받을 때마다 직감적으로 떠오르는 느낌이 있어요."

"신탁이요?"

"정확히 말하자면 신의 뜻이라고 하죠. 제가 의문을 품는 순간마다 드는 모든 생각이 신의 답이고 뜻. 즉 신탁이라고 교황 성하께서 말씀해 주셨어요."

"그게 선대 공작 부인과 무슨 상관이 있죠?"

"방금 전 성 앞에서는 조금 불쾌하고 말았던 기운이, 황성의 뒤편으로 갈수록 강렬해지고 있어요."

"……."

"게다가 살생의 기운이…… 하지만 황궁 내에서는 보통 살생을 하지 않는다고 알고 있는데……."

그녀의 말이 맞았다. 황궁은 어찌 되었든 간에 가장 신성한 곳이라고 여겨져 마찰이 일어나는 것을 피하곤 했다.

"혹시 뚜렷하게 뭔가를 감지하셨나요?"

"아니요. 하지만 이곳이 상당히 불쾌한 것만은 사실이에요. 어쩌면 이곳에서 큰 유혈 사태가 발생했을 수도 있어요."

"20년도 더 된 일인데 지금도 느껴진다는 것은……."

나는 숨을 딱 멈추고 말았다. 샤를리나가 죽은 곳도 아니고 그곳과 꽤 떨어진 곳에서 그런 기운이 느껴진다고?

나는 빠르게 주변을 둘러보았다. 이 뒤로는 바로 황제의 집무실과 서재가 배치되어 있었다.

'그럼 황제를 만난 후에 여기서 뭔 일을 당했나?'

"혹시 이곳에서 베고, 끌고 간 뒤에 위에서 밀어 버린 건가? 자결로 위장하려고?"

"네?"

내 경악 서린 목소리에 레이첼이 반문했다. 그러나 나는 차마 그녀의 반문에 대답해 줄 수 없었다. 만약 그게 맞다면, 샤를리나는 백이면 백, 황제와 만나고 난 뒤 그의 심기를 거슬러서 죽임을 당했다.

루벨리안을 낳고 얼마 되지 않은 터라 임부복을 입고 있는 것도 딱히 큰 문제는 아니었다. 원래 아이를 낳은 뒤에는 편하게 입는 게 좋으니까.

점점 잡혀 오는 실마리에 나는 입을 틀어막았다.

"이브, 괜찮나요?"

"괘, 괜찮아요. 저, 레이첼. 혹시 더 자세하게 뭔가를 알아낼 수는 없을까요? 아무거나 좋아요. 기분이 나쁘다고 했으니 아무거나 제발-"

내 간절한 외침에 레이첼이 눈을 살짝 감았다. 최대한 그녀에게 고요함을 주고자 나는 긴장된 얼굴로 입을 다물었다.

그렇게 얼마나 지났을까, 레이첼이 고개를 저었다.

"그 이상은 볼 수가 없어요. 이곳은 기억이 너무 많이 겹쳤고, 무엇보다도 제가 선대 공작 부인을 본 것도 아닌 터라……."

"여기에 죽음의 흔적이 있는 것은 확실하죠?"

"네. 선대 공작 부인께서 뛰어내리셨다는 곳과 비슷한 느낌이 들어요."

그녀의 말에 나는 잠시 고민에 빠졌다. 이대로 그만둘 것인가, 아니면 더 캘 것인가. 그러다 문득 뭔가 생각이 나 그녀에게 물었다.

"혹시, 만약 선대 공작 부인의 물건이 있다면요?"

"음…… 하지만 단순히 물건으로 뭔가를 보기는 어려워요. 게다가 아직 제 힘이 그 정도로 원하는 걸 다 볼 수 있는 것은 아닌지라."

"보통 물건이 아니라, 선대 공작 부인께서 돌아가실 때 입은 드레스예요."

"……!"

"그래도 안 되나요?"

내 말에 레이첼이 눈을 크게 떴다. 이내 그녀가 결연한 얼굴로 물었다.

"지금 있나요?"

"공작가에 있어요."

"그럼…… 한번 해 볼게요."

"제나 부인! 드레스, 드레스!"

"갑자기 뭡니까? 드레스에 문제라도 생기셨습니까?"

"그거 말고, 그 하얀 드레스! 피 묻은 거! 설마 던졌다느니 그런 소리 하지 마."

"제가 왜 그걸 던집니까. 어제 공작 각하께서 갖고 나가신 뒤 다시

옷장에 넣어 놨습니다."

"루벨리안이 그걸 갖고 나갔다고?"

"네."

이윽고 그녀가 상자 하나를 내게 내밀었다. 급히 그것을 열어 보자 익숙한 드레스가 보였다.

"그나저나 그건 왜 갑자기 꺼내라고 하시는 겁니까?"

"있어. 그런 게."

'그런데 루벨리안은 왜 이걸 갖고 나갔지?'

제나 부인에게서 드레스를 받아 든 뒤 나는 고민을 이어 가다가 다시 황실로 향했다. 어찌 되었든 간에 이걸 레이첼에게 건네야 했다.

플로렌스 공작저에서 황궁까지는 거리가 꽤 되는 터라 레이첼은 잠시 황태자 궁으로 돌아가 있었다. 어쨌든 그녀가 자리를 오래 비우는 것도 경우는 아니니.

리리스에게 드레스를 목숨 걸고 보관하라는 말을 남긴 뒤 홀로 마차에서 내렸다. 그리고 레이첼을 찾으러 황태자 궁으로 들어가던 나는 저 멀리서 보이는 인영에 멈칫하고 말았다.

"폐하?"

마치 누군가를 썰어 버릴 듯한 얼굴로 황태자 궁에 들어오는 이는 다름 아닌 황제였다.

황태자 궁에 있었던 것 아니었나? 의문 섞인 얼굴을 하는데, 황제가 나를 발견하고 멈칫했다.

"플로렌스 공작 부인."

"폐하를 뵙습니다. 황태자 전하께서 급습을 당하여 걱정되는 마음에—"

"그대가 한 짓인가?"

나름대로 격식을 차려 인사하는 내게 떨어진 것은 황제의 노기등등한 얼굴이었다.

"그 드레스 말이다! 공작 부인의 짓이냐고 물었다!"

'드레스?'

그의 말에 속이 덜컹 내려앉은 내가 얼굴을 일그러뜨렸다. 그러나 드레스가 방금까지 내 품에 있었음을 상기한 내가 아무것도 모른다는 듯이 눈에 눈물을 그렁그렁 매달았다.

"무, 무슨 말씀을 하시는지……."

"샤를리나의 그 드레스 말이다!"

황제는 이성을 상실한 인간 같았다. 이게 무슨 일인지 가늠이 되지 않아 머리를 굴리던 나는 루벨리안이 어제 드레스를 가지고 나갔었다는 말을 떠올렸다.

'혹시 루벨리안이 드레스로 무슨 짓을 했나? 황제가 저렇게 길길이 날뛰는 것을 보면 황제도 드레스에 대해 아는 것 같은데.'

앞뒤를 가리지 않는 황제의 표정에 나는 움츠러들 듯 뒤로 물러났다. 그러다 바닥에 무릎을 탁 꿇으면서 입을 뗐다.

"폐, 폐하. 선대 공작 부인의 드레스가 피, 필요하시면 공작가에 많습니다. 제가 즉시 공작가로 돌아가서-"

"누가 그딴 드레스가……!"

일부러 더듬더듬 말을 잇자 황제가 크게 소리를 질렀다. 그때, 옆에 있던 시종장이 작게 그에게 말했다.

"폐하, 25년 전이면 공작 부인은커녕 클로다 상단도 명성이 없었을 때입니다."

"그럼 대체 누구란 말인가! 대체 누가 짐에게 그런 말도 안 되는 드레스를 보낸 것이야!"

"폐, 폐하."

진짜로 황제에게 그 드레스가 간 거야? 그럼 내가 가져온 드레스는…… 아니, 어쩌면 황제에게 모조품이 갔을 수도 있다. 그리고 그런 짓을 할 만한 사람이라고 해 봤자 루벨리안밖에 없었다.

나는 입술을 비집고 흘러나오려는 웃음을 겨우겨우 참으면서 고개를 푹 숙였다.

결국 황제는 분노에 찬 걸음으로 내 앞을 지나갔다. 그에 천천히 몸을 일으킨 내가 황제의 뒷모습을 보다가 입술 끝을 말아 올리며 그 뒤를 따랐다.

"황제 폐하를 뵙습니다…… 이브?"

황태자의 방 앞에는 귀족들이 옹기종기 모여 있었다. 언제 나왔는지 루벨리안이 황제에게 인사를 하다가 뒤에 있는 나를 발견했다.

그의 옆에 쪼르르 가는데, 황제가 주변에 있는 귀족들을 보며 크게 외쳤다.

"경들인가?"

"폐하, 무슨 말씀……."

"감히 네놈들이 짐을 협박하는 것이냐― 이 말이다!"

"폐하! 고정하시옵소서!"

"그런 천한 계집의 죽음으로 감히 짐을 압박하려고 해? 감히! 네까짓 것들이 감히! 짐이 겨우 그깟 계집의 죽음에 겁이라도 먹을 줄 알고?"

되게 겁먹은 것 같은데.

새하얗게 질린 그의 얼굴에 나는 루벨리안에게 작게 물었다.

"무슨 일이에요?"

"방금 전까지 황태자의 침실에 같이 있었는데 황제 앞으로 소포가

왔다. 그걸 보더니 저러고 있어."

그의 대답에 나는 상황을 알아챘다. 그 소포 속에 샤를리나의 드레스가 있었겠군. 물론 가짜겠지만.

"당신이 했어요?"

들릴락 말락 하는 소리로 루벨리안에게 속삭였으나, 그는 희미한 미소만 지을 뿐 답하지는 않았다. 그것을 정답처럼 받아들인 내가 흐음– 하고 길게 숨을 내쉬었다.

그때 황제가 우렁찬 목소리로 다시 한번 크게 외쳤다.

"대체 누가 그런 짓을 했단 말인가!"

"폐하, 일단 고정하시는 편이 좋을 것 같습니다. 안쪽에는 황태자 전하도 계시고–"

"네놈이냐?"

"폐, 폐하. 그것이 무슨……."

옆에서 말리던 헤론 자작의 목덜미를 잡은 황제가 눈이 시뻘게진 채 길길이 날뛰었다. 헤론 자작이 캑캑대자 귀족들의 얼굴이 당황으로 물들었다.

저 모습을 보아하니 황제가 진짜로 샤를리나를 죽인 것은 거의 기정사실 같았다. 그게 아니라면 저렇게 불안에 떨 리가 없으니.

내가 저런 얼굴을 많이 봐서 아는데, 저건 명백히–

"대체! 누가! 누가!"

–살인자의 얼굴이었다.

미친 듯이 날뛰는 황제에 귀족들은 안절부절못했다. 조용하게 그 모습을 지켜보던 루벨리안이 슬슬 이만하면 됐다고 여겼는지 입을 떼려고 할 때였다. 우리의 맞은편에 있던 콜리카 공작이 차분하게 입을 열었다.

"폐하. 무슨 일인지는 모르겠지만, 이곳에는 보는 눈이 많습니다. 황태자 전하께서 방에 아직 누워 계시는 이상, 일단 고정하시는 편이 좋을 것 같습니다."

콜리카 공작의 말은 틀림이 없었다. 하지만 지금 이 상황에서 그의 말은 황제의 화만 부추길 뿐이었고, 아니나 다를까– 황제의 시선이 번뜩이며 콜리카 공작을 향했다.

"보는 눈이 많다?"

황제의 비꼬는 목소리에도 콜리카 공작은 침착하게 서 있었다.

이를 흥미진진한 얼굴로 보는데 황제가 마치 으르렁거리듯이 콜리카 공작을 향해 말했다.

"그래, 보는 눈이 많지."

"폐하."

"공작도 나를 보고 있었군."

"……."

"짐의 아들이 방 안에서 쓰러져 있는데, 홀로 멀쩡한 모습으로 말이야."

황제의 말에 담긴 속뜻에 콜리카 공작의 미간이 꿈틀거렸다.

좋아, 이제 조금만 더 심한 말을 내뱉으면 좋겠어.

모두가 얼어붙은 와중에 나만이 기대 서린 눈빛을 했다. 나로서는 처음 보는 황제와 콜리카 공작의 대치였다.

순간 콜리카 공작의 매서운 눈길이 우리에게로 향했다. 그의 분노로 가득 찬 눈빛에 나는 저도 모르게 입술 끝을 말아 올렸다.

"……!"

어머나. 고의는 아니었는데 저도 모르게 본심이.

내 웃음을 본 콜리카 공작은 핏줄이라도 튀어나올 듯이 얼굴을 일그러뜨렸다.

이건 진짜 고의는 아니었어요. 손사래라도 쳐야 하나 고민하는데, 콜리카 공작이 고개를 홱 돌리며 황제를 향해 말했다.

"폐하. 적이 누구인지 판단하는 능력은 있지 않으셨습니까."

"그래서, 공은 지금 내가 우매하다고 하는 건가?"

"지금 이러한 상황이 벌어져서 가장 즐거운 이가 누군지 한번 생각해 보십시오."

"마치 공은 하나도 즐겁지 않다고 하는 것 같군. 왜, 짐의 목줄을 잡는 데에 희열을 느끼던 공이 아니던가. 내가 이리 길길이 날뛰는 모습을 보니 더없이 기쁠 것 같은데?"

"폐……!"

이미 이성을 반쯤 상실한 황제의 생각을 거치지 않는 말에 콜리카 공작은 입술을 꽉 깨물었다.

그러나 황제가 루벨리안을 의심하지 못하는 것도 어찌 보면 당연했다.

제나 부인의 말에 의하면 당시 샤를리나의 시체를 거둬 간 것은 황실이었다.

그 드레스가 플로렌스 손에 들어갈 이유도 없었고, 사실 있다고 해도 플로렌스에서 지금까지 입을 다물고 있을 이유가 없었다.

당시 상황은 잘 모르지만 얼추 보아하니 그 드레스를 손에 넣을 수 있는 존재는 딱 둘뿐이었다.

바로 황실과 콜리카.

황제의 손에 있지 않았다면 분명 콜리카의 손에 있었을 터.

'어쩌면 둘 다에 속하는 황후일 수도 있고.'

그쪽이 가장 내 추론에 걸맞는 상황이었지만.

황제와 콜리카 공작 사이에서 흐르는 기류가 팽팽하게 조여졌다. 분노에 가득 찬 채 서로를 노려보는 두 사람의 모습에 주위 귀족들만 죽을 맛인 듯했다.

그때, 방금까지 얼굴을 굳히고 있던 콜리카 공작이 황제를 노려보면서 으르렁거렸다.

"황제로서의 자질이 하나도 되지 않았군. 저런 치에 내 여동생을 보낸 것부터가 실수였어."

"……!"

"……고, 공작 각하!"

"그것이 무슨 말씀이십니다, 각하. 폐하께서 잠시 대로하신 걸로 말이 지나치십니다."

"각하, 제발 고정하시고 폐하께 용서를……!"

콜리카 공작의 말은 마치 일종의 신호탄 같았다. 최소한 지금까지 수면에 드러나지 않았던 황실과 콜리카 사이의 갈등이 실재함을 알리는 신호탄.

콜리카 공작의 한계점이 이미 극에 달했음을 깨달은 귀족들은 얼굴이 새하얘진 채 콜리카 공작을 만류했다.

반면 콜리카 공작의 언사에 방금까지 길길이 날뛰던 황제는 되레 입을 다물었다. 하나 부들부들 떨리다 못해 목울대가 울렁거리는 그의 얼굴을 보건대 싸늘하게 피가 식어 내린 것 같았다.

세상에, 이런 막장이.

속으로 중얼거리는데 모든 침묵을 깬 것은 다름 아닌 루벨리안이었다.

"폐하. 무슨 일이 있었는지는 모르겠으나 황태자 전하께서 침상에 누워 계시는 지금, 일단 해결해야 하는 것은 오늘의 습격을 계획한 이들 같습니다."

나는 놀란 눈으로 고개를 들었다가 곧 조마조마한 얼굴로 황제에게로 시선을 돌렸다.

아니나 다를까, 황제의 눈이 형형하게 빛나며 루벨리안을 응시했다.

"……."

황제가 입을 꾹 다문 채 루벨리안을 노려보았다. 그의 얼굴에는 분노와 각종 복잡한 감정이 한데 섞여 있어 쉬이 생각을 읽어 낼 수가 없었다.

그러나 한 가지 확실한 것은, 이 자리에 온전한 그의 편이 없음을 그는 확실히 인지하고 있다는 것이었다.

손을 잡았으나 결국 배신의 변두리에 있는 콜리카, 아들이라고 믿었으나 애초에 부자의 연 따위 없었던 루벨리안, 그리고 그를 따르는 수많은 귀족들은 그가 황제라서였을 뿐 결코 그에게 충성을 보이지 않는다.

모두가 체스판 위에서 그렇게 움직였다. 실리와 이익을 따지며.

그것을 깨달았을까. 루벨리안을 분노 어린 눈빛으로 응시하던 황제가 갑자기 웃음을 흘렸다.

"하, 하하."

뭐지, 너무 놀라서 실성했나?

"그래, 짐의 아들이 지금 자객의 습격을 받고 쓰러졌지. 맞아, 그렇게 중요한 일이 있었는데 내가 겨우 한낱 20여 년 전의 망령으로 인해 이렇게 이성을 잃을 일이 있나?"

한낱?

그의 말에 내가 입매를 굳혔다. 저런 반성도 없는 놈이 다 있나.

이윽고 황제가 자신의 화를 다스리듯 크게 숨을 들이쉬었다. 그러나 그렇다고 다스려질 화는 아닌지라, 그의 얼굴에는 여전히 분노의 잔상이 덕지덕지 남아 있었다.

"내가 실성을 했군. 경들께 사과의 말을 보낸다."

"아, 아닙니다. 폐하."

황제의 말에 귀족들이 고개를 저었다. 그러나 모두가 봤을 것이다. 방금 전 분노를 터뜨리던 황제의 모습이 그의 폭력적이기 그지없는 본성임을.

말을 마친 뒤 황제는 주변을 쭉 둘러보다가 입꼬리를 말아 올리며 황태자의 방으로 들어갔다.

탁— 문이 닫히고, 그 순간 사람들 사이에서 안도의 한숨이 터져 나왔다.

"폐하께서는 대체 왜 저러신답니까? 마치 미친 자 같지 않습니까?"

"쉿, 말을 가려서 하게."

"하나 드레스 타령이나 해 대더니 공작 각하께 그런 말씀을 하시고……."

누군가가 그렇게 중얼거리면서 콜리카 공작을 보았다. 콜리카 공작의 눈치를 보던 귀족은 살짝 미소를 띠며 작게 물었다.

"한데 공작 각하, 혹시 오늘 습격에 대해 아는 것이 없으십니까?"

그의 물음에 콜리카 공작은 대답 대신 고개를 천천히 돌렸다. 그의 시선이 루벨리안과 내게 닿자, 나는 배시시 그에게 웃어 보였다.

아, 이건 고의였어요.

물론 이미 '전적'이 있는지라 콜리카 공작은 이번에는 자신의 혈압을 잘 다스렸다.

"플로렌스 공께서는 참으로 좋으시겠습니다. 목적을 이루셔서."

"약간의 대가를 치르더라도, 손을 잡고 있는 이의 본성이 어떤지 아는 것도 중요하지 않습니까."

루벨리안이 상냥하게 읊조렸다.

"연막에 가려 진실을 보지 못하는 것보다 더 비극적인 일은 없으니까요."

그간 콜리카 공작이 황제의 본성을 파악하지 못한 채 계속 그의 힘이 되어 준 것을 힐난하는 말이었다.

결국 콜리카 공작은 더 이상 시간 낭비하는 것은 의미가 없다고 판단했는지 썩은 미소만 날린 채 자리를 옮겼다. 귀족들은 그의 뒤를 따르면서도 힐끔힐끔 이쪽을 보며 떠나갔다.

"흠…… 재미있네요."

"뭐가 재미있지?"

"이렇게 된 이상 황제와 콜리카는 이미 돌이킬 수 없는 강을 넘다 못해 이미 세상의 양쪽 끝으로 완전히 갈라졌잖아요."

"그렇지."

"그래서, 그 드레스 당신이 보낸 거죠?"

"내가 아니면 누가 있겠나."

"너무 치밀했어. 역시, 내 남편 대단해요."

그의 뺨에 살짝 입을 맞추자 루벨리안이 내게 미소 지어 주었다. 하나 방금 전 황제의 모습이 그가 샤를리나의 죽음과 직접적인 관계가 있음을 보여 주는 터라 우리 둘 사이의 공기는 점차 무거워지고 있었다.

나는 최대한 아무렇지도 않은 얼굴로 말을 이었다.

"아 참, 잊을 뻔했다. 리리스가 아직 마차에 있는데."

"당신, 성녀와 함께 있지 않았나?"

"사실은……."

루벨리안의 물음에 나는 다시 진지한 얼굴을 했다. 그리고 레이첼과 있었던 일을 전부 그에게 알렸다.

내 설명을 들은 그의 얼굴은 천천히 굳어 갔다.

"황제에게 드레스를 보내 그의 반응을 보고 싶었는데, 저리 미쳐 날뛰는 꼴을 보아하니 확실히 문제가 있군. 더군다나 성녀가 그런 반응을 보였다면야 더욱더."

샤를리나는 자결이 아니라 누군가에게 살해당했다. 그리고 가장 유력한 자는 바로 황제.

"루벨리안."

나는 루벨리안의 품에 안겨 그의 등을 토닥거리면서 입을 열었다.

"아직 진실이 어떤 건지는 아무도 몰라요. 그러니까 너무 조급해하지 마요. 일단은 내가 레이첼에게 그날의 상황을 최대한 캐낼 수 있는 데까지 캐낼게요."

"그래."

"그리고 그다음은, 그다음에 생각하고요."

샤를리나의 죽음에 얽힌 문제부터 복수까지. 그에게만 짐이 너무 많이 쌓이는 것 같아서 안타까웠다.

하지만 그래도 어쩌겠는가. 상황은 닥쳐 왔고 우리는 계속 걸어야 했다.

"레이첼."

루벨리안과 헤어진 뒤 나는 방에서 잠시 휴식을 취하고 있는 레이첼을 찾아갔다. 기다리고 있었는지 레이첼이 긴장된 얼굴로 반기자 우리는 다시 문제의 그 장소로 향했다.

"드레스 상태가……."

"아무래도 자살로 죽은 건 아닌 것 같죠?"

너덜너덜해진 드레스를 조심스럽게 손으로 잡은 뒤 그녀가 눈을 꼭 감았다.

나는 긴장된 얼굴로 그녀를 응시했다. 그녀가 보는 것은 진실이 분명했다. 그러니 부디 그녀가 신이라면, '공명정대'한 신의 화신이라면 부디 이 모든 진실을 파헤칠 수 있기를-

그렇게 생각한 순간이었다. 조용하게 눈을 감고 있던 그녀가 천천히 눈을 뜨고, 방금 전의 흔들리는 눈빛과 달리 더없이 단호한 얼굴로 말했다.

"이 드레스의 주인은 이곳에서 죽었어요. 그리고 그녀는-"

"그녀는?"

"죽을 당시에 혼자가 아니었어요."

"혼자가 아니었다는 것은…… 누군가가 그녀를 죽였다는 말씀이신가요?"

"그뿐만이 아니라-"

내 물음에 레이첼이 고개를 살짝 저었다. 그녀의 반응에 급해진 내가 그녀의 팔을 꽉 잡았다.

"아이를 안고 있었어요."

나는 얼굴을 찡그렸다. 그게 무슨 말인가. 샤를리나가 당시에 아이를 안고 있었다면 그건 필연코 루벨리안밖에 없었다. 그런데 샤를리나가 아이를 안고 있다가 죽임을 당했다?

"더 보이는 것은 없나요?"

"너무 오래전의 기억이라 제 힘으로는 무리예요. 어렴풋이 보이는 기억의 단편도 이 옷이 아니었다면 알아내기가 힘들었을 거예요."

나는 입을 꽉 다물었다. 그날의 진실에 대해 알 수는 없어졌지만 그래도 짐작 가는 것은 있었다.

'샤를리나가 아이를 안고 나오다가 죽임을 당했다면, 설마 도망치다가 죽임을 당한 걸까? 황제는 샤를리나가 도망치는 것을 막으려고?'

하지만 단순히 막으려고만 했다면 끌고 갈 수도 있었을 것이다. 굳이 죽일 필요 없이.

'그렇게 사랑한다, 사랑한다 했으면서 굳이 죽일 이유가…… 설마!'

"이브, 왜 그러죠? 무슨 다른 일이라도 있나요?"

"서신!"

"서신이요?"

"그 서신 때문에 샤를리나를 죽인 거야?"

나는 서신의 존재를 알기 전까지는 샤를리나를 그저 청순가련하고 연약한 평민 여인으로만 알았다. 하지만 만약 그녀의 성정이 내 생각과 다르다면, 그녀가 누구보다도 살고 싶었더라면.

플로렌스 공작은 샤를리나를 사랑했다. 그것은 루벨리안에게 쏟아진 애정만으로도 충분히 알 법했다.

그렇다면 당시 황제에 의해 변방으로 갔던 공작이 수도에 돌아오고, 샤를리나가 임신을 했음에도 그녀에게 영원을 약속했다면?

'최소한 황실에 계속 남아 있을 생각은 없었던 거야. 그 과정에서 황제의 약점을 발견하고 그것을 빌미로 황실에서 나가고 싶었던 거겠지.'

물론, 황제는 그런 그녀를 제거해 버렸지만.

그렇게 된다면 아귀는 딱딱 맞아떨어졌다. 그러나 동시에 나는 황제의 잔인함에 뒷골을 잡을 수밖에 없었다.

"이브."

레이첼의 부름에 그녀에게로 고개를 돌렸다.

"도와줘서 고마워요, 레이첼. 이건 진심이에요."

나도 빙의하면서 뭔가 능력 같은 게 있었다면 좋았을 텐데. 나는 주둥아리랑 얼굴밖에 없어서 그녀의 능력을 빌려야 했다.

딱히 그게 아쉬웠던 적은 없지만, 이 순간만큼은 너무나 절실하게 레이첼의 능력이 부러워서 쓰게 웃었다.

그때, 레이첼이 잠시 고민하는 듯하더니 입을 열었다.

"그…… 방에서 잠시 고민을 해 봤어요. 이브와 아까 나눈 대화 때문에요."

"네?"

"저는 지금까지 선행과 악행은 분명하게 갈라진다고 여겨 왔어요."

알고 있었다. 그녀는 그야말로 심판을 담당하는 전지전능한 '신'의 위치에 있으니까.

"하지만 이브의 말을 들어 보니 그동안 제가 너무 오만했던 것 같아요. 저도 사실은 그저 인간일 뿐인데. 세상은 절대적인 흑과 백만 있는 게 아니라고 직접 말한 주제에 정작 타인의 일이 되니까 제가 너무 고고하고 오만했어요."

그녀의 언사에 놀라 나는 눈만 깜박거렸다. 무슨 의미일까, 고민하는데 그녀가 온화하게 웃었다.

"어쨌든 간에 부디 억울한 죽음이 해결되었으면 좋겠어요. 더불어 누군가의 원망 또한 풀어지면 좋겠고요. 물론 습격 자체가 옳은 행동이라는 것은 절대 아니지만…… 저도 조금 더 생각을 해 보고 답을 드릴게요. 복잡한 문제라."

"고마워요. 다시 한번 생각해 줘서."

나는 레이첼이 루벨리안과 내 마음을 조금이나마 더 생각해 준다는 것에 고마움을 느꼈다. 어쩌면 앞으로 모든 진실이 드러나는 그 순간, 그녀가 진짜로 우리의 손을 들어 줄 수도 있지 않을까.

내 대답에 레이첼이 고개를 끄덕였다. 이내 그 자리를 떠나면서 나는 다시 한번 그곳을 힐끔 보았다.

사냥 대회에서 발생했던 습격 사건은 황실뿐만 아니라 모든 귀족들을 두려움에 떨게 했다. 그러나 그것보다도 사교계를 더욱더 흉흉하게 만든 것은 다름 아닌 황제가 난리를 피웠다는 소문이었다.

"요즘따라 유난히 세상이 어수선하기 그지없네요. 대체 형세가 어찌 가려고 이러는 것인지."

이튿날 아침, 루벨리안을 따라 황실로 온 나는 소문에 우려를 표하는 귀부인들 옆에서 부채를 팔랑거렸다.

"그런데 죽음의 땅을 정복하려는 목적은 어찌 되는 걸까요?"

"황태자 전하께서 이리 침상에 계시고, 황제 폐하께서는 콜리카 공작 각하와 관계가 안 좋으신 듯한데…….."

"쉿. 어찌 그런 말씀을 함부로 하시는 건가요."

"그래도, 이미 기정사실 아니던가요? 어제 황제 폐하께서 드레스를 갖고 귀족들을 추궁하셨다고."

"한데 그 드레스는 대체 뭘까요?"

"듣기로는 20여 년 전의 망령이라고…….."

"그럼 설마 선대 공작 부인의……!"

"쉿!"

누군가의 호들갑에 귀부인 하나가 급히 그 입을 틀어막으며 내 눈치를 보았다. 그러나 나는 여상스럽게 웃음을 흘릴 뿐이었다.

"폐하의 뜻을 저희가 다 알기에는 무리죠. 저는 괜찮답니다."

"공작 부인, 각하께서는 무슨 말씀이 없으셨나요?"

"워낙 정사에 대해서는 제게 말씀하지 않으시는지라."

나는 손에 있는 부채를 이리저리 뒤집으면서 고개를 저었다.

그러면서도 내 눈은 날카롭게 빛나고 있었다. 황제의 태도, 황후의 침묵, 콜리카 공작의 중얼거림. 모든 것들이 전부 샤를리나의 죽음이 자살이 아닌 타살이라고 말하고 있다. 거기에 레이첼의 말까지.

'만약 내 추측이 맞다면 황제는 끝까지 루벨리안을 플로렌스 공작에게 주고 싶지 않았을 거야. 그럼에도 루벨리안을 플로렌스 공작에게 넘긴 이유가 뭘까?'

황제가 자신의 핏줄을 넘겨야 했던 이유.

'루벨리안이 플로렌스 공작에게 넘어가면 제일 좋은 인물은-'

황후?

귀부인들의 속삭임 속에서 부채로 손을 두드리던 내가 순간 멈칫했다.

'하지만 루벨리안은 서자라서 황태자가 될 수도 없는데……. 단지 기분이 나빠서?'

이유는 불분명했지만 정황상 콜리카 공작가가 황제와 거래를 한 게 분명했다. 황제가 샤를리나를 죽인 것을 함구해 주는 대신 루벨리안을 플로렌스 공작가로 넘기기로.

'그럼 황후는 마지막 보루로 샤를리나의 드레스를 보관하고 있던 거겠지.'

거기까지 생각이 닿은 내가 미간을 찌푸렸다.

하, 재미있네.

"공작 부인?"

생각에 빠져 있던 나를 부르는 소리에 얼굴을 천천히 돌렸다. 정신을 차리고 빙그레 미소 짓자, 알케 부인이 고개를 갸웃거렸다.

"무슨 일이라도 있으신 건가요?"

저번 쿠키 사건에서 증언을 한 것 때문에 알케 부인은 내게 유독 상냥하게 대했다.

"공작 부인께서도 상심이 크시겠어요. 어제 보니 플로렌스 공작 각하께서 크게 다치셨던데."

"그러게 말이에요. 반면 콜리카 공작 각하께서는 상처 하나 없이 말끔하고. 역시 황태자 전하의 옆에서 그분을 지킬 충신은 플로렌스 공작 각하이신가 봐요."

"형제 같은 관계 아닌가요."

내 눈치를 슬금슬금 보던 귀부인들이 한마디씩 아부성 어린 말을 던졌다. 황실과 콜리카 공작가가 결렬한 지금, '황실의 총애를 받고 있는' 플로렌스 공작가에 어느 정도 잘 보이는 것이 중요하다고 생각하는 모양이었다.

그 모습이 퍽 귀여워서 웃음이 나왔다. 나는 손에 든 부채를 촤륵 펼치며 고개를 끄덕였다.

"황태자 전하의 안위를 지키는 것이 귀족으로서의 의무니까요."

"백번 지당하신 말씀이세요."

"다만 황태자 전하께서 이리 누워 계시니 죽음의 땅 정복은 어찌 될지가 걱정되네요."

"그러고 보니 황태자 전하께서 가지 않으신다면 기사들의 사기도 엄청 떨어질 게 뻔한데."

"그러니까요."

"황태자 전하만큼이나 검을 잘 다루고, 기사들을 잘 이끌 수 있는 분이 가셔야 황태자 전하께서도 마음을 놓으실 텐데⋯⋯."

내 중얼거림에 귀부인들이 서로의 눈치를 보며 입술을 깨물었다. 그때, 누군가가 작게 중얼거렸다.

"제3황자 전하⋯⋯?"

"그러고 보니 그분이 있었네요. 제3황자 전하도 꽤 훌륭한 기사라고 들었는데."

나는 여상스럽게 웃으면서 어깨를 으쓱했다.

딱히 반대 의견을 표하지 않는 내 반응에 귀부인들은 머리를 굴리고 있는 듯했다. 당연했다. 지금 누구보다도 황실의 사정을 잘 알고 있을 거라 생각되는 플로렌스 공작 부인이 굳이 반대하지 않는 상대.

'루벨리안, 굳이 당신이 나서서 제3황자를 추천하지 않아도 되겠어요.'

당연하게도 이 틈을 타 그녀들 중 '누군가는' 제3황자를 추천하는 것을 생각하고 있지 않겠는가.

황실과 콜리카 공작가 사이가 삐걱대는 지금, 황제에게 좋은 간언을 올려서 황제의 환심을 사는 것과 동시에 플로렌스 공작의 뜻에 '어울리는' 후보를 내놓는 것인데.

나는 부디 그녀들이 내 의사를 집에 가서 훌륭하게 늘어놓기를 바랐다. 그렇게 된다면 굳이 루벨리안이 나설 일도 없을 테고, 황실에서는 더욱더 의심 없이 제3황자를 보낼 것이다.

'그나저나 회의는 언제 끝나려나.'

사냥 대회의 진범을 찾기 위해 열린 귀족 회의니만큼 시간이 길어지는 것은 어쩔 수 없었지만 지치는 것 또한 사실이었다.

끝나지 않는 담론에 결리는 어깨를 주무르고 있던 그때였다. 누군 가가 갑자기 방문을 벌컥 열었다.

노크도 없이 문이 열리는 무례함에 알케 부인은 분노한 얼굴로 자리에서 일어났다.

"이게 무슨 무례인가. 귀부인들이 있는 자리에서 이리 무례하게 굴다니."

"폐하께서 귀족원 회의에 부인들을 소환하셨습니다."

뜬금없는 기사의 말에 귀부인들이 수군거렸다. 평소에 귀부인들은 어떤 일이 있어도 절대 정사에 참여하지 않았다. 그것은 이 세계에서 기본적인 틀이었다. 물론 그런 틀 따위에 전혀 관심이 없는 나만 태연자약하게 대답했다.

"알겠다. 지금 가도록 하지."

"공작 부인, 이게 무슨 일이죠? 왜 저희들이 소환된 것이죠?"

"그건 저도 모르겠지만, 이렇게 많은 '관중'들을 초대한 것을 보면 필연코 폐하께서도 뭔가 일이 있으실 게 분명하지 않을까요?"

혼란에 빠진 그녀들의 얼굴을 보며 내가 빙그레 웃었다.

'어차피 자객들이야 콜리카 공작을 지목할 게 뻔하니…… 황제가 하고 싶은 건 역시 공개 심판이겠군.'

아니나 다를까, 알현실에 도착하자마자 들리는 것은 황제의 지독하게 야비한 목소리였다.

"어제 사냥 대회의 습격을 사주한 이를 알아냈다."

알현실 전체에 감도는 긴장감에 사람들의 얼굴이 전부 미술실의 석고상처럼 굳었다.

"어제 사냥 대회의 습격 사건으로 인해 황태자는 아직도 침상에서 일어나지 못하고 있다. 저번 황태자의 습격 사건부터 황실을 겨냥하는 이가 있다는 사실만큼은 이 자리에 있는 경들도, 부인들도 부정할 생각이 없겠지."

"폐하."

"하여 짐은 감히 짐의 아들을 시해하려 한 그 괘씸한 무리들을 어제 하루 종일 친히 심문했다. 그리고 꽤 재미있는 결과를 얻어 냈지."

황제의 시선이 천천히 아래를 쓸었다. 그는 마치 커다란 폭풍우를 기다리고 있는 인간 같았다.

나는 황좌에 앉아 아래를 쓸어 보는 황제의 시선을 힐끔거렸다. 그 옆에서 밀랍 인형처럼 앉아 있는 황후의 얼굴에는 표정이라는 것이 보이지 않았다. 분명 그녀라면 이것이 콜리카의 소행이 아닌 플로렌스의 소행임을 알 것이 분명함에도.

나는 저도 모르게 루벨리안의 손을 꽉 잡았다. 그에 그가 안심하라는 듯이 내게 웃어 주었다.

이윽고 황제가 웃으면서 입을 열었다.

"자객들의 우두머리를 데려오라."

황제의 말이 떨어지자마자 밖에서 기다리고 있었다는 듯이 기사들이 누군가를 질질 끌어 왔다. 긴 카펫 위로 길게 늘어지는 핏자국에 귀족들이 코와 입을 막으면서 미간을 찌푸렸다.

그러나 그 장면이 황제에게는 희극이나 마찬가지였는지 그가 허허 웃음을 흘렸다.

"자객의 꼴이 말이 아니군. 어제 심문이 조금 과격했다. 하나 가치 있는 대답을 얻어 냈으니 나름 의미 있는 희생이었지."

황제의 말과 자객의 모습에 나는 살짝 불안함을 느끼고 말았다.

혹시 고문을 견디지 못하다 못해서 루벨리안의 이름을 댄 거 아닌가? 아니, 그런데 아무리 자객이라고 해도 그렇지, 정말 저건……

아, 괜히 죄책감 드네.

"자, 말해라. 어제 짐에게 고한 그대로. 너를 보내 황태자를 습격하게 한 자가 누구지?"

"……크윽……."

"말을 안 하겠다는 것이냐? 그럼 내가 대신 말을 하게 해 주지."

입술이 터져서 말을 제대로 못하는 자객에게 황제가 천천히 다가갔다. 이내 자객의 앞에 선 그가 빙그레 웃으며 기사에게서 검을 받아 들었다.

스릉–

"네 입으로 말하라."

황제가 검 끝을 자객의 목덜미에 댔다. 너덜너덜해진 얼굴로 자객은 천천히 고개를 들었다.

"누가 사주한 짓이지?"

"크…… 콜…… 콜, 콜리카 공……."

"……!"

"이건 모함입니다, 폐하!"

순간 자객의 입에서 증언이 나오자마자 한 귀족이 자리에서 벌떡 일어났다. 그의 행동을 보건대 아마도 콜리카 공작가의 소속인 듯했다.

"콜리카 공작 각하는 그간 황실에 모든 충성을 다해 왔습니다. 황태자 전하를 시해할 이유도, 동기도 없습니다!"

"그래?"

"네 이놈! 감히 누구의 사주를 받고 콜리카 공작 각하께 모함을 씌운단 말이냐!"

귀족의 외침에 황제가 느긋하게 웃었다.

그의 얼굴을 보는 순간, 나는 애초에 황제가 원하는 것은 진실이 아님을 깨달았다. 이미 범인은 정해졌고, 콜리카 공작은 여기서 범인으로 몰릴 것이다.

'어쩐지 어제 순순히 물러나더라니, 오늘 한 번에 터뜨리려고 그랬던 것이군. 자객들이 콜리카의 이름을 말하게 하고 귀족들 사이에서 몰아내려고.'

그동안 콜리카 공작가에 불만을 품고 있던 황제는 어제의 드레스가 콜리카 공작가의 소행이라고 생각하고 있었다. 아니, 사실 그렇지 않다고 해도 그간 스멀스멀 피어오르던 불화를 터뜨릴 수 있으니 얼마나 좋은 기회인가.

"콜리카 공작, 말 좀 해 보게나. 다른 이들은 이게 다 모함이라고 하는데, 어찌 생각하나? 자객이 아무런 연고도 없이 자네에게 이런 음모를 뒤집어씌우는데?"

황제의 물음에도 콜리카 공작은 입을 꾹 다문 채 앉아 있을 뿐이었다. 그러나 그의 시선만큼은 형형하게 빛나고 있었다. 그것도 우리를 향한 채.

콜리카 공작의 시선에 나는 살짝 고개를 돌려 루벨리안을 보았다. 그는 콜리카 공작에게 더없이 태연자약하게 웃어 주고 있었다. 정확히 말하자면 비릿한 미소를.

"공작, 말해 보라지 않나."

"……."

"왜, 할 말이 없는가?"

"제가 무슨 말을 하면, 폐하께서 믿기는 하실 겁니까?"

콜리카 공작의 목소리가 날카롭게 울렸다. 이에 황제가 하하 웃으면서 입을 열었다.

"당연히 믿어 드려야지. 경은 황후의 혈육이 아닌가. 짐이 왜 믿지 않겠나."

황제의 말에 콜리카 공작은 헛웃음을 쳤다. 그가 황제를 똑바로 직시하면서 말했다.

"이 모든 것은 모함입니다."

"그래? 하면 콜리카 공작께서는 짐에게 아무런 유감도 없는가? 정말? 한 치의 유감도 없어?"

"……."

"왜 말을 하지 않나. 콜리카 공작이 그동안 짐에게 유감을 가진 것을 짐이 아는데. 아- 아니군. 그러고 보니 이 자리에 있는 이들 중에 짐에게 유감이 없는 이가 없군. 그중에서도 공의 유감이 제일 크지? 그래서 이리 자객을 시켜 짐의 아들을 공격했나?"

마치 조롱이라도 하듯 황제의 얼굴이 기괴하게 빛났다.

귀족원 전체는 황당함과 침묵에 빠질 수밖에 없었다. 심지어 콜리카 공작가에 귀속된 귀족들마저 어떤 표정을 지어야 할지 몰라 이마를 짚고 있었다.

나는 느긋하게 그들의 대치를 지켜보았다. 그래 봤자 어차피 물증은 없었다. 콜리카 공작이 미쳤다고 저것을 인정할 리가.

그때였다. 방금까지 정적에 빠져 있던 알현실에, 어울리지 않는 웃음소리가 터졌다.

"풋-"

나는 소리의 근원지로 급히 고개를 돌렸다.

"세상에, 웃기기 짝이 없어."

웃음을 터뜨린 것은 다름 아닌 황후였다. 그녀는 마치 세상에서 제일 재미있는 희극을 보는 듯이 손으로 입을 막고 큭큭 웃고 있었다.

미쳤나? 내가 경악에 가득 차서 그녀를 보는데, 그녀가 천천히 입술을 뗐다.

"폐하, 작작 하시지요."

……와.

예상 밖의 복병에 나는 눈을 끔뻑댔다. 혹시 콜리카 공작이랑 짜고 이러는 건가 싶어 콜리카 공작을 봤지만 그 또한 놀란 얼굴로 황후를 보고 있었다.

"황후, 실성한 건가? 짐에게 지금 작작 하라고-"

"그래."

"황후!"

"싫다는 계집을 궁에 끌고 올 담은 있어도, 그 후폭풍을 감당하는 건 무서운 모양이지? 왜, 드레스 하나 봤다고 망령에 사로잡힌 건가? 샤를리나가 어제 꿈에 나오기라도 했어?"

황후의 말에 나는 그만 두 손으로 입을 꽉 막고 말았다. 물론 찢어지는 미소를 가리기 위함이었다. 그녀는 정말로 싫지만 그래도 저 말은 기대 이상이지 않은가!

루벨리안 또한 황후가 이리 나올 줄은 몰랐던 모양인지 무표정한 얼굴에 금이 가 있었다.

"황후, 말을 가려서 하라!"

"폐하께서 저와 제 가문에게 이런 대접을 하는데 제가 무슨 말을 더 어떻게 가려서 합니까!"

황제가 포효하듯 크게 외쳤으나, 황후 또한 그에 지지 않은 채 그간 '네 이년!'을 외치던 내공을 모두 담아 황제에게 쏘아붙였다.

"애초에 이 모든 일을 자초한 것은 폐하셨습니다! 제 가문은 폐하의 손을 들어 줬을 뿐, 플로렌스 공작도, 샤를리나도, 모두 폐하께서 자초하신 일이 아닙니까!"

"이 미친 것이—!"

"샤를리나, 그 계집이 아이를 가졌을 때 뭐라고 하셨습니까! 이카로스가 황태자인 건 변함없는지 묻는 제 질문에 폐하께서 뭐라 대답하셨습니까! 가능성은 무수하다고 하셨죠. 최소한 그때 제게 확답을 주셨더라면 제가 샤를리나를 매질할 일도 없었습니다!"

"감히 네 악행을 짐에게 뒤집어씌우는 게냐!"

"그게 아니면 어디서 굴러먹었는지도 모르는 평민 계집을 제가 왜 그리 집요하게 괴롭혔겠습니까! 애초에 폐하께서 누굴 사랑하시든 일말의 관심도 없는 제가!"

황후의 쩌렁쩌렁한 목소리에는 울분과 회한이 짙게 들어 있었다.

그러나 우습게도 나와 루벨리안에게 두 사람의 싸움은 마지막 골목에 다다른 악인 둘의 내분으로밖에 보이지 않았다.

이윽고 황후가 자리에서 일어나 단상 아래로 내려갔다. 하얗게 질린 그녀의 얼굴은 잔뜩 어그러져 있었다.

"제가 그 계집에게 손찌검을 할 때 정녕 폐하께서는 하나도 모르셨습니까? 그리 사랑한다면서 왜 모든 일을 나 몰라라 하셨습니까?"

"그게 무슨 말인가! 짐은 몰랐다!"

"아뇨. 폐하께서는 알고도 함구하신 겁니다. 제가 샤를리나를 매질하는 것마저도 만류하면 콜리카 공작가에서 가만히 있지 않을 걸 알고 있었으니까요!"

"황후!"

"그런 주제에 어디서 감히 나와 내 가문을 악마로 몰려고 하는 거야! 이제 와서 거슬리니 치워 버리겠다고?"

황후의 얼굴에서 눈물이 뚝뚝 떨어졌다. 그러나 비릿하게 웃고 있는 그녀의 얼굴은 상대방의 머리채를 잡고 지옥으로 떨어지겠다는 의도가 다분했다.

"뻔뻔하기 짝이 없군! 콜리카 공작이나 황후나, 콜리카의 핏줄은 하나같이 뻔뻔하기 그지없어!"

"폐하께서도 똑같습니다. 그게 아니라면 플로렌스 공작이 저지른 일이 뻔함에도 그걸 이용해서 콜리카를 치워 버리려고 하지는 않겠죠."

모든 귀족들의 시선이 경악을 담고 우리를 향했다. 그에 나는 일부러 놀란 얼굴을 하며 급히 입을 열었다.

"황후 마마, 이게 무슨…… 아닙니다. 그 습격이 일어날 때는 저도 있었……."

"닥쳐라, 이 천박한 계집! 샤를리나와 똑같은 얼굴을 하고 순진한 척, 밝은 척, 꼬락서니가 그 계집이랑 똑같아! 너나 샤를리나나 다 똑같아. 이 자리에 있는 모든 치들이 모두 다 똑같은 꼬락서니를 하고 있어!"

"세상에……."

나는 억울한 듯이 손으로 입을 살짝 막았다. 황후의 무차별적인 공격에 희생된 가련한 귀부인 역할을 도맡아 하면서 황제를 응시했다.

"폐하, 저희는……."

내가 억울하게 눈을 깜박거리자 루벨리안이 나를 진정시키며 자리에서 일어났다.

"폐하. 송구하오나 황후 마마의 상태가 온전치 못하니 잠시 휴식이 필요한 듯싶습니다."

"플로렌스 공작! 네 어미가 어찌 죽었는지 아느냐?"

"황후!"

"저치가 죽였다!"

"황후를 끌고 나가라!"

"저치가 죽인 뒤에 모든 것을 감추었다! 이거 놔!"

황후의 발악에 황제가 급히 기사에게 명을 내렸다. 그러나 이미 그녀의 입에서 나온 발언은 폭탄이나 마찬가지여서, 귀족원 전체를 패닉에 빠트리기에 충분했다.

"황후를 방에─ 아니, 감옥에 가두어라! 황권을 조롱하고 황제의 위엄을 실추시킨 죄다!"

그에 황후는 헛웃음을 흘렸다. 이미 황제가 콜리카의 손을 놓은 지금, 황제의 옆에서 방긋방긋 웃고 있는 것은 소용이 없다고 판단한 모양이었다.

"나가도 내 발로 나갑니다, 폐하."

황후가 이를 바득바득 갈면서 황제를 노려보았다. 이윽고 그녀가 양옆으로 기사를 거느린 채 알현실을 나갔다.

사실은 압송되어 가는 것이지만, 그 와중에도 고개를 빳빳이 든 그녀의 모습에 나는 새삼 감탄하고 말았다.

총체적 난국인 상황에서 죄인을 심판을 하겠다는 목적은 이미 수포로 돌아간 듯했다. 하지만 황제가 이리 압박을 하는데 콜리카 공작가가 가만히 있으리라고는 생각하지 않는다. 황후가 나선 건 의외였지만.

"루벨리안."

루벨리안은 무슨 생각을 하는지 모를 얼굴을 하고 있었다. 그런 그가 걱정되어서 작게 이름을 부르자 루벨리안이 다정하게 웃으면서 고개를 돌렸다.

"많이 놀랐나?"

"나는 괜찮은데…… 당신은……."

그가 안심하라는 듯이 고개를 저었다. 그러나 그 모습이 더욱더 나를 가슴 아프게 하는 것은 왜일까.

그때, 긴 침묵을 깨고 황제가 입을 열었다.

"오늘 귀족원 회의는 여기서 끝내지."

"폐하, 자객은-"

"끌고 가서 참수해!"

황제의 외침에 나는 깜짝 놀랐다. 진짜 이대로 참수되는 건가? 미간을 살짝 찌푸리자 루벨리안이 이를 눈치챈 듯 작게 속삭였다.

"걱정 마라. 빼낼 테니."

이윽고 황제가 분노를 삭이면서 알현실을 나갔다. 당황함에 서로의 눈치를 보던 귀족들도 하나둘씩 자리에서 일어났다.

"이게 무슨 일인지……."

"황후 마마께서 하신 말씀은 대체……."

"쉿, 이만 갑시다."

쉬쉬하며 자리를 떠나는 귀족들 사이에서 나는 루벨리안의 손을 꽉 잡았다. 이내 우리도 걸음을 옮기려는데, 갑자기 콜리카 공작이 앞을 막아섰다.

"계획대로 일이 진행되어서 기쁜가?"

"콜리카 공작."

"너무 오만하게 굴지 않는 게 좋을 거야. 콜리카가 이대로 가만히 당하고 있을 줄 알아?"

콜리카 공작의 말에 루벨리안이 피식 웃으면서 답했다.

"공, 그동안 콜리카 공작가가 득세했던 것은 황실의 비호가 있기 때문이었다."

"……!"

"황실의 비호를 잃은 콜리카가, 과연 플로렌스와 얼마나 대적할 수 있을지 궁금하군. 황태자는 저리 침상에 누워 있고, 황후는 감옥에 들어가고. 어떻게− 아는 거라고는 여자밖에 모르는 제3황자를 이용할 건가?"

"이 건방진……!"

"건방진 건 너다. 일이 이렇게 된 이상 폐하께서 가만히 있지 않으실 건 분명할 터. 공께서는 나보다는 황실에 신경을 쓰는 편이 좋겠군. 나한테 와서 입만 놀리는 대신에 말이지."

말을 마친 루벨리안이 나를 이끌고 발걸음을 돌렸다. 결국 몸을 떠는 콜리카 공작을 뒤로하고 나와 루벨리안은 알현실을 나왔다.

알현실에서 나온 뒤부터 루벨리안의 표정은 줄곧 어두웠다. 황후의 입에서 나온 말은 그동안 심증만 남겼던 샤를리나의 피살을 거의 확신으로 만들었기 때문이다.

공작가로 가는 내내 마차 안에서 루벨리안은 아무 말도 없었다. 그에 나는 방에 도착한 뒤 그를 조심스레 불렀다.

"루벨리안, 아까 황후가 한 말…… 역시 황제가 선대 공작 부인을……."

"황후가 한 말을 모두 믿을 수는 없는 노릇이다. 내분이 일어난 상황에서 서로에게 어떻게든 죄목을 뒤집어씌우려고 무슨 말인들 못하겠나. 그러니 아직 속단하기는 일러."

말은 그렇게 했지만 루벨리안의 얼굴은 한없이 굳어 있었다. 그런 그와 시선을 마주치다가 나는 그의 뺨을 살짝 감싸 쥐었다.

"루벨리안, 어제 내가 드레스를 들고 황궁으로 갔잖아요. 그때 레이첼이 그랬어요. 선대 공작 부인이 돌아가실 때 아이를 안고 있었다고."

"……!"

내 말에 루벨리안의 눈동자가 한없이 흔들렸다. 그런 그의 모습이 지나치게 안쓰러워서 나는 그에게 한 걸음 다가간 뒤 품에 안기며 눈을 꾹 감았다.

"루벨리안."

"나는……."

위에서 물기에 젖은 그의 목소리가 들려왔다.

"나는 모르겠다. 그동안 어머니가 나를 낳은 것 때문에 자결했다고 믿어 왔다. 그래서 그녀가 나를 끔찍하게 싫어한다고 생각했어. 그런데 상황을 보니 문득 그녀가 나를 혐오하지 않았을 수도 있다는 생각이 들더군."

"……."

"그런 생각이 드는 나 자신이 미치게 끔찍하다. 그렇게 된다면 그녀는 더욱더 억울하게 죽은 게 되는데, 나는 그따위 생각이나 하고 있으니 말이야."

"그건, 인간이니까 어쩔 수 없는 감정이에요. 그리고 설사 진짜로 선대 공작 부인께서 자결하셨다고 해도 그건 그녀의 탓도, 당신 탓도 아니에요."

이 모든 상황에서 가장 큰 피해자는 바로 샤를리나, 그리고 그다음으로는 루벨리안이었다. 한데 가장 큰 피해를 받은 두 사람 중 하나는 죽고, 다른 하나는 자책하고 있었다.

그 사실이 지독하게 화가 나고 분노가 일어서, 나는 그만 그의 등을 잡은 손에 힘을 주고 말았다.

"그녀가 자결을 했다면 그 이유는 황제와 다른 귀족들 때문이고, 그녀가 살해당했다면 당연히 그녀를 죽인 이들의 잘못이죠."

"……."

"그러니까 자책하지 마요. 어떤 게 진실이든 선대 공작께서는 당신을 탓하지 않으셨잖아."

나는 루벨리안의 품에서 벗어난 뒤 그와 시선을 마주쳤다. 그러자 그가 고개를 작게 끄덕였다.

"일단…… 일단 우리는 지금까지 세워 둔 계획을 차근차근 해 나가는 거예요. 내가 오늘 부인들에게 제3황자를 죽음의 땅으로 보내는 것에 대해 말을 흘렸어요. 당신이 나설 필요는 없을 거예요."

"그래."

루벨리안이 처연하게 웃었다. 그 미소가 마음 아파서 나는 작게 한숨을 쉬었다.

'이 남자를 두고 내가 진짜 죽을 수 있을까?'

그와 함께할 수 있다면 죽어도 상관없다고 생각했는데, 아이러니하게도 그의 곁에 있어 주고 싶어서 아주 찰나 살고 싶다는 생각을 해 버렸다.

그 뒤 사냥 대회의 자객들은 대부분 참수당하고 말았다. 물론 어디까지나 '공식적으로'.

루벨리안은 그자들이 대부분 황실에 원한을 가진 자들이라 죽음도 불사하고 뛰어든 것이라고 했지만, 그렇다고 해도 이들을 죽음까지 몰고 갈 이유는 없었다.

황태자는 아세디움의 여독이 대단했는지 며칠 동안 혼수상태에 빠져 있었다. 새삼 하루 만에 깨어난 레이첼이 위대해지는 순간이었다.

한차례 폭풍이 몰아친 사교계에는 황실이 콜리카 공작가를 완전히 버렸다는─ 진실에 근접한 소문이 돌고 있었고, 그와 동시에 콜리카 공작가를 위시한 귀족들 사이에서는 황실에 대한 불만의 목소리가 터져 나왔다.

"아무리 그래도 어떻게 자객의 말만 듣고 황후 마마의 가문을 그리 대접할 수 있습니까! 황후 마마께서 분노하시는 게 당연합니다!"

─같은.

일각에서는 황실과 콜리카 공작가가 본격적으로 결렬하면 대체 어느 쪽에 서야 하는지에 대한 불안감이 슬슬 흘러나왔다. 더불어 황실에 대한 귀족들의 불신까지.

그리고 예상대로 며칠 뒤, 모든 귀족들에게 황실 공문이 내려왔다.

"사흘 후 제3황자가 이끄는 기사단이 죽음의 땅으로 원정을 떠난다?"

나는 종이에 쓰여 있는 문장을 곱씹었다. 알케 백작이 며칠 전에 제3황자를 추천했다는 말이 나오더니, 진짜로 그렇게 결정된 듯했다.

"알케 부인은 아무래도 플로렌스 쪽의 손을 들어 준 것 같죠? 저한테 크게 미안한 걸까요, 아니면 전략적 판단인 걸까요?"

"지금 사교계에서 가장 조용한 무리들이 바로 우리 휘하의 가문이다. 사실상 가장 안전한 길을 선택한 것이지."

"역시 그렇죠?"

"어쨌든 황실에서 기사단을 재정비했다. 크게 마음을 먹은 것이겠지."

"하긴- 황실의 위엄은 바닥이지. 어떻게든 죽음의 땅을 정복해서 위신을 수립하고 싶겠죠."

루벨리안의 말에 내가 고개를 끄덕였다. 사실 며칠 전 레이첼에게서 서신이 온 터라 크게 놀랍지는 않았다. 서신의 내용인즉슨, 황실에서 레이첼의 성수를 대량으로 요구해 왔다는 것이었다.

'죽음의 땅이 얼마나 위험한 곳인데. 아마 돌아와도 기사들은 한동안 맥을 못 추릴 거야. 그러면 사실상 황실의 군사력은 절반으로 줄어든 거나 다름이 없어. 게다가 콜리카 공작가에서 황실을 공격하고 나면……'

"루벨리안, 플로렌스의 기사들이 콜리카의 기사들과 싸우면 승리할 수 있을까요?"

"황실과 콜리카 공작가가 더해진다면 무리다만, 콜리카 공작가 하나라면- 그것도 황실과 한번 교전을 이룬 상태라면 우리가 크게 득세할 수 있어."

"콜리카 공작가에서 플로렌스에 앙심을 품고 먼저 덤벼들 가능성은요? 전에 보니까 칼을 갈던데."

"가능성이야 없지는 않겠지만, 황실이 죽음의 땅을 정복하고 오면 얼마나 큰 위세를 떨칠지 콜리카 공작이 모를 리 없다. 게다가 황후가 지금 감옥에 있고. 가장 먼저 공격해야 할 적이 누군지 정도는 그도 판단할 머리가 있어."

"그럼 그쪽은 걱정하지 않아도 될 것 같고. 다만 다른 쪽에선 확실한 게 좋지 않나요?"

일이 이렇게 된 이상 나는 확실한 게 필요했다. 그런데 어떻게 우리의 손실을 줄이고 저쪽 손실을 늘리지?

전쟁, 내전, 가뭄.

잠시 몇 가지를 짚어 보던 내가 문득 뭔가를 떠올렸다.

"나, 좋은 방법이 생각났어요."

"무슨?"

"우리 아버지요! 클로다의 상단은 제국에서 절반이 넘는 물량을 거래하고 있어요. 하루에 유통되는 돈의 절반 이상이 클로다 상단을 통해 거래된다는 말과 다를 바 없죠."

"그런데?"

"그러니까 그 중간에는 분명 철 같은 무기 재료들도 있겠죠?"

싸움의 핵심은 힘. 힘의 핵심은 곧 돈이다.

물론 콜리카 공작가가 돈이 모자란 가문은 아니지만, 재력 싸움에서 클로다 상단을 등에 업은 우리는 절대 질 리가 없다.

이건 단순한 돈의 문제가 아니라 시장을 장악하고 말고의 문제였다. 영지를 갖고 그것을 운영해 자산을 불리는 귀족 가문과, 철저히 장사치인 아버지가 시장을 컨트롤하는 방식은 다르니까.

"진짜로 콜리카 공작가에서 황실을 공격하려고 한다면 최소한 무기가 있어야겠죠. 그런데 그 무기를 우리가 먼저 선점해 버리면?"

"그게 가능한가?"

"저는 시장 쪽으로는 잘 모르지만, 아버지는 분명 알고 있을 거예요."

괜히 내 전공도 아닌 문제로 아는 척했다가 일이 생각대로 돌아가지 않으면 큰일 나지 않는가. 경제적 문제는 말은 쉬워도 실제로 행하기는 어려우니까 아버지 같은 전문가에게 맡기는 게 중요했다.

내 말에 루벨리안은 잠시 고민하는 듯하더니 이내 고개를 끄덕였다.

"클로다 상단주와 상의해 보지."

그의 말에 내가 환하게 웃었다. 곧 루벨리안이 내 머리를 쓰다듬어 준 뒤 밖으로 나갔다.

그리고 그가 나가자마자 제나 부인이 문을 노크하면서 방으로 들어왔다.

"무슨 일이야?"

"마님 앞으로 소포가 왔습니다. 제3황자 전하께서―"

"버려."

"버릴 수 있는 물건이라면 제가 진즉에 버렸을 겁니다."

"대체 뭔데? 어디 한번 보…… 이게 뭐야?"

나는 제나 부인의 손에 놓인 작은 상자를 보며 기겁했다. 상자에 담긴 물건은 다름 아닌 머리카락이 들어 있는 동그란 펜던트였다.

"이거 자기 머리카락이야? 저, 저주?"

"그게 아니라, 가끔 먼 길을 떠날 때 연인이나 반려에게 무사 귀환을 약속하는 의미에서 머리카락을 잘라 주기도 합니다."

"그럼 이거 태워 버리면 무사 귀환 못 하는 거야? 당장 태워 버려."

나는 기겁하면서 뒤로 물러섰다. 아니, 제3황자 놈. 나한테 접근 못 하니까 이런 수를 쓰는 거야?

"아니다, 그냥 버려. 그런 거 집에서 태웠다가 부정 타겠어."

"안 됩니다."

"왜?"

내 의문 섞인 얼굴에 제나 부인이 한숨을 쉬었다.

"일전에 황제 폐하께서 선대 공작 부인께 이런 종류의, 연인들끼리만 사용하는 물건을 보낸 적이 있습니다. 그때는 선대 공작 부인께서도 그저 황제 폐하의 일방적인 구애라 무시하면 상관이 없을 거라 생각했고, 폐하께서 주신 물건을 돌려보내는 것은 폐하에 대한 모욕인지라 그저 버릴 수밖에 없었습니다."

"그런데?"

"한데 그 뒤로 어떻게 된 영문인지 황실을 중심으로 선대 공작 부인과 황제 폐하께서 연인들끼리의 밀서를 주고받았다, 부적절한 관계였다는 식의 소문이 돌았고—"

"설마 선물을 돌려보내지 않았다는 게 선대 공작 부인께서 황제와 뭐, 자발적인 관계를 이어 나갔다는 증거라도……."

"네. 물론 선대 부인께서야 버렸다고 주장하셨지만, 그걸 귀족들이 믿을 리가 만무하죠. 그래서 안 된다는 겁니다. 이걸 그저 버리는 걸로 끝내게 되면 이후에 어떤 소문이 돌든지 저희로서는 방법이 없습니다."

그녀가 다소 침통한 얼굴로 답했다. 그녀로서는 상당히 죄책감을 느끼는 듯했으나, 나는 그녀의 말에 경악할 수밖에 없었다.

"그동안 나한테 치근덕대는 게 그냥 평판을 떨어뜨리려고 하는 줄 알았는데, 설마 나를 ……."

나는 저도 모르게 뒤의 말을 삼켜 버렸다.

만약 나를 샤를리나처럼 만들려고 한다면? 그러면…… 그러면 루벨리안은 반드시 무너진다. 그것도 더 이상 일어날 수 없을 정도로 영원히 산산조각이 나는 것이다.

순간 혈압이 정수리를 뚫고 가는 느낌에 나는 입술을 꽉 깨물었다. 손이 부들부들 떨려 와서 말조차 나오지 않는다는 게 이런 느낌인 걸까.

'하다 하다 이제는 인간이길 포기한 거야? 아니, 인간인 건 애초에 포기했지. 이런 공기조차 아까운 것들.'

"제나 부인, 당장 기사들을 불러."

"네? 기사들을 왜-"

"귀족 가문에는 선물이 왔을 때, 나는 너와 더 이상 상종하기 싫다는 의미에서 기사를 보내 선물을 거절하는 방식이 있다고 했지?"

"하지만 마님. 그건 상대방에 대한 엄청난 모욕인데 괜찮을까요?"

"이런 짓거리를 하면서 모욕당할 걸 생각 못 했다고? 그리고 지금 와서 황실이 뭐가 두려워? 오히려 제3황자가 작정하고 소문을 퍼뜨리면 더 큰 일인 거야."

"알겠습니다."

"그리고, 좀 해 줄 게 있어. 사교계에 소문을 퍼뜨려 줘야겠어."

"어떻게요?"

"공작 부인이 얼마나 제3황자 전하를 싫어했으면, 그토록 충성하는 황실에 밉보일 각오까지 하고 기사를 통해 선물을 거절했겠느냐- 하고. 차라리 잘됐어. 그간의 추문도 이 기회에 제3황자의 일방적인 구애로 모두 바꿔 버려야 돼."

"네."

"그리고 루벨리안에게는 말하지 마. 예전 선대 공작부인에게도 같은 방법을 썼다는 거 말이야. 알면 또 자책할 거야. 내가 위험에 처하게 되었다고."

제나 부인이 상자를 품에 안은 채 고개를 끄덕인 뒤 방을 나갔다.

나는 이를 바득 갈았다. 내 평판은 둘째 치고 감히 이런 식으로 루벨리안을 건드려?

'이렇게 나오겠다는 거지? 나는 뭐 가만히 당하고만 있을 줄 알고?'

이내 나는 음산하게 웃었다.

그리고 며칠 뒤, 죽음의 땅으로 향하는 날.

제3황자가 노기등등한 얼굴로 내게 다가와 입을 뗐다.

"부인, 유감이군. 그런 식으로 감히 나를 모욕하다니 말이야."

황제와 정식으로 결렬한 뒤 콜리카 공작이 부재한 터라 루벨리안은 이 며칠간 귀족원의 일을 영솔하고 있었다. 그게 무슨 말인가 하면, 현재 내 옆에 루벨리안이 없다는 것이었다.

'정말 타이밍도 잘 잡는군.'

나는 며칠 전 제3황자가 머리카락을 보내왔다는 소식을 듣고 제3황자를 찢어 죽이겠다는 루벨리안을 겨우겨우 달랜 사실을 상기했다.

이런 건 나를 믿어 보라고, 제3황자가 죽음의 땅에서 다녀온 뒤 능지처참을 해도 늦지 않다고 한 터라 가만히 있었지만, 이 자리에 루벨리안이 있었다면 제3황자는 아마 출정 전에 뒤졌을 것이다.

"제3황자 전하를 뵙습니다."

나는 태연자약하게 그를 향해 인사를 건넸다. 그러나 다정한 내 미소에도 그의 얼굴에 비낀 노기는 여전했다.

"지금 나를 향해 인사를 할 정신이 있긴 한가? 내게 그런 모욕을 주고도?"

"무슨 모욕을 말씀하시는지 모르겠습니다."

"부인이 감히 그런 식으로 내 선물을 거절해?"

"의미가 지나치게 과하여 받을 수 있는 선물이 아니었습니다. 이런 문제는 얽히면 복잡해질 것 같아 일부러 예를 차려 거절한 것인데 무슨 문제라도?"

나는 제3황자 뒤에서 우리를 보며 수군거리고 있는 사람들을 힐끔 보았다. 잘됐군. 이참에 얘와의 관계를 아주 보내 버려야겠어.

제3황자는 지독하게 일그러진 얼굴을 하고 있었다. 그만큼 침착함을 잃었다는 것인가?

"아쉽군. 부인과는 꽤 인연이 있어 적당한 선물이라고 생각했는데."

"송구하오나 저희는 딱 세 번 마주친 것이 다입니다. 황태자 전하의 탄신일, 공작가, 그리고 저번 사냥 대회에서."

"이런, 부인. 한 번 더 있었지. 그때 형님의 궁에서 마주치지 않았나."

"송구합니다. 너무 하찮은 인연이라 그만 잊고 말았습니다."

내 어투는 차분했으나 내용은 그렇지 못했다.

순간 제3황자의 얼굴에 분노가 제대로 피어올랐다. 그것은 마치 원래 제 아래여야 하는 '건방진 생물'이 저와 비슷한, 혹은 그 우위를 점하려고 할 때 생기는 분노였다.

권력을 가진 이들에게서 자주 보이는.

"이런 건방진……."

그의 부들거리는 목소리에 나는 살짝 뒤로 물러섰다. 마치 겁이라도 먹은 듯이.

"마님!"

짜지도 않았는데 리리스가 기가 막힌 타이밍에 내게 달려왔다. 난 그녀의 손을 꼭 잡고 노골적으로 있지도 않은 침을 꿀꺽 삼켰다.

섬세한 연기가 불가능하니, 이렇게 행동으로라도 나타내야 했다. 내가 제3황자를 거절하고 있고, 그가 분노하여 나를 협박한 것처럼.

"어머, 마님! 괜찮으세요?! 많이 놀라셨나 봐!"

한 자, 한 자에 영혼을 담아 리리스가 크게 외쳤다. 그 덕분에 주변에 있던 귀족들의 수군거림이 다시 커지기 시작했다. 그것을 느낀 것은 비단 나뿐만은 아니었는지 제3황자의 미간이 찌푸려졌다.

평소였다면 여기서 그만 끝을 내 버렸을 것이다. 그러나 오늘은 연약한 척하면서 어물쩍 넘기는 걸로는 부족한 자리였다. 우리에게 모든 시선을 쏟고 있는 귀부인들 들으라는 듯이, 나는 일부러 강경하게 말을 내뱉었다.

"황자 전하, 저는 플로렌스 공작 부인입니다. 제가 황자 전하의 물건을 함부로 받는 일은 절대 없을 겁니다."

"뭐?"

"설사 제3황자 전하께서 모욕이라 생각하신다고 해도."

"이……."

"왜냐하면 전하께서는 그럴 자격도, 그럴 능력도 없으시니까요."

씹혀 나오듯 한 자, 한 자 힘이 들어가 있는 내 말에 제3황자는 물론이요, 뒤편에 있는 귀족들까지 경악한 듯싶었다.

나는 최대한 위엄 있게 보이려고 고개를 들었다. 물론 내 얼굴과 몸으로 위엄 있는 척해 봤자 거기서 거기겠지만, 원래 좀 약해 보이는 애가 갑자기 이러면 사태가 얼마나 심각한지 알게 되지 않을까?

'어쨌든 저기 있는 사람들에게 내가 단호하게 제3황자를 거절했다는 걸 무조건 보여 줘야 해. 그래야 기사를 보내 선물을 거절한 것이 루벨리안의 뜻이 아닌 내 뜻임을 알릴 수 있어.'

그렇게 원하면 보여 주는 게 예의지. 옜다, 단호한 거절.

'기사들을 보내서 좀 세게 나가길 잘했어. 안 그러면 원정을 떠나기 전에 귀족들 앞에서 보여 줄 수도 없었을 테니까.'

그렇게 잠시간의 침묵 후, 제3황자가 입을 뗐다.

"건방진 계집."

황실 인간들은 '천박한', '건방진', '계집' 같은 언사를 참 좋아하는 것 같다. 한 치의 오차도 없이 튀어나온 반응에 나는 속으로 웃었다.

조금 소란스러워진 주변 때문인지 그는 더 이상의 거친 말은 하지 않았다.

"오늘은 황실에게 영광스러운 날이니 시간 낭비는 그만하도록 하지."

자기가 먼저 와 놓고는.

"그러나 내가 출정을 끝나고 오는 날, 부인의 이 모욕은 반드시 갚 겠다."

아니, 넌 출정하고 오면 콜리카 공작가를 상대해야 할 거야.

말을 마친 제3황자가 천천히 우리에게서 멀어졌다. 그의 뒷모습이 완전히 사라지자, 나는 이마를 짚고 바닥에 꿇어앉았다.

"아아……."

"마님!"

리리스가 나를 크게 부르자, 저 멀리서 우리를 보고 있던 귀부인 들 몇몇이 놀라서 다가왔다. 알케 부인은 가장 앞에 서서 걱정스러 움을 표했다.

"부인, 괜찮으신가요?"

"괜찮아요. 너무 놀랐나 봐요. 제3황자 전하께서……."

"아니에요, 공작 부인. 이번 대처는 부인으로서의 긍지를 잘 지켜 냈 는걸요. 저희는 그것도 모르고 이상한 헛소문을 믿을 뻔했어요……."

"어쩜 귀부인에게 저런 모욕을 하시다니, 공작 부인께서 많이 놀 라셨겠어요."

다소 미안한 듯 알케 부인이 한마디 건넸다. 그녀의 말에 뒤에 있 던 이들도 분분히 고개를 끄덕였다.

그러나 우습게도 그녀들의 말이 나는 결코 즐겁지 않았다.

'자칫하면 황실의 분노를 사서 가문이 멸문당할지도 모르는 불 안함과 위험성을 감수하면서 이런 짓을 해야만 얻어지는 믿음이 라…… 정말 하찮고 경박하군.'

하지만 뭔가 되었든 이 상황이 나에게는 유리한 것임이 틀림없었 다. 이윽고 그들의 걱정 어린 시선 속에서 천천히 일어난 나는, 멀리에서 루벨리안의 인영을 발견하고 환하게 웃었다.

"루벨리안!"

내 부름에 나를 에워싼 이들이 뒤로 물러났다. 그에게 예를 올리는 이들을 가볍게 지나친 채 루벨리안이 내게 다가왔다.

"무슨 일 있었나?"

"제3황자 전하께서……."

말꼬리를 흐려도 무슨 상황인지 대충 알 터였다. 일순 그의 눈에 분노가 차올랐으나 나는 그의 팔을 꽉 쥐었다.

진정해요. 내가 해결했으니까. 오늘은 제3황자를 얌전하게 죽음의 땅으로 보내요.

어차피 황제만 끌어내리면 그쪽은 단숨에 제거할 수 있었다. 그런 내 뜻을 이해한 건지 루벨리안이 금세 차분한 얼굴을 했다.

"그랬군."

"저, 각하. 공작 부인께서 많이 놀라신 듯하니 편히 쉬실 수 있게 자리를 마련하는 것이 어떻겠습니까?"

루벨리안의 뒤를 따라온 귀족들 중 알케 백작이 입을 뗐으나 나는 고개를 저었다.

"여러 부인들께서 도와주신 터라 저는 괜찮답니다. 특히 알케 부인께서 크게 도와주셨어요."

"공작 부인께서 그리 말씀해 주시니 큰 영광입니다."

곧 그들이 우리에게 인사를 하며 자리를 떠났다.

나는 아직 싸늘한 기색이 남은 루벨리안을 다독였다.

"나는 괜찮아요. 덕분에 소문은 칼같이 차단했으니까."

"……."

"얼굴 펴고."

내 달램에 루벨리안이 어쩔 수 없이 크게 한숨을 내쉬었다. 그때, 저 멀리서 엄청난 인원이 이쪽으로 다가오는 게 보였다.

"기사단이네요?"

"출정 의식이 시작되었군."

루벨리안의 말이 틀리지 않았는지 그들은 전부 기사였다.

저들이 바로 죽음의 땅으로 향하는 자들이란 말이지. 황실의 인장만 차고 있는 것을 보니, 당연하지만 콜리카 공작가의 기사들은 관여를 하지 않은 듯했다.

'웃기기도 하지. 예전 같았으면 어떻게든 숟가락을 얹으려고 했을 텐데.'

내가 속으로 비웃음을 짓던 그때, 제3황자의 목소리가 크게 울렸다.

"경들은 오늘 이 자리에서 제국 역사상 가장 영광스러운 순간을 목격하게 될 것이다! 황실은 죽음의 땅을 정복하고 몇백 년간 내려온 제국의 불안을 종식시킬 것을 맹세하는 바, 죽음을 두려워하지 말고 부디 살아남을 것을 경들에게 명한다! 황실에 영광을!"

"영광을!"

제3황자의 말에 기사들이 검을 빼 들고 외쳤다. 그러나 그 모습에도 나는 그저 시큰둥하게 웃을 뿐이었다.

'가기 전에 황실의 온전한 모습을 눈에 담아 둬. 돌아오면 모든 게 폐허가 되어 있을 테니까.'

말을 마친 뒤 의식적으로 포도주를 입에 털어 넣은 제3황자가 검을 빼 들었다. 잔뜩 고조된 분위기에 공기가 후끈 달아오르고, 이윽고 출정을 선포하는 기가 올라가는 순간—

"정복하라!"

모든 이들이 그토록 염원하던 '정복'이 시작되었다.

"황태자가 저걸 보면 뭐라고 생각할까요?"

"모르긴 몰라도 기가 막혀서 다시 쓰러지지 않을까 싶다. 그렇게 반대했는데 결국 죽음의 땅으로 가다니."

"그런데 황제는 과연 이걸 예상하지 못했을까요? 콜리카 공작이 칼을 갈고 있을 게 뻔한데 먼저 죽음의 땅부터 정복하려고 군사력을 동원하다니. 나 같으면 일단 콜리카부터 정리했을 텐데. 음, 아닌가. 죽음의 땅이 더 가치가 있을 수도."

"더 큰 그림을 그리고 있을지도 모르지."

"흐음, 더 큰 그림이라……."

"뭐가 되었든 우리 쪽에는 유리한 결정일 테니 걱정하지 마라."

출정 의식이 끝난 뒤, 공작가로 돌아가는 마차 안에서 나는 고개를 끄덕였다. 제3황자의 출정은 전쟁의 서막이나 마찬가지였고, 우리의 계획이 가장 중요한 곳에 왔음을 의미했다.

이 순간을 그나, 나나 얼마나 고대했나.

그럼에도 내가 속 시원하게 웃을 수 없는 것은, 요즘따라 내 죽음이 가까워질지도 모른다는 예감이 들어서였다.

'일이 이렇게 되었으니 황태자는 일어나자마자 우리를 죽여 버릴지도 몰라. 레이첼이 봤다는 그 미래는, 근시일 내로 일어날 확률이 높겠지.'

그렇게 된다면 루벨리안도 위험했다. 나는 죽어도 그는 죽어선 안 된다. 그렇게 생각하는데 어느새 공작가에 도착한 마차가 우뚝 멈춰 섰다.

"이브."

루벨리안의 에스코트를 받으면서 마차에서 내리려는 순간, 익숙한 목소리가 들려왔다. 내가 반응하기도 전에 아버지가 우리에게 다가왔다.

"공작 각하. 일전에 말씀하신 부분에 대한 해결책을 갖고 왔습니다."

아, 혹시 그 무기?

나는 흥미 어린 눈빛으로 아버지를 응시했다. 그에 나를 한 번 본 아버지가 입을 뗐다.

"이브. 일단 너는 방으로 올라가 있거라."

"저도 들을래요."

"이건 네가 함부로 끼어들 일이……."

"함께 올라가지. 그리고 이 의견은 이브가 제일 먼저 낸 것이다."

아버지의 만류에 루벨리안이 차갑게 대꾸했다. 덕분에 아버지 또한 딱히 반박하지 못한 채 우리와 함께 집무실로 갈 수밖에 없었다.

"각하께서 말씀하신 무기의 거래에 대해 통계를 내 봤습니다. 쉽게 설명드리자면, 현재 제국에는 큰 광산이 없어 6할에서 7할 정도 되는 무기의 원재료는 외국에서 수입하고 있습니다. 그리고 그중 절반 이상이 클로다 상단을 통해 유통이 되고 있습니다."

"그럼 나머지 3할 내지 4할의 광산은 누가 소유하고 있나요?"

"전체 광산의 2할은 황실이, 나머지는 귀족들의 영지에 분포되어 있지. 하지만 제국의 광산에서 나오는 것들은 질이 안 좋아 전쟁 무기로는 잘 쓰이지 않아."

나는 머리를 굴렸다. 그렇다면 전쟁 무기의 원재료는 대부분 해외에서 들여온다 보는 것이 옳았다. 그리고 지금 상황에서 가장 빠르게 이 원재료들을 선점할 수 있는 이는 바로 아버지였다.

아, 이브로 살면서 아빠 부심 부려 보는 건 오늘이 처음이네.

내게 설명을 하던 아버지가 다시 루벨리안에게로 고개를 돌렸다.

"그래서 각하. 제가 고민을 해 본 결과, 클로다 상단에서 그간 시장에 풀던 모든 무기 원재료들을 플로렌스로 돌리는 것이 어떨까 싶습니다."

"상단에 있어 큰 손실일 텐데."

루벨리안이 괜찮겠느냐는 듯이 미간을 좁혔다. 그러나 아버지는 고개를 저을 뿐이었다.

"어차피 상단은 먼 훗날 제 딸에게 넘어갈 겁니다. 그리고 제 딸이라면—"

아버지가 힐끔 나를 보았다.

"당연하게도 각하를 도와 드리려고 할 겁니다."

우아, 우리 아버지, 나를 너무 잘 알잖아?

말을 마친 아버지가 한숨을 살짝 쉬었다. 잠시 침묵을 지키던 루벨리안은 희미하게 웃었다.

"나는 대가 없이 타인의 호의를 받지 않는다. 상단주의 호의는 모든 것이 정리되는 대로 제값을 치르지."

루벨리안의 말에 아버지는 침묵에 잠긴 채 그를 응시하다가 이내 고개를 끄덕였다.

"알겠습니다."

이내 자리에서 일어난 아버지가 서재를 나갔다. 굳이 나올 필요 없다고 손을 젓는 아버지의 뒷모습에, 나는 루벨리안에게 살짝 눈짓을 하고는 급히 아래로 내려갔다.

"아버지!"

"이브?"

내가 따라 나온 것이 무척 의외인 듯 아버지가 미간을 좁혔다. 그런 그를 향해 나는 차분하게 입을 열었다.

"고마워요. 흔쾌히 도와주셔서."

"네가 플로렌스의 안주인인 이상 클로다 상단은 결코 이 관계에서 벗지 못한다. 그럴 바에야 차라리 플로렌스를 도와주는 것이 좋지 않겠느냐."

그렇다고 해도 모든 물건을 넘기겠다는 것은 그리 쉽게 할 수 있는 선택이 아니었다. 물론 루벨리안이 복수를 성사시키고 황실을 전복하게 된다면, 당연히 지금 도와주는 것이 좋은 투자가 되겠지만.

하나 저번 샤를리나의 드레스 때문에 찾아갔을 때도 그렇고, 묘하게 그가 나를 걱정하는 것 같은 건 내 착각일까?

"그래도 고마워요."

"너는 쓸데없는 데는 신경 쓰지 말고, 어떻게 공작 각하의 옆에서 그 자리를 지킬지나 생각해라. 이 모든 것이 끝나 각하께서 원하는 걸 손에 넣으시면…… 네 자리가 위태해질 수 있어."

"아빠."

갑작스러운 내 부름에 아버지가 멈칫했다.

"저 생각보다 더 잘 살아요."

"생각도 없이 사는 것 같아 그런다."

"사실 그때, 저 결혼하기 직전에 난리 친 거. 결혼하기 싫어서 그런 거라는 거 잘 아셨잖아요."

내 말에 아버지가 한숨을 쉬면서 말했다.

"이 세상에 이보다 더 좋은 혼처가 어디 있을 거라 생각하느냐."

"그래도 제가 플로렌스 공작과 결혼하기 싫어한 거 아셨죠? 그때

제가 독감에 걸려서 골골거릴 때 그러셨잖아요. 결혼하기 싫은 거라면 꿈도 꾸지 말라고."

"……."

"뭐, 알고는 있어요. 아버지 입장에서는 최선이었다는 거. 게다가 제가 빨리 결혼하고 싶다고 했으니 아버지가 더더욱 그랬겠죠."

이 세계가 아름다운 평민 여자에게 얼마나 가혹한지 나는 알고 있었다. 그건 내가 미혼일 때 내게 쏟아지던 귀족들의 정부 제의만 봐도 확연했다.

아마 아버지로서는 가장 최선의 선택이었음은 자명하다.

권력과 재력, 책임감까지 가진 남자에게 나를 지켜 달라고 보내는 것.

"다만, 그게 옳다고는 말하지 못하지만요."

"헛소리를 하고 있구나."

"절 억지로 루벨리안과 결혼시키려고 했던 아버지의 그 강제성 다분한 행동은 별로 이해하고 싶지 않아요. 하지만 아버지가 절 위한다는 건 잊지 않을게요."

"……."

"도와줘서 고마워요, 아버지."

사실 그는 나쁜 사람은 아닐지 모른다. 그러나 자식을 사랑해서라는 이유는 모든 행동을 정당화해 주지 않는다. 그럼에도 그는 최선의 선택을 했다. 그 사이의 아이러니를 최대한 이해하려고 애쓰면서, 나는 그를 향해 고마움을 표시했다.

어느 날 갑자기 그를 떠난 '에반젤린' 대신, 그의 딸이 된 내가.

아마 내가 죽으면 그 또한 슬퍼할 것이다. 아버지와 어머니는 루벨리안만큼─ 아니, 어쩌면 그 이상으로 더 슬퍼할 수도 있었다.

그러니 나는 죽기 직전에 고맙다는 말만큼은 하고 싶었다. 5년 사이에 갑자기 혈육의 정이 피어올랐다기보다는 인간 대 인간으로.

내 말에 아버지는 별다른 말을 하지 않았다. 그렇게 얼마나 지났을까, 그가 한숨을 쉬며 발걸음을 옮겼다.

"잘 있거라."

말을 마친 그는 빠르게 공작가를 떠났다. 그런 아버지의 뒷모습을 보다가 나 또한 발을 돌렸다.

아버지는 생각보다 훨씬 더 일 처리가 빠른 분이었다. 담화가 끝나고 이튿날, 빌이 계약서를 들고 온 것이다.

"각하. 클로다 상단에서 계약서를 체결했습니다. 사흘 내에 모든 준비를 마치고 관련 물자를 공작가로 넘기겠다고 하였습니다."

"알았다."

이윽고 빌이 우리에게 인사한 뒤 방을 나가자, 나는 루벨리안이 입에 넣어 주는 쿠키를 씹으면서 말문을 뗐다.

"생각보다 일이 빨리 진행되었네요? 콜리카 공작가는 아직 소식이 없죠?"

"기사단이 남부로 도착한 뒤에야 손을 쓸 것이다. 제3황자의 군대가 언제든지 돌아올 수 있으니까."

"그럼 우리는 조용히 황실과 콜리카 공작가 사이의 관계만 주시하면 되는 걸까요? 그러고 보니 요즘 지나치게 조용한 거 아닌가? 황후가 감옥에 갇혔는데 콜리카 공작가에서 난리도 안 치고, 무섭게."

"한꺼번에 정리해 버릴 생각이겠지."

"황후도 그래서 입을 다물고 있는 것이고요? 황태자는 아직도 못 깨어났으니…… 저러다가 평생 못 깨어나는 거 아니야? 아세디움이 대체 얼마나 대단한 독이길래."

"아세디움을 좀 많이 묻혔다. 교황이 흔쾌히 넘겨주더군."

"교황도 의외네요."

"신전은 황실과 적대적인 세력이니까. 성녀가 지나치게 관대한 거다."

원작에서도 교황은 셈이 빠른 자로 나왔다. 레이첼과 엮이면서 종종 등장했는데, 아무래도 원작과 좀 다르게 가다 보니 아직 나는 교황을 본 적이 없었다.

아, 그리고 보니 원작에서 비중 있는데도 거의 못 본 인물이 또 하나 있네.

"제2황자는 대체 뭐 하고 사는 거예요? 이제야 생각났는데 그 사람, 황태자가 쓰러질 때 보러는 왔어요?"

"아마 얼씬도 하지 않았을 거다."

하긴, 원작에서도 사이는 좋지 않았으니. 황태자와 달리 제2황자는 정말 말 그대로 전형적인 서브 남주의 모습을 띠고 있었다.

작은 변방의 귀족 영애였던 황비가 죽은 뒤 완전히 세력을 잃은 그가 조금이라도 권력에 흥미가 있었다면, 차기 황제로 밀어서 황태자와 대적하게 만들었겠지만—

"역시, 제2황자는 정말이지 황실에 일말의 관심도 없나 봐요."

"어렸을 때부터 꾸준하게 황실에서 나가겠다고 노래를 부르던 자다. 아카데미로 가서 학문을 연구하겠다고 고집을 부리는 걸 황제가 허락하지 않았지."

"계획이 계속 진행되면 그 황자도 신경 써야 하는 거 아닌가요? 만약 제2황자가 황위에 관심을 보인다면……."

"글쎄. 그건 제2황자의 뜻을 봐야겠지."

"황위에 관심을 보이면 그 사람한테 황제의 관을 바칠 거예요?"

"만약 그자가 플로렌스의 안녕만 보장해 준다면. 물론 플로렌스에서 황실을 장악하는 전제하겠지만."

"만약 황제 편을 들면요?"

"그럼 같이 제거해야겠지."

"여전히 황위에 관심 없으면?"

"그래도 감시는 해야 할 거다. 뭐가 되었든 훗날 복수하겠다고 달려들면 곤란하니까."

그의 말에 내가 피식 웃었다.

"당신은 황제가 되고 싶은 마음 없고요?"

"글쎄, 권력에 욕심을 가져 본 적이 없어서 모르겠다. 내 목적은 언제나 복수였다. 황위가 아니라."

"으음…… 그래도 만약 황제가 되면 나 잊으면 안 돼요? 우리 아버지가 그러는데, 당신이 모든 걸 이루면 나는 설 자리가 없대요. 성공하는 남자들이 조강지처 버리는 것처럼, 혹시 당신도 그러는 거 아니야?"

눈을 가늘게 뜨고 묻자, 루벨리안이 무슨 헛소리를 하느냐는 듯이 어이없는 눈길로 나를 보았다.

"두고 봐요. 만약 나 버리면 남첩들 100명씩 쌓아 놓고 다 꼬드기고 다닐 거야. 그리고 그 남자들한테 당신 죽이라고 할 거야."

"저런."

"내가 이렇게 예쁜데 날 위해 목숨 걸어 줄 남자 하나 없을까 봐?"

"쓸데없는 소리를."

내 머리에 콩 하고 이마를 부딪친 그가 빙그레 웃었다.

"나는 오히려 당신이 더 걱정된다."

"내가 뭘요?"

"만약 진짜 당신이 황후가 된다면 외교 사절단도 만나야 하고, 그러면 외국에서 잘난 남자들도 당신한테—"

"아, 잠깐만요. 그렇게 생각하니까 약간 좀 오싹한데요? 내가 황후가 된다고요? 제국 망하는 거 아니야?"

아무리 그래도 제국의 국모 자리는 약간 오버인데. 물론 전생의 우리 아버지가 날 퍼스트레이디로 키우고 싶다는 망상을 품긴 했지만, 그래도 제국의 황후 이건 약간 느낌이 다르잖아?

하지만 이내, 그 전에 내가 죽을 수도 있다는 생각이 들자 나는 애매한 얼굴을 할 수밖에 없었다.

"뭐, 어쨌든 간에 시켜 주신다면 열심히는 할게요."

루벨리안이 피식 웃으면서 내 입에 입을 맞췄다. 곧, 어깨를 감싸 안은 손이 천천히 팔을 타고 내려오더니 어느새가 허리를 감쌌다. 코앞까지 다가온 그의 흑발이 살랑거리면서 코를 간질였다.

"이브."

"왜요?"

"만약 이 모든 게 끝나면……."

"끝나면?"

"……아이를 가질 생각이 있나?"

이 모든 것이 끝나고, 만에 하나 내가 무사히 살아남는다면—

"물론이에요."

나는 그의 뺨을 감싸며 부드럽게 웃어 보였다.

"가져요. 기왕이면 많이."

"많이는 당신이 너무 고통스러우니, 하나만 갖지."

"레이첼한테 부탁해서 좀 어떻게 해 달라고 하면 안 될까요? 그래도 명색이 가장 친한 사람인데."

루벨리안이 빙그레 웃으면서 내 이마에 키스했다. 그런 그를 보노라니 새삼 덧없는 희망을 품는 것 같아 마음이 아팠다.

그럼에도 우리는 진실을 밝히고, 그는 복수를 완성하고, 나는 무사하게 이 모든 것을 해결해야 했다.

그리고 제3황자가 출정하고 일주일 뒤, 황실 기사단이 죽음의 땅에 도착했다.

더불어 기다렸다는 듯이 콜리카 공작이 공식적으로 황실에 전쟁을 선포했다.

전쟁의 서막은 콜리카 공작가의 기사가 황실 감옥에 쳐들어가 황후를 꺼내 오려고 시도하면서 시작되었다.

"황후 마마를 돌려받고, 그 자리를 황제의 선혈로 채워라!"

건방지다면 건방지고, 당연하다면 당연한 콜리카 기사들의 구호는 그야말로 수도 전역을 공황에 빠트렸다.

수도에 거주하고 있던 일부 귀족들은 지방으로 대피할 준비를 하고 있었고, 그것이 불가능한 귀족원의 중앙 귀족들은 어떻게든 콜리카의 공격에서 벗어나고자 애를 썼다.

그러나 그중에서 가장 큰 혼란에 빠진 것은 단연코 황실이었다.

"꼭 가 봐야 돼요?"

한밤중에 갑자기 들려온 소식에 급히 옷을 갈아입는 루벨리안을 향해 내가 물었다. 그에 루벨리안은 내 뺨을 쓰다듬으며 작게 웃었다.

"귀족원이 긴급 소집되었다. 가 봐야지."

"황실에서 귀족들의 힘을 빌리려고 할 게 뻔해요."

"그렇지."

"그럼 어떻게 할 거예요?"

"거절할 예정이다."

"……."

"걱정 마라. 거절한다 해도 이 시국에 플로렌스를 적대시할 순 없을 거다."

그를 믿어 보는 수밖에 없어 고개를 끄덕이는데, 밖에서 리리스가 급히 문을 두드렸다.

"마님! 마님! 황실에서 전갈이 왔어요!"

"들어와. 무슨 일인데?"

곧 그녀답지 않게 거칠게 문을 연 리리스가 잔뜩 당황한 얼굴로 외쳤다.

"황실에서, 각 가문의 가주들뿐만 아니라 각 가문의 안주인들도 함께 소환했어요!"

"하아…… 진짜, 일도 참 크게 만드는……."

"그런데 소환장에 있는 게 황태자 전하의 친필 사인이에요!"

"황태자의 친필 사인?"

리리스의 말에 나와 루벨리안이 동시에 쩌적 굳어 버렸다.

"확실해?"

"그간 많은 소환장을 받아 봐서 황족들의 친필 여부는 가려낼 수 있어요. 황태자 전하의 친필 사인이 맞아요."

"그럼 황태자가 일어났다는 거잖아. 그런데 아세디움에 당하고도 열

흘간 누워 있었던 사람이 갑자기 소환장을 쓸 정도로 멀쩡해졌다고?"

"그게 아니라면……."

그때, 루벨리안이 다소 가라앉은 목소리로 입을 열었다.

"사실은 오래전에 일어났다고 봐도 무방하겠지."

"……네?"

"또 다른 흉계를 위해 일부러 숨을 죽이고 있었던 거다."

나는 긴장한 얼굴을 했다.

모든 일이 황태자의 의지를 배반한 채 돌아가고 있었다. 그의 분노가 가장 크게 향할 이가 누군지는 명백하지 않은가.

하지만 그렇다고 해도 우리는 이 행동을 마지막까지 책임질 의무가 있었다.

"일단 황실로 가서 무슨 소리를 하는지 알아봐야겠네요."

"아니, 그럴 필요 없다. 오늘 소환장은 응하지 마라."

"황실에서 온 소환장이에요. 거기에 응하지 않는 건 황명을 어기는 거나 마찬가지 아닌가요?"

"지금 이 상황에서 황명을 어겨 봤자 황태자가 뭘 할 수 있을 거라 생각하는가."

그건 그랬다. 군대를 모집해 플로렌스 공작가를 칠 수도 없고.

"알겠어요. 당신 말대로 집에 있을게요."

혹여나 황실에서 황태자가 칼이라도 들고 설치면 곤란했다. 아무리 바뀌지 않는 미래라도 최대한 길게 살다가 죽는 게 좋지 않겠는가.

"당신도 조심해요. 황태자가 혹시 검이라도 겨누면 무슨 수를 써서라도 다치지 말고 와야 해요."

아니, 이렇게 말하니까 데드플래그 같네. 그러나 어쩔 수 없었다. 이것은 진심이었다. 그에 루벨리안이 다정하게 웃으며 말했다.

"콜리카 공작가가 황성을 무너뜨리려고 하는 이상, 황실에서는 나를 상대할 여력이 없어. 설사 황태자가 검을 들고 설쳐도 내가 이긴다."

"황태자는 엄청나게 강한 검사라고 들었는데……."

원작에서도 황태자의 검술은 제국을 통틀어 다섯 손가락 안에 꼽힌다고 들었다. 그러나 루벨리안은 안심하라는 듯이 내 이마에 입을 맞출 뿐이었다.

"그와 함께 검을 배운 나다. 그자의 실력은 내가 알고 있어."

"그럼 꼭 무사하게 다녀와요. 난 공작가를 지킬 테니까."

"그래, 부탁하지. 아, 그리고…… 기사들을 평소보다 조금 더 붙여 줄 테니 너무 부담스러워하지는 말고 편하게 있어."

"알았어요. 많이 붙여 줘요. 나도 무사하고 싶어요!"

그런 내가 대견하다는 듯이 루벨리안이 이번에는 내 입에 가볍게 키스했다. 이윽고 그가 발걸음을 옮겨 공작저를 나갔다.

떠나는 그의 뒷모습을 응시하던 나는 조용하게 얼굴을 굳혔다.

"리리스, 지금 당장 신전에 전보를 넣어 줄래?"

"내용은 어떻게 넣을까요?"

리리스가 고개를 끄덕이며 내게 물었다. 나는 밖을 내다보며 천천히 입을 뗐다.

"레이첼을 만나고 싶다고 전해 줘."

"이브."

"레이첼? 날이 밝으면 내가 가려고 했는데……."

"밖이 많이 위험해서요. 성녀인 저는 공격을 받아도 상관이 없지만, 이브는 안전할 수 없으니까요."

나는 전보를 치자마자 공작저에 온 레이첼로 인해 놀랄 수밖에 없었다.

그러자 그녀가 생긋 웃으면서 뒤를 돌아보았다.

"저 혼자 온 건 아니에요. 알프리드도 왔어요."

"참, 저 인간은 내가 뭐 이쁘다고 굳이 여길 왔대?"

"부인 때문에 온 거 아닙니다. 비상 시기에 성녀님을 홀로 밖에 보낼 수는 없는 노릇⋯⋯."

"참고로 제가 공작저로 가는 게 좋겠다고 말한 이는 알프리드랍니다."

"아닙니다!"

알프리드의 강한 부정에도 눈을 동그랗게 뜨고 그를 응시하니, 그가 질색하듯 뒤로 물러났다.

"왜 그렇게 보십니까?"

"어머, 이런 츤데레 같은."

"그건 또 뭡니까?"

"아무것도 아니에요. 앞으로 대신관님의 행보를 응원하도록 할게요."

음흉하게 웃는 내 표정에 그는 혈압이 올라간 듯했으나, 레이첼이 다가오자 이내 말을 속으로 삭였다.

"그런데 이브. 무슨 일로 만남을 청했어요?"

"부탁이 있어서요. 레이첼한테 부탁만 하는 것 같아서 죄송하지만, 어쩌면 마지막이 될 수도 있는 터라⋯⋯."

"마지막이라니, 무슨⋯⋯."

"황태자 전하께서 깨어나신 것 같아요."

내 말에 레이첼은 조금 놀란 듯 눈을 깜박거렸다. 이내 내가 황태자에 의해 죽는 걸 알고 있는 그녀가 슬픔 어린 얼굴을 하면서 입을 뗐다.

"이브, 걱정 마요. 제가 본 미래가 정확하리라는 법도 없고, 게다가 저는 이브가 검에 찔리는 모습을 봤을 뿐 검에 찔린다고 무조건 죽는 건 아니잖아요."

"알고 있어요. 그래도 만에 하나라는 게 있어서 말씀드리는 거예요."

나는 살짝 말을 골랐다.

"제3황자 전하께서 죽음의 땅에서 돌아오시면, 아마 엄청나게 중요한 물건을 갖고 오실 거예요. 특히 레이첼에게 아주 중요한."

그것은 바로 그녀의 각성을 돕는 성검이었다.

하지만 문제가 하나 있었다. 원작에서는 레이첼과 황태자가 함께 죽음의 땅으로 갔기에 그녀가 성검을 손에 넣을 수 있었지만, 현재는 제3황자 혼자 갔기에 성검은 황실의 소유가 될 터.

"그게 무엇인지 물어도 될까요?"

"그건……."

나는 조금 주저했다. 그러나 지금 상황에서 숨겨 봤자 득 될 건 하나도 없었다.

"성검이에요."

"성검이요?"

"네. 어떻게 알았는지 말씀드리기는 어렵지만, 사실이에요. 제3황자 전하께서 죽음의 땅에서 돌아오시면, 무슨 수를 써서라도 그것을 손에 넣으셔야 돼요."

"제가…… 그것을 손에 넣으면 어떤 일이 벌어지는 거죠?"

"레이첼의 힘에 큰 도움이 될 거예요. 저에게도 마찬가지고요."

원작의 마지막, 모든 각성을 마친 레이첼은 비로소 신의 힘을 손에 넣게 된다. 그리고 그중에는 죽은 이를 살려 내는 힘도 있었다. 비록 원작에서는 그 힘을 쓴 적이 없지만, 그래도 한번 시도해 볼 만하지 않는가.

가능성은 배제할 이유가 없다. 그것이 변하지 않는 미래라고 해도 시도는 해 봐야 하니까.

한참 동안 나와 시선을 맞추던 그녀가 길게 한숨을 쉬더니 이내 고개를 끄덕였다.

"알았어요. 무슨 수를 써서든지 꼭 성검을 손에 넣을게요. 지금까지 이브가 한 말 중에 제게 해가 될 것은 없었으니, 이번에도 이브를 믿어 볼게요."

"고마워요, 레이첼."

그녀는 신이고, 심판자다.

내 임무는 루벨리안의 복수를 돕는 것뿐만 아니라, 레이첼이 심판하는 이 세상에서 황제의 죄행을 고해바치는 것.

결국 최후의 심판은 그녀가 내리는 것이었다.

"이번 일이 끝나면 최대한 공명정대한 판결을 기대할게요. 황실이든, 플로렌스든, 이 세상에 있는 모든 이들에 대한."

"……네?"

내 말을 알아듣지 못한 듯 레이첼이 고개를 갸웃거렸으나, 나는 그런 그녀를 향해 환하게 미소 지어 줄 뿐이었다.

제8.5장

그녀는 모르는 이야기(4)

그녀는 모르는 이야기(4)

동이 틀 무렵, 은은하게 비추는 아침 해에 반사된 황실은 그야말로 처참하기 그지없었다.

루벨리안은 난장판이 따로 없는 황실 감옥의 꼬락서니를 보며 혀를 찼다. 대단하기도 하다. 전쟁을 선포하자마자 황실 감옥을 탈취하다니.

유혈 사태가 벌어진 감옥에서 풍겨 오는 피비린내에 그가 한숨을 쉬었다.

"콜리카 공작은 미친 게 분명합니다! 폐하께서 그리 대하셨다고 감히 반역을……!"

"맞습니다. 황후 마마께서 그날 알현실에서 하신 말씀은 얼마나 불경했습니까. 폐하께서 노하실 만하지 않습니까!"

"그동안의 일들을 고맙게 여기지는 못할망정!"

서신의 존재를 모르는 일부 귀족들의 외침에 루벨리안은 비릿하

게 웃었다. 그는 콜리카 공작가에게 일말의 호감도 없었지만, 이번
일은 명백히 황제의 잘못이었기 때문이다.

"그나저나 대체 어떻게 한단 말입니까. 현재 황실 병력의 절반이
제3황자 전하를 따라 죽음의 땅으로 갔습니다. 다시 되돌아오기에
는 시간이 너무 많이 걸립니다."

루벨리안은 엉망이 된 감옥을 쓱 훑었다.

황태자가 그렇게 죽음의 땅으로 가는 것을 반대한 이유가 바로 이
것이었다. 온전한 황실이라면 몰라도, 반 토막이 난 황실의 병력은
콜리카 공작가에게 있어 손쉬운 먹잇감이었다.

'하지만 황태자도 아는 것을 과연 황제가 몰랐을까?'

루벨리안이 느긋하게 생각에 잠겼다.

아니. 황제는 필히 알았을 것이다. 죽음의 땅으로 군대를 보내면
콜리카 공작가가 황실에 군사를 보낼 가능성이 큼을.

'그렇다면 역시―'

생각을 이어 가던 그가 이내 피식 웃었다.

"감히 콜리카 공작가에서 황실에 도전장을 보내왔다. 그에 맞서
짐은 기사단을 편성해 콜리카 공작가의 반역을 압제하려고 한다."

"현명하십니다, 폐하."

"하여서 말인데― 경들의 도움이 필요하다."

알현실에서 울려 퍼진 황제의 목소리에 귀족들은 난감한 표정을
지었다. 황제는 지금 사병을 요구하고 있었다.

그러나 평소라면 크게 반발했을 귀족들은 차마 입을 떼지 못했다.

'제3황자가 죽음의 땅을 정복해 온다면, 성서에 적혀 있는 각종 힘들이 모두 황가에 들어오게 될 텐데…… 지금 밉보이면…….'

하나같이 똑같은 생각을 하듯 귀족들이 동요했다. 먼 훗날을 생각해 보면 지금 당장 황실을 지원하는 것이 맞았다. 하나 그렇다고 해서 큰 피해가 자명한 상황에서 자신의 군사력을 내줄 수도 없는 노릇.

바짝바짝 타들어 가는 그들의 모습을 보며 황제가 빙그레 웃었다.

"경들은 성서에 적혀 그 신기한 힘들을 직접 경험해 보고 싶은 건가?"

"아닙니다, 폐하!"

"곧 황실에서 아세스 꽃을 재배할 예정인데, 경들은 아세디움이 무슨 맛을 내는지 경험해 보고 싶은 게로군."

황제의 말에 귀족들이 이를 악물었다.

선택지는 하나였다. 지금 상황에서 황실의 손을 잡지 않는다면, 제3황자의 귀환 뒤 이곳에 있는 귀족 가문들은 전부 처단될 게 뻔했다.

루벨리안은 귀족들 사이에 퍼진 분위기에 비릿하게 웃었다.

애초에 황제는 콜리카 공작가를 내버려 둔 게 아니었다. 오히려 콜리카의 도발을 통해 귀족들의 사병을 '정정당당하게' 모집해 황실에 종속시키려는 것이었다.

하지만−

루벨리안은 황제를 힐끔 보았다. 황제는 영악했으나 그가 하나 간과한 게 있었다.

그것은 바로…….

"송구하오나 폐하. 플로렌스 공작가는 황실에 사병을 내어 드릴 수 없습니다."

황제의 안중에도 없던 플로렌스가 생각보다 가진 패가 많다는 것이다.

루벨리안의 목소리를 끝으로 알현실은 침묵에 접어들었다. 물이라도 뿌린 듯 고요한 공기 속에서 황제가 믿기 힘든 어투로 물었다.

"방금 뭐라고 했나?"

"사병을 내어 드릴 수가 없다고 했습니다."

그 확인 사살에 황제의 눈가가 꿈틀거렸다.

"플로렌스 공작. 지금은 이렇게 공사 못 가릴 때가 아니야. 쓸데없는 젊은 날의 패기로 평생을 망쳐서야 되겠나?"

황제의 어투는 상냥했다. 하나 그 어투 사이사이에 보이는 분노만큼은 지독하게 명확했다.

루벨리안은 입꼬리를 말아 올렸다. 황제는 지금 이 순간까지도 그를 이해하지 못하고 있었다. 황제의 눈에 루벨리안은 설사 복수를 한다고 해도 뒤에 숨어서 '소극적으로' 움직이는 이였으니까.

제3황자가 죽음의 땅에서만 돌아오면, 단번에 다른 귀족 가문들과 함께 '혼쭐을 내 줄 수 있는'.

하나 지금까지 루벨리안이 표면에 나서지 않은 이유는 자신이 이리 뒤에 있으면 황제가 방심할 것을 알아서였다.

결코 황제가 두려워서가 아니라.

"폐하, 왜 그러십니까? 제가 이렇게 나올 줄 모르셨던 겁니까?"

루벨리안의 물음에 황제는 분노가 스멀스멀 차올랐다. 죽음의 땅으로 제3황자가 간 이상 무슨 결과가 생길지 모르는 것도 아닌데 감히 이렇게 자신에게 반항하는 건가.

"웃기기 그지없군. 공작은 후폭풍이라는 것을 애초에 상관하지 않는 겐가?"

"후폭풍 말입니까?"

"짐이 설마 제3황자의 귀환 후 플로렌스를 가만히 내버려 두리라 생각하는가? 설마 이 지경까지 와서도 짐이 혈육의 정에 이끌릴 것이라고 헛된 희망을 품고 있는 것은 아니겠지."

적나라한 협박에 루벨리안이 피식 웃었다. 그야말로 노골적인 웃음이라서 귀족들은 숨을 들이켤 수밖에 없었다.

"폐하께서는 참으로 순진하시군요."

"……뭐?"

"황실의 기사는 위대하나 숫자가 제한되어 있고, 콜리카 공작가는 귀족들 중에서도 가장 큰 기사단을 갖고 있습니다. 다른 이들도 아닌 폐하께서 직접 허가하신 터라."

"공작!"

"반대로 플로렌스 공작가의 기사들은 그 숫자가 콜리카 공작가보다는 못하지만, 그 어떤 기사단보다 최정예로 편성되어 있습니다."

"……!"

"그런데 플로렌스 공작가가 사병을 보내지 않는다면…… 과연, 폐하께서는 콜리카 공작가를 상대로 승기를 쥘 수 있다고 보십니까?"

"짐의 기사단은 제국에서 가장 훌륭하다!"

"반 토막으로 잘린 기사단을 말씀하시는 겁니까?"

"겨우 그 정도로 짐이 공포에 떨 거라 보느냐!"

황제가 자리에서 벌떡 일어났다. 그러나 루벨리안은 지독하게 서늘한 얼굴로 그를 응시할 뿐이었다.

"공포에 떨지 않는다고 해서 약점이 해결되지는 않습니다. 가령, 군수 물자라든가."

"마치 네놈의 손에 그것이 있다고 말하는 것 같구나!"

"없을 이유가 없지 않습니까."

"……뭐?"

"제 아내는 제국에서 가장 큰 상단의 상속자입니다. 이 자리에 있는 귀족들이 눈에 넣지도 않던 그 평민 여인은, 아쉽게도 폐하께서 지금 이 순간 가장 손에 넣고 싶은 것의 운명을 결정 짓고 있습니다."

순간 황제의 시선이 크게 떨렸다. 설마하니 클로다 상단을 이용했을 줄은 몰랐다. 그 공사가 분명한 작자가, 아무리 황실이라도 절대 물러서지 않던 냉철한 상단주가 겨우 딸이라는 이유로 사적으로 움직였다니.

루벨리안의 말에 동요한 이는 비단 황제뿐만이 아니었다. 이 며칠간 확 낮아진 무기 공급으로 인해 은근히 불안함에 떨던 귀족들은 낯이 하얗게 질리고 말았다.

무기가 무엇인가. 전쟁의 필수적인 물자 중 하나였다. 무기 없는 전쟁은 그야말로 목을 드러내 놓고 베어 달라고 하는 것과 마찬가지였다.

그 동요를 알아챈 듯 루벨리안이 여상스럽게 말을 이었다.

"폐하. 저를 벌하시는 것은 상관없으나, 일단은 콜리카 공작을 이겨야 저를 벌하실 수 있지 않겠습니까. 플로렌스의 기사단은 물론이요, 그 아래에 있는 귀족가들의 군대가 전부 빠지게 된다면 과연 여기 있는 경들께서 흔쾌히 폐하께 복종을 바칠지가 의심이 되는군요."

"네가 감히!"

"승패를 확신할 수 없는 전쟁에, 심지어 설사 이긴다고 해도 전쟁이 끝나면 전부 황실에 병력을 몰수당할 위험성을 안고서."

루벨리안의 말이 끝나자 귀족들은 크게 숨을 들이쉬었다. 귀족 가문에게 있어 병력을 몰수당한다는 것이 무슨 뜻인지 여기서 모르는 이들은 없었다.

사병은 귀족이 황제에게 대항할 수 있는 마지막 패였다. 그것을 버림은 곧, 황제에게 영원히 가문이 저당 잡혀 살아야 함을 의미했다.

귀족들 사이에서 흐르는 미묘한 공기에 루벨리안이 피식 웃었다. 세상에 귀족들의 믿음과 존경만큼 더 하찮은 것이 있을까.

'설사 귀족들이 사병을 내준다고 해도 상관없다. 황실은 콜리카와의 싸움에서 크게 병력을 잃을 테니.'

결국 이 싸움은 플로렌스가 승기를 잡을 게 뻔했다.

우습게도, 한 번도 싸움에 끼지 않은 채로.

그 사실을 깨달은 듯 황제의 얼굴이 지독하게 일그러졌다.

평생 귀족들의 공포 서린 눈길만 본 그에게는 귀족들이 '감히' 반항할 수 있을 거라는 전제 자체가 없었다.

그때였다. 침묵에 사로잡혀 서로의 눈치만 보던 알현실의 문이 벌컥 열렸다. 이윽고 조금 느릿한 발걸음이 알현실의 카펫을 밟았고, 그것을 확인하기가 무섭게 황제가 벌떡 일어났다.

"황태자!"

황태자의 등장에 귀족들은 수군거렸다. 새벽부터 안주인까지 소환한다는 친필 사인이 도착한 터라 그들도 황태자가 깨어났을 거라는 예상은 하고 있었다. 그러나 생각보다 멀쩡한 황태자의 모습은 루벨리안과 이브가 세웠던 가설을 입증시키고 있었다.

"황태자 전하를 뵙습니다."

루벨리안은 느긋하게 고개를 까닥였다.

"플로렌스 공작."

"이리 깨어나셔서 기쁩니다, 전하. 설마하니 이리 빨리 자리에서 일어나실 줄은 몰랐습니다."

"멀쩡하게 서려고 이틀 동안 애를 먹었지."

이틀. 이틀 전이라면 제3황자가 이미 원정을 떠난 뒤였다. 이틀 동안 황태자가 했을 생각들이 얼추 짐작 갔다. 그것을 입증하듯 황태자의 표정은 지금까지를 통틀어 가장 어둡고 차가웠다.

"공작 부인은 오지 않았나?"

"제 아내는 몸이 허약하고 잠이 많아 새벽에 움직이기 어렵습니다."

"내 친필 소환장을 무시할 정도로?"

"송구합니다, 전하. 하오나 제 아내는 당분간 황궁 출입이 어려울 것으로 사료됩니다."

"……."

"전하께서도 일전에 승낙하지 않으셨습니까. 황후 마마의 그 비밀 모임에서."

"……!"

루벨리안이 지칭하는 것이 무엇인지 알고 있는 황태자가 입술을 꽉 깨물었다. 여유롭기 그지없는 루벨리안의 표정과 우스울 정도로 대조되는 얼굴이었다.

"이 건방진……! 감히 네가 이런 식으로 황실을 놀려 먹어?"

"그저 몸이 불편하여 오지 않았을 뿐인데 황실을 놀려 먹다니, 가당치 않으십니다."

"지금 나와 장난이라도 하려는……! 쿨럭!"

"황태자!"

크게 노호하던 황태자가 순간 입을 틀어막고 기침을 했다. 그에 황제가 놀란 얼굴로 크게 외쳤으나, 루벨리안은 여전히 차분하게 그를 응시하고 있었다.

"황태자 전하, 저는 그저 귀족원의 임시 대표로서 이번 일의 사안을 처리하러 왔을 뿐입니다."

"어마마마를 감옥에 넣고, 콜리카가 그것을 탈취하게 만든 게 바로 네가 아니더냐!"

황태자가 분노를 터트리자 귀족들은 전부 숨을 죽였다. 지금까지 끈끈하기 그지없던 플로렌스와 황실의 갑작스러운 관계 변화에 그들은 적응을 하지 못하고 있었다.

"전하. 황후 마마께서 감옥에 갇히신 것은 폐하께 불경하게 대하셨기 때문이고, 마마를 감옥에 가두라 명한 것은 폐하이시며, 그런 황후 마마를 탈취하러 간 것은 콜리카의 군사입니다."

"……!"

"제가 어떻게 황후 마마와 황제 폐하와 콜리카를 조종했을 거라 생각하십니까. 제가 어찌 그렇게 큰 힘을 갖고 있겠습니까."

핏빛 적안이 오롯이 황태자를 응시해 왔다. 반듯하기 짝이 없는 그의 모습은 그야말로 모범적이기 그지없는 귀족의 표본을 보여 주고 있었다.

그 누구도, 이 모든 것을 뒤에서 조종했으리라 의심조차 할 수 없는 이의 모습이었다.

"어찌 되었든 콜리카 공작가에서 황실에게 선포를 한 이상, 귀족원은 필연코 그 명예를 걸고 황실의 안위를 최대한 지키려고 할 겁니다."

루벨리안은 방금부터 숨 쉬는 것조차 잊은 채 잔뜩 얼어붙은 귀족들을 쭉 훑었다. 비릿하기 그지없는 그의 미소에 귀족들이 전부 흠칫 떨었다.

"그러니 폐하께서는 부디 귀족원을 믿으시고, 황좌에 앉아 콜리카 공작의 검을 '받아 낼' 준비를 하십시오."

"공작 각하."

황제의 알현실에서 나오기가 무섭게 릴러 백작이 급히 루벨리안을 불렀다.

"무슨 일이지."

"진정으로 사병을 황실에 넘기지 않을 생각이십니까?"

"지금까지 황실에 사병을 넘긴 귀족 가문이 있던가."

"하오나 지금까지 죽음의 땅을 정복한 황실도 없지 않았습니까. 가령 폐하께서 진정으로 아세디움을 저희에게 사용한다면—"

"신전이 나서겠지."

"교황 성하께서는 중립이라는 핑계로 절대 귀족가를 도와주지 않을 겁니다. 황실과도 그저 필요한 관계만 맺는데……."

"그럼 성녀가 나서겠지."

"서, 성녀께서……."

"내 아내가 성녀의 목숨까지 살렸는데, 설마하니 성녀께서 가만히 계시겠나."

성녀가 언급되자, 주변에서 귀만 기울이고 있던 귀족들의 머릿속에 무언가가 번뜩 떠올랐다.

지금까지 신전은 공식적으로 정치 싸움에 끼어들지 않았지만, 목숨 빚을 진 성녀가 사적으로 플로렌스를 도와주는 것은 결코 문제가 되지 않았다.

그렇다는 것은 만약 황실이 아세디움을 손에 넣는다고 해도, 성녀가 도움만 준다면……

"각하, 도와주십시오."

"……."

루벨리안은 갑작스럽게 저를 붙잡은 알케 백작의 손을 힐끔 보았다. 지독하게 차가운 그 시선에 알케 백작이 흠칫했으나, 침을 삼키곤 꿋꿋이 입을 뗐다.

"가, 각하. 귀족원은 결코 사병을 황실에 내줄 수 없습니다. 이것은 귀족으로서 마지막 긍지이자 명예이며, 자존심입니다. 각하께서도 아시잖습니까. 가주로서 자신의 병력을 지켜 내는 것이 어떤 것인지."

"흠."

"콜리카 공작이 없는 지금, 귀족원은 이제 각하의 것입니다."

아세디움을 해독할 수 있는 존재가 플로렌스의 손에 있었다. 황실조차도 마음대로 할 수 없는 성녀라는 '해독제'를 플로렌스가 손에 쥐고 있었다.

그런 상황에서 귀족들의 선택은 한 가지였다. 그것을 눈치챈 루벨리안이 피식 웃었다.

'귀족들의 충성이란 이토록 하찮은 것이지.'

그리고 그날 오전. 귀족원은 만장일치로 황제의 명을 거부한다는 의안을 황제의 손에 전달했다.

당연히 황제는 무섭게 분노했다. 그러나 하얀색은 종이요, 검은색은 글씨고, 짙은 와인빛 밀랍 위에 있는 것은 분명 귀족원의 인장이었다.

"이런 개자식들이!"

노호하는 황제의 목소리에 옆에 서 있던 시종들이 움츠러들었다.

그러나 정작 의안 결과를 전달하러 온 루벨리안은 침착하기 그지없었다.

"귀족원에서는 황실 기사단으로도 충분히 콜리카 공작가를 상대할 수 있다고 판단하였습니다. 더불어 황태자 전하께서 몸이 불편하시고 제3황자 전하께서는 죽음의 땅에 계신 터라, 황실 기사단의 지휘는 귀족원에서 하는 것이 좋다는 의견이 나왔습니다."

"짐이 있는데 황실 기사단의 지휘권을 왜 버러지 같은 너희들에게 주는가!"

"폐하께서 친히 나서시겠다면 저희는 더없이 영광일 것입니다. 그럼 기사단은 폐하께서 친히 영솔하는 것으로 알고 이만 물러나겠습니다."

루벨리안이 고개를 까닥였다. 일말의 경의도 없는 그의 몸짓에 황제가 자리에서 벌떡 일어났다.

"루벨리안! 네가 감히 짐을 모욕하고도 무사할 줄 아느냐!"

"황태자 전하께서도 그러시더니, 도대체 왜 그러시는 겁니까. 대체 제가 폐하 어디를 모욕했습니까."

대체 자신이 무엇을 잘못했는지조차 모르는 그 얼굴에 황제는 손에 든 의안을 바닥에 내팽개쳤다.

그 모습을 보며 루벨리안은 비릿하게 웃었다.

"콜리카 공작가에서 지하 감옥을 탈취했습니다. 황후 마마를 데려간 이상 다음 목표는 과연 누구일 것 같습니까?"

황제가 이를 으득 갈았다. 황후를 탈취해 간 콜리카가 그다음으로 노리는 것이야 두말할 것 없다. 황후의 혈육이자 콜리카가 여지껏 애지중지해 온 황후의 핏줄, 황태자.

설사 황태자가 끝까지 황제를 따른다 해도, 그가 황후의 아들인 이상 꼭두각시를 만들어서라도 콜리카는 반드시 황태자를 손에 넣을 것이다.

그 사실을 깨달은 황제의 얼굴이 일그러졌다. 코앞에 있는 화염은 콜리카가 지른 것이지만 그 불씨를 제공한 것은 플로렌스였다. 화염을 끄자니 불씨가 거슬렸고, 그렇다고 불씨를 상대하자니 화염이 거칠었다.

결국 황제가 말을 잃자 루벨리안은 빙그레 웃으며 알현실을 나왔다.

"참 웃기는군. 저자의 얼굴에도 저런 표정이 있다니 말이야."

알현실 앞에서 기다리던 빌이 루벨리안을 따라붙었다. 오랜 기간 루벨리안의 옆에서 보좌를 맡아 온 그는 이 시간을 누구보다도 오래 기다려 왔었다.

"귀족원으로 가시는 겁니까?"

"그래. 일단은 황실 기사단의 상황부터 확보하는 게 좋겠지. 어쩌면 이후에 우리가 상대하게 될지도 모르니."

"알겠습니다. 아, 그리고 각하. 방금 공작가에서 전보가 왔는데 성녀님께서 공작가로 오셨답니다."

"성녀가?"

"네, 마님께서 찾아뵙기를 원하셨다고 합니다."

루벨리안이 고개를 끄덕였다. 성녀가 이브의 옆에 있는 것은 그로서는 더없이 좋은 사실이었다. 매번 저를 볼 때마다 불쾌한 표정을 짓는 것과 별개로, 성녀는 이브를 지켜 줄 수 있는 가장 강력한 인물이므로.

'그녀만 지킬 수 있다면, 내 앞에서 백 번 불쾌한 얼굴을 해도 상관 없지.'

그렇게 중얼거린 루벨리안이 피식 웃었다. 이 며칠간 묘하게 침착해진 이브의 모습에서 그가 불안감을 읽어 내지 못했다면 그건 거짓말이었다.

'아무래도 그 예언 때문에 그러는 것 같지만, 그대로 흘러가게 내 버려 둘 수야 없지.'

"내가 시킨 건 어떻게 되었지?"

"각하의 말씀대로 황태자 전하의 옆에 있는 시종들을 전부 플로렌스의 사람으로 배치했습니다. 콜리카가 황실과 대적하면서 황태자 전하의 옆에 있던 콜리카의 사람들도 전부 빼갔기 때문에 어렵지 않았습니다."

"기사들은?"

"기사들도 대부분 플로렌스의 사람들로 교체해 두었습니다."

"알겠다. 황태자가 조금이라도 움직이면 보고해."

황태자의 죽음이 콜리카의 분노의 화살을 플로렌스로 돌릴 위험성이 있으므로 죽일 수는 없었다. 그러나 이렇게 된 이상 황태자의 움직임을 봉쇄할 필요가 있었다.

그는 이브를 새장 안에 가둬 둔 채 하루하루 죽을 날만 기다리며 공포에 떨게 하고 싶지 않았다.

그때, 저 끝에서 누군가가 급히 달려왔다.

"위슨?"

갑작스러운 그의 등장에 루벨리안은 직감적으로 뭔가 잘못되었음을 느꼈다. 아니나 다를까, 조금 크게 숨을 내쉰 위슨이 급히 루벨리안의 앞에 멈춰 섰다.

"각하, 큰일 났습니다."

"무슨 일이지?"

"황태자 전하께서 툴스 백작 영식과 함께 황태자 궁을 빠져나가셨습니다. 그것도 우리 측에서 배치한 기사들의 이목을 모두 피해서."

위슨의 말에 빌은 석고상처럼 차갑게 굳은 루벨리안을 향해 입을 열었다. 아니, 열려고 했다. 순간 루벨리안이 급하게 달려가지만 않았다면.

"각하!"

"공작가로 간다!"

마차를 기다릴 새도 없이 바로 말에 훌쩍 탄 루벨리안이 빠르게 몸을 움직였다. 궁지에 몰리다 못해 이미 모욕의 극치에 달한 황태자의 선택이야 뻔했다.

'이브에게 손끝 하나라도 대면 머리카락까지 모조리 사라지게 해 주지.'

앞으로 질주하는 말에 박차를 가하며 루벨리안이 이를 갈았다.

성녀가 다녀간 뒤, 공작가는 묘한 긴장감에 가득 차 있었다. 마치 주인의 싸움에 상시 대비라도 하듯, 평소라면 꽤 쾌활한 분위기로 가득 차야 할 공작가의 고용인들은 한없이 가라앉은 얼굴이었다.

"마님은요?"

마리의 물음에 위에서 내려오던 제나 부인이 답했다.

"방금 잠에 드셨다. 새벽부터 정신 없었으니 피곤하실 만하지."

"아침 식사는 조금 늦게 준비하라고 이를게요. 이따 일어나시면 바로 식사를 할 수 있게─"

그때였다. 마리가 말을 끝을 맺기도 전에 집사가 급히 문을 열고 중앙 홀로 뛰어들었다. 그 누구보다 차분한 태도로 집안의 대소사를 관리하던 집사의 예상 밖의 모습에 제나 부인이 미간을 찌푸렸다.

"집사님, 무슨 일입니까."

"황태자 전하께서 오셨습니다."

집사의 간단한 말 한마디로 순식간에 주위에 있던 모든 고용인들이 우뚝 멈춰 섰다.

가장 먼저 정신을 차린 제나 부인은 빠르게 지시를 내렸다.

"마리, 너는 리리스를 불러 마님의 옆을 지키라고 해."

"네."

"그리고 리라, 아멜. 너희들은 손에 든 것 다 내려놓고 모든 사용인들을 홀에 집합시키렴."

"알겠습니다."

"그리고 잭, 너는 마일론 경에게 일러라. 무슨 수가 있어도 마님이 계신 2층으로는 그 누구도 못 들어가게 해."

얼음장같이 차가워진 제나 부인의 얼굴에는 단 하나의 웃음기도, 두려움도 없었다. 그 모습에 집사가 크게 한숨을 쉬었다.

"제나 부인. 마님은─"

"내어 드릴 수 없습니다."

제나 부인의 목소리는 단호하다 못해 일말의 여지도 없었다.

"공작 각하께서는 분명 황태자 전하께 감시를 붙이셨을 겁니다. 그럼에도 황태자 전하가 이리 왔다는 것은, 그만큼 목적이 강렬하다는 뜻이겠죠."

"⋯⋯."

"곧 각하께서도 오실 겁니다. 그전까지 마님을 무조건 지켜 내야
합니다."

어느새 홀에 모인 사용인들이 긴장한 얼굴로 문을 응시했다. 그렇
게 얼마나 지났을까, 조금 소란스러운 소리와 함께 공작저의 문이
벌컥 열렸다.

"황태자 전하의 명을 받들고 왔습니다."

"황실의 시종은 기본적인 예의와 법도도 모르십니까. 주인의 승낙을
받지도 않고 귀족가에 함부로 쳐들어오다니, 이게 무슨 무례입니까?"

문을 열고 등장한 것은 황태자의 시종장이자 최측근인 툴스 백작
영식이었다. 그의 뒤에는 황태자의 호위 기사들도 함께였다. 저 멀
리 정문 밖에 세워져 있는 마차에 황태자가 있는 듯했다.

제나 부인의 호통 아닌 호통에 툴스 백작 영식이 예의에 어긋나지
않게 웃었다. 그러나 정중한 그 미소에는 조소가 섞여 있었다.

"플로렌스 공작 부인께서 황명을 어기셨다기에 친히 모시러 왔습
니다."

"마님께서는 몸이 불편하십니다. 그리고 설사 마님께서 명을 어기
셨다고 해도 마님을 데려가실 자격은 없습니다."

"일개 시녀장이 판단할 문제는 아닌 걸로 압니다만."

"나는 플로렌스 공작가 휘하 볼튼 백작의 여동생이며, 동시에 플
로렌스 공작가의 시녀장입니다. 황태자의 옆에서 복종하는 법밖에
모르는 툴스의 철없는 아들내미와는 급이 다르지요."

"뭐?"

툴스 백작 영식이 불쾌한 듯 얼굴을 일그러뜨렸다. 그러나 제나 부인은 전혀 흔들리는 기색 없이 고개를 들었다.

"그만 돌아가십시오."

"황명 불복종이다!"

제나 부인의 언사를 더 이상 참기 힘들다는 듯 툴스 백작 영식이 가라앉은 목소리로 으르렁거렸다. 황태자의 옆에서 모든 일을 도맡아 하며 그 누구의 거절도 경험해 보지 못한 그는, 제나 부인의 태도가 믿기지 않았다.

그러나 '황명 불복종'이라는, 사실상 반역과 직접적으로 연관되는 죄명에도 제나 부인은 흔들림이 없었다. 아니, 오히려 비릿하게 웃으며 그에게 다가갔다.

"20여 년 전, 플로렌스 공작가는 황명을 받들었다. 그날은 네 아비가 왔었지. 너처럼 기사를 데리고."

한 걸음, 한 걸음 툴스 백작 영식에게 다가간 제나 부인의 얼굴에는 온통 분노와 조소뿐이었다. 그녀는 끔찍한 것을 회상하듯 말을 이었다.

"그리고 그 황명에 복종한 결과, 나는 내 주인을 잃었다."

"……!"

"난 같은 실수를 반복할 생각이 없어."

"무례하다! 너희들은 황태자 전하의 명을 의심할 이유도, 그럴 만한 자격도 없어. 그저 복종하면 된다!'

"플로렌스는 다신 안주인을 잃지 않는다. 그래도 감히 내 주인을 데려가려면- 나를, 그리고 이 자리에 있는 모든 이들을 다 죽이고 가."

제나 부인의 일그러진 얼굴 위로 피어오르는 것은 분명 회한이었다.

20년이 넘은 후회였다. 그날 일국의 황제가 설마 해코지를 하겠냐면서 웃으며 떠났던 그녀의 주인은, 그날을 마지막으로 다시는 공작저로 돌아오지 못했다.

제나 부인은 이를 빠득 갈았다. 권력에 취해 그것을 휘두르는 법밖에 모르는 황실의 족속과 그 종들은 영원히 모를 것이다.

그날은 플로렌스의 가장 아픈 상처이며, 가장 고통스러운 기억이었다.

플로렌스의 기사들과 황실 기사들 사이에 묘한 기류가 흘렀다. 금방이라도 검을 빼 들고 대치할 것 같은 침묵과 서늘한 공기가 허공을 감싸고 사람들의 발밑에 떨어졌다.

그리고 그때였다. 더없이 조용하기 그지없는 홀의 침묵을 깨고 밖에서 소란스러운 소리가 귀를 찔렀다.

기사들의 고함 소리와 철이 부딪치는 소리가 들리고, 곧 루벨리안이 모습을 드러냈다.

언제 마차에서 끌어냈는지 손에는 황태자의 멱살을 잡아 쥔 채.

제9장

진실은 신의 얼굴을 하지 않았다

진실은 신의 얼굴을 하지 않았다

　이야기가 끝난 뒤 레이첼은 신전으로 돌아갔다. 새벽부터 그녀를 부른 것이 다소 미안하긴 했지만, 그래도 그녀에게 필요한 정보를 전달했다는 안도감 덕분에 조금이나마 마음을 놓을 수 있었다.

　황실로 향한 루벨리안의 소식을 눈이 빠지게 기다리던 나는 만에 하나를 대비해 휴식을 취하는 게 어떻겠냐는 제나 부인의 말에 억지로나마 잠을 청했다.

　그리고 얼마나 지났을까, 갑자기 커다란 외침이 귀를 찔렀다.

　"마님!"

　웬만해서는 내 수면을 방해하지 않는 리리스의 갑작스러운 행보에 벌떡 자리에서 일어났다.

　"왜! 뭐! 무슨 일이야?"

　"황태자 전하께서 오셨어요."

　그녀의 말에 나는 경악하고 말았다. 그게 무슨 소리야? 눈을 크게 뜨자 그녀가 답지 않게 심각한 얼굴로 입을 열었다.

"마님이 황명을 거역하여 직접 모시러 왔다고 하세요."

"나를 데리러 와? 황명 불복종으로?"

나는 기가 막혀 말을 잇지 못했다. 미친놈 아닌가? 내가 황명을 거스른 것은 맞으나, 설마하니 이런 상황에서 기사들을 거느리고 공작가까지 올 줄은 몰랐다.

아니, 어쩌면 그만큼 화가 났다는 것일지도 모른다. 황태자의 입장에서 나와 루벨리안은 그야말로 믿었던 도끼에 발목이 잘린 수준이니까.

"상황은 어때?"

"제나 부인께서 현관은 물론이고 2층부터 기사들을 촘촘히 포진시켜 두셨어요. 게다가 모든 사용인들이 1층에 모여 있으니 마님은 절대적으로 안전하세요."

"루벨리안은?"

"각하께서는 아직 소식이 없어요."

나는 미간을 찌푸렸다. 지금 상황에서는 가만히 방에 있는 게 제일 좋긴 했다.

무력치가 바닥을 치는 나를 보호하면서 기사들이 싸우는 것과, 나 없이 그냥 싸우는 것은 엄청난 차이가 있으니까.

"짐이 될 수는 없으니까 일단은 방 안에 있자."

내 말에 리리스가 고개를 끄덕였다. 이윽고 슬립을 벗고 옷을 갈아입은 나는 긴장한 얼굴로 입을 꾹 다물었다.

'누군가의 아킬레스건이 된다는 건 생각 이상으로 짜증 나는 일이었네. 이러니까 딱 민폐 끼치는 것 같잖아.'

장난조로 민폐야 다 끼칠 수 있다고 말하긴 했지만 정작 짐이 된다고 생각하니 지독하게 기분이 더러웠다. 하지만 여기서 자책하는 건 아무런 소용도 없었기 때문에, 나는 최대한 플로렌스의 기사들이 버텨 주기를 기도했다.

그리고 그때였다. 약간 소란스럽던 아래층에서 별안간 쿵-! 하는 소리가 들리더니 기사들의 고함 소리가 뒤를 이었다.

"각하!"

이 목소리는 분명 빌의 목소리였다.

루벨리안이 돌아왔나? 자리에서 벌떡 일어나는데 다급한 발걸음 소리와 함께 마리가 방 안으로 들어왔다.

"마님! 각하께서 오셨어요!"

루벨리안의 이름을 들었다는 이유만으로 안도감이 퍼져 입꼬리가 자연스레 올라갔다.

"알았어. 루벨리안은 혼자 온 거야?"

"아니요. 빌과 위슨이 뒤따르고, 각하와 함께 나갔던 플로렌스의 기사들이 같이 돌아왔어요. 그런데……."

"그런데?"

"아무래도 각하의 표정이 심상치 않아요. 마차에서 황태자 전하를 끄집어내 멱살을 잡고 들어오셨는데, 지금까지 본 각하의 표정 중에서 가장 살벌하셔서……."

나는 이마를 짚었다. 나를 건드리려고 했는데 루벨리안이 담담할 리 없지.

"아니, 잠깐만."

황태자가 이 모든 위험을 감수하면서 공작가로 쳐들어왔다? 자칫하면 루벨리안에게 죽을 수도 있는데? 설사 죽이지는 않더라도 황태자가 제 발로 걸어 들어온 이상, 루벨리안이 황태자를 황실로 곱게 돌려보낼 리가 없었다.

'그럼 왜? 왜 온 거지? 설마……!'

"마님! 어딜 가세요! 지금 내려가면 안 돼요!"

황태자가 공작가로 쳐들어온 이유를 짚어 보던 나는 문득 떠오르는 가설에 급히 발걸음을 옮겼다. 뒤에서 마리가 크게 외쳤으나 내 안전보다 더 시급한 게 있었다.

"루벨리안!"

거의 넘어질 기세로 달려간 내가 2층과 1층의 계단에서 우뚝 멈춰 섰다.

1층은 아수라장도 이런 아수라장이 없을 만큼 엉망이었다. 제나 부인과 집사, 시녀와 시종들이 전부 모여 있고, 그 앞엔 플로렌스의 기사들이 황실의 기사들과 대치하며 검을 빼 들고 있었다.

그럼에도 가장 먼저 내 눈에 들어온 것은 루벨리안에게 멱살이 잡힌 채 검이 겨누어져 있는 황태자였다.

"루벨리안."

내 작은 부름에 루벨리안이 고개를 살짝 돌렸다. 한 치의 빈틈도 허락하지 않듯 황태자의 멱살을 잡은 손에 힘이 들어갔다.

"이브, 올라가 있어. 더러운 피를 당신에게 보여 주고 싶지 않으니까."

황태자를 노려보던 눈빛과 달리 다소 상냥한 목소리가 그의 목에서 흘러나왔다. 나는 나를 보호하려 따라 내려온 기사들의 호위 범위를 벗어나지 않은 채 서둘러 입을 뗐다.

"루벨리안, 안 돼요. 지금 황태자를 죽이면 그 술수에 걸려드는 것이나 다름없어요."

내 말에 루벨리안이 얼굴을 일그러뜨렸다.

"황태자를 죽이면 콜리카의 공격 대상은 황실뿐만 아니라 플로렌스도 포함될 거예요.”

아무리 황태자가 황제의 뜻을 따랐다고 하나 어쨌든 그는 황후의 금쪽같은 아들이었다. 게다가 콜리카는 제 핏줄만큼은 끔찍하게 아끼기로 유명했다.

'황태자에게 문제가 생기면 콜리카에서 가만있지 않을 거야. 지금은 황실이 가장 괘씸하니까 모든 화살을 황실로 돌렸을 뿐, 황태자가 여기서 죽으면…….'

콜리카가 공격을 퍼부으면 플로렌스의 병력에도 큰 문제가 생긴다. 그야말로 개싸움이자 난투극. 승자는 아무도 없는 전쟁이 될 게 뻔했다.

그 사실을 황태자가 몰랐을 리가 없다.

'저 나쁜 새끼, 일부러 저러는 거야. 나를 잡아도 좋고, 실패해서 루벨리안에게 죽어도 콜리카에서 난리를 칠 게 뻔하니. 혼자 죽기는 싫다고 발악하는 꼴이 황후와 어쩜 저렇게 판박이야?'

“루벨리안, 그자는 품에 폭탄을 안고 적진에 뛰어든 거나 다름없어요.”

내 말에 황태자의 얼굴이 설핏 굳었다. 예상이 맞음을 확인한 내가 조마조마하게 루벨리안을 응시하는데, 황태자가 피식 웃었다.

“역시, 공작 부인께서는 현명하시군. 그때 부인의 청혼을 받아들였어야 했는데.”

순간 루벨리안의 적안이 더욱 차갑게 굳어졌다. 금방이라도 벨 요량인 듯 그의 검이 황태자의 목에 더 깊이 붙었다.

“이카로스, 내가 복수를 결정지으면서 무조건 해야겠다고 다짐한 한 가지가 뭐였는지 아나? 너와 네 아비의 입에서 미안하다는 말을 듣는 것이다.”

높낮이가 없는 목소리에 나는 멈칫했다. 간단한 사죄만을 바랐던 그의 마음이 처절히 느껴지고 있었다.

"그래서, 나를 죽이겠다고?"

황태자의 조소 섞인 목소리에 루벨리안이 웃음을 흘렸다. 그러나 천천히 움직이는 검은 자비가 없었다.

주위에 포진해 있던 황실 기사들이 긴장한 얼굴로 뛰쳐나갈 준비를 했으나 플로렌스의 기사들에 의해 막히고 말았다.

"너와 네 아비를 죽이는 꿈을 꾸고 또 꾸었다."

"안 돼요, 루벨리안. 하다못해 목숨만큼은……."

"그 꿈을 이룰 날이 올 줄은 몰랐군."

"루벨리안!"

서걱-

챙!

채챙!

멈춰 서 있던 검이 아래로 향하고, 서로 대치해 있던 수많은 검날이 서로 부딪쳤다.

잔인하게 내리친 검날을 차마 볼 수 없어 나는 눈을 질끈 감았다.

그렇게 얼마나 지났을까. 귓가를 때리던 무기 부딪치는 소리와 고함 소리들이 잠잠해지고 혈 향이 코끝을 간질이자, 나는 천천히 눈을 떴다.

죽인 걸까? 불안한 마음으로 입술을 깨무는데, 루벨리안의 목소리가 들려왔다.

"일부러 죽여 달라 온 자를 죽일 수는 없지."

"……!"

"팔다리만 잘라 황실에 돌려보낸 뒤 감시를 붙여라. 제 발로 들어

온 인질을 굳이 얌전히 돌려보낼 이유는 없지. 이제부터 황태자는 완전히 플로렌스의 통제를 받는다."

그의 선택에 발목을 베인 황태자가 이를 악물자, 루벨리안이 웃었다.

"너는 내 어미의 죽음이 그녀의 탓이라 했어. 거기까지는 참아 줄 수 있었다. 하나 이브에게 손을 댄 건 네 인생에서 가장 큰 실수였다."

"하, 결국 나를 죽이지 못하다니, 네놈도 참 불쌍하군."

"아니, 틀렸다. 너는 어차피 내게 죽어. 그게 지금이 아닐 뿐이지. 그리고 네가 이렇게 날뛰어 준 덕분에 재밌는 생각이 났어. 네 손목을 잘라 콜리카 공작가로 보내겠다. 그리고 그 짓을 한 건 황제가 될 것이다."

루벨리안이 입꼬리를 말아 올렸다.

"너는 이제부터 황제가 콜리카 공작가를 압박할 인질이 될 예정이거든."

황태자의 얼굴이 경악으로 가득 찼다. 이를 지켜보며 루벨리안은 담담하게 말을 이었다.

"원래는 나중에 얌전히 죽여 줄 생각이었지만 네가 이렇게 몸을 사리지 않는다면야 못할 것도 없지."

"그걸 내 아바마마에게 뒤집어씌워?"

"이카로스, 보호하고자 하는 게 있는 사람은 쉬이 흥분하지 않아. 이브가 위험에 처하면 처할수록 나는 이성을 더욱더 유지할 것이다."

말을 마친 루벨리안이 걸음을 옮겼다. 이내 바닥에 황태자가 널브러짐과 동시에, 제압당한 황실의 기사들이 무릎을 꿇었다.

"빌, 위슨. 뒤처리는 너희들에게 맡기지."

"알겠습니다."

루벨리안의 뒤를 따라 방으로 돌아간 나는 문이 닫히기가 무섭게 그의 품에 안겼다.

"루벨리안."

"많이 놀랐나?"

"나는 당신이 진짜로 그놈을 죽일까 봐……!"

"이제 와서 일을 그르칠 생각은 없어. 콜리카에서 황태자를 얼마나 애지중지하는진 알고 있다. 그자를 죽여 모든 것이 해결되면 모를까, 당신이 위험해질 수 있는 상황에서 내가 설마 이성을 놓겠나."

나는 고개를 끄덕였다.

궁지에 몰린 이 상황에서 목숨까지 건 황태자의 행동력은 가히 상상 그 이상이었다. 역시 원작 남주, 쓸데없는 데서 근성과 능력을 보여 주고 있어.

'죽이지 못하는 게 천추의 한이네. 쓸데없이 명줄은 질겨서.'

그때, 루벨리안이 품에 있는 나를 더더욱 끌어안았다.

"다행이다. 아무 일도 없어서."

"나는 괜찮아요. 누가 알았겠어요, 황태자가 설마 저렇게 나올 줄."

"그래서 말인데-"

"……?"

"이브, 당분간은 안전한 곳으로 피신해 있는 게 좋을 것 같다."

"안전한 곳으로 피신이요?"

"그래. 제국 내부에서 가장 안전한 곳."

"설마…… 신전?"

내 추측이 맞았는지 루벨리안이 고개를 끄덕였다. 하지만 나는 얼굴을 확 찌푸릴 수밖에 없었다.

"그럼 당신이랑 자주 보지도 못하잖아요! 안 그래도 콜리카 공작가 때문에 당신은 황실에 자주 가 있을 텐데! 집에서도 못 보면 나는……."

나는 울상을 지었다. 그의 마음이 이해되지 않는 것은 아니었다. 오늘 같은 일이 벌어지지 말라는 법도 없었고.

루벨리안이 옆에서 나를 계속 지켜 줄 수 있는 것도 아닐뿐더러, 내가 공작가에 있으면 다른 사람들도 위험에 빠질 수 있으므로 그것이 가장 좋은 선택이긴 했다.

하지만…….

"매일마다 신전에 보러 가겠다."

"그래도 집에서 같은 방, 같은 이불 쓰는 거랑 어떻게 같아."

머리로는 그의 말이 이해가 갔으나 마음만큼은 그의 옆에서 떨어지고 싶지 않았다. 게다가 나는 매분 매초가 소중하지 않은가.

어깨를 축 늘어뜨리자 루벨리안의 큰 손이 내 뺨을 감쌌다. 내 마음을 이해하듯 그가 나를 품에 꽉 끌어안았다. 그의 품에 얼굴을 묻으며 나는 눈을 꾹 감았다.

"알았어요."

어쨌거나 선택지는 하나였다. 더 이상 민폐를 끼칠 수도 없었고, 앞으로 병력 하나라도 아껴야 하는 마당에 나를 지킨다고 기사를 허비할 수도 없었다.

"나도 내가 플로렌스에 더 있으면 짐이 되는 거 아니까…… 신전으로 갈게요."

"당신은 짐이 아니다."

내 중얼거림을 들은 루벨리안이 얼굴을 확 굳히더니 나를 품에서 풀어낸 채 시선을 맞추었다.

"나는 당신이 안전하길 바랄 뿐이다. 내가 당신을 지킬 힘이 있었다면, 무슨 일이 있어도 당신을 옆에 뒀을 거야."

"……."

"하지만 나는 당신을 지킬 힘이 충분하지 않다. 이브."

"당신은 지금까지 나를 충분히 잘 지켜 왔어요. 다만 상대가 너무 악랄했을 뿐. 그리고 나도 뭐 만만한 상대는 아니에요. 내가 운동을 못해서 그렇지, 주둥아리는 아직 살아 있다고요."

"그래."

"그러니까 날 지킬 수 없다고 자책하지 마요. 나도 내가 짐이 되었다고 자책하지 않을 테니까. 우리는 그냥 가장 최선의 선택을 한 것뿐이니까요."

그의 복수를 위해서, 그리고 나의 안전을 위해서.

루벨리안은 커다란 손으로 내 뺨을 감싸 쥐었다. 방금 전 검을 휘두르던 그 손이라고는 믿을 수 없을 만큼 따뜻한 온기가 뺨에 전해져 왔다.

곧 말캉한 혀가 입술 사이를 비집고 들어왔다. 살짝 고개를 들자 이번에는 다른 손이 내 머리를 받쳐 들었다. 평소의 달콤하고 부드러운 입맞춤과는 달리 내게 퍼부어지는 키스는 조금 격렬했다.

뺨을 감싸던 손이 목, 어깨, 팔, 허리를 따라 내려가자 온몸에 그의 체온이 남아 있는 듯했다.

탐욕스럽게 숨결을 앗아 가는 키스에 숨을 헐떡이니 그가 입술을 살짝 떼었다.

"이브. 당신은 무조건 살아."

그 말속에 담긴 의미를 헤아려 보는데 루벨리안이 내 이마에 자신의 이마를 맞대며 작게 속삭였다.

"무슨 일이 있어도 살아. 살아서 당신이 해 보고 싶은 것, 보고 싶은 것, 먹고 싶은 것, 입고 싶은 것, 당신이 원하는 것 모두 누리면서 그렇게 영원히 오래오래 행복하게 살아."

"루벨리안……."

"당신이 살면 나도 살 테니까."

그의 속삭임에 나는 고개를 끄덕였다. 이내 내가 그에게 입을 맞춘 뒤 미소를 지으며 말했다.

"그래요. 우리, 같이 꼭 살아요."

"그런 이유로 신세 좀 질게요."

황태자가 난리를 친 그날 밤, 나는 레이첼에게 기별을 넣었다.

정치적 싸움에 휘말린 상태에서 과연 나를 받아 줄까, 염려하던 것과 달리 레이첼은 그야말로 흔쾌하게 동의했다.

"마침 저도 이브의 안위가 많이 걱정되었어요. 신전에 머무르게 되면 최소한 황실에서 함부로 위협하지는 못할 거예요."

"저, 그런데 정치적인 문제도 얽히고, 교황 성하께도 동의를 얻어야 하는 거 아닌가요?"

"그 어떤 상황에서도 중립을 지켜야 하는 신전의 규정상, 만약 황실에서 사람이 온다면 이브를 내어 드리는 게 관례겠지만……."

"역시."

"그 규정도 결국에는 황실의 손을 들어 주는 것과 마찬가지 아닐까요? 진정한 중립이라면 신전에 들어온 모든 이를 받아들이고 모든 싸움에 관여를 하지 말아야 하잖아요."

"음…… 해석하기 나름이긴 하네요."

나는 조금 놀란 얼굴을 했다. 레이첼이 내 편이긴 하지만 이 정도로 쉽게 승낙해 줄지는 나도 예상하지 못했기 때문이다.

"어쨌든 신전에 머무르는 건 큰 문제가 아니에요. 신전의 손님이 아니라 제 손님으로서 신전에 머무르면 다른 이들도 뭐라고 하지 못해요."

레이첼의 단호한 말에 나는 고개를 끄덕이며, 방금부터 침묵을 지키고 있는 루벨리안의 손을 꽉 잡았다.

"루벨리안, 내 걱정은 하지 마요. 나는 신전에서 한 걸음도 나가지 않을 테니까."

루벨리안은 말없이 내 머리를 쓰다듬었다.

그의 시선에 깃들어 있는 걱정, 그리고 불안감을 잠재우기 위해 나는 최대한 환하게 웃었다. 공작가에서 꽤 절절한 이별을 한 것치고는 너무 밝았지만, 이 순간까지 그의 앞에서 침울한 얼굴을 하고 싶지는 않았다.

"그럼 내일 보지."

그가 가볍게 입을 맞춘 뒤 자리에서 일어났다.

신전에 몸을 의탁하는 마당에 많은 사용인을 데리고 올 수는 없으므로 내 옆에는 리리스만 남기로 했다. 리리스에게 나를 잘 부탁한다는 시선을 보낸 뒤, 루벨리안이 신전에서 나갔다.

멀어져 가는 그의 뒷모습을 보던 내가 언제 환하게 웃었냐는 듯이 침울한 얼굴을 했다.

마치 아침에 출근하는 부모를 떠나보내는 아이처럼 불안한 표정을 짓자, 레이첼이 내 손을 잡았다.

"이브. 신전에 들어온 이상 이브의 안전은 걱정하지 않아도 돼요."

"알아요. 다만…… 루벨리안과 떨어져 있어야 한다니까 왠지 모르게 마음이 불안해져서."

내가 이럴진대 루벨리안은 마음이 어떨까. 여기서 이러면 안 돼. 나는 고개를 저으며 입술을 꽉 깨물었다.

그때였다. 뭐가 그렇게 마음에 안 드는지, 나와 레이첼을 번갈아 보던 알프리드가 나를 보며 입을 열었다.

"신전 내에서 성녀님께 피해가 가는 행동은 하지 마십시오."

"세상에, 신전에 머무른 지 10분도 안 됐는데 벌써부터 식충이 취급이야. 나 집에 갈래."

"알프리드, 이브는 내 손님이에요."

안 그래도 남편이랑 헤어진 것도 서러워 죽겠는데 집주인에게 구박받는 부엌데기가 된 것 같아 나는 얼굴을 일그러뜨렸다. 그에 알프리드가 한숨을 쉬며 고개를 내저었다.

"밖의 상황을 몰라서 하는 말씀이십니까?"

내가 왜 그걸 모르겠는가. 공작가에서 신전으로 옮기는 이 짧은 거리에서도 평소와 다른 수도의 분위기가 눈에 훤히 보일 지경이었다.

"수도의 평민들도 하나둘씩 대피하고 있습니다. 콜리카에서 황궁을 완전히 점령하려는 속셈을 갖고 있는 지금, 더욱더 큰 교전이 일어날 게 뻔합니다."

"알아요. 나도."

"비록 신전은 언제나 중립이긴 하지만, 공작 부인께서 신전에 와 계시기에 정치 싸움에서 벗어날 수 없―"

"아니, 잠깐만. 입은 삐뚤어졌어도 혓바닥은 곧게 놀려요. 내가 없어도 신전은 이미 정치판에 끼어들었어요. 어디서 다 나한테 뒤집어 씌우려고 그래?"

레이첼은 알프리드와 나의 팽팽한 기 싸움에 고개를 절레절레 저었다. 이윽고 그녀가 알프리드를 향해 말했다.

"이브의 말이 맞아요. 어찌 되었든 지금 상황에서 신전이 귀족들의 싸움에서 완전히 벗어나는 것도 말이 안 돼요. 게다가 오늘 말씀드렸잖아요. 성검. 그걸 가져오려면 황실과 교섭이 있어야 할 거예요."

"그런데 그 성검은 대체 뭡니까? 성검의 존재를 공작 부인은 어떻게 아신 겁니까?"

"안 알려 줄 거거든요."

얄미운 내 태도에 알프리드가 이마를 짚었다. 그러나 이미 내 성격을 완전히 파악한 그는 나에게 화를 내는 게 의미 없다고 여겼는지 한숨만 내쉴 뿐이었다.

그것을 보며 나는 콧방귀를 끼었다.

"제3황자가 죽음의 땅으로 간 지 꽤 시일이 지났어요. 머지않아 돌아올 거예요."

"죽음의 땅은 그렇게 쉽게 오갈 수 있는 곳이 아닙니다. 성서에 의하면 신께서 몇백 일을 걸려 저주를 내리신 곳인데, 어찌……."

말도 안 된다는 듯이 알프리드가 고개를 저었다.

그러나 원작을 통해 죽음의 땅에 대한 정보를 어느 정도 파악하고 있는 나는, 애초에 죽음의 땅의 크기가 얼마 되지 않음을 잘 알고 있었다.

게다가 죽음의 땅을 전부 정화시키려고 하지 않는 이상, 그저 저주받은 아세스 꽃의 근원을 자르고 성검을 빼 오는 데는 그리 오랜 시간이 걸리지 않을 것이다.

'물론, 오래 걸리지 않는다고 해서 피해까지 적으라는 법은 없지.'

황실에서는 눈이 빠지게 제3황자의 귀환을 기다리고 있을 것이 분명했다. 그러나 그가 돌아온다고 해도 달라지는 것은 없었다.

애초에, 이 싸움은 황실이 이기는 싸움이 절대 아니었다.

내가 신전으로 피신한 뒤 '황제'는 정식적으로 황태자를 인질로 삼아 콜리카 공작가를 협박했다.

간단하게 요약해서 '황태자가 황실에 있으니 황태자의 목숨을 부지시키고 싶다면 황실에 투항하라.'는 말이었는데, 그것이 황제의 뜻이 아님을 잘 알고 있는 나는 그 소식을 듣자마자 콜리카 공작가의 반응이 궁금해 안달이 났다.

"이야- 아버지가 아들 목숨으로 외척 세력을 협박하네. 세기의 명장면이겠어."

"황제의 뜻이 아님을 아시면서."

"알지. 그런데 황제가 어쩌겠어. 콜리카한테 가서 내 뜻이 아니라고 하겠어? 아니면 귀족원을 족치겠어? 황태자도 참, 결국 인질 신세라니."

나는 재밌게 돌아가는 상황에 피식피식 웃었다.

"현재 황궁의 상황은 어때?"

"별궁은 이미 콜리카 공작가에서 점령했대요. 황궁의 구조 특성상 황실의 핵심 인원은 중심에 위치해 있으니 어느 정도 시일이 걸릴 것이라고 예상하긴 하는데…….”

“곧이겠네.”

“그렇죠?”

“하지만 황실에서도 순순히 당할 리는 없고. 뭐, 어디 한번 기다려 볼까? 황실이 먼저 나가떨어지나, 아니면 콜리카 공작가가 먼저 나가떨어지나.”

내 말에 리리스가 미소를 지었다.

“아, 루벨리안 보고 싶다.”

“그러고 보니 오늘은 안 오시네요.”

“오늘은 오지 말라고 했어. 이 며칠간 얼마나 고생했는지 얼굴에 아주 그늘이 싹 졌더라고. 피곤한 게 덕지덕지 묻어 있는데 신전에 올 시간에 집에서 자는 게 더 좋을 것 같아서.”

“흐음, 각하께서 그런 말을 들으실 분이 아닌데…….”

“역시…… 그렇지?”

사실 나도 그렇게 생각해.

나는 손에 있는 책을 탁 닫았다. 이 며칠간 신전에서 주구장창 책만 본 터라 이제는 책 읽는 것도 지쳤다. 대체 이 전쟁은 언제 끝나는 걸까. 이 상태가 지속된다면 황실과 귀족은 물론이요, 제국 전반이 큰 손실을 입을 게 뻔했다.

그렇게 속으로 중얼거리는데 갑자기 노크 소리가 들려왔다.

똑똑―

“이브, 들어가도 될까요?”

“아, 레이첼. 들어와요.”

이윽고 레이첼이 다소곳하게 문을 열고 들어왔다. 그러나 얌전하기 그지없는 그녀의 행동과 달리, 그녀의 얼굴에는 긴장한 기색이 흐르고 있었다.

"방금 전 신전으로 황실의 전보가 도착했어요."

"무슨······."

"제3황자 전하께서 곧 귀환하실 것 같아요."

아, 올 것이 왔군.

"그렇군요. 제3황자께서 무사히 귀환하신다니, 예상은 했지만 생각보다 훨씬 대단하네요."

나는 손에 든 책을 덮었다. 그러나 여상스럽게 웃는 내 시야에 안겨 온 것은 정작 레이첼의 불안한 얼굴이었다.

그것을 눈치챈 내가 고개를 갸웃거렸다. 그녀가 굳이 이렇게 불안해할 이유가 없었기 때문이다.

"레이첼, 왜 그래요?"

"아, 아니에요. 어쨌든 제3황자 전하께서 수도로 귀환하시면 성검을 요청해 봐야겠네요."

"레이첼만 믿을게요."

그러나 내 말에도 레이첼은 웃지 않았다. 그녀의 얼굴 위에 드리워진 은근한 수심에 나는 직감적으로 그녀가 뭔가 숨기고 있음을 깨달았다.

그리고, 그것이 나와 관련된 일이라는 것 또한.

"레이첼."

내 부름에 레이첼이 화들짝 놀랐다. 진짜 무슨 일이 있긴 하군. 나는 속으로 읊조리면서 천천히 입을 뗐다.

"무슨 일이라도 있나요?"

"아니, 무슨 일이 있는 건 아닌데······."

"레이첼. 나는 내 죽음까지 레이첼에게서 들은 사람이에요. 지금 무슨 말을 하든지 제게 도움이 되었으면 되었지, 충격이 되지는 못할 거예요. 그러니까 안심하고 말해 줄래요?"

상냥한 어투로 말을 건네자 레이첼이 조금 주저하는 듯하더니 이윽고 한숨을 폭 쉬었다.

"사실…… 요즘따라 유난히 신탁이 자주 들려와서 그래요. 게다가 신탁의 내용이 점점 더 선명해지는데-"

'성검과 만날 날이 멀지 않아 그런 것인가?'

"-그 내용이 조금 아리송하고 이상해서요."

"정확히 어떤 내용인지 혹시 말씀해 주실 수 있나요?"

"그…… 이브가, 황태자 전하의 검에 찔려 있었어요. 그, 그리고 그 앞에 있는 건…….'

레이첼이 눈을 질끈 감았다. 그녀는 마치 절대적으로 믿고 싶지 않은 내용을 말하듯, 한 자 한 자 어렵게 말을 쥐어 짜내며 말을 이었다.

"-저, 저와 플로렌스 공작 각하였어요."

뭐?

예상 밖의 그 말에 나는 멈칫하고 말았다. 레이첼과 루벨리안이 검에 찔린 내 앞에 함께 서 있다고? 왜?

'레이첼과 루벨리안이 동시에 나를 배신한 건가? 둘이 뭐가 있어?'

-라고 생각한 나는 내 생각이 막장 드라마를 뺨치다 못해 거의 괴작 수준의 전개를 보여 주고 있다는 생각에 고개를 저었다.

'아니야. 그건 말도 안 돼. 아, 아닌가? 루벨리안은 원래 흑막이었으니까 혹시 그간 나를 사랑해 오는 척하면서 레이첼을 이용하고, 내가 쓸모없어지니까 나를 버리려고……!'

"꺄아아악!"

나는 두 손으로 뺨을 감싸 쥐었다. 루벨리안, 네 이놈. 나를 배신하면 처녀 귀신이 되어서 평생 등에 업혀 있을 거야.

내 반응에 안절부절못하던 레이첼이 깜짝 놀랐다.

"이, 이브. 오해하지 마요. 저는 이브를 배신하지 않아요."

"아니, 그건 저도 아는데……. 어쨌든, 설마 그것 때문에 루벨리안을 볼 때마다 경계하셨나요? 그래서 저를 신전에 들인 거예요? 루벨리안이 저를 배신할까 봐?"

순간 레이첼이 침울한 얼굴을 했다

"신탁의 이유도 있었지만, 어떻게든 이브를 보호하고 싶은 마음에…… 그런데 왜 신께서는 제게 그런 장면을 보여 주시는 걸까요?"

"음, 뭔가 이유가 있겠죠? 그리고 하지도 않은 일로 죄책감 가질 필요는 없어요."

그러다가 나는 문득 고개를 갸웃거렸다.

"잠깐만요, 레이첼. 그 자리에 황태자 전하는 없었나요?"

"없었어요."

"하지만 황태자 전하의 검이라고……."

"네. 황태자 전하의 검인 건 분명해요."

"그림이 좀 이상한데……."

"이브. 저는 이브를 배신하지 않을 거예요. 그건 진짜예요."

고민하는 내게 레이첼이 호소력 짙은 얼굴로 나를 응시해 왔다. 그런 그녀의 얼굴을 빤히 응시하다가 나는 피식 웃었다.

"알았어요. 알았으니까 그렇게 울 것 같은 얼굴 하지 않아도 돼요."

"저도 그 신탁을 받았을 때는 너무 놀랐어요. 그런데 다른 사람들에게 말할 수도 없고, 이브한테 말하면 오해할까 봐……."

그녀의 눈동자는 진실을 말하고 있었다. 타인의 거짓말이나 위선에 다소 민감한 나는 최소한 그 정도는 파악할 수 있었다.

'그럼 가능성은 두 가지야. 레이첼과 루벨리안이 훗날 무슨 이유 때문에 나를 배신하고 검을 꽂거나, 아니면 이미 내가 검에 꽂힌 뒤 구하러 온 거거나.'

안절부절못하는 레이첼의 모습에 나는 그녀를 살살 다독였다. 어찌 되었든 간에 루벨리안까지 엮인 이상 절대 간단한 문제는 아닐 것이다. 게다가 제3황자가 죽음의 땅에서 오고 있는 이상 더더욱.

'이 문제는 조금 더 생각해 볼 여지가 있겠어. 어쩌면 그게 내 죽음의 돌파구가 될 수도.'

거기까지 생각한 내가 입술을 끝을 말아 올렸다.

그날 저녁, 루벨리안은 어김없이 신전을 찾았다. 그가 요즘 고생하는 것을 알고 있는 나는 그에게 안기면서 작게 중얼거렸다.

"오늘은 오지 말라니까. 좀 쉬어요."

"잘 있는지 얼굴만 보고."

"나는 잘 있죠. 봐요, 얼굴에 아주 윤기가 좌르륵 흘러서 물광 피부 되기 일보 직전이에요. 심지어 살까지 찐 것 같다니까."

"내가 보기에 당신은 너무 말랐어. 더 먹어."

"그러는 당신은 너무 피곤해 보여요."

"나는 괜찮아."

"조금만 쉴래요?"

내 말에 루벨리안이 빙그레 웃었다. 그는 잠보다 내 옆에 있는 게 더 절실한 사람처럼 내게 달라붙어 있었다. 이윽고 침대로 다가간 내가 침대에 털썩 안고 무릎을 탕탕 쳤다.

"누워요."

내 행동을 본 그가 피식 웃음을 흘렸다. 그러곤 내 무릎에 살짝 머리를 기댔다.

순간 내 드레스 위로 그의 검은색 머리카락이 팔랑거리듯 내려앉았다. 저도 모르게 그의 보들보들한 머리카락에 손을 대는데, 루벨리안이 갑자기 손을 뻗어 내 손을 잡았다.

쪽-

"뭐 하는 거예요."

"당신한테서 좋은 향이 나."

"향수랑 사랑에 빠지게요?"

시중에서 많이 맡을 수 있는 향이 뭐가 그렇게 좋은지, 그가 내 품 쪽으로 고개를 돌리며 말했다.

"그래도 당신한테서 나는 향은 특이하다."

"얼마나 특이한데요?"

"그냥, 편하고 달달해."

"흐응. 아이다가 가져온 리스트에는 사치스러운 걸 싫어한다고 적혀 있었던 걸로 기억하는데. 향수랑 화장품 냄새 싫어하지 않아요?"

"사치스러운 걸 싫어한 적 없어. 굳이 돈을 그렇게 쓸 이유가 없었을 뿐. 게다가 당신은 사치스러운 것도 아니지 않나."

"혁, 우리 결혼하기 전에 그렇게 옷을 사 댔는데? 일부러 막 이것저것 사고 그랬는데."

"오히려 그게 더 좋았어."

"당신, 은근히 나한테 당하는 걸 좋아-"

"당신이 나한테 원하는 게 있고, 그걸 내가 만족시켜 줄 수 있는 게 좋았거든."

그의 말에는 오로지 진심만이 담겨 있었다. 그 목소리만큼은 절대 날 배신할 이가 아닌 것처럼 들려서, 나는 저도 모르게 웃고 말았다.

"그럼, 그냥 처음부터 내가 너무 예뻐서 반했던 거네. 쳇, 얼굴만 보고 좋아하기는."

"나와 처음에 어떻게 만났는지 기억은 나나? 그 흙탕물에서?"

"으음……."

"그래도 그날에 날 보던 눈빛은 꽤 재미있었는데. 얼굴에 잔뜩 안 지겠다는 얼굴을 하고는, 처음 만났는데 도전장을 받은 느낌이었어."

"헉."

"그게 새삼 대단해 보였지. 그리고 얼굴엔 나와 결혼하고 싶지 않다고 쓰여 있지 않았나."

흑, 결국 내 팔자 내가 꼬았다 그거잖아. 차라리 원작의 에반젤린이 그랬던 것처럼 얌전하게 결혼했다가 이혼하자고 했으면 해 줬을 것 같다.

하지만 이 남자와 사랑에 빠지지 않았다면, 그건 또 그것대로 많이 아쉬웠을 것 같다.

"루벨리안."

나는 허리를 숙이고 그를 작게 불렀다. 그에 내 손에 입을 꾹 누르고 있던 그가 무슨 일이냐는 듯이 나와 시선을 맞췄다.

"레이첼이 그러는데, 내가 검을 맞고 있는 장면에서 당신과 레이첼이 앞에 서 있었다고 해요."

"……뭐?"

순간 루벨리안이 깜짝 놀란 듯 벌떡 일어났다. 이윽고 그가 얼굴을 굳혔다.

"그게 무슨 말이지?"

"몰라요. 하여튼 그런 장면이 보였다고 해요."

"말도 안 되는 소리다. 나와 성녀가 왜 그런 상황에서 태연자약하게 거기 서 있어?"

"아니, 태연자약이라는 말은 없었는데."

나는 싸늘하게 식은 루벨리안을 달래듯 그의 뺨을 감쌌다. 그의 눈길에는 그저 경악과 분노, 그리고 불신만이 있을 뿐이었다.

"어쩌면 그 장면은 내가 황태자에게 당한 뒤 당신과 레이첼이 달려온 상황일 수도 있어요. 다시 말하자면, 어쩌면 레이첼이 나를 구할 수도 있다는 말이죠."

"아니, 당신은 황태자에게 찔리는 일이 없을 거다. 무조건 안전할 거야."

"루벨리안."

"그리고 이렇게 된 이상, 성녀도 어쩌면 안전하지 못하다는 뜻일 수도 있겠군."

"아, 잠깐만요. 레이첼이 나를 배신하고 죽일 거라는 생각은 너무 나간 것 같아요. 게다가 레이첼이 진짜로 나를 배신할 생각이었다면 내게 그런 말을 하지도 않았겠죠."

"하지만 그녀를 계속 믿는 것도……."

"지금 그녀를 믿지 않으면 내가 어디로 가겠어요? 콜리카가 수도를 쑥대밭으로 만들고 있고, 제3황자가 곧 돌아올 테니 제국 변방의 경계도 삼엄한데. 그렇다고 공작가로 돌아가면 그때와 같은 사태가 또 벌어질 수도 있고요."

실제로 레이첼을 믿는 것이 가장 최선의 방법이었다. 그리고 나는 레이첼을 믿었다. 그녀가 여주인공이라서가 아니라, 최소한 그녀가 좋은 사람이라고 믿는 나 자신을 믿는 것이었다.

"나는 당신을 잃고 싶지 않다."

"루벨리안."

"신전으로 사람을 더 보내지. 당신을 무조건적으로 지킬 수 있게."

"그럼 병력은……."

"상관없어. 내 모든 것은 당신을 보호하는 것을 최우선으로 한다."

그의 강한 말투에 나는 어쩔 수 없다는 듯이 웃었다. 그의 마음을 이해하지 못하는 것은 아니었다. 지금까지 누군가를 경계하면서 살아왔던 그가 레이첼을 믿지 못하는 건 당연했다.

이내 루벨리안이 나를 품에 안더니 작게 읊조렸다.

"대체, 왜 내 선택은 당신을 위험으로만 빠뜨리는 거지?"

"무슨 말도 안 되는 소리예요."

"당신과 결혼하겠다고 한 것도, 그리고 복수를 결심한 것도, 그리고 당신을 신전에 보낸 것도."

"레이첼이 배신하는 게 아닐 수도 있다니까, 정말. 혹시나 해서 미리 말해 줬더니 괜히 말해 줬나 싶잖아."

나는 한숨을 쉬었다. 루벨리안은 레이첼을 의심하고, 레이첼은 루벨리안을 의심하는 상황에 어이가 실종되었다.

남편과 친구의 사이가 안 좋은데 이걸 어떻게 해야 하죠? 어디 가서 물어볼 수 있다면 좋으련만.

'뭐가 되었든 제3황자가 돌아온 이후부터는 정신을 차리고 나 스스로를 최대한 보호해야 해.'

어쨌든 삶도 내 것이고 죽음도 내 것이다. 그렇게 생각한 내가 조금 견결한 얼굴을 했다.

그리고 며칠 뒤, 제3황자가 예상대로 황실에 돌아왔다. 거의 전멸한 기사단을 이끈 채.

제3황자가 수도로 돌아왔다는 소문은 그야말로 날개라도 달린 듯이 수도에 퍼졌다.

이는 그간 황실과 콜리카의 전쟁 때문에 겁먹고 있던 평민들에게 전쟁의 종식을 안겨 주는 것이었고, 황제의 명을 거역하고 사병을 기어코 내주지 않은 귀족원에게는 악몽이나 다름없는 소식이었다.

"제3황자가 수도에 돌아왔다라…… 리리스, 네 생각에는 제3황자가 신전에 쳐들어와서 내 모가지를 잡는 게 더 빠를 것 같니, 아니면 루벨리안이 황제의 모가지를 따 버리는 게 더 빠를 것 같니?"

사실 내 질문은 거의 답이 정해진 것이나 마찬가지였다. 조금이라도 제3황자의 성정을 아는 이라면 필연코 전자가 더 빠르다는 데에 걸 게 뻔했다.

"공작 각하께서 마님을 보호해 주실 거예요."

"나도 알아."

하지만 생각보다 제3황자가 더욱 빨리 돌아왔다. 비록 기사단은 전멸이지만 어쨌든 그는 대량의 아세스 꽃을 가져왔을 게 분명하다. 그렇게 된다면 아세디움은 거의 무제한으로 공급되는 것이나 마찬가지였고.

'아직은 괜찮아. 아세디움은 성수로 막을 수 있고, 성수라면 플로렌스에도 충분히 많으니까.'

일단 제3황자가 죽음의 땅에서 성검을 가져왔는지부터 확인해야 했다.

그날 저녁, 나는 잔뜩 굳은 얼굴로 온 루벨리안을 보며 고개를 갸웃거렸다.

"루벨리안, 무슨 일 있어요?"

"이제 우리 계획을 시작해야 할 것 같다."

일순 내가 긴장한 얼굴을 했다. 황태자가 인질로 잡혔다는 소식에 대노한 콜리카 공작가에서 황실의 별궁을 전부 공격하면서 황실과 콜리카 공작가의 병력은 한없이 깎여 나갔다.

그리고 제3황자가 온 지금, 분명 그 시기가 알맞긴 했는데―

"레이첼이 성검을 손에 쥘 때까지 기다리면 안 될까요?"

그러나 내 말에 루벨리안은 고개를 저었다.

"아니, 시간이 급박하다."

"무슨 일 있죠? 그게 아니면 이렇게 서두를 이유가 없잖아요."

분노가 서린 그의 얼굴은 분명 뭔가 있음을 암시해 주고 있었다. 그것도 나와 관련 있는.

"루벨리안, 말해 줘요. 당신이 말해야 내가 대책을 세우든 조심하든 하죠. 그러니까 말해 줄래요?"

조심스럽게 달래는 내 목소리에 그가 눈을 꾹 감았다. 그리고 천천히 입을 열었다.

"제3황자가 죽음의 땅을 정복한 공로로, 당신을 지목했다."

"……네?"

"당신을…… 하아. 그러니까 일단 제3황자를 죽이는 편이 나을 것 같다. 근시일 내로 플로렌스의 기사단을 편성해 황실을 공격한다. 이미 기사단은 준비되었고, 공격하기만 하면 돼."

"아니, 잠깐만요. 그러니까 제3황자가 나를 갖고 싶다고 했다고요?"

"…….."

"혹시나 해서 묻는데, 황제가 만약 나를 내놓으면 그간의 무례는 참아 주겠다고 했나요? 설마 귀족원의 일부 사람들이 나를 내놓을 것을 종용했나요?"

그의 침묵은 곧 긍정에 가까웠다.

와— 진짜였어?

"귀족원은 설마 진짜로 황제가 자신들을 살려 줄 것이라고 생각한대요?"

"공포가 현실로 되니 두려운 거지. 일부긴 하나 그런 목소리가 있긴 했다. 다만 이 일부가 지속되면 어떤 식으로 될지 모르지."

"와, 게네들 정말 대가리 장식품으로 달고 산다. 세습 귀족들은 이게 문제야. 어렸을 때부터 조기 교육시켜 놓으면 뭐 해! 뇌 용량 자체에 문제가 있는데!"

내 분노 어린 목소리에 루벨리안이 한숨을 쉬었다.

"일단은 성녀가 성수를 많이 만들어 놔야겠군. 성녀만 믿는 게 탐탁지 않긴 하지만…… 그래도 당신이 그리 믿는 사람이니 믿어 보지. 당신은 언제나 옳으니까."

나는 언제나 옳다. 그 말 한마디에 은근히 감동이 밀려와서 내가 고개를 끄덕였다.

"그런데 성검은 얻었나요?"

"공식적으로 황태자에게 귀속되었다. 아무래도 제3황자가 출정을 나가면서 두 사람이 황위를 두고 대치한다는 식의 유언비어가 있어서 그런 것 같다."

"또 우리 형님이 최고십니다— 하면서 줬겠네요."

"사지가 멀쩡하지 못한 황태자를 보고 분노를 터뜨리는 게 먼저였지. 완전히 도려내지는 않고 그저 팔다리를 평생 못 쓰게 박살을 내 놨는데도 그런 반응을 보였다."

“자업자득이죠, 뭐.”

둘의 우애를 보니 이쯤 되면 제3황자가 나를 샤를리나처럼 만들려고 한 것도 황태자의 머릿속에서 나온 흉계가 아닌가 싶다.

“어쨌든 몸 사리고 있을 테니까, 당신도 주의해요. 알았죠?”

“그래.”

비록 죽음을 앞두었지만 그래도 삶의 열망은 여전했다. 루벨리안에게 새끼손가락을 걸며 다짐을 받으며 내가 웃었다.

‘언제 어디서 제3황자의 사람들이 튀어나올지 몰라. 어떻게든 살아남을 방법을 모색해야 돼.’

루벨리안과 헤어진 뒤 나는 레이첼의 기도실로 발걸음을 옮겼다. 그래도 최대한 발악은 해 보다가 죽는 게 좋지 않은가.

그러나 나는 평소와는 다른 신전의 분위기에 미간을 찌푸릴 수밖에 없었다.

원래라면 조용하기 그지없는 곳에는 사람들이 가득 차 있었다. 그것도 거의 죽기 일보 직전의 모습으로.

놀라서 뒤로 한 걸음 물러서는데 누군가의 비명과 레이첼의 고함이 한데 섞여 들려왔다.

“으아아악!”

“잡아요! 빨리!”

이게 무슨 일이지? 오리무중에 빠진 사이, 저 멀리서 나를 발견한 알프리드가 입을 뗐다.

"공작 부인, 여기까지는 무슨 일입니까?"

"레이첼에게 부탁할 게 있어 왔는데, 이게 무슨 일이에요?"

"성녀님께서는 지금 바쁘십니다. 아세디움에 당한 사람들이 대량으로 생겨났습니다."

"……하아, 역시."

지금 상황에서 그 짓을 할 만한 사람이 또 누가 있던가. 황실밖에 없었다.

"평민들인가요?"

"콜리카 공작가의 기사들입니다. 신전은 중립 지대이기 때문에 무기를 소지하지 않는 한 모든 사람들을 구제할 의무가 있습니다."

"무기를 소지하지 않는다……."

"물론 아세디움을 해독할 수 있는 분은 성녀님뿐이라 다소 진료가 늦어지고 있지만."

"성수는요?"

레이첼이 성수를 한두 병 만들어 놓은 게 아닐 텐데. 나도 그래서 온 것이었다. 레이첼에게서 성수를 받아서 중요할 때에 쓰려고.

그러나 내 질문에 알프리드가 고개를 저었다.

"성수에도 한계가 있습니다. 아시잖습니까, 황태자 전하께서 아세디움에 당한 뒤로 며칠 동안 깨어나지 못하신 것. 검술의 정점에 계신 분도 그렇게 오랫동안 누워 있는데 하물며 일반 기사들이야."

나는 주변을 둘러보았다. 피범벅이 된 기사들 틈에서 사제와 신관들이 바쁘게 뛰어다니며 성수를 들이붓고 있었다. 레이첼은 그중에서 가장 위독한 환자들을 골라 성력을 주입하고 있었다.

"이렇게 빨리 아세디움을 쓸 줄이야. 예상은 했지만 이 상태로 나아가다가는 평민들한테도 쓰겠군요."

'이렇게 되면 귀족원에선 더욱더 공포를 느끼겠지. 루벨리안을 압박하는 자들이 나올지도 몰라. 이러다 판도가 바뀌어서 귀족들이 전부 플로렌스와 적이 되려고 한다면……..'

루벨리안이 위험하다.

하지만 내가 나가는 건 더 위험했다.

상황이 여의치 않았다. 하지만 그보다 더 큰 문제는…….

'레이첼이 저들에게 발목 잡혀 있어. 루벨리안은 물론이고 설사 내가 다친다고 해도 제때에 달려올 수 있을지 의문이야.'

어쨌든 그녀는 공명정대한 '신'이었다. 생명의 가치를 두고 절대 비교하지 않는.

'루벨리안의 판단이 맞았어. 빨리 군사를 움직여야 해. 그리고 레이첼이 성검을 손에 넣고, 황실에 있는 아세스 꽃을 전부 정화시켜야 돼.'

그래도 아직까지는 황실이 루벨리안을 건들 수 없다는 게 다행이었다.

'이제부터는 타이밍 싸움이겠군.'

"리리스. 이걸 루벨리안에게 보내 줘."

"이건 성수인가요?"

"루벨리안이 안전해야 내가 편할 것 같아."

"기사들에게 꼭 각하 손에 전해 달라고 신신당부할게요."

나는 걱정 어린 눈빛으로 고개를 끄덕였다. 빠질빠질 타오르는 가

습보다도 무력감이 피어올라서 더욱 고통스러웠다. 루벨리안이 나를 볼 때 이런 느낌이었을까. 사랑하는 사람을 지키지 못한다는 건 이렇게 슬픈 걸까.

'그래도 황실에서 콜리카의 병력을 손수 제거했으니.'

실이 있으면 득이 있는 법이었다. 황실과 콜리카가 서로 치고받고 한 덕에 플로렌스는 적을 최소로 상대할 수 있었다.

리리스가 푹 쉬는 게 좋겠다는 말을 남기고 나가자, 나는 눈을 감고 침대 보드에 머리를 기댔다.

그리고 생각을 이어 가는데 묘하게 잠이 쏟아져 왔다. 그렇게 피곤하지 않았는데? 내려오는 눈꺼풀과 이성 속에서 나는 최대한 정신을 똑바로 하려 노력했다.

그러나 이상할 정도로 똑바른 정신과 달리 몸은 내 컨트롤을 받지 않았다.

'뭐야. 이거-'

나는 속으로 비명을 질렀다. 눈꺼풀은 감기는데 주변의 소리는 더욱 선명하게 내 귀에 들려왔다.

그때였다.

처음으로 겪어 보는 상황에 경악하는데 갑자기 방문이 열렸다.

"향은 제대로 피웠겠지?"

'……!'

"분부하신 대로 아세스 꽃을 조금 태워 방에 뿌려 두었습니다."

"잘했어. 신전의 경비가 하도 삼엄해 어떻게 접근해야 하나 고민했는데, 이런 수가 있었군. 부인께서 나오지 않는다면 내가 들어가면 되지."

"……."

"신전은 환자의 출입을 거부하지 않으니까 말이야. 역시 콜리카 놈들에게 독을 쓴 건 잘했어. 마침 거슬리는 것들도 치워 버리고 나도 그 사이에 엉켜서 들어올 수 있게 되었잖나?"

익숙한 목소리에 나는 입을 악물었다. 아니, 악물려고 했다. 내 마음대로 컨트롤이 안 되는 몸뚱어리만 아니었다면.

"이 여자를 지키던 기사들은?"

"전부 죽였습니다."

리, 리리스는?

목소리가 내게 가까이 다가왔다. 무거운 발걸음, 점점 커지는 목소리. 그리고 갑자기 코를 스치는—

"아무리 봐도 그냥 죽이기는 아까운데. 살면서 이렇게 예술품처럼 생긴 여자는 처음 보거든. 플로렌스 공작이 보는 눈이 있어. 아니, 선대 공작 부인 초상화를 보니 아무래도 플로렌스 공작들이 전부 다 보는 눈이 있는 것 같군."

"……."

"지킬 힘이 없어 그렇지."

"으윽."

"하지만 상관없다. 아세디움에 죽으면 예쁜 시체로 남는다며? 나는 부인의 아름다움을 사랑하니 마지막까지 예쁘게, 예술품처럼 대해 주지."

—역겨운 향기.

불쾌한 손이 내 뺨을 만졌다. 그것을 뿌리치고 싶었으나 몸이 말을 듣지 않았다. 나는 정신을 절대 놓지 않기 위해 마음을 다잡았다.

"일단은 밖으로 끌어내. 최대한 기척을 죽이고."

"알겠습니다."

"공작의 표정이 기대되는군. 자신의 덧없는 복수 때문에 아내마저
제 어미처럼 되었다는 걸 알면 어떻게 될까?"

"……."

"모르긴 몰라도, 꽤 절망스럽겠지?"

아세스 꽃을 태우면 이런 효과가 있던가?

몸이 들려지고 차가운 공기가 닿자, 몸에 약간씩 힘이 돌아오기
시작했다.

"전하, 어떻게 하실 요량입니까?"

"황궁으로 데려가서 죽일 거다."

"굳이 그럴 이유가 있습니까?"

"형님이 이 계집을 제 손으로 죽이고 싶어 하시거든. 물론 그 전에
내가 좀 갖고 놀 생각이지만."

점점 되살아나는 감각에 뺨을 만지작거리는 손길이 그대로 느껴
졌다. 마치 수천 마리의 바퀴벌레가 몸을 기어가는 것 같았다.

그러나 힘이 돌아오고 있음을 섣불리 알릴 수는 없어, 가만히 있
을 수밖에 없었다.

'성수를 먹어 둔 게 효과가 있나 보네. 혹시나 해서 꾸준하게 복용
해 두길 잘했어.'

루벨리안에게 성수를 보내면서 정작 나는 아무런 조치를 취하지
않았을 리가.

나는 최대한 숨을 죽이고 정신을 잃은 척을 계속했다.

'그나저나 왜 정신은 말짱하지? 혹시 아세스 꽃을 태우면 몸만 나른해지고 정신은 그대로 있는 걸까? 아니면 이것도 성수의 힘인가?'

그렇게 속으로 고민을 이어 가던 때였다. 약간씩 덜컹거리던 느낌이 조금씩 거세져 왔다. 그리고 조금 지나자 그제야 내가 마차에 탔음을 알 수 있었다.

그들의 대화를 조합해 보면 지금 나를 데리고 황실로 가는 게 분명했다. 황태자가 나를 죽이고 싶어 하는 것 같지만―

'날 인질로 쓸 수도 있어.'

그럴 가능성을 배제할 수는 없었다. 하지만 뭐가 되었든 목숨이 붙어 있다는 것만으로도 충분히 희망은 넘쳤다. 일단 사람이 살아야 뭐든 하니까.

그렇게 생각하는데 갑자기 마차가 멈췄다. 곧, 누군가가 나를 번쩍 들고 어디론가 걸어갔다.

"형님, 데려왔습니다."

제3황자의 말이 끝나기가 무섭게 나는 어딘가에 눕혀졌다. 그 순간, 황태자의 목소리가 들려왔다.

"부인, 눈을 떠. 지금 정신은 말짱하지 않나."

"……!"

"부인 성정에 성수를 안 마셨을 리가 없지. 속눈썹이 팔랑거리고 있는 걸 보건대, 정신은 아주 멀쩡하겠군."

그의 말에도 일부러 미동도 하지 않았건만, 내 몸을 매만지는 누군가의 손길에 나는 눈을 번쩍 뜰 수밖에 없었다.

그런 내 반응에 제3황자가 피식 웃는 게 시야에 안겨 왔다.

"뭐야, 진짜 정신은 말짱했어? 아세스 꽃을 조금 더 태울 걸 그랬나? 일부러 극소량만 태웠는데."

"어차피 죽일 사람이다. 상관없어."

"그 전에 내가 좀 갖고 놀면 안 되나?"

"네 그 저질스러운 취미에 동참하고 싶지 않다. 이 여자는 플로렌스 공작을 쓰러뜨릴 말이지, 네 장난감이 아니야."

오, 신이시여. 제가 살다 살다 황태자에게 고마울 때가 다 있네요. 말이든 장난감이든 둘 다 짜증 나지만 제3황자의 장난감이 되는 것보단 차라리 정치적 말로 이용당하는 게 인간으로서는 조금 더 존엄 있지 않을까.

아니, 이딴 걸 왜 비교하지.

황태자의 말에 제3황자가 다소 불편한 얼굴을 했다. 하지만 그는 반항 대신 화를 억누르는 듯한 목소리로 물었다.

"그럼 정치 말로서의 가치가 끝난 뒤 나한테 넘기는 건?"

"그때는 네 마음대로 해라."

방금 한 말 취소. 이 쓰레기 세트 같은 것들.

그러나 내 기분이 어떻든 간에 황태자와 제3황자는 암묵적인 규칙이라도 정한 듯싶었다. 이내 제3황자가 흥미 어린 눈동자로 나를 응시하며 뒤로 한 걸음 물러섰다.

나는 최대한 고개를 돌려 내 옆에 있는 황태자의 몰골을 살폈다. 그날 루벨리안에게 당한 흔적이 고스란히 남겨져 있는 얼굴이었다.

'그런데 팔다리도 성치 않으면서 어떻게 이곳으로 온 거지? 황태자는 플로렌스의 기사들이 감시하고 있었을 텐데.'

"내가 어떻게 여기로 왔는지 궁금한 얼굴이군."

"……."

"아세스 꽃은 태우면 무색무취의 독을 공기에 뿌리지. 궁에 있는 플로렌스의 사람들은 대부분 죽었다."

"뭘…… 하려는…….."

"글쎄."

그의 얼굴 위에는 일말의 감정도 없었다. 그것이 지독하게 끔찍해서 아무리 나라도 조금은 떨 수밖에 없었다.

"사실 나는 부인에게 악감정이 없어."

……저걸 지금 말이라고.

"다만 부인이 사사건건 내 계획을 방해하는 통에 일이 이 지경까지 왔을 뿐. 부인이 얌전하게 있어 줬다면 나도 부인을 노리는 일은 없었을 거다."

"루벨리안이, 루벨리안이, 황실에 어떤 생각을…… 갖고 있는지 아는데."

"그래도 그건 부인과는 관계없는 일이지. 부인은 공작의 아내지, 공작이 아니거든. 공작이 황실에 무슨 원한을 갖고 있든, 그가 무슨 계획을 꾸미든 부인은 가만히 있어야 했어."

"……."

"지금 이 지경까지 온 건 부인 스스로 명을 재촉한 것이나 마찬가지다."

"헛소리."

황태자가 하고 싶은 말은 잘 알겠다. 왜 네 일도 아닌데 끼어들어서 이 사달을 만드냐는 것이 분명했다.

명백한 책임 전가에 나는 조금씩 입술을 옴짝거리면서 말을 이었다.

"내가 이 지경까지 온 건, 다 네가 쓰레기라서야."

황태자의 얼굴이 꿈틀거렸다.

"나를 납치한 것도, 그리고 감히 내 몸을 멋대로 통제한 것도, 그리고 이 자리에서 나를 위협한 것도, 모두, 네가, 쓰레기라서 그런 거야."

"반성이 없군."

"잘못한 게 없으니까."

"부인이 그렇게 부추기지만 않았다면 공작이 이 지경까지 왔을까?"

"그 사람은 오히려 나 때문에 복수를 멈추려고 했어. 그런 이를 부추긴 건 당신과 당신 아비였지. 그러니까 내가 내 팔자 꼰 것처럼, 너도 네 팔자 네가 꼰 거야. 다른 사람도 아닌 네가. 네 손으로. 그 알량한 자존심 때문에."

"닥쳐!"

내 말에 황태자가 노호했다. 순간 그의 뒤에 있던 제3황자가 나를 잡고 바닥에 휙 던졌다.

아릿한 통증이 몸을 타고 올라왔다. 천천히 고개를 드는데 어느새 황태자의 얼굴이 코앞까지 와 있었다.

"죽고 싶어 발악을 하는군."

"어차피 지금은 못 죽이잖아."

나는 빙그레 웃었다. 상황과 전혀 어울리지 않는 내 미소에 살벌한 눈빛이 꽂혔다. 난 여유롭게 말을 이었다.

"난 널 꽤 좋아했어."

"이제 와서 살려 달라 비는 건가? 곱상한 얼굴로 나를 유혹해 어떻게 살아 보고자 발버둥 치는 건가?"

"네가 레이첼에 의해 변하는 게 꽤 좋았거든. 가족을 버린다는 건 말이나 쉽지, 어려운 거잖아. 그럼에도 너는 사랑하는 어머니와 반목했어."

"무슨 헛소리를 하는 거냐!"

"그런데 알고 보니 그건 네가 아니었더라. 그건 네가 대단한 게 아니라 레이첼이 대단한 거였어. 네가 잘나서 남자 주인공인 게 아니라, 그저 레이첼의 선택을 받았기 때문에 남자 주인공이었어."

원작의 내용을 그가 알 리 없었다. 당연하게도 그는 당황함에 물든 얼굴을 했다.

코앞에서 그 얼굴을 지켜보며 나는 다시 곱게 눈을 접었다.

"너는 아무것도 아니야. 화가 나니 약을 풀어 나를 납치하는 쓰레기일 뿐이고, 이제 와서 나를 죽여 한때 형제라고 칭했던 이를 공격하려는 위선자일 뿐이야."

"닥쳐라!"

"나는 잘못한 게 없어. 내가 여기서 죽는 건―"

나는 그의 시선을 똑바로 보면서 한 자, 한 자 내뱉었다.

"네가 글러 먹어서 그런 거야."

순간 황태자의 얼굴에 지독한 분노가 퍼졌다.

그는 자신이 악인이 되는 것을 절대 용납하지 않았다. 어떤 상황에서도 '선'이 되길 자처하며 남 탓만 해 왔다.

하지만 레이첼을 벗어난 그는 그저 나약한 인간에 불과했고, 그것이 밝혀지는 순간 아마 그는 더욱더 나락에 빠질 게 분명했다.

"감히, 이런 헛소리를 내 앞에서 지껄이다니."

황태자의 목소리에서 분노가 일렁였다. 그러나 그것을 들으면서도 나는 그저 웃을 수밖에 없었다.

그가 황제를 얼마나 존경했는지는 안다. 부모 자식 간의 관계가 끊기 어렵다는 사실도 알았다. 하지만 그렇다고 해도 잘못된 것은 잘못된 것이었다.

'그게 아니면 내가 복에 겨워 부모 배신한 배은망덕한 년 소리를 들으며 집을 나올 이유가 없잖아.'

새삼 이 상황에서 그 사실이 생각나 나는 쓰게 웃었다.

그때, 분노를 터트리던 황태자가 갑자기 제3황자를 향해 턱짓했다.

"루넨, 준비한 걸 가져와."

"지금? 뭐야, 벌써 죽여? 내가 좀—"

"이 여자의 죽음은 공작의 정신을 완전히 붕괴시킬 수 있는 패다. 인질로 삼으면 공작은 오히려 더 정신을 차리고 이 여자를 구하는 데에 급급해할 거다."

황태자의 서슬 퍼런 목소리가 무섭게 꽂혔다. 그의 명령에 제3황자가 나를 보며 아쉬운 얼굴로 입맛을 다셨다.

"루넨."

"아, 알았어, 알았어. 죽이면 되잖아. 솔직히 나도 그때 그런 식으로 나를 모욕한 건방진 년을 그냥 살려 둘 생각이 없었거든. 자고로 장난감은 고분고분하고 말 잘 듣는 게 제일 좋지."

나는 내 앞으로 다가온 제3황자를 보며 입매를 굳혔다. 차라리 내가 죽는 게 낫다. 여기서 어중간하게 인질로 잡힐 바에야 죽는 게 나았다. 다행이야, 도발이 먹혀서.

속으로 내 마지막이 아프지 않게 끝나기를 비는데, 순간 밖이 소란스러워지기 시작했다.

그리고 곧, 누군가가 문을 벌컥 열었다.

"전하! 큰일 났습니다! 빨리 대피하셔야 합니다!"

"무슨 일이지?"

"플로렌스에서 본궁까지 침입했습니다!"

"뭐?"

제3황자가 얼굴을 팍 찌푸렸다. 그러나 황태자는 이미 예상했다는 듯이 차분하기 그지없었다.

루벨리안은 확실히 행동이 빠른 사람이었다. 그가 내 부재를 아는지는 모르겠지만 그가 공격을 시작한 이상 황실 일가는 절대 무사할수 없었다.

"공작이 이곳을 공격한 뒤 발견한 게 아내의 시체라면 꽤 재밌겠군. 루넨, 그것을 공작 부인에게 먹인 뒤 여기에 버려두고 불을 질러."

"불까지?"

"쓸데없는 일에 관여한 대가는 크다. 독만 먹이고 곱게 죽일 수는 없지. 활활 타 버린 아내의 시체를 안고 절규하는 꼴을 보고 싶군. 게다가 이곳은-"

황태자가 서늘하게 웃었다.

"폐하께서 공작의 어미를 취하던 곳이거든."

"······!"

"인간은 어리석고 운명은 반복되지. 겁탈 뒤 불에 타 죽은 아내가 그자의 행동에 대한 대가다."

그와 함께 제3황자가 내 입으로 뭔가를 흘려보냈다. 이윽고 바닥에 병이 떨어지는 소리가 귀를 찔렀다.

순간 몸에서 힘이 쭉 빠져나가는 느낌이 들었다. 동시에 제3황자가 내 드레스 자락을 찢는 소리 또한.

"뭐, 이 정도면 대충 공작이 오해할 만하겠지?"

"행운을 빌지. 다음 생에는 부디 쓸데없는 일에 관여하지 말도록."

탁-

문이 닫히는 소리가 들리고, 목구멍을 타고 비릿한 혈 향이 풍겨 나왔다. 진득한 액체가 목에서 흘러나와 격한 기침을 하자 새빨간 선혈이 바닥에 흩뿌려졌다.

그것을 보는 순간, 나는 뭔가 잘못되었음을 느꼈다.

'검에 찔려 죽는 게 아니었어? 그럼 대체 그 장면은 뭐였지?'

레이첼은 분명 나를 관통한 검이 황태자의 검이라고—

'아, 잠깐만. 제3황자가 성검을 황태자한테 바쳤다고 했어. 그러니까 성검도 주인을 따지자면 엄연히 황태자의 검이니까…….'

생각을 이어가던 나는 다시 한번 각혈했다. 바닥에 퍼진 피 웅덩이가 끔찍한 와중에 마지막까지 정신을 놓지 않고자 이를 악물었다.

검은 사람을 죽이는 데 쓰는 물건이다. 그 고정 관념 때문에 지금까지 당연히 검에 의해 죽는다고 생각했다.

하지만 만약 그 검이 성검이라면?

'설마…… 그게 나를 죽이는 검이 아니라, 나를 살리는 검인 거야?'

그때, 갑자기 주변이 뜨거워졌다. 코를 찌르는 매캐한 연기에 기침을 할 기력마저 없었다. 점점 의식이 사라지는 와중에 걱정되는 것은 하나뿐이었다.

'이렇게 죽으면 안 되는데, 루벨리안이 자책할 텐데.'

점점 의식은 사라져 가고 주변은 캄캄해졌다. 간간이 끊기는 기억의 단편이 머릿속을 스쳐 지나가는데, 익숙한 목소리가 갑자기 들려왔다.

"……브……!"

"으으……."

"이브!"

그것은 마치 내 귀에 속삭이는 목소리 같았다. 환상처럼 아스라하게 흩어지는 시야에 루벨리안의 적안이 오롯이 걸려 왔다.

죽기 직전의 파노라마일까, 아니면 내 염원이 만들어 낸 환상인 걸까.

마지막 의식 한 가닥을 놓아 버리기 전, 내가 힘겹게 말했다.

"……검."

"말하지 마!"

"서…… 성……."

마지막까지 최소한 발악이라도 했다는 그 유일한 안도감을 안고, 갑자기 몸을 덮치는 시원한 감각이 발등을 타고 올라오기가 무섭게 나는 정신을 잃고 말았다.

"이안아. 우리 자랑스러운 딸. 아빠가 세상에서 가장 행복한 공주님으로 만들어 줄게요."

아, 뭐야. 시작부터.

죽음을 앞두고 파노라마 같은 게 펼쳐진다는 말은 믿지 않았다. 그 모든 것들은 그저 죽음 직전에 삶에 대한 열망으로 가득 찬 인간들의 욕망일 뿐이라고 생각했다.

하지만 아무리 그렇다고 해도, 갑자기 내게 이런 장면을 보여 주는 건 좀 너무하지 않은가.

나는 깜깜한 곳에 있었다. 내 눈앞에는 아기인 '나'를 안고 입을 맞추는 전생의 아빠만 있을 뿐이었다.

'뭐야. 기왕 죽을 거 한 번 보고 죽으라는 신의 계시인가.'

저번에 죽을 때는 안 이랬던 것 같은데. 아, 그때는 빙의했으니까 안 보여 준 건가? 그럼 나는 진짜로 죽나?

나는 한숨을 푹 쉬었다. 마치 내 기억 속에 갇힌 느낌이었다. 아득

한 무의식, 점점 빠져들 듯이 몸이 무거워지고, 지금 눈앞에 있는 것은 내가 성인이 된 뒤 나를 향해 소리를 지르는 아빠였다.

"네가 이 집 나간다고 잘 살 수 있을 것 같아? 사람들이 다 너 좋다고 할 것 같아? 사람들은 어차피 돈 많은 걸 선망해. 네가 이것들을 버리고 나가면 네 주위 사람들부터가 달라질 게다!"

그러고 보니 우리 아빠가 저러긴 했지.

나는 어렸을 때부터 말을 듣지 않았다.

다섯 살 때 엄마가 원피스를 입혀 주면 꼭 그것을 모래 바닥에 처넣었고, 바지를 입혀 주면 모래 바닥에 있는 원피스를 주워 입었다.

그렇게 크다 보니 반항이 습관이 되었다. 그리고 그 습관은, 알고 보니 부모님을 비롯한 내게 친절한 대부분의 사람들이 사실 세간에서 '악인'으로 불린다는 것을 깨닫는 순간 최정점에 도달했다.

나는 엄마를 닮아 예쁜 얼굴과 아버지가 마련해 준 좋은 집안에서 공주님처럼 자랐고, 주변 이들은 기꺼이 내 옆에서 시녀와 시종이 되어 주었다. 모두의 기대와 선망을 받는 오빠와는 달랐으나, 그래도 누구보다 귀하게 컸다.

하지만−

"서이안, 네가 아직 어려서 뭘 모를 수 있어. 그래, 그 나이 때는 자신이 알고 있는 세상이 전부인 것 같지? 하지만 시간이 지나면 알게 될 거야."

"······."

"사람들은 다 그렇게 살아. 자신의 손에 무언가를 쥐기 위해."

"······."

"그러니 너는 그저 네게 주어지는 것을 누리면 돼. 수단이 좀 더러우면 어때? 결과적으로 너는 행복하게 살지 않았니? 왜 굳이 위험을 무릅쓰려고 하는 거야? 넌 그저 영웅 흉내를 내고 싶어 하는 어린아이일 뿐이고, 네가 침묵하면 우리는 영원히 잘 살 수 있어."

여전히 나는 그게 옳다고 생각하지 않는걸.

알량한 영웅 심리라도 좋았다.

다만 내가 그런 선택을 한 것은, 내가 그것이 옳지 않다고 생각했기 때문이다.

누구의 행복도, 타인의 희생 위에 지어져서는 안 된다고 생각했기 때문이다.

사람은 저마다 '옳음'을 하나쯤 품에 담고 산다. 그러니 나 또한 내가 옳다고 생각하는 것을 그렇게 행할 뿐이었다.

'이렇게 말하니 너무 모순적인가. 선악은 상대적이라고 해 놓고 다시 옳은 것을 찾다니.'

하지만 인간은 원래 모순적이고, 서로 부딪치면서 사는 존재였다. 그리고 그 사이에서 자신의 길을 찾아가는 것이다.

그러니까―

"이브!"

아……

"이브, 정신 차려 봐."

"안 돼요. 지금 성력으로는 무리예요."

어느 순간 귀에 박혀 온 목소리는 분명 루벨리안의 것이었다.

뭐야, 나 아직 안 죽었어? 레이첼의 성력 덕분인가?

하지만 다시 피어오르는 희망에도 불구하고 루벨리안과 레이첼의 목소리는 한없이 다급했다. 레이첼은 절망 섞인 목소리로 입을 열었다.

"제 성력으로는 턱없이 부족해요. 아무래도 아세디움뿐만 아니라 다른 독들도 섞인 모양이에요."

"해독제로는 부족합니까?"

"죽음의 땅에서 가져온 온갖 독초들이 다 섞여 있는 것 같아요. 단순히 하나라면 모를까, 다 같이 섞여 있으면 아무리 저라도 불가능해요."

눈꺼풀이 너무 무거웠다. 몸이 천근만근– 아니, 사실상 무거운 건지 가벼운 건지 의식조차 하지 못할 정도로 뻐근했다.

그때, 침묵에 잠겨 있던 루벨리안이 입을 뗐다.

"성검."

"네?"

"혹시 성검으로는 해결이 되지 않습니까?"

"성검이요?"

"이렇게 독한 독들이 있음에도 사라지지 않은 죽음의 땅입니다. 필시 그 독을 억제하는 것이 죽음의 땅에 있다는 추측도 그리 허황한 얘기는 아닙니다. 그리고 무엇보다도 이브가 쓰러지기 직전에 성검이라는 말을 했습니다."

아, 역시 내 사랑. 그걸 또 들었어.

하지만 내 기쁨과 달리 레이첼은 답이 없었다. 그녀가 이윽고 떨리는 목소리로 말문을 열었다.

"안 돼요."

"성녀님."

"성서에 성검은 온갖 악한 것들을 찌를 수 있다고 했어요. 그건 맞아요. 하지만 문제라면 인간도 그 악한 것에 들어갈 수 있다는 거죠. 성서에 신은 인간을 악과 선이 공존하는 생명으로 만들어 놨다고 했으니, 함부로 성검을 썼다간 이브가 위험해요."

"이브가 죽으면 신전이고 뭐고 전부 다 망가뜨릴 겁니다."

"저도 이브가 죽는 걸 바라지 않아요! 하지만 성검이 오히려 이브의 죽음을 가속화시킬 수 있다고요!"

흑, 둘이 왜 싸워. 싸우지 말고 제발 나 좀 어떻게 해 봐요.

드물게 언성을 높인 레이첼과 오히려 차갑게 식은 루벨리안의 목소리에 나만 죽어 나가고 있었다.

그 와중에 레이첼이 꾸준하게 성력을 주입시킨 터라 정신은 점점 또렷해져, 나는 내가 루벨리안의 품에 누워 있다는 사실을 깨달았다.

"게다가 설사 성검이 해결책이라고 해도, 성검은 황태자 전하의 손에 있다고 들었어요. 그걸 어떻게 구해 낼 거죠?"

"그건 이미 제 손에 있습니다."

"네?"

"도망치는 황실 일가족을 포획해 황실에 포박해 뒀으니 그것은 큰 문제가 아닙니다."

"그……."

"저는 제 아내가 무사하게 깨어날 수 있기를 바랍니다. 그리고 지금 상황에서 아무것도 하지 않은 채 이브를 보낼 수는 없습니다."

비록 그의 표정을 볼 수는 없으나, 나를 품에 꽉 끌어안은 그의 온기가 느껴졌다.

레이첼은 아무 말도 하지 않았다. 하지만 그녀가 얼마나 주저하는지 나는 알 수 있었다.

"성녀님, 이브는 제 인생의 전부입니다. 모든 이를 죽여서라도 무조건 구해야 하는."

"공작 각하. 그건……."

"성녀님에게 제 아내는 어떤 사람입니까. 무조건적으로 당신 편을 들던 이브는, 당신에게 어떤 사람입니까."

순간 그의 말에 정곡을 찔린 듯 레이첼이 입을 다물었다.

방 안에 침묵이 흐르고 루벨리안이 긴장한 듯 내 손을 꽉 잡았다. 손끝으로 그의 떨림이 그대로 전해져 왔다. 그런 그를 위로해 주지 못하는 게 내 유일한 아쉬움이었다.

"성녀님께서 말씀하셨습니다. 제 아내가 황태자의 검에 맞은 채 누워 있었다고."

"아……."

"성검은 아직 황태자의 것입니다. 성녀님께서 본 황태자의 검이 성검일 수도 있습니다."

"……좋아요. 일단 성검을 손에 넣죠."

레이첼의 승낙에 나는 안도의 한숨을 쉬었다.

곧 루벨리안이 성검을 가져오라는 명을 내리자, 누군가가 레이첼과 함께 방을 나가는 소리가 들렸다.

이내 조용해진 방 안에서 루벨리안이 내 손을 들어 입을 꾹 댔다.

"미안하다."

"……."

"내 선택이 어쩌면 당신에게 해악이 될 수도 있어. 하지만…… 나는, 나는 그 어떤 가능성이라도 무조건 시험해 봐야 해. 당신에게 위해를 끼쳤다는 죄명을 뒤집어써도 상관없으니, 부디 당신은 무사해 줘."

"……."

"당신이 죽으면, 나도 더 이상 살 이유가 없어. 당신과 바꾼 승리는 없는 것만 못해."

"……."

"이브, 사랑한다."

그가 속삭임과 동시에 손등에 뜨뜻한 무엇인가가 빗방울처럼 점점이 떨어졌다.

그에 내 심장이 철렁하고 말았다. 하지만 그의 뺨으로 손을 가져갈 순 없었다. 그저 그의 슬픔에 안타까움을 느끼며 얌전히 그의 품에 안겨 있을 뿐이었다.

그렇게 얼마나 지났을까. 이윽고 문이 열리는 소리와 함께 루벨리안이 다시 나를 어디론가 눕혔다.

"성녀님."

"저도…… 이게 어떻게 될지는 모르겠어요."

"……."

"다만 성검을 잡는 순간 알겠네요."

뭐시? 방금 전 나가기 전과 완전히 달라진 레이첼의 단호한 말투에 나는 당황했다.

"이게 해결책이긴 한 것 같아요."

그 말이 끝나기가 무섭게 무엇인가가 내 몸을 관통했다.

아니, 나를 살리는 건 좋은데 이렇게 갑자기?-라고 생각함과 동시에 몸이 다시 한번 무거워지며 의식이 아스라해졌다.

그리고 그 순간 든 생각은 단 하나.

'아 놔, 결국 레이첼한테 칼빵 맞았어…….'

성검이 내 몸을 뚫는 순간, 나는 저도 모르게 정신을 잃으며 다시 한번 깊은 어둠에 빠졌다.

'정말이지, 세상은 나한테 왜 이렇게 잔인한 걸까? 사법고시 겨우 합격해서 인생 제2탄 쓰나 했더니 죽고, 졸부 딸로 태어나서 인생 제3탄 쓰나 했더니 흑막과 결혼하고, 흑막과 잘 살아 보나 했더니 결국 독살 위기…….'

소설로 쓴다면 그야말로 눈물 없이 볼 수 없는 인생 아닐까. 내가 주인공이면 그건 무조건 피폐물일 거야.

의식을 잃기 전 손등에 떨어진 뜨거운 액체의 존재가 생각났다.

'그래도, 괜찮으려나.'

날 위해 울어 주는 남편이 있다는 게 얼마나 대단한 건가. 나는 저도 모르게 웃고 말았다. 죽음의 문턱일지도 모르는 곳에서 나름 잘 살아왔다고 정신 승리를 하는 것도 아니고.

그런데─

'잠깐, 나 방금 웃은 거야?'

"이브!"

순간 짙은 어둠이 걷히고 새하얀 빛이 시야에 안겨 왔다. 강렬하게 눈을 찌르는 햇살이 너무 고통스러워 다시 눈을 감는데, 방금 전 나를 감싼 그 어둠과는 달리 조금 발그스름한 어둠이 아른거렸다.

"이브, 괜찮나?"

조심스럽게 목소리가 파고들었다. 귓가에서 살랑거리는 익숙한 음성은 분명 루벨리안의 것이었다.

날 위해 울고 있던 내 남편.

"……."

나는 입을 옴짝거렸다. 그러나 몸이 내 마음대로 움직여 주지 않았다. 억지로 목을 써 보았지만 그것마저 무리였다.

답답한 와중에 나는 천천히 눈을 떴다. 조금 빛에 익숙해졌는지, 방금보다는 덜한 빛이 내 눈앞에서 아른거렸다.

"리리스, 커튼 닫아."

"네!"

리리스, 무사했구나.

경쾌한 목소리에 나는 안도의 한숨을 쉬었다. 이제라도 무사한 걸 확인했으니 참 다행이야.

"괜찮나?"

익숙한 듯 익숙하지 않은 천장이 눈에 안겨 왔다.

아직 황실인가? 아니면 신전? 갈피를 못 잡는데 문득 시야에 화려한 제비꽃 문양이 보였다.

아, 공작가로구나.

나는 천천히 고개를 돌렸다. 그와 동시에 저도 모르게 눈물이 쏟아졌다.

"흑……."

"이브, 왜 그래. 왜, 어, 어디 아픈가? 어디 불편해? 혹시 아세디움의 여독이 남았나?"

살았다는 안도감에 눈물이 퐁퐁 솟아올랐다. 그 어떤 상황에도, 심지어 황태자가 나를 위협하는 상황에서도 눈물 한 방울 보이지 않았던 나인데, 루벨리안이 앞에 있어서인지 눈물이 줄줄 흘러나왔다.

루벨리안은 당황하여 손으로 내 뺨을 쉴 새 없이 닦았다.

"이브, 어디 불편하면 꼭 말해. 말하는 게 어려우면 손짓- 아니, 눈짓이라도-"

"괜…… 찮…… 아요."

나는 한없이 잠긴 목을 억지로나마 썼다. 루벨리안을 조금이라도 진정시키기 위해.

"진짜로 괜찮나?"

고개를 살짝 끄덕였다. 내가 살아남은 이 순간이 너무 행복해서 죽을 것 같았다. 나는 루벨리안을 보며 웃음인지 울음인지 모를 것들을 그저 흘려보냈다. 그러다 천천히 그에게 물었다.

"그런데…… 누…… 구세요?"

"……뭐?"

내 물음에 루벨리안의 얼굴이 설핏 굳었다. 내 물음의 뜻을 천천히 곱씹던 그가 낯빛이 하얗게 질린 채 중얼거렸다.

"기억이, 안 나나?"

"……대체 누구신데…… 이렇게…… 잘생기셨어요?"

"……."

그가 할 말을 잊은 듯 나를 응시하자, 뒤에 서 있던 리리스가 풋 웃었다.

"이분은 마님의 남편이시랍니다."

"세상에, 저는…… 대체 나라를 몇 개 구했길래…… 이런 남자랑 결혼한 거죠?"

"각하. 아무래도 마님은 진짜로 괜찮으신 것 같아요."

"그런 것 같군."

이내 루벨리안이 이마를 짚었다. 그리고 환하게 웃는 나를 보며 웃음을 터뜨렸다.

"무사해서 다행이다. 당신이 죽을까 봐 이 며칠간 마음을 졸이고
또 졸였어. 난생처음 신도 찾아봤다. 내 인생에서 처음으로 하는 일
은 전부 당신 때문이더군."

"무슨……?"

"기도, 결혼, 그리고 사랑 말이야."

그의 말에 나는 다시 한번 웃음과 울음을 동시에 터뜨렸다. 그의
낮은 목소리, 그리고 조곤조곤한 말투를 듣자 그제야 모든 것들이
실감이 났다.

"루벨리안, 나 살았어요."

"그래, 살았어."

"나 안아 줘요."

내 말이 끝나기가 무섭게 루벨리안이 팔을 뻗어 나를 품에 안았
다. 이윽고 그의 익숙한 체취가 코를 간질거리자, 나는 그의 품에 얼
굴을 묻으며 겨우겨우 깨달았다.

나는, 살았다.

살아서 다시금 사랑하는 이 남자와 마주했다.

"그런데 내가 거기에 있는 건 어떻게 알았어요?"

나는 아까부터 줄곧 궁금했던 것을 루벨리안에게 물었다.

"처음엔 보고가 들려오지 않길래 신전으로 향했지."

"보고요?"

"리리스가 세 시간 간격으로 내게 보고를 하거든. 당신이 무사하다고."

"나한테 그런 말 안 했잖아요."

나는 눈을 동그랗게 떴다. 놀란 얼굴로 리리스를 응시하자 그녀가 화사하게 웃었다.

"그거야 말씀드리면 마님께서 속박을 느끼실 것 같아서요."

"무슨 말도 안 되는. 내 안전을 위해서라면 두 시간에 한 번씩 보고하라고도 할 수 있거든요? 아, 그 정도면 너무 부려 먹는 건가? 어쨌든 그래서 알게 된 거예요?"

"내가 도착했을 때 이미 당신은 사라져 있었다."

"그럼 그날 밤에 공격하려던 것도……."

"아니. 계획은 예정대로 이루어졌다. 몇 시간 앞당겼을 뿐."

나는 루벨리안의 치밀함에 입꼬리를 말아 올렸다. 그래도 그가 이렇게 꾸준히 내게 신경을 써 준 덕분에 살지 않았는가.

"내가 거기 있었다는 건 어떻게 알고?"

"그건 몰랐어. 다만 기사들을 풀어 전 황실을 뒤집게 했지. 성녀의 도움도 있었고 말이야."

"레이첼이요? 아, 그런데 레이첼은 어디 있어요? 신전에 있는 거예요? 그리고 보니 아직도 전쟁 중이에요? 황태자와 제3황자는…… 잡혔고요? 죽였어요?"

"설마. 그렇게 쉽게 죽일 수야 없지."

"황제는……."

"황제는 알현실에 있다."

"그럼 콜리카는요?"

"콜리카의 기사단은 전멸이야. 황제가 아세디움을 손에 넣자마자 콜리카에 썼거든. 덕분에 우리 예상보다 훨씬 더 손실을 줄일 수 있게 되었어."

나는 눈을 깜박였다. 그렇다면 현재 콜리카는 이미 패전한 것이나 마찬가지였다. 그럼 나머지는 황실이겠는데.

"황실의 병력은 어떻게 되었어요?"

"황실의 병력은…… 직접 보겠나?"

그렇게 말하는 루벨리안의 얼굴에는 여유로움이 흘러넘쳤다. 황실의 병력이 아무것도 아니라는 듯이, 마치 승기는 우리의 손에 쥐어졌다는 표정이어서 나는 일이 아주 잘 풀렸음을 직감했다.

그리고 어쩌면 그게 지금 이 자리에 없는 레이첼과 관련되어 있다는 것 또한.

"설마, 레이첼이 성검을 손에 넣고 뭔가 큰일이 발생했어요?"

"큰일이라면 큰일이고, 작다면 작겠지. 결론적으로 말하자면 교황은 유명무실해졌다. 그리고 황제는 현재 신의 심판 아래 놓였지."

"신의 심판?"

나는 정말 오랜만에 듣는 단어에 놀라 펄쩍 뛰었다.

신의 심판이라면, 작중 가장 마지막에 나오는 레이첼의 능력 아닌가. 모든 진실을 볼 수 있는.

"그럼 황제가 알현실에 있다는 건……."

"황제가 알현실에서 한 걸음도 나서지 못하게 성기사들이 막고 있지."

"세, 세상에, 보고 싶어."

나는 두 손으로 뺨을 감싸며 호들갑을 떨었다. 그 엄청난 장면을 보지 못하다니. 여주인공의 각성은 그렇다 쳐도, 레이첼이 모든 이를 호령하는 모습을 보지 못하는 건 무척이나 아쉬웠다.

"루벨리안, 레이첼 보고 싶은데."

"아, 성녀에게 알리긴 해야겠군. 당신이 깨어났다고."

"아니…… 말고, 나도 나가서 보고 싶은데……."

"……."

"역시 안 되겠죠?"

하긴, 나도 해 본 소리였다. 아세디움에 당하고 성검에 찔리기까지 했는데 나가서 구경을 하겠다고 하면 나라도 어이없겠다.

그렇게 생각하며 죽어 가는 목소리를 하는데 루벨리안이 갑자기 내 뺨을 감쌌다.

"한동안 얌전하게 회복을 하는 게 좋을 것 같다."

"나도 알아요."

"만약 회복이 빠르면 당신을 데리고 황궁으로 가지."

"……!"

"그러니 회복을 잘해야 된다. 알겠나?"

"알았어요. 나야 뭐, 오뚝이처럼 다시 회복하는 데는 그야말로 천재적이죠."

내 확답에 루벨리안이 다정하게 웃었다. 이윽고 그가 말없이 팔을 뻗어 다시 나를 안았다.

"루벨리안?"

"다행이다. 당신이 깨어나서."

"……."

"정말 다행이다."

"나도, 계속 당신을 볼 수 있어서 너무 다행이에요."

"이브, 사랑한다."

"나도요."

나는 입술을 끝을 말아 올리며 눈을 꼭 감았다. 이내 루벨리안이 조심스럽게 키스해 왔다. 말랑한 입술 끝이 감겨 오자 온기가 온몸에 퍼지는 것 같았다. 그 따뜻함을 느끼다가 살짝 입술을 뗀 내가 그와 시선을 맞추며 물었다.

"나 이제 죽음의 문턱에서 살아난 거죠? 우리 영원히 안 헤어지는 거 맞죠?"

"그래."

"죽음이 우리를 갈라놓을 때까지?"

"아니, 죽음이 우리를 갈라놓더라도."

만족스러운 대답에 나는 힘차게 고개를 끄덕이며 그의 품에 다시금 안겼다.

내가 깨어난 뒤 공작가의 사람들이 차례로 내 안부를 확인했다.

제나 부인과 함께 들어온 마리와 애나는 내 다리를 끌어안고 펑펑 울어서 난장판이 되었고, 배고프다는 말에 주방장이 세숫대야를 방불케 하는 그릇에 수프를 끓여 와서 배가 터지는 줄 알았지만, 그래도 다 나를 아껴서 발생한 일이라는 것에 행복하기만 했다.

그리고 그날 오후, 조심스럽게 몸을 움직이는 내게 레이첼이 찾아왔다.

"이브!"

레이첼은 방문을 열기가 무섭게 나를 향해 달려왔다. 마리와 애나의 눈물로 인해 한번 교체한 이불을 또 바꿔야 하나 걱정했건만, 그녀는 눈물만 글썽거릴 뿐 호들갑스럽게 난리를 치지는 않았다.

그러나 그녀의 눈빛에 들어 있는 걱정이 훤히 보여 나는 그녀를 향해 미소를 지어 주었다.

"레이첼, 고마워요."

"깨어나서…… 너무 다행이에요. 저는 성검으로 이브를 진짜로 깨울 수 있을지, 혹여 제 손으로 이브를 사지로 밀어 넣는 건 아닐지 너무 걱정되었는데……."

"덕분에 무사히 깨어난걸요."

나는 한쪽에 있는 루벨리안을 향해 살짝 눈짓했다. 그에 루벨리안이 일어나서 방을 나가자, 레이첼이 입술을 꼭 물었다.

"공작 각하께서 성검을 쓰라고 하실 때 많이 주저했어요. 하지만 이브가 쓰러지기 직전에 성검이라는 말을 남겼다고 해서 한번 시도를 해 봤죠."

"알아요. 나도."

그녀와 루벨리안의 대화는 나도 어느 정도 알고 있었다.

"성검은 불결하고 사악한 것을 정화하고 소멸시키는 검이죠. 하지만 그 불결과 사악 또한 결국에는 신께서 정하신 것 아닌가요?"

나는 온화하게 웃으며 말을 이었다.

"그리고 그 신은 레이첼이고요."

내 말에 레이첼이 피식 웃었다. 성검을 손에 넣은 그녀는 그야말로 신 그 자체였다. 그녀의 각성 장면을 못 본 것은 아쉽지만, 그래도 그녀가 힘을 온전히 손에 넣었다는 것은 큰 성과였다.

"결국 저번에 레이첼이 본 게 예지가 맞았네요."

"사실 생각해 보자면 제가 여태껏 본 모든 것들이 신탁이었어요. 예지든, 진실이든, 아니면 그 무엇이든. 제가 간절하게 원하는 문제에 대한 답이었죠."

신은 의미 없는 것을 보여 주지 않는다. 내가 죽는 장면을 아무 이유 없이 레이첼에게 보여 줄 리가 없었다.

원작에서 레이첼이 본, 황태자가 그녀 대신 죽는 그 장면이 결국 두 사람의 절대적인 사랑을 촉진하기 위한 촉매였다면, 그녀가 이번에 본 내가 칼에 맞는 장면은 위험에 대비하기 위한 해결책이었던 것이다.

"덕분에 고비를 넘길 수 있었어요. 고마워요, 저를 구해 주셔서."

"당연한 일을 했을 뿐이에요. 그리고…… 이브는 이제 행복할 거예요."

내 감사의 말에 레이첼이 웃으면서 말했다.

"이브는 이제 영원히 오래오래 행복할 거예요."

"그것도 신탁인가요?"

"축복이죠."

"아…….."

"믿으셔도 좋아요. 이건 신이 하는 축복이니까요."

나는 활짝 웃으며 고개를 끄덕였다.

"아, 그러고 보니 황실에 성기사들이 가득하다고 하던데."

"맞아요. 황실에 성기사를 파견했죠."

"그런데 무슨 일이라도 있나요?"

내 물음에 레이첼이 살짝 얼굴을 굳혔다. 그녀는 떠올리기도 싫다는 얼굴이었다.

그녀가 이렇게 노골적으로 무엇인가를 향해 혐오하는 얼굴을 한 것은 처음이라 나는 뭔가 일이 있음을 직감했다.

"대체 뭐죠?"

"황제는 그 자리에 앉아 있으면 안 되는 존재예요."

"네?"

"그 자리에 앉아 죽인 이들이 무수해요. 신께서 그러라고 권력을 주신 건 아닐 텐데 말이죠."

"황제 폐하의 악행을……."

"그건 악행보다는 죄악 자체에 가깝죠."

레이첼이 입매를 굳히며 나를 응시해 왔다.

"그는 군주의 자리에 어울리지 않는 자였어요. 성검을 손에 넣자마자 가장 지독하게 전해져 온 것이 피 냄새였으니까."

"피 냄새요?"

"이번 내전으로 인한 죽음 외에도 황실에는 피 냄새가 가득했어요. 플로렌스 외에도 피해자가 수두룩하다는 거겠죠."

"……."

"다만 황실이 아세디움을 무차별적으로 뿌리는 바람에 그 뒷수습을 하느라 제대로 알아볼 새는 없었어요. 미안해요."

"아니에요. 진실도 진실이지만, 그래도 사람을 구하는 게 더 중요한 일이니까요."

나는 저도 모르게 허리를 세웠다.

상황을 보건대 황제가 샤를리나를 죽인 것은 확실하지만…… 그래도 확증은 필요했다.

나는 얼굴을 굳혔다.

"레이첼, 레이첼에게는 진실을 판별할 수 있는 힘이 있죠?"

"네."

"그럼 부탁 하나만 해도 될까요?"

"무슨 부탁이요?"

"제 몸이 회복되고 저 조금만 도와주시면 안 될까요?"

내 진지한 얼굴에 레이첼이 흔쾌히 고개를 끄덕였다.

"좋아요."

"고마워요."

"저는 누군가에게 도움이 되는 게 즐거운걸요."

"그래도, 누군가를 도와주는 게 레이첼의 의무는 아니잖아요. 그러니까 고마운 거예요."

내 말에 레이첼이 흠칫했다. 언제나 자신의 힘으로 누군가를 구제하는 것을 의무로만 여겨 왔던 그녀였다. 내 말이 그녀에게 어떻게 받아들여졌는지는 모르겠지만, 그녀는 멍한 표정을 짓다가 이내 활짝 미소 지었다.

"고마워요, 그렇게 말해 줘서."

그렇게 깨어난 지 며칠째. 나는 밖의 일에 관심을 주지 않은 채 얌전히 몸을 회복하는 데에 기력을 쏟았다.

황실과 콜리카는 루벨리안이 알아서 잘 처리해 줄 거라는 믿음이 있었을뿐더러, 무엇보다도 일단 내 몸이 가장 소중했기 때문이다.

그리고─

"아아."

나는 입에 쏙 들어오는 쿠키를 우물우물 씹으면서 눈을 깜박거렸다.

드디어 수프 탈출이다!

달콤한 쿠키의 맛에 눈물이라도 흘릴 듯이 감격하는데, 나를 품에 안은 채 쿠키를 입에 넣어 주던 루벨리안이 피식 웃음을 흘렸다.

"그렇게 좋나?"

"너무 좋아. 내일은 케이크로 부탁해야지."

"수프만 먹는 게 그렇게 싫었나?"

"엄청. 고통스러워 죽는 줄 알았어요. 다 나았는데 자꾸 수프만 먹여서 얼마나 화났는데. 아— 나 한입만 더 줘요."

루벨리안이 쿠키를 새 모이만큼 뗐다. 그에 내가 화난 얼굴로 고개를 홱 들자, 그가 웃으면서 쿠키를 내 입가에 가져다주었다.

"당신 몸에 무리 갈까 봐 그런 거다. 나라고 맛있는 것 먹이고 싶지 않겠나."

"알긴 하지만 그래도 너무해요."

"그래서 당신 옆에서 같이 수프만 먹어 줬잖나."

그의 말에 괜히 미안해진 나는 입만 삐죽였다.

"그럼 다음부터는 나랑 같이 스테이크 먹어요."

"그래. 또 먹고 싶은 것 있나?"

"그런 묽은 수프 말고 좀 고소하게 만든 수프요. 그리고 샐러드도 먹고 싶어요."

"그래그래."

"그리고 또— 흐읍."

머릿속으로 떠오르는 엄청난 양의 음식을 다 말해야 하나 말아야 하나 고민하는데, 갑자기 루벨리안이 입술을 부딪쳐 왔다.

이윽고 그가 입술을 떼며 작게 속삭였다.

"거기에 나는 없나?"

"식인은 안 되는데……."

"풋."

"농담이었어요. 사실 제일 필요하긴 해요."

눈꼬리를 접으며 웃자 그가 내 이마를 콩 가볍게 부딪쳤다. 입을 삐죽 내밀고 손으로 이마를 쓰다듬으니 루벨리안이 다시 나를 품에 안았다.

"당신이 다 나으면 여행도 가고 그러지."

"수습해야 할 거 엄청 많지 않나요?"

"당신은 신경 쓸 필요 없어."

"그건 안 되죠. 황실 일가 조지는 건 내 눈으로 똑똑히 봐야겠……
그러고 보니 황후는 어디 있어요?"

"황실 지하 감옥에. 콜리카 공작 부부는 죽고 홀로 살아남았다."

"와…… 진짜 독한 거 봐. 이 정도면 감탄스러운데요? 황태자랑
같이 있나요?"

"아니. 따로 있다. 하지만…… 좀 의외였던 게 황태자를 내놓으라
고 난리를 칠 줄 알았는데 그런 기미 없이 차분하다."

나는 흐음— 길게 한숨을 쉬었다. 황후에게 황태자가 얼마나 소중
한 존재인지 아는데, 그녀가 차분하다라…….

"아, 그런데 제2황자는요? 너무 조용해서 잊고 있었네. 그 인간은
지금까지 황실에 있었던 건 맞아요?"

"그자는…… 자유를 달라더군."

"그건 또 무슨 뜬금없는 소리야?"

"기사들이 쳐들어가기가 무섭게 하는 말이 자유를 달라는 것이었
다. 정치 싸움에 끼고 싶은 마음이라고는 하나도 없으니 외국으로
보내 달라는 말만 했지."

"……그 인간도 가만 보면 참 기인이에요."

그러고 보니 원작에서도 제2황자는 정말 무소유 자체였다.

하지만 황자인 이상 그냥 무시하는 것도 말이 안 된다. 아니, 어쩌

면 우리 입장에서는 오히려 더 좋은 결말을 가져올 수도 있었다.

"그럼 이제 푹 쉬었겠다, 좀 일어나서 운동 삼아 돌아다녀도 되는 거죠?"

"운동 삼아 황실로 가려고?"

"헉, 어떻게 알았지?"

"운동치고는 지나치게 멀지 않나?"

"알면서. 나 심심해 죽을 것 같아."

루벨리안은 한숨을 푹 쉬었다.

그러나 황태자에 의해 이 개고생을 한 내가 그저 손 놓고 기다리고 있을 수도 없는 일.

그 사실을 알고 있는 루벨리안이 결국 고개를 끄덕였다. 다만, 기사를 무조건 데리고 다녀야 한다는 조건을 붙인 채.

그렇게 그의 승낙을 얻어낸 내가 제일 먼저 찾아간 이는 빌어먹을 황실 자식 세트도 아닌-

"황후 마마, 오랜만이에요."

-황후였다.

황실은 그야말로 처참하기 그지없었다. 그러나 그중에서도 가장 상태가 안 좋은 것은 다름 아닌 황실의 지하 감옥이었다.

황후는 내 주변에 포진해 있는 수많은 기사들을 힐끔 보았다.

대체 그날 무슨 일이 있었을까. 발악을 하면서 알현실을 나간 뒤로 한 번도 보지 못했던 그녀의 몰골은 조금 수척해져 있었으나 여전했다.

일단 저 눈의 독기만큼은.

"천박한 년이 왔구나."

"너무 한결같아서 이제는 친근하기까지 하네요. 솔직히 말해 봐요. 아는 욕이라고는 '천박한'이 한계죠? 그 외에 상스러운 말 같은 거 할 줄 모르죠? 알려 드려요?"

"기고만장해하기는."

"내가 기고만장해하지 못할 이유가 또 뭐 있다고."

나는 어깨를 으쓱했다. 내 말은 틀린 게 없었다.

황후는 눈을 조금 치켜뜨며 물었다.

"그래서, 왜 왔지?"

"아직 잘 살아 있나 보려고요. 더불어…… 그렇게 끔찍하게 여기는 아들을 찾지도 않았다길래 신기해서요. 아들이 걸린 일이라면 한없이 독해질 수 있는 사람이잖아."

"이미 다 무너진 판에 아들을 찾아서 내게 득될 게 뭐가 있다고."

"황제처럼?"

내 물음에 황후가 비릿하게 웃었다. 이윽고 그녀가 한 자, 한 자 독기 어린 목소리로 뱉어 냈다.

"나는, 내 앞을 가로막는 것들은 용서하지 않아. 너든, 샤를리나든, 플로렌스 공작이든, 오라버니든, 아니면 황제든."

"……."

"그자는 애초에 내 남편이었던 적이 없다. 그저-"

황후가 음산하게 중얼거렸다.

"가장 높은 위치에 올라가기 위한 도구일 뿐이지."

그렇게 말하는 황후의 얼굴은 평소에 내가 알던 그녀와는 어느 정도 괴리가 있었으나, 동시에 너무 잘 어울렸다.

높은 곳으로 올라가기 위한 수단.

이걸 어떻게 해석해야 할까 고민하던 나는 간단하게 결론을 내 버렸다.

"아, 그러니까 본인이 가장 소중하시다?"

"마치 너는 그렇지 않은 듯이 말하는군."

"당연히 나도 내가 제일 소중하긴 하죠. 그런데 그렇다고 다른 사람 소중한 걸 모르는 정도는 아니라서."

황후의 얼굴에 지독한 미소가 서렸다. 나는 그런 그녀와 한동안 대치를 이루다 고개를 내저었다.

"뭐, 당신이 황제를 도구로 썼든, 아니든 솔직히 나한테는 별로 큰 문제가 아니거든요. 다만 내가 묻고 싶은 건 한 가지죠."

언제 여유롭게 웃고 있었냐는 듯이 내가 얼굴을 확 굳혔다.

"샤를리나의 드레스. 그거 당신이 보낸 거 맞죠?"

그 순간 그녀가 단 한 번도 보지 못한 괴기스러운 표정을 그려 냈다.

맞군.

그녀의 표정을 훑던 나는 피식 웃었다. 그녀의 눈을 스쳐 지나가는 표정의 파편에는 복잡한 감정이 스며들어 있었다.

조소, 분노, 경악 같기도 한 그 감정을 찬찬히 보던 내가 말을 이었다.

"이 세상에 그런 걸 품에 안고 있을 인간은 당신밖에 없거든."

사실상 확신에 가까운 질문이었다.

그리고 내 그런 생각이 맞다는 듯이 황후가 고개를 끄덕였다.

"그 드레스는 내가 보낸 게 맞아."

역시.

나는 입매를 굳혔다.

"내가 그 드레스를 보관하고 있었지."

"언젠가 황제의 뒤통수를 때리기 위해서?"

아마 드레스를 증거로 들고 있다가 황제를 협박하는 용도로 쓸 생각이었을 거다.

그러나 정작 내 생각과 달리 그녀의 입에서 나온 대답은 꽤 예상 밖이었다.

"글쎄, 그건 모르겠어."

"……뭐?"

"왜 그걸 보관했는지는 나도 모르겠다. 네 말마따나 그 작자의 뒤통수를 때릴 날이 올 것이라고 생각했을까?"

그렇게 중얼거리는 황후의 얼굴에는 방금 전과 다른 표정이 서려 있었다. 하지만 언제 그랬냐는 듯이 그녀가 다시 오만한 얼굴을 하고는 입을 열었다.

"하지만 그게 딱히 중요한지 모르겠구나. 결과적으로 플로렌스가 진실을 찾는 데에 도움이 되었지 않느냐."

"하나만 묻죠. 당신, 진짜로 샤를리나를 미워했나요?"

"그래."

"왜?"

"너 같으면 네 자리를 위협할지도 모르는 계집이 곱게 보이겠니? 나는 태어나서부터 황후로 자랐고, 심지어 내가 낳은 아들의 옆에 설 아이까지 전부 준비해 두었지."

"……."

"그것을 망가뜨릴 수도 있다고 하는데, 너 같으면 그 계집이 예쁘겠느냐?"

"그게 선대 공작 부인의 탓은 아니죠."

"당연히 아니지. 그 역겨운 작자의 탓이지. 한데, 그럼 내가 그 역겨운 작자를 질책하기라도 해야 한단 말이냐? 내가 왜? 그자를 때리고 욕해서 얻는 득과 실, 그리고 그자에게 복종하면서 얻는 득과 실, 그 사이에서 이해타산 계산을 했을 뿐인데?"

"하."

어이가 없어 탄식이 나왔다.

"살면서 당신처럼 본인 나쁜 줄 아는 인간은 처음이야."

"그래. 언제 내 스스로 착하다고 하든?"

그녀는 본인이 얼마나 쓰레기인지 알고 있는 것 같았다. 그나마 다행이랄지. 아니, 이게 뭐가 다행이지? 나는 이마를 짚고 고개를 저었다.

"됐어요. 혹시나 반전이 있을까, 뭔가 내막이 있는 건 아닐까 생각한 내가 바보지."

샤를리나의 드레스를 보관하고 있었던 것이 무슨 의미라도 있지 않을까, 혹여 내막이라도 있지 않을까 내심 궁금했는데.

나는 자리에서 일어났다. 그러나 황후의 목소리가 날 다시 붙잡았다.

"샤를리나, 그 계집은 내가 때릴 때도 울지 않았다."

"······?"

"그런 사람이었어."

나는 그녀의 얼굴을 응시했다. 침착하기 그지없는 얼굴에 비낀 표정은 차마 헤아릴 수 없었다.

이를 잠시 가늠해 보던 내가 피식 웃었다.

"뭐, 알겠어요. 본인이 쓰레기인 건 안다고 하니까, 벌을 받을 때도 달게 받겠죠?"

이내 나는 기사들의 에스코트 아래, 지하 감옥을 빠져나왔다.

그리고 강렬한 햇빛에 살짝 눈을 찌푸리는데, 저 멀리서 레이첼의 목소리가 귀를 파고들었다.

"이브!"

"아, 레이첼."

공작가를 나가기 전 미리 레이첼에게 연락을 해 두었던 터라 그녀의 등장이 딱히 놀랍진 않았다. 느릿하게 발걸음을 옮기는 내게 빠르게 다가온 그녀가 의아한 얼굴로 물었다.

"황후 마마를 만나고 오셨다면서요."

"네."

"무슨 일이라도 있나요?"

"아, 뭐 확인할 게 있어서요. 딱히 수확은 없지만요."

"그래요? 그런데 저는 왜 보자고 하셨는지……."

"우리, 미처 못한 일이 있잖아요."

레이첼이 눈을 동그랗게 떴다. 무슨 일인지 고민하던 그녀는 리리스의 품에 안긴 상자를 보고 크게 깨달은 듯 아- 하고 탄성을 내뱉었다.

"그 드레스……."

"그날의 진실이 알고 싶어요. 진실을 알 수 있는데 외면하지는 말아야 하니까요."

그리고 무엇보다도 나는 진심으로 샤를리나가 알고 싶어졌다. 루벨리안의 어머니나, 선대 플로렌스 공작 부인이 아닌 샤를리나가.

그녀는 무슨 생각으로 루벨리안을 낳았는지, 그리고 무슨 생각으로 그날 나왔는지, 진짜로 이 모든 것에서 벗어나 살고 싶었는지. 그녀의 의지가, 그리고 그녀의 생각이 궁금했다.

"알았어요."

레이첼의 답이 떨어지자 나는 그녀와 함께 마차에 올랐다.

그렇게 얼마나 지났을까, 저번과 달리 일부가 부서진 본궁의 주변으로 온 내가 레이첼에게 드레스를 넘겼다.

그러나 드레스를 받기도 전에 레이첼이 입을 뗐다.

"선대 공작 부인은 이곳에서 황제에게 살해당하셨어요."

"……!"

"그것도, 도망치려던 와중에요."

제9.5장

아무도 몰랐던 이야기

아무도 몰랐던 이야기

샤를리나 디어드는 빈민가에서 태어났다. 그녀의 어머니는 약초를 달여 근근이 먹고사는 사람이었고, 아버지는 그녀가 태어나자마자 죽었다.

그녀는 자신이 아름답다는 사실을 무척 잘 알았다. 어렸을 때부터 모든 이들의 선망 어린 시선, 그리고 가끔가다가 몰려오는 질투 섞인 시선 속에서 자신의 미모를 인식하지 못한다는 것은 그야말로 말도 안 되는 일이었다.

그런 그녀가 클로다 상단에서 잔심부름을 하게 된 것은 12살 때부터였다. 그녀의 어머니가 병으로 죽은 뒤 오갈 데 없는 그녀를 선대 클로다 상단주가 거둬 준 것이다.

비록 어려운 환경이었지만 그래도 샤를리나는 자신이 꽤 운이 좋다고 생각했다.

귀족가에서 하녀 일을 해 본 그녀의 어미는 글을 읽고 쓸 줄 알았고, 덕분에 그녀 또한 꽤 예쁘고 정갈한 글씨체를 자랑하곤 했다.

그녀는 클로다 상단에서 작은 심부름을 하며, 대필 일도 같이했다. 어린 나이였으나 제 손으로 먹고살 수 있다는 것은 그녀의 가장 큰 자랑거리였다.

아름다운 외모, 영특한 머리, 그리고 상냥하고 부드러운 성정은 그녀를 누구보다도 사랑스러운 여인으로 자라게 했다.

그녀의 주변에는 언제나 그녀를 아껴 주는 이들로 넘쳐 났고, 상단의 후계자였던 데이브 클로다와 그의 소꿉친구인 에이비는 특히나 그녀에게 상냥했다.

그리고 16살 때, 그녀는 그녀의 인생에서 가장 상냥한 남자를 만나게 되었다.

"샤를리나 디어드예요."

"리카드 플로렌스다. 예의가 없군. 레이디는 장갑 끼지 않은 손으로 예를 취하지 않는다."

"하지만 저는 고귀한 레이디가 아닌걸요. 저는 그저 일개 심부름꾼이고, 오늘은 우연히 길을 잃었을 뿐이에요. 참고로 공자님께서 검술 수업에서 도망친 건 못 본 걸로 해 드릴게요."

첫 만남은 별로였다.

그는 태생부터 고귀하다고 길러진 플로렌스 공작가의 후계자였고, 그녀는 근근이 입에 풀칠하며 연명해 나가는 평민 소녀였다.

하나 만남은 원래 쌓이면 쌓일수록 많아지고, 감정은 만남의 횟수에 따라 깊어지기 마련이다.

그리고 그 만남이 몇 번째가 되었을지 모르던 날, 리카드는 19살의 샤를리나에게 청혼했다.

"나와 결혼하지, 샤를리나 디어드."

"제가 왜요?"

"내가 사랑하니까."

"……."

"너도 나를 사랑하…… 지 않나?"

꽤 박력 있게 나온 것치고는 나름 소심한 마무리였다. 그리고 그 소심함은 결혼 뒤 샤를리나가 리카드를 놀려먹는 수많은 놀림거리 중 하나가 되었다.

어찌 되었든 간에 두 사람의 결혼은 나름 순조롭게 진행되었다. 공작가이긴 하나 플로렌스는 원래 정치 싸움에 끼는 것을 즐기지 않았고, 리카드의 아버지인 선대 플로렌스 공작은 제 아들에게 정략결혼을 시키고 싶어 하지 않았기 때문이다.

물론 잡음이 없었던 것은 아니다. 공작가 휘하에 있는 가문들은 아무런 세도 없는 평민 출신 공작 부인에게 반감을 가질 수밖에 없었다.

그중에서는 명문 볼튼 백작가의 차녀로서 한평생 귀족의 긍지로 가득 찬 채 고귀한 공작 부인을 모실 수 있다는 일념으로 살아온 제 나도 포함되어 있었다.

"아니, 대체 제가 왜 그런 평민의 시중을 들어야 하죠? 그런 근본도 없는 평민의 시중이나 들려고 그동안 플로렌스 공작가를 들락거렸던 것은 아니라고요."

"말을 가려 해. 그녀는 내 아내가 될 사람이다."

"각하……!"

"그리고 사람을 보지도 않고 설불리 판단하는 것은 좋은 습관이 아니다."

"한때 상단에서 잡심부름을 했다면서요. 그런 여자가 어떻게 공작가의 안주인이 될 수 있죠?"

"일단 보고 나서 말해. 만약 계속 이런 식으로 나온다면 시녀장 역할은 네게 줄 수 없다."

"……!"

와장창 깨진 제나의 프라이드는 샤를리나를 처음 만난 그날까지 이어졌다. 그리고 그녀가 처음 샤를리나를 만난 날–

"안녕하세요? 샤를리나 디어드라고 해요."

만개한 꽃처럼 화사하게 웃는 미소. 그리고 반짝거리는 샤를리나의 얼굴을 멍하니 보던 제나는 예를 취하는 것도 잊은 채 샤를리나의 두 손을 꼭 잡고 입을 뗐다.

"성심성의껏 모시겠습니다, 마님."

샤를리나는 제나의 갑작스러운 행동에 눈을 깜박거렸다. 옆에서 한심한 얼굴로 제나를 보는 리카드가 있었지만, 어쨌든 이 주종의 만남은 꽤 순조롭게 진행이 되었다.

제나는 자신이 한평생에 걸쳐서 배운 것들을 샤를리나에게 알려주려 안달했고, 워낙에 총명한 샤를리나는 꽤 훌륭하게 그것들을 배워 가곤 했다.

그런 그녀를 누군들 사랑하지 않을 수 있을까.

마치 모든 이들에게 사랑받는 것이 그녀의 숙명인 듯, 샤를리나의 인생은 그렇게 순조롭게 흘러가는 듯했다.

두 사람의 결혼식에서, 에드윈이 샤를리나를 보기 전까지는.

"황제 폐하와 황후 마마를 뵙습니다."

꽤 신임하는 신하의 결혼식이라 황제가 특별히 온 것이 화근이 될 줄은 아무도 몰랐다. 평소에 여색을 좀 밝히긴 해도, 그 누구도 설마 하니 황제가 샤를리나를 탐낼 줄은 상상하지 못했다.

아니, 한 명 있긴 했다.

황태자를 갓 출산해 피곤한 얼굴로 있던 황후, 알렉산드리아는 황제의 눈에 스쳐 지나가는 정복욕을 발견하고 미간을 찌푸렸더랬다.

'저 작자가 또⋯⋯.'

어렸을 때부터 황제의 옆에서 그의 일거수일투족을 모두 봐 왔던 그녀다. 그녀의 손에 처리된 이들이 얼마던가. 알렉산드리아가 조소를 머금었다.

'어차피 공작과 결혼한 이상 저 계집이 원하지 않는 이상은 정부로 삼을 수도 없어. 저 계집이 과연 황제의 정부가 되려고 할까?'

알렉산드리아는 샤를리나를 살폈다. 그녀의 얼굴에 피어 있는 미소는 일말의 구김도 없었고, 거짓조차 섞이지 않았다.

콜리카 공작 부인은 그녀가 권세와 돈을 위해 공작가에 몸을 팔았다고 했지만, 알렉산드리아는 샤를리나가 진심으로 공작과 사랑하고 있음을 재빠르게 눈치챘다.

애초에 그 정도도 눈치채지 못할 리가 없었다. 황실에서 살아남으려면 타인의 시선에 깃든 감정 따위는 쉬이 알아내야 했으니까. 그리고 그것은 그녀뿐만 아니라 황제도 마찬가지였다.

'사랑하는 부부를 갈라놓아서라도 제 손에 넣을 생각이군.'

알렉산드리아는 탐욕스러운 얼굴로 비릿한 미소를 짓고 있는 황제를 보며 고개를 내저었다.

무엇이 되었든 그녀와는 상관없는 이야기였다.

지금 그녀의 신경은 황태자를 '콜리카의 아들'로 만들어 놓는 것에 전부 집중되어 있으니까.

그러나 누가 알았을까. 그것이, 결국 모든 비극의 시작이 되었음을.

"서북부 지역에 반란의 낌새가 보인다지."

"예로부터 알리에트 왕의 후손들은 황실에 깊은 불만을 갖고 호시탐탐 황좌를 노리고 있습니다."

"지극히 건방지군. 감히 짐의 황권에 도전을 하다니 말이야."

오래전부터 이어져 온 서북부 지역의 반란은 사실 대부분이 알고 있는 것이었다. 다만 그 누구도 직접 그 반란을 처리하겠다고 나서지 않았다.

오랫동안 제국의 골칫덩이였던 만큼 알리에트 왕의 후손들은 상대하기가 어려웠다. 단순히 하루 이틀로 해결이 되지 않는 문제에 선뜻 나서겠다고 하는 이는 없었다.

그때, 황제가 갑자기 플로렌스 공작을 응시하며 입을 뗐다.

"플로렌스 공작, 경이 가서 진압하게."

리카드는 미간을 좁혔다. 황제의 명령은 이유도, 영문도 없는 것이었다.

"폐하. 송구하오나 서북부 지역의 진압은 기사단을 영솔하는 데에 익숙한 이가 가는 것이 좋지 않겠습니까. 저보다 더 훌륭한 기사단장이 있는데 제가 공로를 독점하는 것은 옳지 않다 사료됩니다."

이번에는 황제의 얼굴이 굳을 차례였다. 리카드의 입에서 나온 말에 황제는 미간을 찌푸렸다.

"지금 황명을 거역하는 것인가?"

"폐하."

"황명을 거역하는 것이냐고 물었다."

황명 불복종은 곧 반역.

결국, 결혼한 지 몇 달도 되지 않은 상황에서 리카드는 기사단을 이끌고 출정 나가야만 했다.

그의 출정 소식에 샤를리나는 그저 웃으면서 잘 다녀오라는 말만 건넸다.

"미안하다. 당신 옆에 있어 주지 못해서."

"황명이라면서요. 폐하께서 그렇게 중요한 임무를 우리 남편한테 맡겼는데, 그에 자부심을 느껴야 하는 것 아닌가요?"

"그래도……."

"너무 걱정하지 말고 잘 다녀와요. 기사도 있고, 제나도 있고, 시녀들도 있는데 뭐가 걱정이에요?"

샤를리나의 말에 리카드가 그녀에게 입을 맞췄다. 더없이 사랑스러운 아내를 뒤로한 채 그렇게 그는 서북부 지역으로 출정을 떠났다.

그리고 이튿날, 황제의 선물이 샤를리나 앞으로 도착했다.

"이게 뭐지?"

샤를리나는 펜던트를 보며 고개를 갸웃거렸다.

귀족들 사이에서 펜던트가 이루어질 수 없는 연인들끼리의 징표임을 누구보다도 잘 알고 있는 제나는 황제의 행실에 엄청난 분노를 터뜨렸다.

"이런 말도 안 되는 선물을……! 당장 가루로 쪼개서 강에 뿌려야 합니다!"

"황제 폐하께서 왜 이런 선물을 내게 보냈을까?"

"마님을 눈독 들이고 있을 게 뻔해요. 버릇이 나쁘다고 소문만 들었는데, 이런 짓거리를 할 줄이야."

"황제 폐하인데 그렇게 말해도 돼?"

"이런 말도 안 되는 짓을 하는데 어떻게 곱게 말이 나갑니까!"

길길이 날뛰는 제나의 모습에 샤를리나가 난감하게 웃었다.

'하필 리카드가 없을 때…….'

그러나 출정을 나간 남편에게 이런 근심을 안겨 줄 수는 없었다. 당연하지만 샤를리나는 리카드에게 보내는 편지에 황제의 끈질긴 '구애'에 대한 내용을 쓰지 않았다.

그러나 그때부터였다. 플로렌스 공작이 떠난 틈을 타, 플로렌스 공작 부인과 황제가 부적절한 관계를 유지한다는 소문이 돈 것은.

귀부인들의 티타임, 귀족들의 회의, 그리고 사교계의 수많은 장소들을 돌고 돌아 샤를리나의 귀에도 들어왔을 때, 이미 소문은 더 이상 손을 쓸 수 없는 지경에 이르렀다.

천박한 여자, 본성이 드러나기 시작했다, 결국 혈통은 속일 수 없다더라 등등.

그 모든 소문 속에서 하루하루 불안한 나날을 보내던 샤를리나에게 황제의 초대장이 도착한 것은 어느 날의 화창한 오후였다.

"플로렌스 공작 부인을 모시러 왔습니다."

"가시면 안 됩니다, 마님. 폐하께서 무슨 짓을 하실지도 모릅니다."

"무엄하다! 폐하의 명을 거역하는 것은 곧 황권에 대한 도전. 플로렌스 공작가는 가주의 부재중에 반역이라는 오명을 쓰고 싶은 것인가?"

툴스 백작의 차가운 목소리에 제나가 움찔했다. 여기서 명을 거역하면 황제의 성정상 플로렌스 공작가는 반역의 의심을 벗을 수 없을 것이다.

"괜찮아. 금방 다녀올게."

누구보다도 총명한 샤를리나는 단숨에 상황을 파악했다. 자신이 가지 않으면 플로렌스 공작가가 큰 불명예를 뒤집어쓸 게 뻔했다.

결국 황실의 압박을 이기지 못한 샤를리나는 황실로 들어가야만 했다.

그리고 그날 밤, 겁탈을 당했다.

화려하게 꾸며진 황궁의 이면에는 지고지상의 권력이 존재했고, 결국 그것이 샤를리나를 사지로 내몰았다.

비명과 눈물, 기도와 간청.

그 모든 것을 깡그리 밝은 채 찾아온 황궁의 아침에는 귀족들의 수군거림이 가득했다.

"역시, 그저 더 높은 사내의 정부가 되기 위함이었다니까요."

"당연하잖아요. 폐하의 침실에야 당연히 제 발로 걸어 들어갔겠고, 그동안 연인의 징표도 나누었다고 하잖아요."

그동안 어쩔 수 없이 넘겼던 소문들이 샤를리나의 발목을 잡자, 그녀는 홀로 절망 속에 빠져 저 자신을 의심해야 했다.

내가 잘못했나? 내가 더 적극적으로 그를 거절했어야 했나?

머릿속으로는 수백 번도 넘게 황제를 저주했으나, 정작 귀족들의 끝도 없는 유언비어 속에서 제일 먼저 생각나는 것은 자신이 잘못한 것들이었다.

반복되는 낮과 밤의 교차 속에서 자책과 비난이 불쑥불쑥 튀어나왔다. 주변에는 네 잘못이 아니라고 말해 주는 이 하나 없었고, 이런 일을 많이 겪은 듯 시녀들의 표정은 삭막하기 그지없었다.

그렇게 대체 얼마나 지났는지 그녀로서도 알 수 없었다. 제일 처음의 절망이 곧 무감각이 될 무렵, 그녀는 제가 임신을 했다는 사실을 깨달았다.

그리고 결국.

짜악−

"겁대가리를 상실했구나. 네가 감히 황제의 씨를 기어코 낳아?"

뺨에 서린 지독한 통증에 샤를리나가 멍하니 제 뺨을 만졌다. 천천히 고개를 들어 올리자 시야에 황후가 들어왔다.

누군가가 그녀의 머리를 꾹 잡아 누르자 샤를리나가 미약하게 신음을 했다.

그러다 문득 드는 생각에 이를 악물었다. 끊임없는 자책과 황제를 향한 분노 속에서 결국 가장 근본적인 감정이 일렁거렸다.

왜 제가 맞아야 하나. 황제의 씨를 자신이 갖고 싶어서 가진 것인가. 왜 자신만 아파야 하나. 왜 내가, 왜, 왜, 왜−

"네가 생각이 있다면 감히 내가 그동안 이룬 것들을 넘볼 생각은−"

"제가 원해서 생긴 아이가 아니었잖습니까."

순간 한없이 쉰 목소리가 공기를 울렸다. 그 누구도 본 적 없는 그녀의 독기 서린 눈빛에 황후는 움찔했다. 하지만 이내 비릿하게 웃었다.

"그 아이는 존재 자체만으로도 이미 죄악이다."

존재 자체가 죄악.

아이의 탓이 아니었지만 우습게도 황후의 그 말에 샤를리나는 저도 모르게 고개를 끄덕일 뻔했다.

샤를리나가 눈을 질끈 감았다. 그녀는 누구보다도 선량했으나 결국에는 평범한 인간이었다. 제 배 속에 있다는 이유만으로 아이에게 사랑을 느낄 정도로 그녀는 대단하지 못했다.

이 몇 달간 아이를 낳지 않으려고 얼마나 발악을 했던가. 그러나 우습게도 그 모든 시도는 수포로 돌아갔고, 결국 샤를리나는 열 달을 채우지 못한 채 아이를 낳아야 했다.

샤를리나의 표정에 황후는 얼굴을 굳혔다. 사실 그녀는 샤를리나가 황실에 끌려올 때까지만 해도 샤를리나에게 악의가 없었다. 아니, 악의가 없다 뿐인가. 감정의 여부를 따지자면 호감에 가까웠다.

황실의 가장 최정점에 군림하면서 모두를 발아래에 굽히는 황제에게 저리 노골적인 반항을 보이는 이는 없었으므로.

하나 딱 거기까지였다. 그녀는 결국 콜리카의 딸이었고 황후였다. 그렇게 만들어지고 그렇게 키워진 이였다.

"플로렌스 공작의 출정이 막바지에 접어들었다더군."

샤를리나가 번쩍 고개를 들었다.

리카드가 온다. 그 한마디만으로도 희망에 가득 찬 샤를리나를 보며 황후는 복잡한 얼굴을 했다.

'남편이 와서 자신을 구해 줄 것이라 믿는 건가?'

한평생 남편인 황제에게 그 어떤 기대도 해 보지 못한 그녀로서는 도저히 이해할 수 없는 반응이었다.

'그 사랑이, 그리 대단한 건가?'

황후의 착잡한 얼굴과 달리 샤를리나가 활짝 웃었다. 리카드가 온다. 리카드가 온다면 그녀를 기필코 이 지옥 같은 곳에서 데리고 나가 줄 것이다.

그러나 그 희망은, 황제의 발치 아래서 다시 한번 산산이 부서졌다.

"과연 더럽혀진 너를 플로렌스 공작이 받아 줄까?"

"……."

"샤를리나. 사내는 말이지, 소유욕이 무척 강한 법이다. 그는 절대 너를 품지 않을 거다. 아니, 오히려 다른 이들처럼 너를 천박하다고 손가락질할 수도 있지."

커다란 알현실의 중앙.

샤를리나는 뱀처럼 자신에게 속삭이는 황제의 말에 멍하니 앉아 있었다.

'리카드가?'

"아무리 너를 사랑해도 결국에는 그 또한 사내다. 그가 제 아내의 흠집까지 너그러이 품어 줄 것 같아? 심지어 다른 사내의 아이까지 낳은 이를?"

황제의 비아냥거리는 목소리는 그러니 알아서 포기하라고 하는 것 같았다. 포기하고 제 황비가 되라고 하는 것 같았다.

그러나 정작 그 말을 듣는 순간 샤를리나는 헛웃음을 지을 수밖에 없었다.

이 모든 상황에서 정작 그녀를 가장 비난하지 말아야 할 이가 그녀를 비난하고 조롱하고 있었다.

그것을 깨닫자 지독한 회의감이 밀물처럼 밀려왔다.

"그러니 얌전하게 황궁에 있는 게 좋을 거다. 헛된 희망 품지 말고. 알겠느냐?"

"나는, 잘못한 게 없어."

"……뭐?"

"나는 잘못한 게 없어."

이 몇 달간 고민하고 또 고민한 문제였다. 그 과정이 얼마나 치열했는지 이루 말할 수 없을 정도로 길고 긴 암흑의 시간이었다.

하나 황제의 그 비열하기 짝이 없는 언사를 접한 그 순간, 샤를리나는 저도 모르게 중얼거리고 말았다.

사실은 그녀도 알고 있는 것이었다.

신 또한 알고 있는 사실이었다.

애초에 정해진 답안이었다.

그저, 그 모든 것들을 생각할 만큼 제정신이 아니었을 뿐.

제 삶이 아직 끝나지 않았다는 사실을 깨닫자 한 가지 생각이 머리를 사로잡았다. 우선 살아야 한다. 어떻게 해서든 살아남아야 한다.

결심을 마친 샤를리나가 이를 악물고 천천히 고개를 들었다.

방으로 돌아온 그녀는 방 한쪽에 놓여 있는 요람을 멍하니 응시했다.

무슨 짓을 해도 죽지 않던 아이였다. 승마를 하다가 일부러 낙마해도, 차가운 엄동설한 속에서 눈을 맞고 있어도, 계단에서 굴러도. 마치 신의 장난처럼 꿋꿋이 살아남은 아이.

제 의지와 무관하게 결국 이 세상에 휩쓸려 든 아이의 얼굴을 본 샤를리나가 저도 모르게 중얼거렸다.

"우리, 살까?"

죽음을 결심한 것은 한순간, 삶을 결정 짓는 것도 한순간.

악마가 웃으면서 사는 것을 보고 싶지 않다면, 그 악마의 목을 비트는 시도는 해 봐야 했다.

플로렌스 공작이 수도로 돌아온다는 소식은 수도 전역에 퍼졌다. 그러나 사람들의 관심이 쏠린 곳은 우습게도 승전보가 아닌 샤를리나와 관련된 것이었고, 이들은 플로렌스 공작이 당연히 그녀를 버릴 것이라 확신했다.

"두말할 것도 없는 일 아니겠어요? 다른 사내와 아이까지 낳은 여인을 어찌……."

그들은 그저 가십에 휘둘릴 뿐이었고, 그 모든 말들이 황제의 귀에 들어갔을 때 그는 무척 흡족해했다.

그러나 황제가 흡족해하든, 콜리카 공작이 불만을 품든 그것은 샤를리나에게 아무런 영향도 미치지 못했다.

그녀가 관심 있는 것은 단 하나. 어떻게 이곳에서 빠져나가 살아남을까 하는 것이었다.

그리고 그렇게 며칠─ 아니, 몇 주를 방황하다가 우연히 기회를 얻었다. 술에 절은 황제가 나불댄 덕에 콜리카와 황실의 관계를 산산조각 낼 만한 어마어마한 정보를 손에 넣을 수 있었던 것이다.

'이 서신을 황제가 그리 꽁꽁 숨겨 놓으면서 매일매일 확인하던 이유가 있었어.'

훗날 신전이 어떻게 나올지 몰라 그들의 목줄을 잡을 생각으로 숨겨 두었던 것이 그의 발목을 붙잡으리라고는 생각지도 못했을 것이다.

어떻게든 이것을 다른 이들에게 보이고 싶었으나 마땅한 이가 없었다. 심지어 황제는 서신을 하루가 멀다 하게 반복적으로 확인하고 있었고, 그녀가 이것을 훔친다면 곧장 눈치챌 것이었다.

결국 샤를리나는 일단 서신을 필사하여 복제품을 만들기로 결정지었다. 한때 대필을 했던 그녀는 누군가의 글씨체를 흉내 내는 것이 어렵지 않았다.

그렇게 하루하루가 지나고 샤를리나가 서신의 내용을 거의 다 필사할 무렵, 리카드가 귀환했다.

당연하지만 그는 분노했다. 서북부에 보낸 의도가 결국 샤를리나를 강제하여 궁에 들이기 위해서였다니, 그가 어찌 분노하지 않을까.

하나 황제의 뻔뻔함은 그가 예상하는 그 이상으로 치달아 있었고, 심지어 샤를리나를 제 황비로 삼으려 리카드에게 이혼을 종용했다.

"샤를리나를 황비로 삼을 예정이다."

"제 아내입니다."

"하나 내 아이를 낳았지."

"제 아이입니다."

"경은 그런 식으로 자신을 속이지 말게. 여인은 말이지, 피붙이가 생기면 자연스레 그에 마음이 기울게 되어 있어."

황제의 언사에 뒤에 있던 황후가 조소를 머금었다. 마치 제가 세상 모든 여인들을 모두 만나 보기라도 한 듯한 말투가 아닌가. 정작 피붙이가 생겼음에도 황제에게 마음이 하나도 기울지 않은 여인이 여기 있었다.

'다른 사내도 다 저 같은 줄 아나.'

황후가 나른하고 무심한 얼굴로 황제와 공작을 번갈아 보았다.

황제는 아마 죽어도 모를 것이다. 공작의 분노는 '제 것'이 타인에게 점령당했다는 자존심의 문제가 아니라, 사랑하는 이가 아파하는 것에 대한 분노, 그리고 하나뿐인 아내를 지켜 주지 못한 죄책감이었다.

그것은 황제가 계집을 취하는 한낱 정복욕과는 질이 다른 것이었다.

"폐하께서 제 아내를 강제하여 궁에 들이신 책임은 아직 묻지도 않았습니다. 제 아내의 목숨을 잡고 협박하지만 않았더라면 지금 당장 폐하께 검을 들어도 시원치 않을 겁니다."

"경! 지금 나를 협박하는 게냐?"

"하면 제 말이 지금 농으로 보이십니까?"

언제나 온화하고 차분한 얼굴로 있던 이였다. 그런 그가 처음으로 분노를 터뜨린 상대가 지고지상의 황제라니.

모든 귀족들이 놀랐으나 그중에서도 황제가 가장 놀랐다. 다른 사내의 손을 탄 계집이 무에 좋다고 저리 분노를 터뜨리나.

그러나 황제의 의문이 어찌 되었든 간에 공작의 뜻은 분명했다. 반드시 공작 부인을 돌려줄 것, 그렇지 않으면 가만히 있지 않을 것.

물론 황제는 그런 공작의 경고를 진지하게 받아들이지 않았다. 황실의 기사단이 얼마고 콜리카의 기사들이 얼마인가. 자신의 군대는 플로렌스를 상대하고도 남았다.

그러나 정작 문제는 다른 데서 터졌다.

황제의 지속된 행위는 리카드를 더 이상 수수방관할 수 없게 만들었다. 황궁의 가장 깊숙한 곳, 황제의 정부들만 모여 있다는 곳에 샤를리나가 있었다.

샤를리나가 그곳에서 어떻게 지내고 있는지, 아프지 않은지, 혹여 자신이 만나러 가지 않는 것에 상처를 받지는 않았을지가 걱정되어 견딜 수가 없었다.

그러나 정작 군사를 움직이기에는 플로렌스의 기사단은 황실을 상대할 수 없었다.

게다가…….

"저희는 플로렌스의 명성을 더럽힌 부인을 용납할 수 없습니다."

플로렌스 휘하의 가문들 모두가 샤를리나를 손가락질하고 있었다.

공작임에도 힘이 없다는 것은 그렇게나 고통스러운 것이었다. 권력을 탐내지 않는 것이 '정도'라 믿었건만, 지금은 자신의 약함이 치명적인 결점이 되었다.

하지만 자책도, 후회도 의미 없는 것. 결국 리카드는 황실의 시녀 하나를 매수하여 겨우겨우 샤를리나에게 작은 편지 하나를 건넸다.

[데리러 가도록 하겠다.]

그 편지를 받은 샤를리나는 울었다. 앞뒤 수식어 없이 투박한 한마디 말에 그녀는 주저앉은 채 울음을 터뜨릴 수밖에 없었다.

리카드가 수도로 돌아온 뒤에도 일말의 소식조차 없어 사실 불안했었다.

눈물에 점점이 젖어 가는 편지를 안고 울고 또 울다가, 어미의 울음소리에 깨어나 함께 울음을 터뜨리는 아이를 보았다.

샤를리나는 편지를 손에 꽉 쥐었다. 다른 이들이 손가락질해도 그가 믿어 준다는 이유만으로도 그녀는 계속 살아남을 이유가 있었다.

그렇게 하루하루를 버티던 어느 날, 그녀는 손에 쥐고 있던 황제와 신전의 서신을 클로다 상단에서 심부름 온 시종에게 넘겼다.

"이것을, 꼭, 클로다 상단주ㅡ 아니, 상단주의 부인이라도 좋으니 꼭, 보여 줘요."

그 이상은 방법이 없었다. 클로다 상단의 시종에게라도 이 서신을 넘겨야 했다.

그러나 서신이 단순한 편지라고 생각했던 시종은 그것을 한참 뒤에야 클로다 상단주에게 건넸고, 그때에는 이미 모든 것이 다 끝나 있었다.

그리고—

"네가 감히 나를 배신해?"

귓가를 스치고 지나가는 노호에 샤를리나가 눈을 감았다. 이렇게 빨리 들킬 줄은 몰랐다. 그러나 그렇다고 해도 아쉬움은 없었다. 샤를리나는 고개를 들고 황제를 노려보았다.

배신? 그녀는 황제의 편이었던 적이 한 번도 없었다.

"살고 싶지 않은 모양이로구나."

살고 싶어서 그랬다. 인간으로서, 어떻게든 이 상황에서 벗어나고자.

"나를 배신한 대가는 톡톡히 치를 준비가 되었겠지?"

황제는 샤를리나의 뻣뻣한 고개를 보다가 입술을 짓이겼다. 예쁜 것들은 제 발아래서 복종할 때나 예쁜 법이다. 꿈틀거리면서 반항하는 것들은 족치는 게 상책이었다.

그렇게 생각한 황제가 음산하게 웃었다.

그리고 며칠 뒤, 황제는 리카드에게 샤를리나를 데려가라고 명을 내렸다.

플로렌스 공작을 보게 해 준다는 황제의 말에 샤를리나는 이에 무슨 꿍꿍이가 있음을 알아챘다.

하나 그럼에도 어떻게 해서든지 제 남편을 보고 싶었던 샤를리나는 결국 아이를 안고 황제 궁으로 갔다.

최소한 제 품에 아이가 있으면 최악의 일은 일어나지 않겠지, 제 핏줄은 끔찍하게 여기니. 그렇게 황제의 인간성을 과대평가하며.

그녀는 그때까지만 해도 몰랐다.

아이를 안은 채 황제의 궁으로 가는 길, 황제가 보내온 기사가 그녀를 찌를 줄은.

"으읍."

등에서 갑작스럽게 찔린 검이 폐부를 파고들어 숨통을 조였다. 품에 안은 아기가 정신없이 울어 댔으나, 그녀는 마지막까지도 아이를 놓지 않았다.

사실 샤를리나는 제가 아이를 사랑한다고 생각하지 않았다.

하지만 숨이 점점 멎는 순간, 눈물 맺힌 아이의 눈을 본 그녀는 아이의 손을 꽉 쥘 수밖에 없었다.

'너는, 살아야 돼.'

산다는 것은 어마어마한 희망을 동반하고, 그것은 그녀가 원치 않은 아이에게 내릴 수 있는 가장 최선의 애정이었다.

제 배에서 나왔으나 사랑해 주지 못했다.

하지만 이 아이는 누가 뭐래도 자신의 아이였다. 자신은 모든 이들의 손가락질 아래 죽지만, 이 아이는 살아남았으면 했다.

'리카드. 아이를 살려 줘요.'

이내 샤를리나는 무심하게 자신을 내려다보는 황제의 눈동자를 똑바로 노려보며 죽음을 맞이했다.

그것은 감히 제 인생을 망치려 한 이에 대한 마지막 반항이자, 끝까지 샤를리나로 살아남고자 했던 그녀의 존엄과 의지였다.

그리고, 황후는 피범벅이 된 샤를리나의 드레스를 손에 넣었다.

알렉산드리아는 스스로가 이해되지 않았다.

이 황궁에서 죽어 나간 계집이 그리 많은데, 겨우 죽음 하나가 무어 대수라고.

게다가 제가 쌓아 온 것을 위협한 계집이니 죽는 게 마땅했다.

한데-

'너는 끝까지 저치를 똑바로 보면서 죽었구나.'

그녀는 마지막 그 순간까지 눈물 한 방울도 흘리지 않은 채 황제를 노려보던 눈빛을 기억했다.

'그래도 황제의 약점을 하나 잡는 것이니, 이 드레스는 내가 보관하는 게 좋겠구나.'

말은 그리했으나 어쩌면 저를 똑바로 쳐다보는 그 눈빛이 걸렸을지도 모르겠다.

하지만 알렉산드리아는 끝까지 참회나 후회는 하지 않기로 했다. 사람이 죽었다고 반성하는 것도 웃기지 않은가.

그리고-

어차피 시간을 되돌린다고 해도 그녀는 똑같이 그리할 것이었다.

샤를리나의 '자결'은 플로렌스 일가를 완전히 나락에 빠뜨렸다. 일부 사람들은 그녀의 자결을 두고 결백을 증명하기 위한 것이라고 했고, 일부 사람들은 그녀가 공작에게 부끄러워 자결한 것이라고 믿었다.

하나 어느 쪽이 되었든 리카드에게 그것은 그다지 중요하지 않았다. 그저, 그에게는 샤를리나의 죽음과 아이만이 남았을 뿐이었다.

"각하, 아이는……."

제나는 차마 아이를 직시할 수 없었다. 황제의 씨가 분명한데 그런 아이를 어찌 키우나.

리카드는 제나의 말에도 뒤를 돌아보지도 않았다. 하나 우습게도 아이를 보는 순간, 그는 샤를리나를 꼭 닮은 눈에 어찌해야 할지 몰라 입술을 깨물었다.

아이는 세상 모른 채 방긋방긋 웃고 있었다. 태어난 지 얼마 되지 않아 쭈글쭈글하기 그지없는 아이의 뺨은 하나도 예쁘지 않았다. 그러나 그가 손을 내미는 순간, 마치 기다렸다는 듯이 감싸 오는 손가락을 왜 뿌리치지 못했을까.

"마님의 아이입니다. 마님의 아이를 폐하께 보내기에는……."

그녀의 말대로였다. 샤를리나의 아이를 황제에게 보낼 순 없었다.

'당신은, 내가 이 아이를 키웠으면 좋겠나?'

리카드는 눈을 꾹 감았다. 아직도 믿기 힘든 현실이 그에게 닥쳐 있었다.

지금 당장이라도 황제의 모가지를 비틀고 싶었다. 하나 그리기에는 플로렌스는 황실과 콜리카를 동시에 상대할 수 없었다. 플로렌스를 전쟁에 밀어 넣어 봤자 질 게 뻔했다.

그리고 그는 가주였다. 수백, 수천, 수만의 생명을 책임져야 하는.

결국 그는 공작이라는 이름으로 복수를 내려놔야만 했다.

"이 아이는 내 아이다."

리카드의 말에 제나가 그럴 줄 알았다는 듯이 고개를 끄덕였다. 그녀도, 리카드도 이것이 제대로 된 선택인지는 알 수 없었다. 그러나 요람 속에서 방긋방긋 웃고 있는 아이를 보고 있노라면 선택지는 하나밖에 없었다.

'샤를리나가 남기고 간 아이이니 내가 보살펴야겠지. 부디, 부디

너는 황제의 핏줄임을 거부하거라.'

아이의 목숨을 마치 상징처럼, 황제에 대한 반항으로 대하는 것이 꺼림칙했으나 그로서는 이것이 최선이었다.

하나 시간이 지나면 정이 쌓이는 법.

황제에 대한 반항과 지독한 분노로 시작되었던 부자간의 정은 생각 이상으로 깊어졌고, 리카드는 루벨리안을 누구보다도 사랑할 수 있었다.

사실 그는 죽는 순간까지도 알 수 없었다.

샤를리나, 당신은 이 아이를 사랑했나? 이 아이를 키운 것이 과연 옳은 일일까?

하나 옳든, 틀리든 나는 죽는 순간까지 당신을 사랑했다. 내 인생에서 가장 잘못한 일이라면 당신을 지키지 못한 것.

샤를리나에게 청혼하던 날 햇살처럼 환하게 번지는 그 웃음은 아직도 기억하고 있었다.

샤를리나. 내가 죽으면, 당신의 두 손을 잡고 말할 것이다.

당신은 영원히 사랑스러웠노라고.

나는 죽는 순간까지 당신을 사랑했노라고.

제10장

원작은 정말 아무나 비틀더라

원작은 정말 아무나 비틀더라

누군가의 불행을 듣는다는 것은 생각 그 이상으로 끔찍한 일이다. 설사 그것이 이미 예상한 것이었다고 해도.

대체 무슨 정신으로 황궁에서 돌아왔는지 모르겠다. 그저 멍하니 서 있는 나를 레이첼이 부축해서 마차에 태운 것만 기억이 났다. 그리고 다시 제정신을 차렸을 때는 루벨리안이 한쪽 무릎을 꿇고 내 앞에 앉아 있었다.

"이브?"

그의 차분한 목소리를 듣는 순간 아무런 사고도 할 수 없었던 내 머리가 그제야 반응하기 시작했다.

"루벨리안……."

"오늘 황후한테 간다고 하지 않았나? 왜 그런 표정으로 있어. 또 그자가 무슨 헛소리를 했나?"

얼굴을 일그러뜨린 루벨리안은 여차하면 바로 황후를 죽일 의지가 다분해 보였다.

나는 그에게 손을 뻗으며 고개를 저었다.

"아니요."

그리고 두 팔을 뻗어 그를 안았다. 그러자 커다란 손이 내 머리를
쓰다듬었다.

"왜 그래, 이브. 어디 힘들어?"

"오늘, 레이첼을 만났어요."

내 작은 속삭임에 루벨리안의 손이 설핏 굳었다. 그가 길게 한숨
을 내쉬면서 나를 끌어안은 팔에 힘을 주었다. 단순히 레이첼을 만
났다는 것만으로도 그는 이미 뭔가를 깨달은 듯했다.

이윽고 그가 차분한, 그러나 떨리는 눈동자로 나를 응시했다.

"어머니와, 관련된 일인가?"

나는 고개를 끄덕였다. 그에게 알려 줘야 하는 진실이 지독하게
아팠지만, 그래도 그는 이 모든 것을 알 필요가 있었다.

나는 잠시 말을 고르다가 천천히 입을 열었다.

"선대 공작 부인께서는, 당신을 살리고 싶어 하셨어요."

왜 이 말부터 나왔는지 모르겠다. 하지만 나는 진심으로 그에게
이 말을 해 주고 싶었다.

"그리고, 자신도 당신과 함께 살아남을 수 있길 바랐어요."

"그럼……."

"황제가 당신 어머니를 죽였어요. 그가 당신 아버지와 만나게 해
주겠다고 그녀를 부르고, 그녀는 당신과 함께 본궁으로 가다가……
검에 찔린 거예요."

진실을 고하는 것은 생각 이상으로 아픈 일이었다. 하나 고통스럽
더라도 그는 알아야 했다. 그는 이 모든 사건의 중심에 있었으니까.

내 말을 듣는 루벨리안은 그 어떤 슬픔이나 분노도 뱉어 내지 않은 채 그저 나를 보고 있었지만, 그의 적안만큼은 너무 솔직하게 모든 감정을 흘리고 있어서 가슴이 아파 올 수밖에 없었다.

　나는 다시금 팔을 뻗어 그를 감싸 안았다. 자신 때문에 어머니가 죽었다는 죄책감을 지나 알게 된 진실은 결국 그녀가 살해당했다는 것이었다. 샤를리나의 죽음이 자살이든 타살이든 결국 그녀는 피해자였으며, 동시에 이 모든 비극에서 가장 크게 다친 이였다.

　"당신 잘못이 아니에요. 이 모든 일들은 황제의 악행으로 인해 벌어진 것뿐─ 그 사이에 휘말려 간 당신이나, 당신 아버지나 당신 어머니, 그 누구의 탓도 아니에요."

　"……."

　"최소한 당신도, 당신 어머니도, 그리고 당신 아버지도 모든 상황에서 마지막까지 자신의 의지를 최대한 펼치려고 했어요."

　내 목소리에 루벨리안이 나를 더욱더 끌어안았다. 나는 당사자가 아니므로 그의 모든 마음을 온전히 이해할 순 없었다. 하지만 지금 이 순간 그가 얼마나 복잡한 심경일지 모르지 않았다.

　그렇게 얼마나 지났을까, 침묵을 지키던 루벨리안이 천천히 말문을 뗐다.

　"아버지가, 돌아가시기 전에 말씀하셨다."

　"……."

　"처음 나를 만났을 때, 나를 키워야 하나 말아야 하나 고민했다고 했어."

　그건 나도 알고 있는 사실이었다.

　"그러나 결국에는 나를 사랑한다고 하셨다. 그는, 아비로서 나를 사랑했어. 하지만 그때의 나는 죄책감으로 가득 차서 그것이 진실인지 거짓인지 알 수 없었지."

"진실이었을 거예요."

나는 그와 눈을 마주치며 그의 뺨을 쓸었다.

"감정이라는 것은 시간에 따라 변하는 것이니까요."

"그럼, 어머니는 나를 사랑했을까?"

그의 질문에 나는 눈을 꾹 감았다. 그를 위로해 주기 위해선 샤를리나가 그를 어미로서 사랑했을 거라고 답하는 게 옳을 것이다.

하나 나는 그런 식으로 함부로 샤를리나의 감정을 추측하고 싶지 않았다.

"그건 나도 모르겠어요. 어쩌면 시작은 아니었을지도 몰라요. 하지만 그래도 결국에는-"

"……."

"-같이 살아남자고 마음먹었으니까. 그것만으로도, 그녀는 자신이 할 수 있는 최선을 다해 보고자 노력한 거 아닐까요?"

살아남는 것은 인간의 가장 기본적인 욕망이었다. 최소한 샤를리나는 그 욕망을 루벨리안과 함께 이루고 싶어 했다.

그것은 단순한 모정 그 이전에, 그녀가 아이에게 건넬 수 있는 가장 큰 위로였을 것이다.

루벨리안이 길게 숨을 내쉬더니 고개를 끄덕였다.

"그래. 살아남는다는 것 말이지."

"우리는 서로를 사랑한 순간 서로를 살리고 싶어 했잖아요. 그러니까 그건 엄청난 거예요."

나는 희미하게 미소를 지으며 그를 품에 안았다. 여태껏 그의 품에 안기던 것과 반대로 이번에는 내 팔 안에 그를 한껏 담았다.

진실은 잔인했으나 그럼에도 우리는 살아야 했다. 그리고 살아남은 이들로서 우리가 할 수 있는 마지막 일은, 죽은 이들의 죽음이 헛되지 않도록 모든 것을 제대로 돌려놓는 것이리라.

그 뒤로 특별히 달라진 점은 없었다. 황실에 포진된 기사들은 여전히 황제의 일거수일투족을 감시하고 있었고, 귀족원은 당연하지만 플로렌스에 복종의 의미를 보내왔다.

레이첼은 바쁜 시간을 보내는 모양인지 따로 만날 순 없었다. 그도 그럴 게 교황과 황제가 나눈 서신이 황제의 서재에서 더 발견되었기 때문이다.

신전은 절대 황권에 개입할 수 없기 때문에 이것은 어마어마한 스캔들이었다. 아무리 신전의 주도권을 완전히 쥔 레이첼이라 하더라도 교황의 파문과 징벌은 꽤 시간이 걸리는 듯했다.

그렇게 얼마나 지났을까. 나는 루벨리안의 말에 이 일을 마무리를 지을 시간이 왔음을 깨달았다.

"귀족원에서 만장일치로 황제의 처형을 원한다고 하더군."

"그런 의미 없는 투표는 왜 한대? 누가 보면 자기들한테 결정권이라도 있는 줄."

"나름대로의 의사 표명이지. 플로렌스를 황제로 추대하겠다는."

"황제를 하든 안 하든 우리 마음이죠. 게다가 황위라니, 그거 은근히 꺼림칙해."

한때 황제가 앉았던 위치이니만큼 탐탁지 않았다. 게다가 황실은 가기만 해도 기분이 더러웠다.

그런 내 기분을 알아차린 듯 루벨리안이 옅게 웃었다.

"황위는 싫나?"

"나 황제 시켜 줄 거예요?"

"못할 거야 없지."

"어, 어우야, 부담스러워요. 그러지 마요. 농담으로라도 그런 말은 하는 게 아니랬어."

이 세계에 떨어진 뒤 여러 일이 겹치다 보니 황제와 황후라는 단어 자체에 반감이 생겼다. 이에 몸을 부르르 떠는데, 루벨리안이 진지한 얼굴로 말했다.

"어쨌든 그 문제는 황제를 처리한 뒤에 다시 확정 짓는 것이 좋겠군. 지금 가장 큰 문제는 황실 일가의 처리거든."

"어떻게 하려고요?"

"원래라면 귀족원을 '설득'한 뒤 '절차에 따라' 처리하려고 했다만, 어차피 이렇게 된 이상 그건 무의미해졌다."

하나도 설득과 절차에 따를 생각이 없는 얼굴로 루벨리안이 말을 이었다.

"빠른 시일 내로 플로렌스의 기사들을 황실에서 물리고 휴식을 줘야지."

"언제 하려고요?"

"모레."

그간 하도 오랫동안 쉬었기 때문에 나는 그것이 결코 빠르다고 생각하지 않았다. 무엇보다도 굳이 그 인간을 더 살려 둘 필요는 없었다.

"신전에서는 뭐라고 하던가요?"

"황권과 관련한 문제는 개입하지 않겠다 말을 전해 왔다. 다만 신의 심판을 이용해, 황제의 죄악을 제국 전체에 낱낱이 털어놓을 필요는 있어. 최소한 사람들이 알아야 하지 않겠나. 대체 황제가 왜 죽어야 하는지 말이야."

나 또한 루벨리안의 말에 동의하는 바였다. 황제가 죽는 이유를 모두가 알 필요가 있었다. 그는 군주로서 실격이다 못해 인간 사회에서도 추방당해야 할 이였다.

"황제에 대한 처벌은 당신 몫이니 당신 뜻을 따를게요."

나는 앞에 놓인 차를 한 모금 마셨다.

"다만, 황태자와 제3황자를 처벌할 때 나도 그 자리에 있고 싶어요. 최소한 그자들의 최후만큼은 내 눈으로 똑똑히 보고 싶어."

그들이 내게 어떤 짓을 했는지 나는 아직도 기억하고 있었다. 내가 무사하다고 해결될 문제가 아니었다. 그것을 잘 알고 있는 듯 루벨리안이 고개를 끄덕였다.

"그럼, 모레 황실에서 마지막 결정을 내리도록 하지."

그렇게 말하는 그의 얼굴에는 별다른 비장함이 보이진 않았다. 그러나 지금까지 해 온 모든 것들의 종지부를 찍는 일임은 분명했다.

그동안 본궁에는 가 보지 않았기에 나는 엉망이 된 황궁의 모습에 조금 놀라야 했다. 내 눈으로 그 대단한 장면을 보지 못한 게 여한이 될 정도로 엄청난 규모의 교전이 있었음이 자명했다.

평소라면 사람들이 바쁘게 뛰어다녀야 할 복도는 무장을 한 플로렌스의 기사들이 꽉꽉 메우고 있었다.

"플로렌스 공작 부인을 뵙습니다."

우렁찬 목소리에 발걸음을 옮기려던 내가 주춤하고 뒤로 물러섰다. 내 뒤에 있던 리리스가 매서운 눈길로 기사들을 쭉 훑는 것을 말린 뒤, 나는 상냥하게 웃어 주었다. 플로렌스의 승리에는 이들의 공로가 가장 컸다.

"경들을 이렇게 만나 뵙게 되어 무척 영광이에요. 그간 많은 수고를 해 주셨다고 들었는데."

"아닙니다. 가문에 충성을 맹세할 수 있는 것만으로도 큰 영광입니다."

그들을 보니 나를 지키다가 황태자와 제3황자에게 당한 기사들이 생각났다.

언젠가는 이번 일을 위해 희생된 이들을 모두 기리겠다고 생각하며 나는 기사들에게 미소 지어 주었다.

이내 그들을 지나쳐 알현실에 도착하니 문 앞에는 방금부터 기다리고 있었던 듯 위슨이 서 있었다.

"마님."

"문 열어."

내 명령에 그가 주저함도 없이 문을 열었다. 육중한 문이 열리자 무장을 한 수많은 기사들이 눈에 안겨 왔다.

그리고.

"누구냐?"

―그 사이로, 한없이 초췌한 목소리가 들려왔다.

나는 싸늘한 눈빛을 한 채 천천히 고개를 들었다. 기사들 틈에서 너덜너덜해진 옷을 입고 피곤한 눈으로 앉아 있는 이의 시선이 나를 향했다.

황제였다.

"네가 이곳에 어찌 왔느냐!"

내 등장에 황제가 노호했다. 잠을 제대로 자지 못했는지 시뻘겋게 충혈된 그의 눈동자에서 노기가 뚝뚝 떨어졌다.

하나 이미 기사들에 포박된 그의 모습은 내게 전혀 위협이 되지 못했다. 모가지에 드리워진 검날 때문에 그저 나를 응시할 수밖에 없는 그의 모습에 오히려 조소가 흘러나왔다.

"그냥. 당신이 여기에 갇혀 있다길래 구경하러 왔지."

"……."

"오늘이 당신의 최후인 건 알고 있나?"

하나 황제는 아직도 자신의 상황을 제대로 인지하지 못한 것인지 전혀 반성의 기색이 없었다. 내 말이 떨어지자마자 황제가 크게 포효했다.

"감히 그 입에서 누구의 최후를 올리느냐! 짐이 왜 최후를 맞이하겠느냐! 짐에게는 아직 아들이ㅡ"

"누구? 팔다리가 베인 황태자? 아니면 같이 감금된 제3황자? 아니면, 애초에 당신에게 일말의 관심도 없었던 제2황자?"

황제가 입술을 짓이겨 물었다. 마른 입술에서 피가 줄줄 새어 나오고, 실핏줄이 터진 눈을 부라리는 게 역겨웠다. 나는 미간을 찡그리고 리리스를 향해 말했다.

"저자는 어쩌면 마지막까지 저리 몰골이 추악하니?"

"나는 아직 죽지 않았다. 짐이 죽지 않는 한, 짐에게 최후는 없어."

"헛된 희망 품지 마. 당신에게는 최후가 있어. 그것도 오늘."

단호한 내 말에 황제가 부들거리는 얼굴로 나를 응시했다.

"선대 공작 부인을 위한 위령제가, 오늘 이 자리에서 이루어질 것이거든."

"뭐야?"

"당신이 죽인 샤를리나 플로렌스 공작 부인. 감히 그 더러운 손으로 겁탈하고 죽인, 그 사람."

"짐이…….

"죽이지 않았다는 변명은 통하지 않아. 아쉽게도 당신 아들이 가져온 성검으로 인해 우리 성녀님께서 이 세상의 모든 진실을 꿰뚫어 볼 수 있게 되었거든. 물론 당신의 죄행 또한."

"설마……!"

"제3황자에게 성검 심부름을 맡긴 것은 역시 탁월한 선택이었어. 황태자가 반대했다길래 은근히 노심초사했는데, 당신이 아세디움에 눈이 멀어 자기 아들을 죽음의 땅으로 보낼 줄 누가 알았겠어? 고마워, 도와줘서."

"너……!"

황제는 내 말에 충격을 먹은 듯했다. 설마하니 성검이 그런 용도로 쓰일 줄은 몰랐을 것이리라.

"네년은 대체 누구냐! 감히 천박한 평민 출신 계집 따위가 어떻게……!"

"당신을 사지로 모는 데 일조할 수 있었느냐고?"

기사들의 검이 목에 빗금을 내는데도 전혀 개의치 않고 분노를 터뜨리는 황제에, 나는 어깨를 으쓱해 보였다.

"그냥 운이지. 어쩌면 약간의 신의 도움?"

"헛소리 지껄이지 마라! 겨우 너 따위가, 겨우 미천한 계집 하나가―!"

그때였다.

길길이 날뛰는 황제의 입에서 흘러나오는 가치 없는 개소리에 시큰둥한 표정을 짓고 있는데 갑자기 알현실의 육중한 문이 열렸다.

고개를 돌리자 무거운 발걸음이 천천히 내게로 다가왔다.

"저 헛소리가 알현실 밖에까지 새어 나오더군. 명색이 황제의 접견실인데 방음이 이렇게 엉망이어서야 되겠나. 알현실부터 개조해야겠어."

분노를 토해 내던 황제는 루벨리안의 목소리에 입을 딱 다물었다.

루벨리안은 내 옆에 서서 나를 위로하듯 가볍게 안았다. 그리고 더없이 싸늘한 얼굴로 황제를 응시했다.

"며칠간 알현실에 처박아 두면 그래도 꽤 차분해지지 않을까 기대했는데, 이쯤이면 그냥 저자는 기본적인 사고 능력이 없다고 생각되는군."

"애초에 생각이 있다면 그런 짓을 하지 않겠죠. 그러니까 귀족원이 마치 기다렸다는 듯이 배신하지."

내 중얼거림에 황제가 눈을 크게 뜨자 나는 얄밉게 웃었다.

"어머, 몰랐나 봐?"

"감히 그놈들이 짐을 배신해?"

"못할 게 또 뭐가 있다고."

"죽여 버릴 것이다! 갈기갈기 사지를 찢어 짐을 배신한 이들을- 크흑."

흥분을 주체하지 못한 채 자리에서 벌떡 일어난 황제의 목 위로 다시 한번 얇은 상처가 생겼다. 그 모습을 보던 루벨리안이 손을 들어 명했다.

"경들은 알현실에서 물러나라."

루벨리안의 명령에 알현실을 메우던 기사들이 분주히 발걸음을 옮겼다. 결국 알현실에 남은 이는 나와 루벨리안, 그리고 황제뿐이었다.

천천히 발걸음을 옮긴 루벨리안은, 겁이라도 먹은 듯 황좌에 몸을 바짝 붙인 황제를 보며 허리춤으로 손을 옮겼다.

스릉–

시퍼런 칼날이 허공에서 빛났다.

나는 침을 꿀꺽 삼켰다. 저것으로 황제를 베려는 걸까? 긴장한 얼굴로 보는데 루벨리안이 한 치의 망설임도 없이 검을 휘둘렀다.

획–

이에 황제가 어떻게든 살고자 자리에서 벌떡 일어났다. 그러나 자비 없이 그의 다리를 지나간 검으로 인해 바닥에 털썩 주저앉을 수밖에 없었다.

루벨리안은 한 걸음 앞으로 나아가 황제의 목에 검을 겨누었다.

"내가 왜 왔는지 알고 있겠지. 내가 얼마나 이 시간을 기다려 왔는지 또한."

루벨리안의 눈빛에서 빛나는 지독한 복수심에 황제가 이를 깨물었다. 그러나 이윽고 비열하기 짝이 없는 미소를 지으며 말했다.

"널 낳아 준 아비를 죽이려는 거냐?"

"당신은 내 아버지가 아니다."

"아니, 나는 네 아버지다. 아무리 부정해 봤자 너는 내 혈통이다."

황제의 말에 루벨리안이 피식 웃었다. 이십 년이 넘는 시간 동안 제 핏줄에 대한 지독한 혐오로 살아온 그였다. 아무리 황제가 혈육 운운해도 동요할 리 없었다.

"나도 알고 있다. 내 몸에 당신 피가 흐르는 것은."

"그래, 그러니–"

"그리고 나는 수많은 시간 동안 그 피를 혐오했지."

황제가 핏줄이 튀어나온 얼굴로 루벨리안을 올려다보았다.

"나는 당신 아들이 아니다. 그저 핏줄로 부모임을 주장하고 싶었다면 최소한 인간다운 모습으로 내 앞에 나타났어야지."

"그래도 너는 내 아들이다! 이 세상에 아들이 아비를 죽이는 일이 어디 있더냐!"

"아버지가 어머니를 죽이는 건 괜찮고?"

루벨리안의 물음에 황제가 주먹을 꽉 쥐었다. 그의 얼굴이 한계치에 달한 듯 시뻘겋게 변했다. 곧 그가 알현실이 떠나갈세라 크게 노호했다.

"그 계집이 먼저 짐을 배신했다! 짐이 간이고 쓸개고 다 빼 주었는데, 감히 나를 배신하고 공작에게로 간 것이다!"

"틀렸어. 어머니는 애초에 당신의 사람이 아니었다."

"웃기는군. 내 아이까지 낳았는데 내 것이 아니라고?"

"아니지."

단호한 대답과 함께 루벨리안이 검을 들어 올렸다. 날카로운 검신이 순식간에 황제의 몸뚱이를 긋고 지나갔다.

"크흑……!"

"어머니가 사랑한 이는 단 한 사람뿐이다. 날 키워 준 이가 단 한 사람뿐이듯이."

"콜리카에서 협박하지만 않았더라면 나도 너를 손수…… 크억!"

"헛소리."

다시 한번 황제의 몸뚱이를 가로지른 검날에 피가 뿜어졌다. 그러나 애초에 요해를 전부 다 비껴 나간 상처였다. 저렇게 천천히 괴롭히다가 죽일 예정인 듯했다.

황제가 부들거리면서 입을 열었다.

"네가…… 네가, 네가 이러고도 무사할 줄 아느냐……. 너는, 너는 영원히 황제를 죽인 반역자다……. 그 귀족들이, 너를 천년만년 옹호해 줄지…… 아느냐."

그 뜻은 너무나 명백했다. 어찌 되었든 여기서 루벨리안이 황제를 죽이면 반역으로 황위에 오른 인물이라는 평가를 듣는 것이다.

하나 그게 중요한가. 어차피 레이첼이 진실을 만천하에 까발릴 것이고 황제에 대한 평가는 바닥을 치게 될 것이다. 성군을 죽인 이는 반역자지만, 폭군을 죽인 이는 새로운 황제였다.

순간 루벨리안이 입술 끝을 말아 올렸다.

"글쎄. 내가 당신을 직접 죽인다고 했나?"

"……뭐?"

"당신은 내 검에 죽지 않는다. 왜냐하면 당신은-"

루벨리안이 더없이 가라앉은, 그러나 한없이 분노에 가득 찬 목소리로 읊조렸다.

"여기서 자결할 예정이거든."

"……!"

"내 어미를 검으로 찔러 죽였다지. 내가 이러한 것처럼."

"커헉!"

"검에 찔려 피를 흘리는 이를 짐짝처럼 취급해 끌고 가 놓고, 본궁의 가장 높은 곳에서 던졌다지."

"루, 루벨리안…… 그건……!"

"끝까지 반성이 없는 걸 보니 당신에게 일말의 자비도 내리지 않는 게 옳을 것 같군. 당신을 죽이고 악마가 된다면, 까짓거 한 번쯤 악마가 되는 것도 괜찮겠지."

"크어억…… 쿨럭!"

지금까지 장난처럼 황제를 스쳐 지나간 검이 이번에는 바로 그의 요해를 찌를 듯이 아래로 내려왔다. 이내 황제의 몸을 완전히 관통한 검은, 분수처럼 흩어지는 선혈의 자국만을 바닥에 흩뿌린 채 뽑힐 생각을 하지 않았다.

황제의 눈동자가 크게 확장된 채 루벨리안을 직시했다. 아직 숨이 끊기지 않았는지 그가 고통스러운 신음을 흘렸다.

"당신은 더 이상 황제가 아니다. 그저 수많은 여인을 겁탈한 폭군으로- 아니, 그저 미치광이로 역사에 남을 것이다."

"……."

"당신이 사랑했다는 여인과 그녀의 아들은 당신을 단 한 번도 가족이라 생각하지 않았다."

루벨리안이 비릿하게 웃었다.

"실패한 인생이로군, 당신은."

"나는…… 짐은…….."

"당신의 죄는 만천하에 낱낱이 공개될 예정이고, 당신이 황제가 된 시간 동안 누렸던 것들은 전부 지워질 예정이다. 하나도 빠짐없이."

"……!"

"그리고 당신은 죄행이 밝혀지자 그것을 감당할 자신이 없어 자결한 황제가 되겠지."

그렇게 된다면 플로렌스는 굳이 황제를 죽였다는 오명을 뒤집어쓰지 않아도 되었다. 승리는 무조건 우리의 것이었다.

하나 그렇게 말하는 루벨리안의 얼굴에는 일말의 기쁨도 보이지 않았다. 그저 지독한 허무함만이 있을 뿐이었다.

순간 루벨리안이 다시 손에 힘을 주는 듯했다. 그와 동시에 검이 다시 한번 깊숙이 황제의 몸에 박혔다.

"흐…… 흐어어억."

이제는 비명을 지르기도 힘든지 황제가 간헐적으로 신음을 뱉어

냈다. 죽지도 못한 채 발버둥 치고 있었으나, 일말의 동정도 가지 않았다.

"자결하기 전까지는 넌 절대 죽지 않는다."

"……."

"당신도 어디 한번 봐."

"……."

"내 어미가 죽기 직전 본 풍경이 무엇이었는지."

말을 마친 루벨리안이 황제의 몸에서 검을 꺼내 들었다. 그와 동시에 지독한 혈 향이 코를 찌르며 선혈이 바닥을 적셔 들어갔다.

황제는 몸을 관통하는 검에 하염없이 당할 수밖에 없었다.

"으윽……."

그가 입을 열 때마다 입에서 선혈이 흘렀다.

이리 죽는 데에 억울함이 가득한 것 같았지만, 샤를리나는 과연 억울하지 않았을까? 그의 손에 죽은 수많은 이들은 과연 억울하지 않았을까?

눈에는 눈, 이에는 이.

그것이 결코 정의롭지 못한 것이라 해도, 그 누구도 감히 범할 수 없던 절대적인 권력에게 그 죗값을 치르게 한 것으로도 나는 루벨리안의 마음을 백번이고 이해할 수 있었다.

"루벨리안."

나는 루벨리안을 응시하며 조용하게 그를 불렀다.

루벨리안은 말없이 고개를 돌렸다. 황제에게 향하던 냉랭한 눈동자와 달리, 나를 보는 시선에는 약간의 절망까지 서려 있었다.

　황제는 끝까지 자신의 죄악을 뉘우치지 않았다. 마지막에 눈물을 흘리면서 참회를 한다고 해도 역겨웠겠지만, 이렇게까지 뻔뻔한 것은 또 다른 의미로 지독했다.

　"괜찮아요?"

　"다가오지 마라."

　"……."

　"피가 흥건해서 더러워."

　가까이 다가가려는 나를 루벨리안이 저지했다. 그것이 지독하게 씁쓸하게 보여서, 나는 입술을 꼭 깨물고 그에게로 성큼성큼 향했다.

　"이브."

　"나 그렇게까지 심약하지 않거든요? 한번 죽음에서 살아 돌아오고 나니 이 세상의 모든 게 다 하찮아 보이니까 안심해요."

　그러면서 손을 감싸자 그의 손에 튀었던 핏자국이 내 하얀 장갑에 서서히 스며들었다.

　루벨리안은 잠시 무엇인가를 생각하는 듯하다가 눈을 꾹 감았다. 그리고 그가 다시 눈을 떴을 때는 방금 전의 흔들림이 하나도 보이지 않은 상태였다.

　이내 그가 서늘한 목소리로 위슨을 불렀다. 문밖에서 대기하고 있었는지 위슨은 곧장 안으로 들어왔다.

　"이자를 본궁의 꼭대기에서 떨어뜨려라. 그리고 내가 시킨 것 잊지 말고."

　"알겠습니다."

　위슨이 한 치의 흐트러짐도 없는 얼굴로 루벨리안의 명을 받았다.

곧 기사들이 바닥에 있는 황제를 끌고 나갔다.

질질 끌려간 황제의 몸뚱이가 남긴 핏자국이 선명할 정도로 시야를 찔러 왔다. 샤를리나도 저렇게 끌고 갔겠지. 인간도 아닌 짐짝처럼.

"루벨리안, 황제의 끝은 안 볼 거예요?"

"내 손으로 저자의 몸에 칼을 박아 넣었으니 그것으로 충분하다."

"그래도─"

"그리고 황제가 끝은 아니니까."

나는 루벨리안의 말에 의아한 얼굴을 했다. 그가 끝이 아니라고?

"그게 무슨…….”

그때였다. 무슨 의미인지 몰라 고개를 갸웃하는데, 저 밖에서 찢어지는 듯한 목소리가 들려왔다.

"아바마마!"

아바마마?

나는 미간을 좁혔다. 설마…….

"황태자가 저 밖에 있나요?"

나는 그제야 루벨리안의 계획을 알아차렸다. 황제의 마지막을 황태자에게 보여 준 것이리라.

한평생 아비를 신으로 여기면서 존경해 왔던 황태자에게 그것이 어떤 의미인지 나는 모르지 않았다. 존경해 왔던 우상의 추락, 따르고 싶었던 이의 몰락.

반대로 황제가 죽기 직전에 본 것은 너덜너덜해진 아들의 모습일 것이다.

"아바마마, 아바마마아아아─!"

황태자의 절규가 오롯이 귀에 박혔다. 그 절규에 루벨리안은 눈을 꾹 감은 채 쓰게 웃었다.

원하는 대로 황제가 죽음을 맞이했는데 그는 하나도 기쁜 것 같지 않았다.

그것이 바로 복수의 아이러니다. 상대를 벌해도 정작 하는 사람이 가장 아픈 것.

나는 루벨리안의 팔을 꽉 잡았다. 밖에서 들려오는 절규가 그를 아프게 하는 것 같아, 이 순간만큼은 그가 아무런 감정도 없는 악마이길 바랐다. 상대의 죽음에 통쾌하게 웃으면서 즐길 수 있는 이였다면, 최소한 그가 이렇게 고통스럽지는 않을 텐데.

"저자들은 악인이었기에 처벌받은 거예요. 그러니 괴로워하지 마요."

나는 그를 다독이며 위로의 말을 건넸다. 내 위로가 정당하든 하지 않든, 최소한 그의 마음이 편했으면 하는 바람을 담아.

이내 알현실이 지독한 침묵으로 가득 차는데 저 멀리서 소란스러운 발걸음이 들려왔다. 그리고 머지않아 익숙한 인영들이 나타났다.

그에 얼굴을 싸늘하게 굳힌 루벨리안이 입을 떼기도 전, 내가 비릿하게 웃으면서 나섰다.

"어머, 우애도 깊으셔라. 형님이 걷지 못하니 동생이 부축해서 온 거야? 형제가 쌍으로 나 하나 죽이지 못해서 안달하더니, 이럴 때도 같이 오네?"

"네년이……!"

눈알을 뒤집으며 분노를 터트리는 황태자를 향해 내가 비웃음을 흘렸다. 그와 동시에 리리스와 기사들이 급히 내 주변을 감쌌다.

"감히 네놈들이 아바마마를 죽여?"

"무슨 헛소리야. 황제는 자결했잖아. 직접 보고도 못 믿어? 지금까지 저지른 죄를 심판받을 용기가 없어서 아들들 다 버리고 혼자

비겁하게 죽었다고."

"닥쳐! 네년의 주둥아리를 갈기갈기 찢어 버리겠다!"

"난 네놈 새끼손가락을 다섯 개로 갈기갈기 찢어 버리고 싶은데. 널 부축하고 있는 발정 난 개새끼는 다리를 양쪽으로 찢어 버리고 싶고."

황태자의 고함과는 반대로 나는 차분하기 그지없었다. 나를 죽일 듯이 노려보는 눈빛들을 보며 외려 입꼬리를 말아 올렸다.

"그래서, 아버지가 죽는 걸 본 소감은 어때?"

"지금 무슨……!"

"당신은 나를 죽여서 루벨리안을 고통에 밀어 넣으려고 했잖아."

"……!"

"그래서 소감을 묻는 거야. 사랑하는 사람이 죽는 느낌이 어때? 부모를 잃는 느낌은 어때? 좋아? 재밌어? 짜릿해?"

"네가 뚫린 입이라고 함부로 지껄이는구나!"

"그거 좀 말했다고 벌써 흥분하는 거야? 그런데 어떡하지? 난 아직 할 말이 더 남았는데?"

나는 천천히 황태자와 제3황자에게로 다가갔다. 그와 함께 기사들도 내 안전을 위해 나와 두 사람을 에워쌌다.

"리리스, 가져오렴."

내 명령에 리리스가 작은 병을 꺼냈다. 이를 받아 든 내가 병을 허공에 띄웠다가 다시 손아귀에 꽉 틀어쥐었다.

"이게 뭐게?"

"내가 알 게ㅡ!"

"맞춰 봐. 네가 세상에서 제일 좋아하는 건데."

황태자의 시선이 내 손에 들린 병을 한번 훑었다. 그제야 뭔가 깨달은 듯 그가 부들거렸다.

"설마……!"

"당신이 그렇게 사랑해 마지않는 아세디움이야. 난 죽을 만큼 싫으니-"

내가 빙그레 웃었다.

"-너나 많이 먹으렴."

"……."

"당신을 위해 특별히 조제했어. 일반적인 아세디움보다 더 고통받다가 죽을 거야. 원래 루벨리안을 통해 주려고 했는데, 마침 이렇게 내 눈앞에 나타나다니. 내 손을 더럽힐 생각은 없으니 알아서 먹길 바라."

"……너!"

"왜 그래? 날 죽이려고 아세디움을 먹이고 불까지 지른 주제에 겨우 이런 걸로 놀라는 거야?"

나는 피식 비웃음을 흘렸다. 그래도 문명인의 의식이 남아 있어서 다행이지, 아니었으면 능지처참이라도 했을 것이다.

그때였다. 여태껏 나를 노려보기만 하던 제3황자가 입을 열었다.

"천박한 계집 주제에……!"

"어휘 실력을 황후한테서 물려받았나."

"이렇게 하는 게 정녕 복수라고 생각하나? 네 손에 피를 묻히는 순간 너도 영락없는 악마다. 결국 너도 나와 똑같은 악인이지."

"왜 이 소리가 안 나오는가 했네."

나는 재밌는 것을 봤다는 듯이 깔깔 웃었다. 그러다 다시 얼굴을 싸늘하게 굳히며 작게 읊조렸다.

"세상 사람들한테 그 소리 들어도 너한테는 들을 이유 없어. 그리고 설사 이번 일로 내가 손가락질을 당한다고 해도 너희들은 그냥 죽기만 하면 돼. 알겠어?"

결국 제3황자가 참지 못한 듯 내 쪽을 향해 손을 뻗었다. 그러나 그보다도 리리스가 나를 잡고 뒤로 빼는 게, 그리고 제3황자의 뒤에 있던 기사가 단숨에 그의 목을 잡고 바닥에 메다꽂는 게 더 빨랐다.

바닥에 쓰러진 두 형제를 무심한 시선으로 보던 내가 고개를 절레 절레 저었다.

어느새 루벨리안이 내 뒤에 다가와 있었는지, 황태자가 그를 죽일 듯이 노려보며 말했다.

"너도 결국에는 벌을 받을 것이다."

"그럴지도. 그러나 이십 년 넘게 지옥 같은 세월 속에서 지냈는데 너를 죽인 벌이 두렵겠나?"

루벨리안이 숨을 골랐다.

"네가 그랬지. 내 어미가 죽은 것은 내 어미에게 잘못한 게 있어서 라고. 황제는 틀리지 않았다고. 그때까지만 해도 나는 너를 원망하 지 않았다. 단순한 어린아이의 말이었으니까."

"……."

"그런데 너는 끝까지 네 아비를 옹호했지. 내 어미를 매도하면서."

"당연한 것이지 않느냐. 네 어미가 그렇지 않으면 왜 자결을─"

"내 어미는 자결하지 않았다. 그녀를 죽인 것은 네가 존경해 마지 않던 황제다."

"……!"

"그는 겁탈과 살인을 저지른 악마다. 너도 마찬가지지. 이브를 건 드린 것은 네 인생에서 가장 큰 실수일 거다. 그 일만 아니었어도 최 소한 목숨만큼은 살려 줬을 텐데."

황태자가 입술을 꽉 깨물었다. 루벨리안은 그에 아랑곳하지 않고 말을 이었다.

"너와 네 형제에 대한 처벌은 이브의 몫이다. 그러니 최대한 고통스럽게 죽어라."

루벨리안의 낮은 목소리에 황태자와 제3황자가 거친 숨을 내뱉었다. 어떻게든 제 나름대로의 울분을 토해 내고 싶은데 움직이지 못해 답답한 듯했다.

어쩌면 저렇게 마지막까지 반성이 없을까. 나는 고개를 절레절레 저으며 위슨에게 말했다.

"위슨. 아무래도 고귀한 두 전하 전하께서 아세디움의 맛을 느껴 볼 생각이 없는 것 같아요. 약간의 도움이 필요한 것 같은데."

손에 든 병을 위슨에게 넘기자 그가 황태자에게 다가갔다. 그에 내가 고개를 저었다.

"여기선 말고. 내가 워낙에 심정이 고와서 눈앞에서 사람 죽는 걸 못 봐."

방금까지 황제가 검에 꽂히는 장면을 멀쩡하게 본 주제에 나는 빙그레 웃었다.

"그러니 이자들은 지하 감옥의 구석에 가서 조용히 처리해 줘요."

이에 반항이라도 하듯 황태자가 꿈틀거렸다.

하나 그들의 손에 아세디움을 쥐여 준 이상, 나는 더 관여하고 싶지 않았다. 무엇을 하든 나에겐 시간 낭비일 뿐이었다.

결국 황태자와 제3황자는 질질 끌려갔다. 추악하기 그지없는 그들의 몰골이 그야말로 희극의 한 장면 같았다.

나는 핏자국으로 얼룩진 알현실을 둘러보았다.

귀족들이 머리를 조아리던 지고지상의 황위, 영광을 위한 레드 카펫, 화려한 샹들리에, 값비싼 예술품, 그 모든 것들이 그야말로 허사였다.

"이브."

뒤에서 나를 안은 품에 나는 머리를 기대며 작게 읊조렸다.

"이러면 완전히 끝난 건가요?"

"그래. 최소한 내가 가장 증오하던 이는 죽었다."

"기뻐요?"

"……모르겠다."

나는 시선을 위로 향했다. 소설에서는 모든 복수가 끝나면 주인공들은 파티를 열었다. 그들은 웃고 떠들며 해피 엔딩을 경축하고 오래오래 행복하게 살았다.

하지만 정작 목적을 달성하자 밀려온 것은 그저 끝이 없어 보이는 허무함이었다.

"하아……."

그래도 우리의 복수는 헛되지 않았다. 모든 순간을 후회하지 않았다. 그렇게 느끼는 것은 비단 나뿐만이 아닌지 루벨리안이 입을 열었다.

"그래도, 다행이다."

"……."

"내 손으로 모든 것을 끝낼 수 있어서."

나는 돌아서서 그를 꼭 안아 주었다. 지금 이 순간만큼은 무조건 그리해야 할 것 같았다.

"그래요. 결국 끝냈어요."

루벨리안은 말없이 나를 마주 안았다.

그리고 그날 밤.

황태자와 제3황자는 아세디움을 복용한 뒤 장장 4시간에 달하는 고통 속에서 죽음을 맞이했다. 거의 비슷한 시간에 황후는 '황제가 보낸' 독약을 먹고 죽었다.

황제는 그간 저질러 온 악행을 감당하지 못해 '자결'했으며, 그 죄행은 신전에 의해 낱낱이 폭로되었다.

장례는 없었다.

황실 일가의 참사는 사람들을 경악하게 만들었다. 내전으로 겁에 질렸던 평민들은 대체 이게 어찌 된 일인지 몰라 입방아를 찧었고, 내막을 알고 있는 귀족들은 혹여 입을 잘못 놀릴까 봐 서로서로 쉬쉬했다.

하지만 그 죄행의 어마어마함 때문인지 그 누구도 황실 일가를 동정하진 않았다.

결국 황실의 대참사는 치부를 들키자 서로 죽고 죽이면서 발생한 것으로 마무리가 되었다.

"그래도 꽤 깔끔하게 죽였어. 비밀리에 처형이라니, 악인에겐 꽤 관대한 처사였다고."

나는 웃었다. 사실 황후의 죽음은 플로렌스에서 벌인 일이었으나 우리는 굳이 플로렌스가 나섰다는 말을 하지 않았다.

"어차피 귀족들은 다 알겠지만."

"그들도 입 밖에 내지는 못할 겁니다."

"당연하지. 그저 마음에 영원히 품고 있으라고 해."

나는 제나 부인과 대화를 나누며 찻잔을 들었다. 향긋한 차향이 코를 스치자 금세 기분이 좋아졌다.

황실 일가가 완전히 소탕된 뒤 나는 며칠간 공작가에서 휴식을 취했다. 그간 너무 많은 일들을 겪어 몸이 지독하게 피곤했다.

제나 부인은 그런 나를 향해 미소 지으며 찻잔을 채워 주었다.

"그나저나 이제 황위가 비었으니 처리해야 할 일이 산더미군요."

"황제 하는 꼴을 보면 이 나라도 딱히 황제는 필요 없지 않을까? 그냥 귀족원들이 알아서 처리해도 좋지 않아?"

"그래도 황제가 있어야 제국의 근간이 잡히지요."

무슨 그런 말을 하느냐는 듯이 제나 부인이 엄숙한 얼굴로 말했으나 나는 그저 피뜩 웃을 수밖에 없었다.

사실 황제가 없어도 세상은 잘 돌아갈 테지만 굳이 그것을 입 밖에 내고 싶진 않았다. 무엇이 되었든 사회의 흐름에는 단계와 절차라는 게 있다. 굳이 그 앞에 나서서 영웅 노릇을 하기엔 너무 해야 할 일이 많았다.

"하여튼 이렇게 되면 황위는 어떻게 되는 거지?"

"역시 각하께서……."

"하지만 난 루벨리안이 황위에 앉는 게 탐탁지 않아. 그간 황제가 저질러 놓은 짓거리들을 모두 안고 가야 하는 거잖아."

"그게 거절한다고 해결이 되는 문제는 아니지 않습니까. 제2황자 전하께서도 본인은 자격이 없다고 거부하시니."

"아니, 그런데 그 황자는 자기 아버지가 죽었는데 왜 그렇게 담담하지?"

"모두가 쉬쉬하고 있지만, 사실 황비 전하께서는 황실에 들어가실 때 이미 연인이 있으셨습니다."

"설마……."

"다만 선대 마님과 달랐던 점이라면, 황제의 하룻밤 상대로 끝나 굳이 콜리카 공작가에서 신경 쓰지도 않았다는 것이겠죠."

"……."

나는 할 말을 잃고 얼굴을 굳혔다. 원작에서 서브 남주인 제2황자의 신상에 대해서는 딱히 나온 적이 없었다. 그저 황태자와 사이가 좋지 않았고, 그래서 레이첼이 황태자와 이어지자 고통스러워했다는 것 정도였다.

가만 보면 '이하야의 밤'은 조연한테 정말 잔인하다. 사실 많은 소설들이 조연한테는 대부분 잔인하지만, 여긴 특히나.

"그러고 보니 바네스가도 이번 종신형에 처해진 귀족 가문 명단에 있던데. 멜리나가 걸리네."

"지금 마님께 누명을 씌우려던 이를 옹호하시는 겁니까?"

"옹호는 무슨. 그냥 황태자한테 이용만 당하다가 그렇게 된 게 불쌍해서. 사실 걔 입장에서는 내가 얼마나 밉겠어."

"그건 인정합니다."

"멜리나만 보자면 역시 황태자가 만악의 근원이야. 하지만 황제가 만악의 근원이라고 황후가 용서받아야 하는 인간은 아니지."

나는 어깨를 으쓱하고 쿠키를 집었다.

그때였다.

"마님. 마님 앞으로 서신이 왔어요."

나는 마리가 건넨 서신을 받아 들었다. 서신을 보낼 사람이 없는데? 그렇게 생각하며 서신을 펼치자마자 나는 실소를 터트릴 수밖에 없었다.

"하."

"뭡니까?"

"귀부인들의 방문 요청."

나는 종이를 팔랑거렸다. 서신 위에는 익숙한 이름들이 적혀 있었다. 알케 부인을 비롯한 귀족원에 속한 가문의 귀부인들이었다.

"이야, 이제 나도 그런 거 받아 보는 거야? 부인께서 가장 아름다우세요. 부인, 각하께 잘 말씀해 주세요. 어머, 부인, 정말 현명하세요. 그런 거?"

"그런 거 받는 게 즐거우십니까?"

"아부는 언제 들어도 즐거운 거야. 다만 이렇게 아름다운 부인을 얻은 각하가 부러워요— 같은 소리만 안 했으면."

"그게 무슨 문제라도 됩니까?"

"내가 예쁜데 루벨리안이 왜 부러워? 내 미모는 내 거야."

"각하께서 잘생겨서 가장 이득을 본 사람이 누굽니까? 당연히 마님이 아니—"

"당연히 루벨리안이지."

나는 단호하게 대답했다.

"……."

"나 같은 미인에 똑똑하기까지 한 천하절색을 아내로 맞이했잖아."

"……네. 그냥 그렇게 해맑게 사십시오. 마님은 좋겠습니다. 근심, 걱정이 없어서."

제나 부인이 한숨을 푹 쉬었다.

"어쨌든 방문을 하고 싶다니 불러들이는 게 예의지. 손님맞이를 준비해."

"플로렌스 공작 부인, 초대해 주셔서 영광입니다."

"부인들의 방문 요청을 제가 어찌 거절하겠습니까. 당연히 즐거이 반겨야지요."

날씨가 따뜻해 티타임은 정원에서 진행되었다. 사실 티타임을 주최하는 것이 처음은 아닌지라 색다를 것도 없지만, 이토록 별다른 목적 없이 사교 모임을 가진 것은 오래만이라 느낌이 평소와는 달랐다.

그러나 정작 이 모임에 참석한 이들은 그렇지 않은 모양이었다.

"각하께서는 출타 중이신가요?"

"요즘 일이 많아서 황실에 자주 들르고 계세요."

"그럴 만도 해요. 황실에 그런 끔찍한 스캔들이 터지고 나서 제 남편도 거의 밤낮없이 황실에 붙어 있답니다."

"귀족원의 의무니 당연한 것이죠."

"그럼요. 그래도 플로렌스 공작 각하께서 모든 것을 지휘해 주신 덕분에 생각보다 일이 잘 풀리고 있다고 해요."

나는 생글생글 웃는 가네트 백작 부인을 보았다. 그녀의 발그레한 뺨에는 은근한 기대가 어려 있었다.

"오랜 시일이 지나지 않아 황좌의 주인도 정해지시겠죠?"

"아마도요."

"어머, 굳이 정할 필요 있나요. 이번 일에서 가장 큰 공로를 세우신 분이 앉는 것이 당연한데."

"제2황자 전하께서 계시는 한 그런 무례한 말씀은 함부로 내뱉지 않는 게 교양인 것 같습니다. 미래의 일은 어떻게 될지 모르지 않나요?"

내 말에 가네트 백작 부인이 어색하게 미소 지었다. 날카롭게 말할 생각은 없었지만…… 일이 다 처리되고 나서 이렇게 말하는 게 괘씸해 저도 모르게 나온 말이었다.

'귀족들이 실리에 움직이는 건 맞지만 기분은 더럽네.'

잠시 내 안색을 살피던 알케 부인이 부드럽게 웃었다.

"플로렌스 공작가는 권세를 탐내기보다는 명예를 중히 여기는 가문이죠. 귀족으로서의 가장 기본적인 명예를 지키는 모습이야말로 진정한 푸른 피의 자세 아닌가요?"

"맞아요. 지고지상의 권력을 가진다 한들 무슨 소용이 있겠어요. 정말이지 놀랐어요. 아무리 황제라 한들 어찌 그런 짓을……."

알케 부인의 말에 따라 다른 부인이 동의를 표해 왔다.

"그래도 다행이지요. 선대 부인의 결백이 결국에는 밝혀졌으니."

"결백이라……."

"얼마나 억울하셨을까요. 그리 눈을 감으시면서 천 번이고 만 번이고 자신을 그리 만든 이를 저주했을 거예요. 지금이라도 그분의 결백을 모두가 알게 되었으니 선대 부인께서도 평화롭게 눈을 감을 수 있으실 거예요."

"우습군요."

부인의 목소리에는 안타까움이 가득 담겨 있었으나, 나는 도무지 좋게 들을 수가 없었다.

"선대 부인께서 눈을 감으신 그 순간부터 이미 그분의 평화는 없었어요."

"……네?"

"애초에 선대 공작 부인께서 왜 결백을 다른 이들에게 증명해 보여야 하는지 모르겠네요."

"부, 부인. 무슨 말씀이신지……."

"참 하찮지 않나요? 본인의 모든 것을 걸면서 증명하지 않으면 주어지지 않는 그 믿음이라는 게."

서늘한 말투에 정원은 순식간에 정적으로 가득 찼다. 귀부인들도, 조용하게 시중을 들던 시녀들도 전부 경악한 듯이 나를 보고 있었다.

반면 제나 부인만큼은 아주 담담하게 내 찻잔에 차를 채워 주었다.

그때, 알케 부인이 입을 열었다.

"부인, 무슨 뜻인지 잘 모르겠어요. 그러니까, 저희들의 믿음이 하찮다는 뜻인가요?"

은근히 날 선 질문에 내가 생긋 웃었다.

"어머, 설마요. 그 어떤 상황에도 우아하게 자신의 신념을 관철한 귀부인들의 믿음을 제가 어찌 감히 하찮다고 매도하겠어요."

나는 세상에 무슨 말도 안 되는 소리를 하느냐는 듯이 눈을 동그랗게 떴다.

"그럼 방금 전의 말은……."

"당연히 부인들이 아닌, 뒤에서 입방아를 찧던 천박한 무리들을 향해 한 말일 뿐이랍니다."

그러나 정작 내 '칭찬'을 듣고도 귀부인들은 그저 난감한 얼굴만 할 뿐이었다.

나는 싱긋 웃으면서 찻잔을 들었다. 그래도 저것들이 말귀는 알아들어서 다행이다.

"귀부인들의 믿음은 그야말로 강철보다도 견고한 것이죠. 그래서 저도 앞으로 여러분들을 그렇게 대하기로 했답니다. 부인들께서 주신 믿음을 그대로 돌려 드리기로 했죠."

"……."

"그러니, 앞으로 쭈욱- 지금처럼 잘 지낼 수 있지 않을까요?"

"……."

"어머, 왜 대답이 없지?"

"네, 물론이죠. 플로렌스 공작 부인. 앞으로도 잘 부탁드려요."

"마, 맞아요. 믿음을 주신다면야 저희들은 당연히 공작 부인을 잘 보필할 거랍니다."

"보필은 무슨. 다 같은 부인들끼리 그저 참다운 우정이나 나눠 봐요."

나는 그들을 향해 방긋방긋 웃어 주면서 찻잔을 들었다.

"어때, 잘했지?"

"지금까지 제가 본 모습 중에서 가장 훌륭한 처사였습니다."

"당연하지. 나 웃으면서 엿 먹이는 거 잘해. 그것도 아주."

제나 부인은 모르겠지만 내가 이래 봬도 생글생글 웃으면서 사람 퇴치하는 데는 고수였다.

나는 숄을 벗어 침대에 툭 던졌다.

"어쨌든 귀족원은 저렇게 우애를 다졌겠다. 이제 나도 슬슬 정상적인 삶으로 돌아가 볼까? 아, 오늘 저녁은 안 먹겠다고 해 줘. 티 파티에서 좀 많이 집어 먹었더니 배 터질 것 같아."

"알겠습니다."

이내 제나 부인이 나가고 방 안에 적막이 흘렀다. 살짝 고개를 돌리자 우아한 석양이 하늘 끝에 걸려 있는 게 보였다. 그것을 홀린 듯이 보던 나는 기지개를 쫙 폈다.

한데 그때, 뒤편에 있던 무엇인가에 손이 툭– 걸렸다.

"어?"

고개를 뒤로 젖히는 그 순간, 익숙한 향과 함께 말캉한 입술이 내 입술 위로 가볍게 떨어졌다.

"흐응–"

루벨리안이 걸음을 옮긴 후 내 뺨을 감싸 쥐자 나는 배시시 웃으면서 팔을 뻗었다. 그의 크라바트 끈을 감싸 쥐어 당기니 그의 머리카락이 뺨을 간질거렸다.

"루벨리안."

코앞에서 느껴지는 그의 숨소리에 내가 활짝 미소 지었다.

"왔어요?"

"그래. 오늘 티타임은 즐거웠나?"

"아주요. 아주아주 꼴 보기 싫은 것들한테 한 방 먹였죠."

"한 방만?"

"앞으로 종종 볼 테니 꾸준하게 먹이려고요."

"기특하군."

그가 내 머리를 살살 쓰다듬었다. 이렇게 일이 하나하나 정리되어 가니 기분이 좋았다. 물론 아직도 해결해야 할 문제는 남아 있었지만, 그건 시간이 지나면서 해결될 문제니까.

"그나저나 오늘은 빨리 왔네요?"

"일이 빨리 끝났다. 아, 그러고 보니 성녀가 전해 달라더군. 이제 곧 신전도 안정을 되찾으니 언제든지 와도 된다고."

"안 그래도 레이첼을 너무 오랫동안 못 봐서 좀 쓸쓸하긴 했는데."

"나로는 부족했나?"

"친구랑 남편이 같아요?"

"섭섭한데. 나한테는 당신뿐인데."

"당연하죠. 영원히 그래야 할 거예요. 안 그러면 가만히 안 놔둘 거야."

"어떻게?"

"방법이야 다양하죠."

나는 호기롭게 머리카락을 뒤로 넘겼다. 그러나 내 당당함에도 루벨리안은 그저 얼굴에 미소만 한가득 지은 채 나를 보고 있었다.

"왜 그렇게 봐요? 장난 같아요?"

"아닙니다, 부인. 그런 의미에서 저한테 당신만 있다는 걸 증명해 드리죠."

"어머?"

순간 눈 깜짝하는 사이 그가 나를 안아 들었다. 본능적으로 그의 목에 팔을 감자 그가 웃음기 가득한 눈으로 나를 응시해 왔다.

갑자기 뭐 하려는 것일까. 살짝 고개를 갸웃거리는데 루벨리안이 나를 안고 침대로 향했다. 그러곤 나를 푹신한 침대 위에 내려놓은 뒤 뭔가를 꺼냈다.

이 시추에이션은 혹시…….

"반지?"

"손에 끼고 있는 두 개로는 모자라나?"

"아, 아니, 그건 아니고. 보통 이럴 때는 다 반지를 꺼내서."

너무 설레발을 친 것 같아 쑥스럽게 웃었다.

그러자 루벨리안이 빙그레 미소 지으면서 상자를 열었다. 그곳에는 나로서는 처음 보는 액세서리가 놓여 있었다.

"이게 뭐예요?"

내가 고개를 갸웃거렸다. 새하얀 백금 줄이 겹겹이 있고, 그 위에는 수많은 다이아몬드가 자잘하게 자리를 잡고 있었다. 더불어 옅은 푸른색의 아콰마린이 장식하고 있어 굉장히 화려한 느낌이었다.

"팔찌……?"

"아니."

짧게 답한 루벨리안이 상자에 있는 것을 꺼냈다. 어디에 쓴다는 거지? 고민하는데 그가 갑자기 침대 끝으로 자리를 옮겼다.

"잠시 실례하지."

그러면서 내 조심스럽게 내 발을 들었다.

사르륵–

드레스가 종아리를 타고 흘러내리자 내 발목을 잡은 그가 조심스럽게 손에 든 액세서리를 걸어 주었다.

"아하, 발찌. 그런데 발찌치고는 디자인이 너무 화려한데요?"

"당신 생각이 나서 주문했지."

"뭐야, 그냥 길 가다가 예뻐서 사 온 게 아니라 준비까지 해 뒀어요? 뭔데? 오늘 무슨 날이에요?"

"맞춰 봐."

"음…… 결혼기념일…… 은 아니고, 우리 둘 중 누구 생일도 아니고, 무슨 기념일이지?"

내가 고개를 갸웃거리자 루벨리안이 피식 웃었다. 이윽고 그가 마치 깨지기라도 하듯 내 발목을 조심스레 매만지면서 말했다.

"내가 당신을 처음 만난 날이지."

"뭐야, 그걸 기억해요? 아, 잠깐만. 우리 처음 만난 날이면…….."

내가 탈출기 찍고 있을 때 아니야? 꾀죄죄한 얼굴로 가출을 시도했다가 잡힌…… 나는 이마를 짚었다. 세상에 이렇게 로맨틱한 분위기에서 부끄러워해야 한다니.

쥐구멍에라도 숨고 싶은 흑역사에 나는 화끈거리는 얼굴을 겨우 겨우 진정시켰다.

그때, 루벨리안이 내 옆으로 다가와 나를 품에 안았다.

"앞으로도 이런 건 내가 기억할 테니 당신은 그저 당신이 좋아하는 것만 해."

"이미 충분히 하고 있는 걸요."

"그래도 더, 나는 당신에게 빚진 게 너무 많거든."

"나한테요?"

"그래, 당신한테. 처음 만난 그 순간부터 나는 당신에게 잘못한 일밖에 없더군. 그게 지독하게 후회스러워."

"……."

"그래서 지금부터라도 당신에게 보상하려고. 내 시간을 통째로 바쳐서."

나는 눈을 깜박거리며 그를 올려다보았다. 그에 루벨리안이 나와 시선을 맞추며 고개를 숙였다.

언제나 그렇듯 달콤한 키스였다. 한 치의 어긋남도 없이 오롯이 진심만이 전해지는 입맞춤.

항상 느끼는 거지만 그는 부드러웠고, 다정했고, 내 모든 행동에 맞춰 주기만 했다. 그것을 깨닫는 순간, 더없이 편안한 느낌에 휩싸였다.

나를 품에 꽉 안은 루벨리안이 조심스럽게 몸을 눕혔다. 계속되는 나른한 입맞춤에 나는 발갛게 달아오른 뺨으로 가쁜 숨을 내쉬었다. 지척에서 느껴지는 그의 체온 또한 조금 달아오른 것 같았다.

잠시 그의 새빨간 적안을 응시하다가, 내가 조심스럽게 입을 열었다.

"우리, 약속한 거 있잖아요. 평생 함께 행복하게 살자고."

"그래."

"나는 당신에게 영원을 약속했어요. 그러니까, 꼭 오래오래 서로를 간직하면서 살아요. 이제 우리를 방해하는 건 아무것도 없으니까."

내 속삭임에 그가 고개를 작게 끄덕였다. 이윽고 그가 다시 한번 내 입술에 키스해 왔다.

방금 전과는 조금 다른 키스였다. 다디단 혀끝이 말려 들어오고 잡아먹을 듯이 뜨거운 입술이 잠식한다.

방금까지 허리를 짚고 있던 손이 천천히 목으로 옮겨졌다. 그리고 어깨를 매만진 그 순간, 이브닝드레스의 끈이 투둑, 풀리고 달아오른 공기가 어깨에 전해져 왔다.

"루벨리안-"

나른하게 그를 부르자 그가 마치 응답이라도 하듯 낮게 으르렁거렸다. 부드러운 손길이 단숨에 옷을 끌어 내렸다. 사륵 풀리며 느슨해지는 옷들에 나는 자연스레 그의 크라바트를 풀었다.

"루벨리안, 사랑해요."

진심을 담은 속삭임 뒤에 돌아온 것은 달콤한 입맞춤이었다. 뺨을 타고 내려간 뜨거운 숨결이 목을 지분거리다가 아래로 천천히 내려왔다.

이내 풍성한 드레스 자락이 바닥에 떨어졌다. 그리고 차가운 공기에 몸을 떨 새도 없이 더욱더 뜨거운 열기가 나를 덮쳐들었다.

나는 입꼬리를 살짝 말아 올렸다. 달콤하게 속삭이는 밀어도, 맹수처럼 으르렁거리는 목소리도 나의 것이었다. 그것을 깨닫는 순간, 그것이 정말이지 눈물 나게 행복해서, 나는 결국 그에게 내 모든 것을 온전히 맡겨 버릴 수밖에 없었다.

나를 끌어들이는 수마에서 겨우겨우 벗어나 눈을 뜬 나는, 어두침 침한 주변에 미간을 찌푸렸다.

분명 아침 해를 본 것 같은데, 내 시간 감각이 어떻게 된 거지?

나는 조심스럽게 팔을 움직였다. 그러자 머리부터 발끝까지 지독 한 통증이 찾아왔다.

'아.'

나는 입술을 꽉 깨물었다. 이제야 생각이 났다. 그래, 아침에 일어나 긴 했다. 조금 이른 시간, 공기는 뜨거웠고 분위기는 좋았고 남자는-

'아, 젠장. 아파.'

순간 눈물이 찔끔 나왔다. 지금 나오는 것은 내 남편이 비실비실 하지 않다는 것에 대한 안도의 눈물인가, 아니면 앞으로 이 엄청난 과정을 감당해야 한다는 것에 대한 슬픔인가.

나는 몽롱한 정신 속에서 최대한 모든 일을 기억해 내고자 열심히 생각을 더듬었다. 그리고 그때, 내 머릿속으로 울음 섞인 목소리가 번쩍 스쳐 지나갔다.

"루벨리안, 아아, 제발."

그만 더듬자.

그렇다고 해도 몸에 생생하게 느껴지는 감각만큼은 피하기가 어 려웠다. 이에 다시 잠들어야 하나, 대체 지금은 몇 시인가 고민하는데, 방금부터 느껴지던 묵직한 감각이 내게 엉켜들었다.

"깨어났어?"

"나 대체ー"

알싸하게 아파 오는 목에 나는 흠칫할 수밖에 없었다. 내가 모르는 사이에 전쟁이라도 나갔나. 아니, 그래도 이건 좀 너무하잖아요.

"지금은…… 밤인가요?"

"오후다."

……네? 무슨? 아직 오후라고요?

나는 등 뒤로 집요하게 붙는 체온을 애써 무시한 채 상황을 파악하려고 애썼다.

"아니, 그, 우리 어제……."

"그저께."

"……."

"당신이 너무 깊게 자길래 사용인들은 당분간 오지 말라고 했어."

이건 꿈이야. 이건 생시가 아닙니다.

"마, 말도 안 돼. 나 분명 중간에 몇 번 깨어났는데…… 아, 아닌가. 몇 번 깨어났지?"

"글쎄, 잠에서 깼다가 잠들기를 반복하긴 한 것 같은데."

"그걸 내버려 두지 않았단 말이에요? 인간성을 상실했어! 너무해!"

나는 울먹거리면서 입술을 꽉 깨물었다. 어쩐지, 이상한 꿈을 꾸더라니. 한데 그게 다 꿈이 아니었단 말이지.

세상에, 나는 결국 베개에 얼굴을 묻었다.

그에 루벨리안이 나를 끌어당기며 내 위로 몸을 숙였다.

"많이 아픈가?"

"그걸 말이라고 해요? 너무해. 지금 온몸이 아주…… 목소리도 안 나오고."

"저런, 마음 아파서 어쩌지?"

"하나도 안 아파 보이는데요? 지금 웃고 있는 거 맞죠?"

내가 삐죽이자 루벨리안이 피식 웃었다. 곧 그가 다정하게 내 몸을 쓸었다.

"그래도 즐거워 보였는데."

"아니, 그건 그렇지만……."

나는 한숨을 쉬었다. 이제 일어나야 하나 고민하는데 루벨리안이 몸을 낮춰 입술을 부딪쳐 왔다.

"많이 힘드나?"

"응……."

나는 최대한 불쌍한 얼굴을 했다. 물론 전혀 먹히지 않았다. 루벨리안은 다정하게 내 뺨을 만지작거릴 뿐이었다.

저것에 속아 넘어가면 안 돼. 그렇게 다짐하는데 루벨리안이 작게 속삭였다.

"어쩌지, 힘들어서."

이건 악어의 눈물이야.

순간 다시 한번 그가 입을 부딪쳐 왔다. 이에 고개를 젖히자 루벨리안이 나를 어르듯 다정하게 말했다.

"이번에는 정말 살살 할 거야."

"진짜?"

"진짜."

거기에 넘어간 내가 고개를 끄덕였다. 이내 그가 내 허리를 잡았다. 그와 함께 온몸의 감각이 되살아났다.

"이브."

잠긴 목소리가 나를 훑었다.

그리고 당연하지만 살살 따위는 존재하지 않았다.

이튿날 삭신이 쑤셔서 결국 침대에 거의 박제되다시피 한 나와 달리, 루벨리안은 멀쩡하게 내게 키스한 뒤 아침을 시작했다.

하루 종일 침대에서 앓는 소리만 하던 나는, 저녁에야 겨우겨우 몸을 움직여 다이닝 홀로 갈 수 있었다.

"많이 아픈가?"

나는 대답을 거절하고 샐러드만 푹푹 찍어 먹었다. 저쪽은 말짱한데 나만 아픈 것 같아지는 느낌이 들었다.

그러나 다정하게 끌어안는 손길에, 다시 달달하게 녹아내릴 수밖에 없었다.

몇 번이고 생각하지만 내가 묘하게 지는 것 같은데, 착각이겠지.

그렇게 며칠 동안 반복되는 일상에 내가 길들여질 즈음, 루벨리안이 엄청난 소식을 들고 왔다.

"섭정이요?"

"그래."

의외의 단어에 나는 머리를 더듬었다. 역사상 섭정이 없었던 것은 아니었다. 황제가 병이 들거나, 아니면 지나치게 어릴 때, 그 외 등등 불가항력의 상황에 황제의 가장 가까운 혈연이 통치를 대신했다.

그러나 나는 고개를 갸웃거릴 수밖에 없었다. 섭정의 핵심은 황제가 있어야 한다는 것이다. 물론 황위를 비워 놓고 섭정의 자리를 맡는 것도 문제야 없겠지만…….

그런 내 마음을 이해한 듯 루벨리안이 입을 열었다.

"원래는 제2황자를 황제에 올려놓은 뒤 내가 섭정하는 방식을 생각해 봤다만, 그렇게 된다면 이후에 문제가 발생할 수도 있다."

"하긴, 영원히 제2황자를 감시하는 것도 꽤 힘이 드는 일이니까요."

"그렇다고 내가 덜컥 황위에 오르기에는–"

"아무래도 여론이 있죠?"

"아니. 여론은 별로 상관없어. 문제는…….

그렇게 말하며 루벨리안이 나를 응시했다. 내가 고개를 갸웃거리자 그가 내 이마를 톡 치며 말했다.

"당신과 함께 있는 시간이 짧아지거든."

"…….

겨우 그딴 이유 때문에?

나는 눈을 깜박거렸다. 아니, 이거 왠지 모르게 불안해지는걸요. 이후에 루벨리안이 황위에 앉게 되면 혹시 나는 막 희대의 요녀 취급받는 거 아닌가? 아니, 물론 내가 예쁘긴 하지만 그런 취급은 사절이었다.

"아, 아니, 나 때문에 그런다니 그게 무슨 말도 안 되는…….

"황위에 앉으면 처리해야 할 문제가 많이 생긴다. 그러면 당신 옆에 있어 주지 못해."

"그래도 나라가 걸린 일인데 그렇게 처리하면 안 되죠. 대체 제국의 미래랑 내 행복 중에 뭐가 더 중요해요?"

"후자."

"…….

"왜, 안 되나?"

이거 위험한 사람일세. 나는 입을 딱 벌렸다. 앞으로 루벨리안의 사회적 평판을 위해 좀 열심히 살겠습니다. 물론 나라가 망해도 그건 루벨리안의 탓이고 나는 일말의 책임도 없지만, 하여튼 좋은 게 좋은 거 아닌가.

세상에, '미색에 홀려 나라를 망친 폭군'에서 그 미색을 내가 담당하고 있어. 사람은 역시 오래 살고 볼 일이다.

잠시 희한한 표정을 짓고 있자 그가 풋 웃음을 흘렸다. 얼굴에 잔뜩 퍼진 그의 미소에 나는 뭔가 이상함을 느꼈다.

"설마 나 놀린 거였어요?"

"그렇게 심각하게 받아들일 줄은 몰랐는데."

"루벨리안. 나가요. 이제는 같이 밤도 보내겠다, 각방 한번 쓰는 게 좋을 것 같아."

"저런, 미안하다. 그래도 완전히 거짓말은 아니야. 다른 이유들도 있지만 당신과 같이 있는 것도 나에겐 크게 작용한다."

그러면서 루벨리안이 나를 품에 꼭 안았다. 나는 그의 품에 안겨 툴툴거렸다.

"아니, 난 진짜인 줄 알고 이 남자가 갑자기 맛이 갔나 막 그랬는데."

"당신이 사는 제국을 나는 무사히 만들 의무가 있어. 최소한 당신이 살아 있는 때까지는 내외부로 무조건 안전하게 해야지."

"나 죽어도 안전해야 돼요. 우리 아이도 있을 거잖아."

"그래. 그러니 나는 최소한 내 손에 떨어진 의무는 제대로 이행할 예정이다."

"그래서, 섭정이 최고의 선택이었어요?"

"한두 해 동안 섭정의 지위를 유지하면서 내전으로 인한 손실을 메울 것이다. 그리고 늦어도 3년 이내에는 황위를 손에 넣어야지.

지금으로선 이게 가장 자연스러울 거다."

"귀족원은 뭐라고 해요?"

"뭐라고 하겠나?"

"뭐라고 하든 상관없죠. 우리 남편이 최고야."

나는 그의 품에 더욱더 깊숙이 얼굴을 묻었다. 그의 말마따나 약간의 과도기를 거치는 것도 좋았다. 황실 일가가 몰살당하고 제2황자가 멀쩡하게 눈 뜨고 살아 있는 상황에서 루벨리안이 덜컥 그 자리에 앉는 것도 말이 맞지 않았다.

그렇다고 제2황자를 죽이는 건 말도 안 된다. 루벨리안은 복수를 하고 싶은 것이었지, 권력을 탐하는 게 아니었으니까.

그렇게 생각하며 내가 활짝 웃었다. 그래도 조금씩 모든 것들이 궤도에 돌아가는 느낌이었다.

"이제 좀 안심이 되었나?"

"내가 그렇게 큰 위력을 발휘하는 줄 알고 놀랐잖아요."

"그건 맞는데."

"네?"

"지금도 당신만 보면 예뻐 죽겠거든."

그런 말을 입 밖에…… 어디 가서 뻔뻔함으로는 나도 뒤지지 않는데.

다시 생각해 보니 나는 이론만 빠삭하고 실전 경험은 전무에 가까운 데에 반해, 루벨리안은 이론은 없어도 실전에 강한 타입인 것 같았다. 이게 바로 주둥아리로 싸우는 인간과 몸으로 싸우는 인간의 차이인 걸까.

고민을 이어 가던 나는 자신에게 집중하라는 듯 허리를 휘감는 팔에 미소 지을 수밖에 없었다.

아무럼 뭐 어떤가. 둘이 더해서 이론과 실전에 다 강하면 되지.

"이브!"

며칠 뒤 나는 레이첼을 보러 신전을 찾았다. 황실의 일이 거의 해결되고 정상적인 궤도에 진입한 만큼, 신전도 이제는 거의 정돈된 것 같았다.

기도실 안으로 들어서자 레이첼이 촛불을 화륵 붙였다.

다시 봐도 신기해 놀라워하니 레이첼이 다정하게 웃으면서 말했다.

"요즘 기도실을 쓸 일이 많아져서요. 수시로 성화를 갈아 줘야 돼요."

"성화도 갈아야 하나요?"

"성화에 깃든 성력을 유지시키는 것이라고 보면 돼요."

"처음 알았어요."

이에 신기하게 촛불을 응시하는데 레이첼이 나를 보며 싱긋 웃었다.

"요즘은 어떻게 지내요? 황실은 거의 정상적으로 돌아갔다고 하던데. 아, 공작 각하께서 섭정을 하신다고 하셨죠?"

"맞아요."

"훌륭한 선택이네요. 안 그래도 요즘 신전에 기도하러 오시는 분들께서 많이 걱정하셨거든요. 혹여 황제 일가족의 죽음이 플로렌스 공작의 짓은 아닌지, 반역은 아닌지. 평민들의 입장에선 무서울 수밖에 없으니까요."

엄연히 말하자면 전자는 맞고 후자는 틀렸다. 그러나 그들의 염려가 이상한 건 아니었다.

"이브는 공작가의 안주인 역할을 계속하는 건가요?"

"계속이라고 말할 것도 없는 게, 제가 안주인 역할을 제대로 해 본 적이 없어요."

"그래도 이브는 가문의 신임을 많이 받고 있는 걸요."

"네?"

"저는 '진실'을 보잖아요."

"어⋯⋯."

"플로렌스의 사람들은 이브를 많이 좋아하고 있어요. 저택에 갈 때마다 느끼는걸요. 이브는 사랑받고 있다는 걸."

레이첼의 말에 나는 괜히 쑥스러워졌다. 뭐, 나도 알고는 있었다. 제나 부인이나 리리스가 아니더라도 사용인들은 대체적으로 내게 너그러운 편이었다.

"뭐, 그건 제가 매력이 넘쳐서 그런 거겠죠?"

"맞아요."

"어라, 농담이었는데. 그렇게 받으시면 제가 많이 쑥스러워요."

"하지만 사실인걸요."

"그건 레이첼이 제 친구라서 그런 거고요."

"음, 친구가 아니었더라도 저는 이브를 꽤 좋아했을 거예요. 물론 공작 각하는 아니지만."

그에 나는 놀란 눈을 할 수밖에 없었다. 복수가 다 끝났는데도 루벨리안에게 인상이 안 좋은 건가? 어쩌면 당연한 거겠지만 괜히 속상했다.

내가 눈에 띄게 침울해지자 레이첼이 말을 덧붙였다.

"재수 없잖아요. 이브가 쓰러졌을 때 저를 잡아먹을 듯이 굴었거든요. 이브를 살리고 싶은 마음은 저도 똑같았는데."

"⋯⋯?"

내가 지금 잘못 들은 거겠지? 재수 없다고 하다니? 레이첼이? 나는 잠시 당황한 눈길로 그녀를 응시했다.

그때, 뒤편에서 익숙한 목소리가 들려왔다.

"이브는 제 아내입니다. 그녀를 가장 걱정하는 사람은 당연히 저일 수밖에 없습니다."

"어, 루벨리안?"

고개를 돌리자 언제 왔는지 루벨리안이 기도실의 문을 열고 들어오고 있었다.

놀란 나와 달리 레이첼은 상냥하게 웃으면서 답했다.

"자신감이 대단하시네요."

"성녀님이야말로."

아니, 두 사람 뭐 하는 거야. 친구랑 애인이 기 싸움 하는 거 소설에서나 즐겁지, 현실에서 당하니 너무 부끄럽다.

어느새 내 옆에 다가온 루벨리안과 나를 번갈아 보던 그녀가 다정한 목소리로 입을 열었다.

"그래도 이브가 각하를 많이 사랑하니 어쩔 수 없죠."

"그건 성녀님께서 말씀하지 않아도 알고 있는 사실입니다."

그에 레이첼이 루벨리안을 흘기다가 풋 웃음을 흘렸다.

"어쨌든 일이 잘 풀려서 다행이에요. 이브, 앞으로 종종 신전에 놀러 와요. 제가 공작가로 가도 되고요."

"알았어요. 레이첼이 좋아하는 거 많이 들고 올게요."

나는 레이첼을 향해 웃어 주었다. 이내 루벨리안의 손을 잡고 기도실을 나가려는데, 레이첼의 목소리가 날 붙잡았다.

"행복해질 거예요."

"……네?"

"이브는, 행복할 거예요. 영원히, 끝까지."

이건 과연 그녀의 덕담일까, 축복일까, 아니면 진실일까. 뭐가 되었든 간에 그것이 무척 고마워서 나는 활짝 웃으며 고개를 끄덕였다.

"고마워요. 레이첼도 행복해질 거예요. 분명히."

이윽고 나와 루벨리안은 신전에서 나왔다.

"신이 우리한테 축복을 내렸네요."

"달갑지는 않지만 그런 것 같군."

"달갑지 않기는. 여기까지 온 데는 레이첼의 공로가 가장 크다는 거 잊지 마요. 알겠죠?"

"알고 있어. 그 정도로 배은망덕한 이는 아니다."

"기특해라."

나는 루벨리안의 팔에 기대며 웃었다. 그러자 그의 다정한 품이 나를 따뜻하게 안았다.

에필로그

에필로그

"마님, 오늘 계획은 뭐예요?"

"음? 오늘 계획?"

화사한 햇살이 따뜻하게 방 안을 비췄다. 오랜만에 오후의 아늑함을 즐기던 나는 갑작스러운 리리스의 물음에 고개를 갸웃거렸다.

"딱히 없어. 아, 지금 읽고 있는 거 다 읽는 거?"

나는 손에 든 책을 들어 보였다.

[우아하게 사람을 기막히게 하는 방법]

책 제목을 확인한 그녀가 풋 웃었다.

"그럼 오늘 출타는 안 하시겠네요?"

"무슨 일 있어?"

"초상화가 완성되어서요."

그녀의 말에 나는 눈을 깜박거렸다. 이내 그게 몇 달 전 나를 몇 시간 동안 정원에 앉혀 놓고 그린 내 피와 땀과 눈물의 결정체라는 것을 깨닫자 감탄사가 나왔다.

"이제 완성된 거야?"

"네. 오후에 가져올 거라는데 마님께서 확인해 주셔야 되어서요. 혹시 마음에 들지 않은 부분은 없나, 보완할 데는 없나. 마님께서 외출 계획이 있으시면 다음에 약속을 잡으려고 했죠."

"아, 괜찮아. 나 이 며칠 동안 거의 안 나간 거 알잖아. 요즘따라 묘하게 몸이 쑤시는 게 그냥 집에 붙어 있을래."

"그러면 살롱에 연락해서 오후에 갖고 오라고 할게요."

"그래."

리리스가 이내 문을 닫고 나갔다. 달콤한 차와 케이크의 향기가 서로 어우러진 가운데, 나는 다시 휴식에 돌입했다.

황실이 멸문하고 루벨리안이 섭정의 위치에 오른 지 3개월. 덕분에 지금 제국은 꽤 잘 돌아가고 있었다.

"좋다……."

나는 눈을 감았다. 요즘 자꾸만 몸이 불편해서 제대로 휴식을 취하지 못했는데 왠지 모르게 오늘은 몸이 말을 아주 잘 들었다.

오늘 무슨 좋은 일이 있으려는 걸까. 그렇게 생각하며 다시 책을 드는데 갑자기 밖에서 노크 소리가 들려왔다.

똑똑-

"마님, 델런 가문에서 마님께 선물을 보내왔습니다."

델런 가문은 황태자에게 협조해 내게 무례하게 군 죄를 물어-물론 그게 죄명이긴 하겠느냐마는- 잠시 근신 처벌을 받았다.

그나마 황태자의 협박이 있었다는 점을 고려해 어느 정도 정상 참작을 받긴 했기에 그 뒤로 델런가에서는 꾸준히 내게 선물을 보내왔다.

참고로 말하자면, 아린느 델런은 다시 아카데미로 돌아갔다.

"죄송해요. 황태자 전하의 명을 받고 부인께 무례를 저질렀어요."

"됐어요. 그쪽도 두 소꿉친구 사이에 끼어서 고생 좀 했을 텐데."

"저는…… 공작 각하의 반역 사실을 듣고 그분을 설득시키려고 했어요. 물론 황태자 전하께서 협박하신 것도 있지만, 내심 공작 각하께서 반역을 일으키지 않으셨으면 한 것도 사실이에요. 어쩌면 그런 공작 각하를 이해할 수 없어서 제가 그분 옆에 있을 수 없었던 걸지도요."

"무슨 헛소리야? 그쪽이 루벨리안과 안 된 건 그냥 내가 루벨리안과 운명의 한 쌍이라서 그런 거거든요? 혼자 그렇게 자기 연민 하지 말아 줄래요? 영애에게는 영원히 기회가 없어요."

내 말에 아린느 델런은 눈을 동그랗게 떴다가 이내 피식 웃었다.

"역시 부인은 끝까지 재수가 없네요."

"그쪽이 더 재수 없어요. 다시 유학이나 가서 거기서 쭉 계세요. 기왕이면 내 눈앞에 나타나지 말고."

"재수 없는 게 누군데. 엘리트면 다냐?"

말은 그렇게 했지만 사실 나는 내심 그녀가 잘되길 바랐다. 최소한 이런 환경에서 유학까지 다녀올 정도의 강단이라면 제국에 무조건 도움이 되는 인물인 건 확실했다.

게다가 전생에 집을 나오면서 유학의 기회를 전부 날려 버린 나였기에, 그녀라도 잘되는 모습을 보고 싶었다.

선물을 힐끔 본 나는 제나 부인을 향해 말했다.

"그건 선물 모아 두는 방에 놔둬."

요즘따라 나한테 각종 선물 공세가 떨어져서 아예 선물 방을 따로 만들어 놓을 정도였다. 선물을 보내는 인간마다 좀 잘되게 해 달라고 빌어서, 마치 내가 신전에서 기도 받는 석상이 된 것 같았다.

"아, 그리고 신전에서도 선물을 보내오셨습니다. 성녀님께서 직접 만드신 것이라는데-"

"어머, 예쁘네. 목걸이야?"

"항상 하고 다니는 게 좋겠다고 하셨습니다."

"매일?"

"네. 전달한 사제의 말로는 이제 곧 좋은 소식이 있으니 성물을 몸에 두르고 다니는 게 좋겠다고 하셨습니다."

좋은 소식이라……. 나는 목걸이를 손에 놓고 이리저리 살펴보았다. 레이첼이 내게 주는 물건은 하나같이 신성한 것이었기 때문에 이번에도 별다른 의문 없이 받아 들었다.

"점심은 뭐로 드시겠습니까?"

"좀 매운 게 먹고 싶어."

"근래 매운 것만 찾으시는데 건강에 안 좋습니다."

"괜찮아, 괜찮아. 기왕이면 후추도 팍팍 뿌려 달라고 해. 알겠지?"

제나 부인은 내 식습관에 불평을 쏟고 싶은 듯했으나 결국 내 원성에 못 이겨 고개를 끄덕였다.

이내 밖으로 나가는 그녀의 뒷모습을 보다가 나는 다시 책으로 시선을 옮겼다.

"각하, 부인. 완성된 초상화입니다."

그날 오후, 공작저를 찾은 화가를 중심으로 빙 둘러싼 공작가의 사람들이 기대 어린 눈빛을 반짝반짝 빛냈다. 그 사이에서 시큰둥하게 체리를 씹어 넘기던 나는, 내 어깨를 감싼 루벨리안에게 고개를 돌렸다.

"초상화 어디에 걸려고요?"

"당신은 어디에 걸었으면 좋겠나?"

"난 어디든 상관없어요. 내 미모야, 뭐."

내 자신만만한 목소리에 루벨리안이 살짝 키스했다. 그때, 화가의 제자로 보이는 인물 둘이 커다란 초상화 위에 덮인 천을 걷어 냈다.

그리고 곧–

"와아……."

누군가가 가볍게 감탄하는 게 귀에 들려왔다.

처음으로 전신 초상화를 그린지라 나도 꽤 신기했다. 정원에서 소파요, 쿠션이요, 꽃이요, 다기요…… 예쁘게 보일 수 있는 건 전부 세팅한 채 그린 초상화라 그런지 정말 아름다웠다.

소파에 비스듬히 앉아 있는 자세가 어색하지도 않고, 하얀 드레스의 결이나 보석, 꽃들이 너무 예쁘게 그려져 있었다.

역시 황실 화가는 아무나 하는 게 아니구나, 그렇게 생각하는데 정작 루벨리안은 애매한 얼굴로 말했다.

"음…… 왠지 모르게 뭔가 부족한 느낌이 드는데."

"최대한 실력을 발휘해 봤으나, 공작 부인의 미모를 차마 화폭에 전부 담기가 어려웠습니다."

루벨리안의 말에 화가가 난감하게 답했다.

내가 볼 땐 똑같이 생긴 것 같은데, 주변에서 아쉽다고 말하는 걸 보니 아무래도 거울로 보는 나와 타인이 보는 나는 다른가 보다.

헉, 그럼 나는 대체 얼마나 예쁜 거지?

그때, 루벨리안이 내게 물었다.

"당신은 어떤가? 마음에 들어?"

"나는 마음에 드는데요? 너무 예쁘게 그렸잖아요."

"그건 당신이 아름다워서 그런 거고."

내가 피식 웃자 루벨리안이 다시 화가에게 말했다.

"이브가 마음에 든다면 나는 괜찮다. 이걸로 마무리하지."

루벨리안의 말에 화가가 허리를 꾸벅 숙였다. 이윽고 집사의 안내에 따라 그가 정원에서 나가고, 나는 초상화로 천천히 다가갔다. 그릴 때도 어느 정도 크기를 짐작하긴 했지만, 이렇게 앞에 놓고 보니 더욱더 기분이 미묘했다.

어느새 옆으로 다가온 루벨리안이 내 어깨를 감쌌다.

"이건 홀에 거는 게 좋을 것 같군."

"홀이요? 너무 눈에 띄는 거 아닌가요?"

"눈에 띄면 띌수록 좋지 않나? 나는 매일마다 당신을 보고 싶은데."

"어차피 매일 보면서."

"그래도 기왕이면 눈에 띄는 곳에 걸어 놓는 게 좋을 것 같다. 아이가 태어나면 그 옆에는 아이 초상화도 걸고."

"뭐, 그것도 괜찮네요. 우리 결혼할 때 초상화 하나 그렸잖아요. 아이를 가지면 배부를 때 한 번 그리고, 아이가 태어난 뒤에도 한 번 그리고, 식구가 새로 생길 때마다 하나씩 그리는 거예요, 어때요?"

"좋아."

나는 방긋방긋 웃었다. 별거 아니긴 하지만 그래도 이렇게 기록을 남긴다니 기분이 좋았다.

"각하, 마님. 다과를 세팅해 놓았습니다."

그렇게 나와 루벨리안이 서로 기대 초상화를 보고 있는데 뒤에서 제나 부인의 목소리가 들렸다. 그에 루벨리안이 집사에게 명령했다.

"초상화는 공작저의 메인 홀에 걸어라."

"알겠습니다."

곧 시종들이 빠르게 초상화를 들고 나갔다.

이내 나는 예쁜 다과들이 세팅된 테이블 앞에 앉았다. 따뜻한 햇살이 비추자 몸이 덩달아 따듯해졌다. 복수가 끝난 뒤 매일매일 평온한 일상이 이어졌지만 루벨리안과 이렇게 함께 앉아 있으니 새삼 그 느낌이 달랐다.

테이블 위에 있는 쿠키를 집으려고 손을 뻗던 나는, 순간 뭔가 생각나는 게 있어 풋 웃었다.

"왜 그러나?"

"아니, 갑자기 내가 처음 공작가에 오던 날이 생각나서요."

"아."

루벨리안이 헛웃음을 저질렀다.

지금 생각해 보면 나도 참 극단적이었다 싶지만, 사람이 죽게 생겼는데 이성이고 나발이고 고려할 새가 있었을까.

결과가 좋다고 과정도 좋은 건 아니지만, 사람 마음이 간사한 게 이렇게 결과가 좋으니 처음의 고생은 아무것도 아닌 것처럼 느껴졌다.

나는 한숨을 쉬었다. 우여곡절이 있긴 했지만 그래도 우리가 끝까지 함께할 수 있어서 다행이었다.

"당신과 함께하기로 한 건 내 삶에서 가장 훌륭한 선택이었어요."

"나와 함께한 걸 후회한 적 없나?"

그의 질문에 나는 찻잔을 입에 댔다. 씁쓸한 차가 한 모금 넘겨 왔지만 싱긋 미소가 나왔다.

"나는 이미 벌어진 일은 후회하지 않아요. 매 순간 진심으로 열심히 살았거든요. 당신은 아닌가요?"

"나도…… 당신과 함께한 매 순간 진심이었다."

"그러니까요. 후회할 게 뭐가 있어요. 그리고 레이첼이 그랬잖아요. 우리는 쭉 행복할 거라고. 그러니까 난 앞으로도 열심히 살 거예요."

"나도, 당신과 열심히 살아야겠군."

세상에 소설처럼 시작부터 결말까지 오직 순수한 애정으로만 가득 찬 사이는 없다. 나와 루벨리안의 시작은 비록 목적성이 다분했을지언정, 그가 현재 나를 사랑하는 것만큼은 변함이 없었다.

그리고 내가 이렇게 행복하게 웃을 수 있는 이유는 그 어떤 상황이 오더라도 나는 충분히 견딜 수 있다는 자신감 때문이겠지. 나는 매 순간을 내 의지로 살려고 노력하지 않았던가.

그로 인해 원작은 바뀌었고 나는 살아남았다. 이 모든 것은 내가 쟁취한 것이었다. 이것만큼 대단한 일이 어디 있을까.

"루벨리안, 새삼 생각해 보니 난 정말 성공한 인생을 산 것 같아요. 당신을 만나고 악인을 처단했잖아요."

"나도 당신에게 사랑받을 수 있어서 다행이라고 생각한다."

"어머, 날 사랑하는 건?"

"그건 내 인생에서 제일 훌륭한 선택이고."

그의 말에 내가 미소 지었다. 이윽고 그가 나를 품에 안고 깊게 입을 맞추었다. 그 다정한 품에 나는 더없이 넘쳐흐르는 행복감을 느꼈다.

반짝이는 햇살, 달콤한 디저트, 그리고 내가 사랑하는 사람.

이것은 내가, 내 손으로 사랑하는 사람과 함께 내 목숨을 지킨 내 이야기였다.

그 사실을 깨닫자마자 마음속 깊숙이 성취감이 차올라서 나는 활짝 웃었다.

아, 행복하다.

외전1

깜짝 선물

깜짝 선물

가끔 이런 경우가 있다. 굉장히 몸이 불편한데 대체 그 이유가 뭔지 알 수 없을 때. 내가 지금 그랬다.

"콜록콜록."

차가운 겨울의 칼바람이 자취를 감추고 따뜻한 봄바람이 찾아올 무렵, 며칠 동안 형용할 수 없는 불쾌한 느낌을 몸소 체험하던 나는 하필이면 난데없는 감기까지 걸려야 했다.

마침 일 때문에 플로렌스 영지로 내려간 루벨리안은 현재 공작가를 비우고 있었고, 며칠 동안 기이할 정도로 식욕이 없었던 터라 갑자기 찾아온 감기는 나를 완전히 무너뜨리기에 충분했다.

"마님, 괜찮으세요?"

리리스를 비롯한 시녀들이 잔뜩 걱정스러운 얼굴로 나를 에워쌌다.

다행히도 열은 없었으나 머리가 아팠다. 속이 묘하게 메슥거려 식욕은 하나도 없었고, 그중 가장 미치겠는 건 영문을 알 수 없는 불편한 감각이었다.

"요 며칠 몸이 불편하다고 하시더니, 감기의 징조였을까요?"

"의원에게 빨리 보여야 하는데 하필 멜로즈 님도 며칠간 자리를 비우셔서……. 그렇다고 아무한테나 함부로 마님을 맡길 수도 없고……."

"역시 신전에 연락을 취하는 게 좋겠죠?"

"이미 연락 넣었어. 성녀님께서 곧 오실 거야."

루벨리안이 플로렌스 영지에 내려가면서 가문의 주치의인 멜로즈도 고향을 방문할 겸 함께 갔다. 그때까지만 해도 별다른 증세가 없었기 때문에 흔쾌히 휴가를 준 것이었다.

"하필 이럴 때에 자리를 비우시다니, 각하도 참. 각하께 전보는 보내셨나요?"

리리스의 말에 제나 부인이 고개를 끄덕였다.

그녀들의 이야기를 조용히 듣던 내가 입을 열었다.

"그만 나가 봐. 감기 옮아."

"전 괜찮아요. 살면서 감기 한 번도 걸려 본 적 없어요."

그녀의 말에 내가 피식 웃었다.

"다행이네, 튼튼해서. 나도 이렇게 몸이 아파 본 적은 없는데 왜 이럴까."

"마님은 어렸을 때 몸이 허약했다고 하지 않으셨나요?"

"그렇긴 하지만……."

몸뚱이는 그런 역사가 있을지 모르겠지만, 내가 빙의한 이후로는 줄곧 멀쩡했다. 웬만하면 감기에 걸릴 이유가 없었다.

"앞으로는 조금만 불편하셔도 꼭 제게 말씀하셔야 돼요. 가만히 계시다가 이번처럼 크게 고생하세요."

"나도 알아. 그냥 달마다 찾아오는 달거리의 징조인 줄 알았지. 저번 달에 안 해서 이번 달에 유독 심하게……."

말을 잇던 나는, 순간 단 한 번도 생각해 보지 못했던 가능성을 떠올리고는 눈을 번쩍 떴다.

그리고 거기까지 생각이 미친 것이 비단 나뿐만은 아니었는지, 제나 부인과 리리스 또한 미묘한 얼굴을 하고 있었다.

"설마……."

제나 부인이 놀란 듯 손으로 입을 가렸다. 그녀의 입가에 미소인지 경악인지 알 수 없는 것이 달렸다.

그때, 밖에서 시끌시끌한 소리가 들려왔다.

"마님! 성녀님께서 오셨어요."

내가 아프다는 소리에 가장 안절부절못했던 마리가 급히 방문을 열고 들어왔다. 그녀의 뒤를 레이첼이 웃으면서 따랐다.

"이브, 괜찮아요? 몸이 많이 불편하시다면서요."

"음, 그렇긴 한데……."

내가 조금만 아파도 걱정 어린 얼굴을 하던 평소와 달리, 오늘의 그녀는 조금 들떠 보였다.

이에 나는 더욱더 내 추측에 긍정적인 답변을 기대해야 했다.

레이첼이 천천히 내게 다가왔다.

"일단은 성력으로 불편한 것부터 조금 덜어 줄게요. 외상이 아닌지라 완전히 치유를 할 수는 없지만, 고통을 덜어 주는 것 정도는 할 수 있을 거예요."

"저, 레이첼, 그 전에 제가 아픈 원인이 혹시……."

레이첼이 나를 보며 살짝 웃다가 고개를 끄덕였다.

"네, 아무래도-"

"……."

"공작가에 곧 예쁜 아이들이 찾아올 것 같네요."

"임신입니다."

레이첼의 말에 제나 부인은 두말할 것 없이 황실 어의를 내 앞으로 끌고 왔다. 오순도순 아내와 따뜻한 점심을 하다가 끌려 온 어의는, 내 상태를 진찰한 뒤 확신에 찬 어조로 말했다.

"축하드립니다, 부인. 드디어 공작가에 후계자가 생기겠군요."

예상한 소식이었지만 나는 멍하니 눈을 깜박거릴 수밖에 없었다.

임신, 임신이라니. 내 배 속에 아이가 있다는 걸 알자 말로 형용하기 어려운 감정이 들었다.

"복중에 있는 아기씨께서 다소 활발하신 것 같습니다. 부인께서 조금 고생을 하셔야 할 것 같습니다."

"지, 진짜 임신이에요? 진짜?"

"그렇습니다."

내 반복되는 물음에 어의가 부드럽게 웃으며 고개를 끄덕였다. 그에 나는 저도 모르게 울컥해서 입술을 꼭 다물었다.

"한데 공작 각하께서는 어디에 계십니까? 각하께서 주의하셔야 할 점이 한두 가지가 아닌데."

"영지에 내려가 계십니다. 오늘 아침에 마님께서 편찮으시다고 전보를 넣었으니, 내일 점심쯤에 도착하실 겁니다."

어의의 물음에 제나 부인이 내 눈치를 보며 작게 속삭였다. 이런 중요한 순간 루벨리안이 옆에 있지 않다는 것에 내 기분을 살피는 듯했지만, 정작 임신이라는 단어에 얼이 빠져 있던 나는 아쉬움 따위를 인지할 겨를도 없었다.

그런데 그때, 밖에서 요란한 마차 소리가 들려왔다. 그에 커튼을 들춘 리리스가 고개를 홱 돌렸다.

"마님! 공작 각하께서 오셨어요!"

순간 나는 고개를 번쩍 들었다. 그와 함께 아무런 이성적인 판단도 거치지 않은 채 바로 침대에서 일어났다.

내 갑작스러운 행동에 놀란 제나 부인이 급히 나를 부축하려고 했지만, 나는 그런 것도 신경 쓸 새 없이 곧장 방을 뛰쳐나갔다.

"마, 마님! 신, 신을 신으셔야죠!"

"마님, 추워요!"

"마님, 넘어지십니다!"

"천천히 뛰세요!"

방에 있던 시녀들이 기겁해서 나를 불렀다. 그러나 그들의 외침은 나를 말릴 수가 없었다. 오히려 아래로 내려가면 내려갈수록 내 발걸음은 더욱더 빨라졌다. 그리고 마침내 1층 다다른 내가 루벨리안을 보고 활짝 웃었다.

"루벨리안!"

"이브? 아프다더니 이게 무슨…… 옷은 왜 이렇게 얇게 입었어?"

"루벨리안, 루벨리안!"

내 부름에 루벨리안이 급히 내게 달려왔다. 그러나 내가 두 팔을 벌리고 그의 품에 안겨 드는 게 더 빨랐다.

엉겁결에 나를 품에 안아 든 그가 팔에 단단히 힘을 주었다. 아직도 무슨 상황인지 몰라 어안이 벙벙한 그의 얼굴을 보며 내가 꺄르르 웃었다.

"이브, 이게 무슨 일이지? 몸은 괜찮은 건가?"

"루벨리안."

"그래."

나는 방싯방싯 웃으면서 그의 목을 꽉 끌어안았다. 그가 놀란 듯이 내 머리를 쓰다듬자 이번에는 두 손으로 그의 뺨을 감싸쥐고 입을 쪽 맞췄다.

"이브?"

"루벨리안, 잘 들어요."

"그래, 무슨 좋은 일 있나?"

"루벨리안, 꼭 잘 들어야 돼요. 알았죠?"

"무슨 일인데 그래?"

루벨리안은 다소 의아한 얼굴로 고개를 갸웃거렸다. 그런 그와 시선을 맞추며, 나는 흘러나오는 희열을 주체하지 못한 채 그에게 속삭였다.

"나, 임신했어요."

마치 큰 비밀이라도 말하듯 낮게 읊조린 내 목소리에 그가 완전히 얼어붙었다.

"루벨리안?"

왜 이러지? 안 기쁜가? 속으로 고민하는데 갑자기 그가 나를 꽉 끌어안았다.

"이브……."

귓가로 들려오는 목소리는 떨리고 있었다. 어떻게 해야 할지 몰라 갈피를 잡지 못하는 아이처럼, 그의 목소리가 한없이 흔들렸다. 뺨으로도 전해 오는 그 진동이 너무나도 생생해서 나는 길게 숨을 내쉬었다.

하긴, 루벨리안이 내 임신에 기뻐하지 않을 리가 없었다. 그것을 증명하듯 떨리는 목소리에는 심지어 물기까지 어려 있었다.

세상에. 이 남자, 지금 우는 거야? 나는 너무 놀라서 급하게 그와 시선을 맞췄다.

아니나 다를까, 루벨리안이 물기 어린 눈으로 나를 응시하고 있었다.

"대체, 어떻게 아이를……."

"어떻게 아이를 가졌냐고요?"

"너무, 너무 기적 같아서…… 믿기지가 않아."

"우리 아이랑 가족 꾸리는 상상, 몇 번이나 했잖아요."

"그래도 너무 현실 같지 않아. 나는…… 나는 당신에게 받기만 하는 것 같아. 고맙다, 이브. 진심으로 당신한테 고맙기만 해."

루벨리안의 진심이 그대로 전해져 오자 나는 활짝 웃었다.

"우리 둘 다 서로서로 주고받은 거죠."

"하지만…… 당신이 나한테 주는 것에 비해 내가 주는 건 너무 보잘것없어."

"그런 말 마요. 아기 들어요."

아기라는 말에 루벨리안이 놀란 듯 멈칫했다. 그러다 이윽고 그가 내 입술에 짙게 키스했다.

말캉한 입술이 나를 집어삼켰다. 뜨뜻한 혀가 헤집고 지나간 입술 구석구석에 불이라도 지핀듯이 열기가 차올랐다.

아직 봄이라 쌀쌀한 기운이 남아 있을 텐데도 그의 손길이 닿은 곳은 뜨겁기 그지없었다. 그에게 완전히 안긴 채 그가 퍼붓는 애정을 오롯이 받던 나는 그의 입술이 빠져나가자 그와 이마를 맞댔다.

"일단 나 바닥에 내려 줘요. 당신 왔다는 말에 너무 급하게 내려와서 옷도 제대로 차려입지 못했거든요. 그리고 여기 좀 추워."

"아, 미안하다."

그제야 이성이 돌아온 듯 그가 고개를 끄덕였다. 그러나 나를 바닥에 놔줄 거라는 예상과 달리, 그는 되레 한쪽 손을 아래로 뻗어 내 다리를 휙 안아 돌렸다.

"꺄악-"

예고도 없이 찾아온 그의 행동에 나는 놀라서 그에게 더욱 밀착했다. 눈 깜짝할 사이에 한쪽 손은 내 허리에, 다른 한쪽 손은 내 다리 밑을 받쳐 든 그가 나를 보며 웃었다.

"귀하신 몸을 함부로 바닥에 내려놓을 수는 없지."

"뭐야. 갑자기 아이 가졌다고 이렇게 막 대우해 주면, 혹시 나보다 아이가 더 좋은 거예요?"

"당신이 가진 아이라서 좋은 거다."

"흐응. 혹시 아이 낳으면 안 그래도 하찮은 내 취급 더 하찮아지는 거 아닌가."

"무슨 말도 안 되는 소리를. 나한테는 당신이 영원히 가장 귀한 존재다. 당신이 없으면 내 세상도 없어."

내가 입을 삐죽였다. 그러나 그의 말이 묘하게 기분 좋은 것만은 사실이었다. 곧 루벨리안이 나를 품에 안은 채 성큼성큼 위층으로 올라갔다.

"마님! 각하!"

제나 부인은 방에서 나를 기다리고 있었다. 한쪽에서 의사와 대화를 나누던 리리스가 고개를 들었다.

"각하, 오셨어요? 방금 어의께서 많은 주의 사항을 말씀해 주셨어요!"

"공작 각하를 뵙습니다."

자리에서 일어나 인사를 하는 어의에게 끄덕여 준 루벨리안이 조심스럽게 나를 침대에 내려놓았다. 어디 다칠세라 조심스러운 손길에 웃음을 흘리는데 루벨리안이 의사를 향해 물었다.

"어디 이상은 없나? 이 며칠간 불편하다는 건 임신 때문에 그런 건가?"

"네. 사람마다 증상은 다르지만 지금 상황으로 볼 때 부인께서 꽤 고생을 하실 것 같습니다. 물론 더 지켜봐야겠지만요."

고생이라는 말에 방금까지 미소를 유지하던 루벨리안이 얼굴을 팍 찌푸렸다. 이리저리 알음알음 주워들은 게 있어 어느 정도 예상은 했지만, 그래도 고생이라는 말이 달가운 건 아니었다.

"신경 쓰셔야 할 문제가 꽤 많아, 바쁘시더라도 각하께서 항상 부인의 곁에 계셔 주시는 편이 좋을 것 같습니다. 자세한 사항은 시녀장님께 전달드려 놓았습니다."

"알겠다."

간단한 설명이 끝나자 어의는 시녀들과 함께 방을 나갔다.

달깍-

문이 닫힌 뒤 루벨리안이 길게 숨을 내쉬었다. 이내 그가 침대에 앉으며 몸을 숙여 나와 시선을 맞추었다.

"당신 고생하는 건 보고 싶지 않은데."

"나도 고생하는 건 싫어요. 그래도 뭐 방법이 있지 않을까요? 사실 오늘 오전에 레이첼이 잠시 다녀갔는데, 그 뒤로 완전히는 아니더라도 조금 나아졌거든요."

"힘들면 꼭 말해. 조금만 아파도 말해야 한다. 알겠지?"

"나 엄살 많은 거 알면서."

"그래도 혼자 끙끙대면서 참지는 마라. 당신이 아픈 걸 알았으면 영지에 내려가지도 않았을 거야. 아프다는 말 듣고 얼마나 놀랐는지

아나?"

"그러고 보니 영지 일은 어떻게 되었어요? 어떻게 하루 만에 온 거예요?"

"나 혼자 말을 타고 왔지."

"과속 승마는 위험해요."

내가 그를 가볍게 흘겼다. 이에 아랑곳하지 않고 루벨리안이 나를 품에 안았다.

"이브, 고맙다. 당신은 내게 가족을 줬어. 나는…… 당신 덕분에 꿈도 못 꾸던 걸 얻었어. 평생을 갚아도 못 갚을 거야."

"그럼 평생 갚아요. 평생. 알겠죠?"

나는 루벨리안의 품에 얼굴을 묻으며 살짝 웃었다. 방 안을 가득 메운 달달한 공기에 취하는데, 문득 뇌리를 스쳐 지나가는 말이 있었다.

'그러고 보니 오늘 오전에 레이첼이 아이들이라고 했는데, 설마……'

나는 이것을 루벨리안에게 알려야 하나, 말아야 하나 고민하다가 일단은 입을 다무는 것을 선택했다. 뭐가 되었든 언젠가는 만날 아이라 그때 가서 인사를 해도 늦지 않았다.

외전2

고생 끝에는 행복이 있다

고생 끝에는 행복이 있다

　누가 그랬는지 잘 기억은 나지 않지만, 임신은 신성하고 아름다운 것이라 했다.

　그것이 과연 생명의 탄생을 지칭하는 것인지 아니면 임신 과정을 지칭하는 것인지는 모르겠으나, 만약 후자라면 이브는 그 인간의 무덤을 파헤쳐서라도 욕을 퍼부을 의향이 다분했다.

　"우웁―"

　현재 시각, 새벽 두 시 삼십칠 분.

　치밀어 오르는 토기에도 아무것도 게워 내지 못한 게 벌써 한 시간째, 이브는 결국 엉엉 울음을 터뜨리고 말았다.

　"흐어어엉. 싫어, 이런 느낌 진짜 싫어."

　웬만한 신체적 고통은 참고 넘어가는 편이라 그녀는 이번에도 자신이 이 모든 고비를 넘길 수 있을 것이라고 생각했다.

　소설에서 봐 온 여주인공의 임신은 언제나 가벼운 구역질과 함께

다정한 남주인공의 '아이가 엄마를 괴롭히다니 혼내야겠군.' 정도의
대사만 동반했으니까.

이 세상에 그 누구도 그녀에게 눈알이 빠질 정도의 고통스러움이
동반한다고 알려 주지 않았다.

"아이를 갖는 게 아름답다고 한 새끼들, 다 죽여 버…… 우우웩."

이브는 다시 세면대를 잡고 헛구역질을 했다. 눈물을 줄줄 흘리며
다시 몸을 숙이는 그 행동에, 옆에 있던 루벨리안이 그녀의 등을 살
살 쓰다듬었다. 그의 얼굴에 비낀 고통은 이브보다 더했으면 더했
지, 덜하지는 않았다.

미간을 잔뜩 찌푸린 루벨리안이 한숨을 쉬었다. 어떻게 하면 좋을
지 몰라서 안절부절못하는 태도가 역력했다. 이브가 한 번씩 헛구역
질을 할 때마다 가슴이 조이는 것 같았다.

"이브, 괜찮나?"

기진맥진해서 엉엉 울고 있는 이브의 뺨을 연신 손으로 닦아 주며
루벨리안이 물었다. 당연히 괜찮지 않을 게 뻔했다. 그럼에도 이렇
게 물을 수밖에 없었다.

그때, 뒤쪽에서 목소리가 들려왔다.

"마님, 물이라도……."

어느새 방문을 열고 들어온 리리스가 컵을 내밀고 있었다. 이브는
고개를 저었다.

"아니야. 빈속이 더 나을 것 같아."

결국 이브는 세면대를 잡고 거의 한 시간을 더 실랑이하다가 겨우
안정을 취할 수 있었다. 초췌한 몸을 침대에 누인 그녀의 얼굴 위에
는 눈물 자국이 덕지덕지 붙어 있었다.

"각하, 여기 물수건입니다."

제나 부인에게서 뜨뜻한 물수건을 받아 든 루벨리안이 조심스럽게 이브의 얼굴을 닦았다. 촉촉하고 따뜻한 감촉에 이브가 눈을 감으며 한숨을 푹 쉬었다.

"제나 부인, 리리스. 둘 다 나가도 돼."

"하지만……."

"눈 좀 붙여. 나 때문에 한숨도 못 잤잖아."

"저희는 괜찮습니다."

"내가 안 괜찮아. 내 시중을 들려면 그래도 정신은 말짱해야지. 내일 아침 또 무슨 사달이 벌어질지 모르는데."

이브의 말에 리리스와 제나 부인이 서로를 응시했다. 루벨리안이 살짝 고개를 돌려 두 사람더러 나가라는 듯이 눈짓했다.

이윽고 허리를 굽히고 나가는 두 사람의 인영을 응시하다가, 루벨리안이 다시 이브에게로 고개를 돌렸다.

그의 얼굴은 심각하기 그지없어서, 모르는 사람이 보면 이브가 죽을병에라도 걸린 줄 알 정도였다.

"아직도 속이 좋지 않나?"

"응……."

루벨리안의 다정한 목소리에 이브가 서러운 듯 또다시 눈물을 왈칵 쏟아 냈다. 사람이 이렇게 고통스러워도 되나? 웬만해선 우는 일이 없었는데 요즘따라 울컥울컥 눈물이 올라왔다.

오늘 아침에는 루벨리안이 먼저 일어나 서재에 다녀왔다고 엉엉울었더랬다. 그런 이브를 보며 루벨리안은 출산 전까지는 이브의 옆에만 꼭 붙어 있겠노라고 약속했다.

물론 좀 진정이 되자 이브가 그런 제 행동을 민망해하며 약속을 철회시켰지만.

"미안하다. 아이를 갖는 게 이렇게 고통스러운 일인 걸 알았으면 갖지 않았을 텐데……."

루벨리안의 다정한 속삭임에 이브가 고개를 저었다.

"당신과 나의 아이인데, 뭘."

"그래도, 당신 홀로 이렇게 고생하는 걸 보면 내가 가슴이 아프잖나."

"그럼 나한테 더 잘해 줘요."

물론 루벨리안은 세상에서 남편이 할 수 있는 모든 다정함을 그녀에게 퍼붓고 있었다. 혼자인 게 싫다는 그녀의 말에, 모든 업무는 침실에서 보고 있었고 그녀의 옆을 한 걸음도 떠나가지 않았다.

새벽마다 일어나서 그녀의 시중을 들어 주는 것도 꽤 고생스러운 일인데, 그는 이브에게 미안해하기만 했다. 그가 할 수 있는 게 없다는 게 제일 고통스러웠다.

"아이가 태어나면 한시름 덜 수 있을 거야. 당신은 건강만 챙기고 최대한 편하게 지내. 나머지는 내가 할 테니."

"알았어요."

그리 대답한 이브가 흡족한 듯이 팔을 뻗었다. 루벨리안은 안타까워하며 그녀를 품에 안았다.

품에 쏙 들어올 정도로 작은 체구에 마음이 더 아팠다. 대체 이 작은 체구로 어떻게 아이를 낳을지. 그가 한숨을 쉬었다. 그래도 예전에는 잘 먹으니 다행이었지, 지금은 먹지도 못했다.

계속되는 헛구역질 때문에 세면대 옆에 살림을 차려 놓고 사는 제 아내를 보다 보면 대체 왜 쓸데없이 아이를 가져서, 라는 원망도 들었다.

아이를 가지고 가족을 꾸리는 것도 좋지만, 그래도 그에게 가장 중요한 건 언제나 이브를 중심으로 만든 가정이었다.

짧게 한숨을 내쉰 그가 이브의 머리를 살살 쓰다듬었다. 기력을 소진했는지 눈을 감자마자 이브가 잠에 빠졌다.

이불을 그녀에게 덮어 주던 그의 시선이 문득 그녀의 배로 향했다. 이브의 아이라 예쁘다가도, 이브가 고생할 때면 한없이 원망스러웠다.

'엄마를 좀 덜 괴롭혔으면 좋겠는데.'

루벨리안이 이브의 배를 가볍게 톡톡 쳤다. 완전히 잠에 빠진 이브는 그것을 감지하지 못했는지 숨소리만 내면서 자고 있었다.

그런 이브의 이마에 키스해 준 루벨리안은 아이가 태어나면 엄마를 괴롭힌 벌을 톡톡히 줘야겠다고 생각했다.

그렇게 고통의 나날이 지나가고 배가 슬슬 불러 올 쯤, 이브는 안정기에 접어들었다.

참는 자에게 복이 온다던가. 먹지 못해 한없이 초췌해졌던 이브의 식욕도 정상으로 돌아오면서 루벨리안은 그야말로 안도의 한숨을 내쉴 수 있었다.

"와, 진짜 예뻐."

봄과 여름 사이 따뜻한 햇살이 내리쬐는 날, 정원에 새로 마련한 그네 위에 앉아 있던 이브가 감탄했다. 그녀의 뒤에서 가볍게 그녀를 살랑살랑 흔들어 주던 루벨리안이 웃음을 흘렸다.

"가끔 이렇게 나와 주는 것도 좋은 것 같군. 너무 방에만 있어서 갑갑했지?"

"나 밖에 못 나가게 한 게 누군데."

"그렇게 힘들어하는데 밖에 나갈 수 있을 리가 없잖나."

이브가 입을 삐죽 내밀었다. 그런 그녀의 옆에 자리를 잡은 루벨리안이 작은 몸을 품에 안았다.

"그래서 서운했어?"

"아니. 서운하지는 않았는데…… 그냥 갑갑했어요."

"이제 아이를 낳으면 쉬다가 여행도 가고 그래. 그러고 보니 일이 다 끝나면 여행을 다녀오자고 한 것도 물거품이 됐군. 여러모로 당신한테는 미안한 일만 생겨."

"괜찮아요. 나 움직이는 거 사실 그렇게까지 좋아하지는 않아요."

그건 사실이었다. 물론 여행은 가고 싶었지만.

그러다 문득 생각나는 게 있어 그녀가 고개를 홱 돌렸다.

"그러고 보니 아이 낳으면 나 혼자 애 키워야 하나?"

"왜?"

이브의 말에 루벨리안이 미간을 찌푸렸다. 그에 이브가 눈알을 떼굴떼굴 굴리다가 음산하게 속삭였다.

"맨날 힘들다고 황궁으로 도망치고, 나 혼자 집에 남아 막 애 보고. 당신한테 따지면 당신은 자기도 힘들다면서 짜증 내고, 그리고 난 내 인생 말아먹은 내 선택에 분노해서―"

마치 겪어 보기라도 한 듯한 이브의 생생한 묘사에 루벨리안은 할 말을 잃었다. 요즘 심심하다고 소설을 읽더니, 그것 때문인가? 대체 어떻게 하면 이런 생각을 할 수 있는 거지?

루벨리안은 재잘거리면서 각종 최악의 상황을 읊어 대는 이브를 보며 헛웃음을 지었다.

이건 그를 시험하는 건가, 아니면 진짜 그렇게 여기는 건가. 전자라면 그저 그 마음이 귀여울 뿐이었고, 후자라면 그 상상력이 더 귀여울 뿐이었다.

결국 루벨리안이 이브와 이마를 톡 부딪혔다.

"그럴 일은 없어. 나는 아이를 꽤 좋아해. 게다가 유모가 대부분 해 줄 것인데."

"그래도— 부모가 해야 할 일도 있죠."

"그걸 당신이 혼자 짊어질 일은 없어. 절대 힘들 일 없으니 그런 엉뚱한 걱정은 안 해도 돼."

"약속?"

이브가 손가락을 내밀자 루벨리안이 웃으면서 새끼손가락을 걸었다. 새침하게 웃는 아내의 얼굴에 루벨리안이 다시 그녀를 품에 안았다.

그때였다.

"마님. 상단주님과 클로다 부인께서 오셨습니다."

어느새 정원에 들어온 제나 부인의 목소리에 이브가 고개를 돌렸다. 멀찍이 서 있는 두 사람의 인영을 확인한 이브가 자리에서 일어나려 했다. 그러나 루벨리안이 그녀를 안아 드는 게 더 빨랐다.

"참, 이러지 말라고 했잖아요."

"저번처럼 넘어지면 어쩌려고."

"넘어진 거 아니라니까 진짜. 그리고 나도 운동 좀 해야죠. 정말 주책이야."

이브가 한숨을 푹 쉬며 고개를 절레절레 저었다. 그러나 루벨리안의 의견은 생각보다 확고했다.

"내 자유를 위해 빨리 아이를 낳든가 해야지. 이거야 원, 부담스러워서 살겠어? 날 부담스럽게 하는 거 되게 힘든데 그걸 해내다니."

"당신이 부담스럽다니 너무 다행이군. 앞으로 더 부담스럽게 할 예정인데."

이브가 어이없다는 듯이 피식 웃었다.

클로다 부부와 함께 수다를 나누는 이브를 보다가 루벨리안이 방을 나갔다.

이브가 아이를 가진 뒤 공작가에는 모서리가 뾰족한 물건은 전부 사라졌다. 바닥에는 푹신한 카펫이 깔리고, 심지어 공작가의 모든 방마다 먹을 게 배치되었다.

덕분에 고용인들이 다소 바빠지긴 했지만, 그들은 루벨리안만큼이나 이브의 무사 출산을 기원했다. 이브가 최대한 편하게 지내는 것에 흔쾌히 발 벗고 나설 수밖에 없었다.

루벨리안은 접대실의 웃음소리를 뒤로하고 메인 홀로 걸음을 옮겼다. 홀에는 두 사람의 결혼을 기념해 그린 초상화 한 점, 모든 일이 끝난 뒤 그린 초상화 한 점과, 며칠 전 완성된 두 사람의 초상화가 차례대로 걸려 있었다.

그것들을 빤히 보던 루벨리안이 미소를 흘렸다.

"가족이라-"

혀끝에 걸리는 어감이 참 생소했다.

어려서부터 혼자 자라 온 그에게 가족은 축복이나 마찬가지였다. 그러나 그보다 더 큰 축복은 결국 그 가족을 만들어 준 이가 이브였다는 사실이었다.

"루벨리안!"

이브의 활기찬 목소리에 그가 고개를 돌렸다. 언제 왔는지 이브가 다가오고 있었다.

"상단주는?"

"가셨어요. 그냥 물건만 전해 주러 오신 거였대요. 뭐 보고 있었어요?"

"그냥, 초상화를 보고 있었다. 이제 당신이 아이를 낳으면 여기에 또 걸어야겠지."

"당연하죠."

루벨리안이 이브의 어깨를 다정하게 감쌌다.

"나는 아직도 내가 아버지가 된다는 사실이 믿기지 않는다."

"사실 나도 마찬가지예요."

"당신은 좋은 엄마가 될 수 있을 거야."

"난 이기적이라서 내가 먼저 행복해야 하거든요. 뭐, 내가 행복하면 아이도 행복하겠죠."

"그래."

"당신은 어떤 아빠가 되고 싶은데요?"

이브의 물음에 루벨리안이 고개를 갸웃거렸다.

"글쎄, 모르겠어."

그것은 진심이었다. 자신이 어떤 아빠가 될지 생각을 해 본 적이 없었다.

고민에 휩싸인 루벨리안을 보며 이브가 말했다.

"그럼 당신은 그냥 나랑 아이를 사랑하는 남편이자 아빠 해요. 거창한 게 왜 필요해요? 그냥 우리를 사랑하면 되는 거지."

루벨리안이 이브와 시선을 맞추며 고개를 끄덕였다.

"그래."

그에 이브가 활짝 웃었다.

그로부터 두 달 뒤, 공작가에 예쁜 쌍둥이 남매가 찾아왔다.

외전3

행복은 결국 모두에게 찾아온다

행복은 결국 모두에게 찾아온다

따뜻한 햇살이 스며드는 나른한 오후, 어디 피크닉이라도 가야 할 것만 같은 분위기임에도 불구하고 서재는 펜촉과 종이의 마찰음으로 가득했다.

창문을 뚫고 들어오는 햇살의 여부와 상관없이 종이 위에 글을 써 내려가는 손놀림은 급하기 그지없었다. 조금의 시간이 더 흐르자, 하얀 종이의 마지막에 유려한 사인이 적힘과 동시에 펜이 테이블 위에 탁- 놓였다.

"아, 끝났다!"

한없이 개운한 목소리로 이브가 기지개를 펴며 웃었다. 하루 종일 서류의 산에서 파묻혀 이게 대체 숫자인지 그림인지 분간도 가지 않게 일만 하다 보니, 모든 게 끝난 이 순간이 즐겁기만 했다.

이를 옆에서 지켜보던 리리스가 우아하게 웃으며 이브에게 다가 왔다.

"마마, 차를 드시겠습니까?"

"됐어. 차라면 오늘 오전에 배부르게 마셨어."

리리스의 물음에 이브가 고개를 저었다.

"오전에 귀족원들이 몰려와서 쨱쨱대길래 차만 주구장창 마셨거든."

"귀족원에서 또 마마를 찾아오셨나요?"

"그치들이야 끈질김으로는 이 세상에서 따라올 자가 없지. 자기 부인을 내 시녀장으로 써 달라는데, 내가 미쳤다고 그런 짓을 하겠어? 속셈이 빤히 보이는데?"

오늘 오전 벌어졌던 격렬한 대화의 장을 상기하며 이브가 비웃음을 지었다.

3년의 섭정 기간이 끝나고 루벨리안이 무사히 황위에 앉은 지 2년.

그녀가 자연스럽게 황후가 되면서, 귀족원은 이브의 옆에 자신의 아내를 들이밀지 못해 안달했다.

황후의 시녀장은 황후의 일거수일투족을 보좌하는 만큼, 황후의 가장 옆에서 그녀를 감시하는 자격증을 얻는 것이나 마찬가지였다.

"섭정 기간 동안 황실을 재건축할 게 아니라 귀족원을 재건축해야 했어."

3년 동안 내전으로 인한 손실을 복구하는 것과 동시에 황궁은 완전히 재건축되었다.

황궁의 구조와 건축물, 그리고 내부 인테리어까지 완전히 바뀌면서 그야말로 황궁은 새롭게 태어났다고 해도 과언이 아닐 정도였다.

그러나 정작 황궁이 새롭게 바뀌고 주인이 바뀌면 뭐 하나, 집을 찾아오는 손님이 그 모양 그 꼴인데.

"내가 미쳤다고 그치들을 시녀장으로 둬? 그것도 이미 시녀장이 있는 상황에서? 하- 정말이지, 생각이 너무 꽃밭이라 머리에 거름을 주고 싶네."

"걱정 마세요, 마마. 저는 제 밥그릇을 꼭 빼앗기지 않을게요."

"그래. 너만 믿어."

"당연한걸요. 아침마다 황후 마마와 가장 가까운 곳에서 황후 마마께 화장을 해 줄 수 있는 건 저뿐이에요!"

두 주먹을 불끈 쥔 리리스의 행동에, 이브가 익숙하다는 듯 흐뭇하게 고개를 끄덕였다.

"그래. 네 직업 만족도를 위해 열심히 미모를 가꾸도록 할게."

"황후 마마의 미모는 가꾸실 필요가 없어요. 매분 매초가 아름다우신걸요!"

이에 짧게 웃은 이브가 찻잔을 들었다. 오랜만에 느끼는 오후의 여유였다. 이 며칠간 각종 업무를 처리하며 바쁜 나날을 보낸 터라 이 여유가 꽤 귀했다.

그러나 아무리 좋은 여유라도 언젠가는 깨지는 법. 이브가 찻잔을 내려놓자마자 누군가가 문을 두드렸다.

"황후 마마! 큰일 났습니다!"

이브가 미간을 좁혔다. 문 너머로 들리는 목소리는 분명 아이들의 교육을 맡고 있는 제나 부인의 것이었다. 그것을 인지하기가 무섭게 이브가 자리에서 벌떡 일어났다.

"무슨 일이지?"

문이 열리자 제나 부인이 급하게 뛰어들었다. 이번에는 또 무슨 일인지 몰라 긴장하는데, 제나 부인이 다급하게 외쳤다.

"황녀 전하께서 또 서재에서 도망치셨습니다! 이번에는 황자 전하까지 인질로 삼으시고요!"

아이의 취향에 맞게 하얀색으로 디자인된 서재에는 냉기가 감돌았다. 활짝 열린 창문 너머로 길게 드리워진 커튼을 본 순간, 이브는 뒷골을 잡았다.

"컥!"

"황후 마마!"

제나 부인과 리리스가 급히 그녀를 부축했다. 옆에서 안절부절못하던 시녀들도 겁에 질린 표정으로 그녀에게 달려갔다.

기가 막히다 못해 혈압이 정수리를 뚫을 것 같은 이브의 얼굴에는 어이없음이 가득했다.

"어, 어떻게 다섯 살짜리가 커튼으로 서재에서 도망칠 생각을 해?"

"황후 마마, 고정하시옵소서. 황녀 전하의 궁은 사방이 완벽하게 막혀서 더 나갈 곳도 없거니와, 기사들을 푼 이상 바로 찾을 수 있을 겁니다."

"나도 알아! 내가 지금 화가 나는 건- 아니, 이게 또 수업을 빼먹고 탈주를 했다는 거야!"

뒷골을 잡고 숨이 넘어갈 것 같은 이브의 모습에 주변 시녀들이 한숨을 쉬었다.

율리아나 황녀의 나이 방년 5세. 그야말로 각종 탈주 방법을 통달한 그녀의 인생에 포기라는 건 없었다. 그야말로 근성의 집합체요, 포기를 모르는 성격이었다.

모종의 의미에서 목표를 위해 물불 가리지 않는 그 정신은 가히

높이 사 줄 만했으나, 정작 이브는 그렇게 생각하지 않았다.

　그때였다. 화가 나다 못해 결국 찬물을 들이켜는 이브를 품에 안으며 언제 왔는지 모를 루벨리안이 웃음기 서린 목소리로 입을 열었다.

　"율리아나는 또 나갔나?"

　"당신 딸 어떻게 좀 해 봐요. 아니, 대체 이건 누굴 닮았길래 이 정도로 근성이 대단한 거죠?"

　이브의 외침에 루벨리안이 고개를 숙이고 이브를 지그시 응시했다. 진짜로 모르겠느냐는 눈빛이었다.

　그에 이브가 손부채질을 하면서 이마를 짚었다.

　"아니, 닮으라는 건 하나도 안 닮고, 왜 쓸데없는 것만……!"

　"엄연히 말하자면 당신의 모든 성격을 알차게 닮았지."

　"루벨리안!"

　"좋은 뜻이야. 덕분에 사랑스럽지 않나."

　루벨리안의 목소리에는 제 아내와 딸에 대한 애정이 듬뿍 담겨 있었다.

　그러나 이브는 고개를 절레절레 저을 뿐이었다. 얼마나 율리아나가 탈출을 자주 꿈꿨으면 레이첼에게 방어막을 쳐 달라고 했을까.

　그나마 다행인 건 외부로 나가는 방법이 없어 안전은 보장받았다는 것이다.

　"하여튼 태어날 때부터 그렇게 애를 먹이더니, 어쩌면 아직도 이래."

　이마를 짚고 고개를 절레절레 젓는 아내를 품속에 넣으며 루벨리안이 가볍게 한숨을 쉬었다. 이브의 출산은 그야말로 너무 고된 현장이어서, 그것을 상상하는 것조차 무서울 정도였다.

　새빨간 핏물이 묻은 수건을 보며 그가 얼마나 무서워했나. 그 정도의 공포는 이브가 아세디움에 당한 이후 처음이었다. 산실에서 들려오는 비명 소리와 땀범벅이 된 채 쓰러진 이브의 모습을 본 그는, 앞으로는 절대 아이를 갖지 말자고 못을 탕탕 박았다.

'게다가 쌍둥이라서 고통은 배가되었지.'

"그러고 보니 엘리안은 어디에 있지?"

율리아나의 행방에 집중하던 루벨리안이 이브에게 물었다. 그에 이브가 한숨을 푹 쉬며 답했다.

"당신 딸이 데려갔어요."

"저런, 인질인가?"

"자기 동생을 데려가면 덜 혼날 줄 알았나 보죠."

이브를 꼭 닮은 율리아나와 달리, 10분 늦게 태어난 엘리안은 그 야말로 루벨리안을 꼭 닮은 성격이었다.

같은 날에 쌍둥이로 태어났는데 어떻게 성격이 그리 다를 수 있냐고 사람들이 입을 모아 신기함을 토로할 정도로, 온순한 성정의 엘리안은 제 누나에게 뭐든 양보하는 게 습관이 된 아이였다.

그리고 엘리안과 함께 사고를 치면 그 '죄명'을 엘리안과 분담할 수 있음을 깨달은 율리아나는, 어딜 가나 자신의 동생을 데리고 다녔다. 오늘도 그 일환일 게 뻔했다.

"오면 가만 안 둘 거야. 또 어디 가서 흙탕물 뒤집어쓰고 뒹굴고 있겠지."

"원래 아이들은 밖에서 놀기 좋아하는 법이지."

"그래도 율리아나는 좀 과해요. 어린 나이에 손에 검을 쥐여 준 게 가장 큰 실수였어. 흥미를 보이길래 기특해서 선생님을 찾아 준 게 잘못이었죠."

이브의 투덜거림에 루벨리안이 빙그레 웃었다. 모녀대전이 수시로 일어나긴 해도, 이브는 제 딸이 원하는 건 모두 손에 쥐여 줄 정도로 아이를 끔찍하게 예뻐 했다.

"그래도 다행이지 않나. 율리아나는 검에 관심을 보이고, 엘리안은 책에 관심을 보여서. 재능은 또 반대로 닮은 듯해."

"하긴, 날 닮았으면 조용하게 방구석에 박혀 있는 걸 좋아했겠죠."

이브가 동의하듯 고개를 끄덕였다.

"어쨌든 빨리 애를 찾아서 혼쭐을 내든가 해야지."

그렇게 중얼거리며 이브가 고개를 돌릴 때였다. 갑작스레 시야에 안겨 오는 인영에 그녀가 눈을 가늘게 떴다. 그리고 입을 딱 벌렸다.

"레이첼!"

"율리아나의 대탈주가 마무리되었답니다."

이브의 외침에 레이첼이 화사하게 웃었다. 그녀의 팔에는 볼을 빵빵하게 불린 율리아나가 안겨 있었고, 그 뒤에서는 레이첼의 옷자락을 잡은 채 엘리안이 불안한 얼굴로 서 있었다.

"율리아나! 엘리안!"

"어머니……."

이브의 외침에 엘리안이 울먹거렸다. 매일마다 누나에게 질질 끌려다니는 삶이 그렇게 서러웠는지 엘리안이 쪼르르 이브에게 달려왔다. 그런 아들의 뺨을 닦아 주면서 이브가 입을 열었다.

"아들, 어디 다녀온 거니?"

"저기, 저기 뒤편에 있는 정원에."

"뒤편에 있는 정원?"

"아, 결계의 끝에 있더라고요. 결계를 넘지 못해서 바둥바둥하는 걸 데려왔죠."

레이첼의 말을 듣고 그 장면을 상상한 듯 루벨리안이 피식 웃었다. 반면 이브는 바닥에 내려온 채 잔뜩 볼이 빵빵해져 있는 율리아나를 응시하고 있었다.

"오호, 따님, 밖에 나가고 싶으셨어요?"

엄마의 얼굴에 끼인 음산한 웃음을 눈치챈 것일까, 영악하기 그지 없는 율리아나가 쪼르르 루벨리안의 뒤에 숨었다.

"아빠, 엄마가 나 또 혼내."

그런 딸의 모습을 사랑스러워 죽겠다는 얼굴로 보는 그의 시선과 달리, 그의 손은 매정하게 딸을 들어 올린 뒤 이브의 앞에 툭 내려놓 았다.

"미안하다. 이건 아빠도 도와주지 못해."

"배신자!"

믿었던 아빠에게 발등을 찍힌 율리아나가 눈물이 그렁그렁해서 루벨리안을 올려다보았다.

"배신자는 무슨, 너 이리 안 와? 엄마가 서재에서 준 책 다 읽으라 고 했어, 안 했어?"

흙탕물에라도 들어갔다 나온 듯 얼굴에 흙을 덕지덕지 발라 놓은 제 딸을 보면서 이브가 엄숙하게 물었다.

"엘리안은 밖에 나가서 놀아도 된다고 했으면서!"

"엘리안이랑 너랑 같아?"

"이건 차별이야!"

율리아나의 외침에 루벨리안이 풋 웃음을 흘렸다. 옆에서 이를 듣 던 시녀들도 어깨를 떨면서 웃고 있었다.

심지어 레이첼마저 흥미진진하게 모녀대전을 관망하는 가운데, 딸의 언사에 기가 딱 막힌 이브가 갑자기 상냥한 말투를 했다.

"그래서- 차별당한 우리 딸, 어제 뭐 했어?"

"……밖에서 검술 연습했어."

"그래, 그저께 뭐 했지?"

"……검술 연습."

"그그저께 뭐 했지?"

"……검……."

"그그그저께는? 아니, 우리 딸. 차분하게 서재에서 책 본 지 몇 주째지?"

"……."

점점 작아져 가는 율리아나의 목소리에, 이브가 다시 상냥하게 물었다.

"어제 엘리안은 뭐 했지?"

"……서재에서 책 봤어."

"그저께 엘리안은 뭘 했을까?"

"……책 봤어."

"엘리안은 이 몇 달 동안 매일 뭘 했지?"

"……."

결국 율리아나는 할 말을 잃었다. 입을 꼭 다문 제 딸을 보면서 이브가 헛웃음을 지었다.

"주장을 하고 싶으면 사실적 근거를 가져오라고 엄마가 가르쳐 준 것 같은데."

율리아나의 얼굴에는 억울함이 가득해 보였으나, 사실 이브의 말이 맞았다. 율리아나는 방 안에서 조용하게 책 보는 걸 지독하게 싫어했고, 반대로 엘리안은 밖에 나가는 걸 싫어했다.

그때였다.

"율리아나."

"엄마아, 잘못했어요오."

이브의 부름에 율리아나가 울먹거리면서 그녀에게 안겨 들었다. 그런 딸을 품에 안아 주며 이브가 한숨을 푹 쉬었다. 사실 그녀도 딱히 제 딸을 억지로 공부시키고 싶은 생각은 없었다. 하지만 아무리 그래도 황녀로서 기본적인 지식은 있어야 하지 않겠는가.

심지어 율리아나는 장녀였다. 그게 무슨 말인가 하면, 훗날 루벨리안의 뒤를 이어야 한다는 것이었다.

그렇다고 해도 또 이렇게 울면서 안겨 오면 마음이 약해지는 것은 어쩔 수가 없었다.

누나의 눈물에, 옆에서 보던 엘리안이 루벨리안의 팔을 쭉쭉 잡아당겼다. 왜 그러느냐는 듯이 아이를 안아 올리자, 엘리안이 작게 속삭였다.

"아버지. 빨리 어머니한테 제가 나가자고 고집을 부려서 그랬다고 말씀해 주세요."

"왜?"

"어머니께서 화내셔서 누님이 울잖아요. 누님은 어머니를 무척 좋아한단 말이에요."

아들의 작은 목소리에 루벨리안이 웃었다.

"아니야. 어머니는 누나한테 화를 내는 게 아니란다."

"그런가요?"

엘리안이 눈을 댕그랗게 떴다. 이브를 닮은 눈동자가 순진하게 빛났다.

그것을 보면서 루벨리안이 율리아나에게 다가갔다.

"율리아나."

"아빠아-"

나 슬퍼요, 억울해요-를 잔뜩 얼굴에 써 붙인 아이를 루벨리안이 손을 뻗어 쓰다듬었다.

"앞으로 그렇게 함부로 나가면 안 돼. 놀고 싶은 마음은 알지만, 아무리 결계가 있다고 해도 위험한 거 알지?"

"알았어요."

풀이 죽은 채 율리아나가 고개를 끄덕였다. 이내 황녀와 황자는 차례대로 방으로 돌려보내졌다.

그 뒷모습을 지켜보던 레이첼이 작게 웃었다.

"율리아나는 참 성격이 활기차네요."

"너무 활기차서 문제죠. 엘리안은 너무 얌전해서 문제고."

"그래도 서로 위해 주면서 잘 살 거예요. 귀엽잖아요. 예쁘고."

레이첼의 말에 이브가 한숨을 푹 쉬다가 그녀에게 말했다.

"아, 레이첼, 오늘은 고마웠어요. 그런데 무슨 일로 황궁에 오셨나요?"

"황궁의 결계를 보완해 주러 왔죠. 그러다가 결계를 자꾸 망가뜨리려는 움직임이 보여서 왔는데…… 그게 아이들일 줄은 몰랐지만."

그에 이브가 난감하게 웃었다.

"바쁠 텐데 신경 써 줘서 고마워요."

레이첼이 신전을 완전히 장악한 뒤 제국은 물론이요, 전 대륙에 분포된 모든 신전의 관리는 그녀의 손에 떨어졌다.

그러다 보니 많이 바빠지게 되었으나 레이첼 본인은 딱히 그것에 불만을 품고 있는 것 같지 않았다.

애초에 그녀는 책임감도 강했다. 물론 그녀의 옆에 알프리드라는 대단한 조수가 있다는 것도 한몫했지만.

"그러고 보니 대신관님은 오지 않으셨네요?"

"오늘 신관들의 교육이 있어서요."

"하긴, 누구 가르치고 잔소리하는 데는 대신관님을 따라올 자가

없죠. 조만간 황궁으로 초대할게요. 저번에 황실에서 내온 차가 신
전의 차보다 못하다고 한 데에 설욕을 해 주겠어!"

"꼭 데려올게요."

활짝 웃은 레이첼이 이내 이브의 배웅을 받으며 황실을 떠났다.

다시 적막을 찾은 황궁에, 이브가 작게 안도의 한숨을 쉬었다.

"참…… 오늘도 파란만장했네요."

"많이 힘들어?"

"조금요."

이브가 얼굴을 찡그리다가 루벨리안을 향해 팔을 뻗었다. 그런 그
녀를 다정하게 안아 주면서 루벨리안이 입을 맞췄다.

결국 오늘도 다사다난한 하루를 보낸 뒤, 루벨리안은 아이들의 방
을 찾았다.

저녁 식사 때 브로콜리를 안 먹겠다고 포크로 전부 분해시켜서 이
브에게 또 꾸중을 먹고 의기소침해 있는 딸을 위로해 줄 겸 잠자리
를 봐 주기 위해서였다.

하지만 언제 한 소리 들었냐는 듯이 환히 웃으며 엘리안을 괴롭히
고 있는 제 딸의 해맑음에, 루벨리안은 기뻐해야 할지 말아야 할지
애매해졌다.

"율리아나, 또 엘리안을 괴롭히는 거니?"

"아빠!"

"아버지!"

율리아나에 의해 반강제적으로 검에 찔려 죽는 마수 연기를 맛깔스럽게 하던 엘리안이 서러운 듯 루벨리안에게 달려왔다. 손에 든 목검 모형을 집어 던진 율리아나도 루벨리안의 품으로 달려들었다.

"시간이 늦었는데 빨리 자야지."

"하지만 잠이 안 온단 말이에요."

"그래도 자야지. 자, 빨리 침대에 눕자."

루벨리안의 다정한 음성에 평소라면 고개를 저었을 율리아나도 쪼르르 침대로 향했다. 이윽고 각자 자신의 침대에 올라가 이불을 덮은 두 쌍둥이가 눈을 깜박거리면서 루벨리안을 보았다.

"아빠, 책 읽어 줘."

"음, 무슨 책?"

"어제 읽은 거. 엘리안, 너도 좋지?"

"응, 좋아."

엘리안의 얌전한 목소리에 루벨리안이 웃음을 흘렸다. 비록 누나에겐 모든 것을 양보하지만, 의외로 엘리안은 고집이 꽤 센 아이였다.

그것을 알게 된 건 얼마 되지 않았다. 저와 이브 앞에선 얌전하길래 마냥 당하고 살까 봐 걱정하던 것과 별개로, 제나 부인의 증언에 의하면 엘리안은 또래 귀족 아이들 사이에서 리더 격이라 했다.

"걱정하지 않으셔도 될 것 같습니다. 폐하의 어린 시절을 보는 것 같으니까요."

"내 어린 시절?"

"폐하께서 어렸을 때 그러시지 않았습니까. 얌전하고 온화해도 원하는 건 절대 타인에게 넘겨주지 않으셨죠. 그저 황녀 전하를 좋아해서 모두 양보하는 것일 뿐이니 걱정은 하지 않으셔도 될 것 같습니다."

그게 기특해서 루벨리안이 엘리안의 머리를 다정하게 쓰다듬었다. 그것을 응시하던 율리아나가 입을 삐죽 내밀면서 '아빠! 나도, 나도.'를 외치자 루벨리안은 똑같이 율리아나를 다정히 토닥였다.

"그럼 책 읽어 볼까?"

거의 붙어 있는 쌍둥이의 침대는 아이들에게 맞춰 제작되었기에 루벨리안은 침대 대신 의자에 앉았다. 어제 읽다가 만 책을 든 그가 조곤조곤 글을 읽어 내려갔다.

그리고 얼마나 지났을까—

"……그렇게 두 사람은 오래오래 행복하게 살았답니다."

일렁거리는 촛불 아래, 어둠과 따뜻함이 공존하는 방 안에서 두 아이의 숨소리가 들려왔다. 이에 루벨리안은 손에 든 책을 가볍게 덮었다. 이윽고 조심스럽게 의자를 뒤로 뺀 루벨리안이 아이들에게 가볍게 입을 맞춘 뒤 촛불을 껐다.

"잘 자렴."

달깍, 작은 소리와 함께 문이 닫혔다.

아이들의 방에서 나온 루벨리안은 걸음을 옮겼다. 쌍둥이의 취향에 맞게 장식된 복도는 깔끔하고 아기자기한 느낌이 가득했다.

복도 곳곳에 걸려 있는 율리아나와 엘리안의 초상화를 쭉 보다가, 루벨리안이 곧 자신의 궁으로 향했다.

이미 어둠이 깔린 쌍둥이의 궁과 달리, 황제 부부가 기거하는 곳은 아직도 시녀들이 바쁘게 돌아다니고 있었다. 예를 취하는 이들에게 가볍게 응답을 해 준 뒤, 루벨리안이 방에 들어갔다.

"왔어요? 애들은?"

"잠들었어."

"오늘은 일찍 자네요. 내가 가서 자라고 할 때는 죽어도 안 자더니, 당신이 가니까 바로 잠드는 것 좀 봐. 역시 이런 건 하던 사람이 계속해야 한다니까."

"율리아나는 당신과 말하는 게 좋은가 봐."

"그 쪼끄만 게 어찌나 말을 따박따박 잘하는지, 역시 내 딸이다 싶다가도 대체 어디서 요런 게 나왔는지 정말 신기하다니까요."

이브가 고개를 절레절레 저었다. 그러나 투덜거림과 달리 그녀의 얼굴에는 미소가 가득했다.

"조만간 아카데미에 연락해서 책이나 보내라고 해야겠네요."

"아카데미?"

"왜, 로드 헤이론이 아카데미에서 교수를 담당하고 있잖아요. 교육 쪽으로는 우리보다 더 잘 알겠죠."

루벨리안이 떨떠름하게 웃었다. 로드 헤이론은 전(前) 제2황자로서, 현재는 황자의 이름을 버린 채 새로운 이름과 성을 갖고 아카데미에서 연구를 하고 있었다.

"아직 다섯 살인데 아카데미 교수가 추천해 준 책을 읽히려고?"

"미리미리 준비해 두면 좋죠. 엘리안은 어렵지 않게 읽을 수 있을 거예요."

루벨리안은 책을 본 뒤 다시 황궁 탈출을 시도할 딸의 모습을 상상하며 한숨을 쉬었다. 또 한바탕 전쟁이 일어나겠군.

"엘리안도 검술을 좋아하면 좋겠는데."

루벨리안의 중얼거림에 이브가 눈을 동그랗게 떴다. 그녀가 율리아나의 독서 문제로 매일 골머리를 앓는 것만큼, 루벨리안 또한 엘리안의 검술에 약간의 유감을 갖고 있었다.

어쨌든 다들 제가 좋아하는 분야를 가르치고 싶어 하는 마음은 똑같았다. 물론, 두 사람 모두 그게 제 마음대로 안 되는 것임을 알고 있었기에 아이들에게 크게 강요하는 분위기는 없었지만.

"하여튼 천재까지는 바라지도 않으니 제발 기본까지만 해 줬으면 좋겠어. 미래에 제국을 물려받을 아이들이잖아요."

"그래도 영특하니까 잘할 거다."

"당연하죠. 누구 자식인데."

이에 이브가 새침하게 답하는데, 루벨리안이 그녀의 뒤로 다가가 이브를 번쩍 들어 올렸다.

"어머! 또!"

"살 빠졌나? 왜 이렇게 가벼워?"

"티 나요?"

"입맛이 없어?"

"그건 아니고, 먹는 건 그대로인데 일이 좀 많아서요."

이브가 방긋방긋 웃으면서 루벨리안의 목을 감쌌다. 성큼성큼 침대로 다가간 뒤 이불을 들춘 그가 조심스럽게 이브를 내려놓았다.

그러나 평소와 달리 이브는 그의 목을 감싼 팔을 풀지 않은 채 루벨리안을 확 끌어당겼다. 그에 순순히 끌려가던 루벨리안이 팔로 침대를 짚었다.

"그래도 난 살 빠지든 찌든 다 예쁘죠?"

"그래. 눈이 멀게 예쁘다."

"좀 더 성의 있게 표현해 봐요."

다소 장난기 섞인 이브의 요청에 루벨리안이 빙그레 웃으면서 그녀에게 입을 맞추었다.

어느새 그녀의 머리를 받친 손이 머리카락을 고정시킨 리본을 풀어냈다.

사륵-

리본이 침대 위에 나풀나풀 떨어지자, 구불구불한 백금발이 어깨 위로 흩어졌다.

그와 함께 루벨리안이 몸을 바짝 붙여 왔다. 하얗고 긴 목에 있던 한쪽 손은 부드럽게 어깨를 감싸 쥐었다. 그러곤 그녀의 목 언저리에 자잘하게 키스를 남겼다.

이에 이브가 고개를 젖혔다. 목을 지분거리는 입술 끝이 살짝 벌려지고 뜨뜻한 숨결과 함께 이가 아프지 않게 살결을 베어 물었다. 그와 동시에 이브가 꺄르르 웃음을 터뜨렸다.

"아니, 잠깐만. 나 내일 독서회 있어요. 부인과 영애들이랑."

"그래서?"

"한여름에 목까지 채워 올린 드레스를 입힐 거예요? 진짜 너무하잖아."

"그냥 평소처럼 입어."

"당신이 이렇게 만들어 놓으면 내가 어떻게 평소처럼…… 어머."

이브가 미약하게 비명을 내질렀다. 쿠션에 댄 등이 어느새 침대 위로 쭉 흘러 내려와 있었다. 눈 깜짝할 사이에 제 위에 올라탄 남편을 어이없는 눈빛으로 보던 이브가 그의 뺨을 꼬집었다.

"하여튼 말은 죽어도 안 들어."

"다른 데서 잘 들으면 되지."

"저번에도 목에 이것저것 잔뜩 만들어 놓는 바람에 리리스가 분칠하느라고 얼마나 힘들었는지 알아요?"

"가리지 마. 왜 가려."

"어어? 그럼 나도 당신한테 막 이것저것 남길 거야."

"바라던 바다."

루벨리안이 다시 몸을 낮추었다. 그러나 그가 입을 맞추는 것보다, 이브가 그의 어깨를 미는 것이 더 빨랐다. 순식간에 그의 위로 올라온 그녀가 느긋하게 침대를 짚고 새물새물 웃었다.

"봤죠? 나도 한다면 해. 잠시 잊었나 본데 난 소소하지만 확실하게 이겨 먹는 걸 좋아해요."

그 득의양양한 모습이 사랑스러워서 루벨리안이 그녀를 품에 안았다. 어느새 그의 코앞에서 웃고 있는 아내의 얼굴을 만지작거리다가 그가 읊조렸다.

"그래. 나도 당신이 날 이겨 먹는 게 좋다."

"진짜?"

"진짜."

"그래 놓고는 그렇게 밤마다 날 어르고 달래서 끝까지 원하는 걸 다 얻어? 거짓말."

"그건 당신도 좋아한다고 생각했는데."

"맞는 말이긴 하지만 정말 못됐어."

하나 그 말과 달리 이브의 얼굴에는 달콤한 미소가 흘러넘쳤다. 어느새 쿠션에 등을 기댄 두 사람이 서로를 마주 보며 입을 맞췄다.

"이브, 사랑해."

갑작스러운 고백에도 이브는 익숙한 듯 생긋 웃었다.

"나도 사랑해요."

"내가 더 사랑해."

"어어? 나한테 져 준다고 해 놓고는?"

"이건 져 주면 안 되지."

"이것 봐, 유리한 것만 싹 골라서 이겨 먹는다니까."

이브가 툴툴거리면서 루벨리안에게 입을 맞추었다. 그에 루벨리안이 다정하게 웃었다.

"세상에서 나한테 유일하게 허락된 게 당신을 사랑하는 거였어. 그것만큼은 빼앗아 가지 마."

"안 뺏어요, 안 뺏어. 가질 거 다 가져 놓고는 그렇게 말하니까 너무 어이없잖아."

"다 가지긴 했지. 당신을 가졌잖아."

루벨리안이 다시 이브의 입에 키스했다. 이번에는 조금 더 긴 키스가 이어지고 뒤이어 방을 밝히던 불이 꺼졌다.

"사랑해."

루벨리안의 낮게 읊조리는 목소리가 방을 가득 채웠다.

여상스러운 하루, 결국 사랑을 읊조리는 것부터 시작해 사랑을 읊조리는 것으로 끝을 맺는 반복되는 하루가 저물었다.

오늘도 언제나 그렇듯, 행복하고 달콤한 하루였다.

(원작은 아무나 비트나 마침)

원작은 아무나 비트나 2

1판 1쇄 발행 2019년 7월 31일
1판 2쇄 발행 2020년 12월 10일

지은이 백서하
펴낸이 신현호
편집부장 예숙영
편집 이혜영
편집디자인 한방울
영업·관리 김민원 조인희
물류 이순우 박찬수

펴낸곳 ㈜디앤씨미디어
출판등록 2002년 5월 1일 제117-90-51792호
주소 서울시 구로구 디지털로 26길 111 JnK디지털타워 503호
대표전화 (02)333-2513 팩스 (02)333-2514
전자우편 dncbooks@dncmedia.co.kr
디앤씨북스 블로그 http://blog.naver.com/dncbooks

ISBN 979-11-264-4854-8 (04810)
ISBN 979-11-264-4852-4 (세트)